O MEU NOME
É NINGUÉM

Valerio Massimo Manfredi

O MEU NOME É NINGUÉM

O REGRESSO

Tradução de Mario Fondelli

Rocco

Título original
IL MIO NOME È NESSUNO
IL RITORNO

Edição brasileira publicada mediante acordo com a Grandi & Associati.

EDITORA ROCCO LTDA.
Av. Presidente Wilson, 231 – 8º andar
20030-021 – Rio de Janeiro – RJ
Tel.: (21) 3525-2000 – Fax: (21) 3525-2001
rocco@rocco.com.br
www.rocco.com.br

Printed in Brazil/Impresso no Brasil

preparação de originais
CARLOS NOUGUÉ

CIP-Brasil. Catalogação na fonte.
Sindicato Nacional dos Editores de Livros, RJ.

M241m
v.2

Manfredi, Valerio Massimo
O meu nome é ninguém: o regresso / Valerio Massimo Manfredi; tradução de Mario Fondelli. Primeira edição. Rio de Janeiro: Rocco, 2018.

Tradução de: Il mio nome è nessuno: il ritorno
ISBN 978-85-325-3108-7
ISBN 978-85-8122-734-4 (e-book)

1. Ficção italiana. I. Fondelli, Mario. II. Título.

18-47208 CDD: 853
CDU: 821.131.1-3

O texto deste livro obedece às normas
do Acordo Ortográfico da Língua Portuguesa

For Christine,

’αμωμήτῳ ’αλόχῳ.

Nem Lestrígones nem Ciclopes
nem Posídon iracundo encontrarás,
se não os tiveres no coração, em tua alma,
se não os fizeres surgir diante de ti.

KONSTANTINOS KAVAFIS, *Ítaca*

1

Troia ainda ardia numa imensa fogueira, dardos de fogo choviam do céu com fragor ensurdecedor, sombras de guerreiros caídos continuavam a gritar seu horror entre as chamas e a fumaça, inquietos fantasmas sem paz à beira do mundo das trevas. E tudo continuaria queimando durante dias e noites até se transformar em cinza. O clarão das chamas iluminava o meu caminho.

Dois homens de cada um dos meus navios alcançaram a arrebentação lutando contra a fúria das ondas e prenderam os barcos à terra firme com sólidas estacas de carvalho. Mandei que esperassem por mim sem se afastarem dali por motivo algum, e retomei o caminho da cidade. *Ainda pergunto a mim mesmo por que não me detive para dormir com os meus homens, por que voltei ao lugar da insídia e do massacre, e não encontro resposta.*

Lá de cima vi as embarcações de Agamêmnon e dos demais reis que haviam ficado com ele de proa apontando para o mar. Também estavam se aprontando para a partida. Talvez tivessem chegado à conclusão de que não havia sacrifícios ou hecatombes suficientes para consertar os erros cometidos, para compensar o sangue de tantos inermes inocentes. Reencontrei o caminho, passei pelos umbrais queimados das portas Ceias e segui adiante rumo à cidadela. Bem na hora para assistir a um espetáculo impressionante. O cavalo que eu mandara construir estava dobrando-se sobre si mesmo, desmoronando devorado pelas chamas. Só agora, isolado, havia sido alcançado pelo fogo. E, dominando com seu tamanho o palácio real e a inteira cidade, desmoronou ao chão num remoinho de fagulhas e de fumaça branca. A cabeça foi a última a desaparecer na fogueira.

Eu ouvia, ou acreditava ouvir, o eco dos gritos de quem já tinha se consumido nas chamas, ainda podiam ver-se as manchas de sangue coagulado entre as fendas da rua. Continuei subindo até chegar ao amplo pátio cercado de arcos onde surgia o santuário da minha deusa. O templo já não tinha telhado, e as colunas enegrecidas eram suas silenciosas sentinelas.

Entrei.

O santuário estava deserto, o pedestal da estátua vazio. O poderoso ídolo estrelado de Palas Atena havia desaparecido. Quem o levara? Quem se atrevera a tocar nele? Teriam sido os meus? Eu mesmo, talvez, com a mente ofuscada que logo esquecera? Era por isto que agora estava dentro das muralhas da Ílio sagrada? Perguntas sem sentido e sem respostas, e ainda assim eu continuava perambulando como um fantasma entre os escombros consumidos pelo fogo que ainda ardiam com obstinada e maldita energia. Finalmente, exausto, desci ao campo de batalha. Havia uma estranha claridade no ar, irreal, um vapor luminescente que transformava toda figura, toda imagem, tornando tudo irreconhecível. De repente, quase sem dar-me conta, vi-me diante da figueira-brava. O tronco cinzento, as folhas verdes, a casca mil vezes ferida. Apoiei-me nela e senti nas costas as cicatrizes da árvore imortal, a única criatura viva que sobrava naquele campo de morte e destruição. Então adormeci, exausto, sentado no chão.

A lua acordou-me e ajudou-me a voltar ao promontório Reteu iluminando o meu caminho, até vislumbrar os mastros e os costados dos meus navios. Ao alvorecer, um forte vento vindo da terra dispersou as nuvens, levou para longe a fumaça e deixou o céu acima de nós limpo e luminoso. Desatamos então as amarras, empurramos os barcos para o mar e desfraldamos a vela. O vento empurrou-nos para o litoral da Trácia.

Eu conhecia aquela terra. Já tinha ido várias vezes lá a fim de comprar o vinho que iria alegrar os banquetes dos reis e dos príncipes, que iria amenizar o nosso sofrimento. Um vinho muito forte, doce, que misturávamos com água para que durasse mais. Não era certamente uma tarefa digna de um rei, qualquer mercador entre tantos que levantavam suas tendas à margem do nosso acampamento podia cuidar do assunto, mas eu até que gostava, era algo que quase parecia dar-me um novo sopro de vida. Andava pelos campos, acompanhava o envasamento do vinho, experimentava-o, negociava o preço. Às vezes convidavam-me, e ficava jantando com os vinhadeiros. De alguma forma, parecia-me estar de novo em casa.

Estávamos mais uma vez navegando, afinal, para nunca mais voltar. Como explicar meus sentimentos? As lágrimas escorriam pelo meu rosto. Olhava para trás e podia ver os companheiros, os amigos caídos, todos aqueles que não iriam regressar. E também olhava adiante, contava os dias que nos separavam da nossa ilha e mal conseguia acreditar. Pouco a pouco voltava a pensar como os homens que moram em suas casas, que cultivam seus campos, que criam seus rebanhos. Já podia imaginar a alegria dos festejos: iria reabraçar os meus pais, o meu filho que nem chegara a me conhecer, Penélope, que eu tanto desejara nas longas vigílias noturnas. Iria me deitar ao seu lado no tálamo que eu mesmo construíra, e depois de fazer amor ficaria olhando para as vigas acima da minha cabeça, respiraria o cheiro da madeira de oliveira, o perfume da minha esposa. Teríamos mil coisas para contar antes de adormecermos sob as colchas rendadas pela minha mãe. E Argo? Ainda estava vivo, o meu amado Argo?

E também pensava nas coisas dolorosas: o encontro com as famílias dos companheiros mortos, o pranto inconsolável dos pais enquanto lhe entregasse a parte dos despojos que lhes cabia em troca do filho caído. Enquanto isto, a notícia da façanha devia estar se espalhando por todas as partes, por todos os vilarejos, por todas as ilhas, e eu voltaria como um herói vencedor, como o derrubador da cidade, a mente capaz de arquitetar estratagemas inimagináveis. Iriam pendurar nas paredes dos nossos aposentos os troféus da minha vitória: escudos trabalhados, panóplias de bronze, tiracolos de malha de prata com fivelas de ouro e de âmbar que deixariam o meu pai maravilhado, assim como todos os viajantes que se hospedassem no palácio. Mas logo parava de imaginar o que aconteceria dali a alguns dias. Tão longos anos de chacinas e de lutos me haviam ensinado que é melhor não confiar demais nos planos, que o futuro é imperscrutável, que muitas vezes os deuses têm inveja da nossa felicidade e gostam de nos ver sofrer. Só a minha deusa me amava, tinha certeza disto, mas nem mesmo ela podia subjugar o destino.

De súbito voltei a pensar como um guerreiro e um predador. Parecia que tinha sido contagiado por uma doença: era nem mais nem menos o que eu havia feito durante os últimos dez anos. Achei que os meus despojos, afinal de contas, não seriam nem de longe comparáveis à minha glória. As pessoas deviam estar esperando muito mais.

Do mar, via-se uma cidade no topo de uma colina. Da mesma forma, os habitantes deviam estar nos vendo. Era defendida por uma paliçada de madeira e tinha portas de pedra.

– Vamos tomá-la! – diziam os meus homens. Reagiam e se portavam exatamente como eu. Sabiam que aquilo comportava riscos, mas não se importavam. Talvez já sentissem a falta da ferocidade, do terror e da violência impiedosa. Afinal de contas, aquelas eram terras de cícones, uma tribo trácia aliada de Príamo. Era muito justo atacá-los. Mandei os guerreiros armar-se e desembarcamos. Os homens de Ísmaro deviam estar longe, nos campos ou nas pastagens com seus rebanhos: nenhum guerreiro saiu das portas para nos deter. Somente uns cem nos enfrentaram depois de arrombarmos os batentes da porta principal com o mastro de um dos nossos navios. Atropelamos os poucos defensores e enxameamos no interior.

Num piscar de olhos Ísmaro ficou à nossa mercê e foi saqueada: as mulheres mais lindas foram reunidas e levadas embora. Entrei numa das casas mais ricas e vi-me diante de um homem apavorado que se ajoelhou aos meus pés implorando pela vida. Vestia fitas sacerdotais, e o poupei. Em troca, entregou-me um grande odre de vinho, o melhor que tinha, o mesmo que eu já trouxera muitas vezes de volta para o banquete do rei.

Guardamos os despojos, e logo mandei os homens zarpar. Mas muitos deles se haviam juntado na praia e já estavam bebendo, enquanto outros tinham esfolado e esquartejado um carneiro e acendido o fogo. O vinho muito forte e as mulheres raptadas haviam-nos deixado na maior excitação. Não me ouviam, já não eram guerreiros capazes de obedecer e de manter a disciplina. Foi uma lição amarga, e imaginei que logo iriam receber o seu castigo. Fui o único a subir no navio; comi uma tigela de cevada tostada no braseiro da popa e só tomei água. Euríloco aproximou-se.

– Padeceram por dez longos anos e sempre acataram as suas ordens lutando com grande coragem, perderam mais de duzentos dos seus companheiros. Não os censure nem despreze se agora buscam alguma diversão. Não acha que merecem?

– Ninguém merece aproveitar o que não pode se permitir. Estão se portando como idiotas, e isto vai lhes custar a vida, acha que vale a pena? Ouça, não está ouvindo? E aqueles fogos lá nas colinas, não está vendo?

Euríloco aguçou o ouvido, perscrutou as trevas: rufar de tambores ao longe e fogueiras nos morros. A notícia da queda de Ísmaro corria de uma colina para outra, de um para outro vilarejo, e dentro em breve seríamos atacados, mas não demoraria para os meus formidáveis combatentes e destemidos marujos se transformarem num bando de bêbados incapazes de manter-se de pé. Com a chegada da escuridão, uma densa neblina tomou conta da praia, e eu, única sentinela, fiquei de vigia a noite inteira.

A alvorada gélida e cinzenta despertou-me de um sono breve, nervoso e trêmulo de frio, e o que vi confirmou os meus temores: milhares de guerreiros cícones desciam das colinas para nos enfrentar. Acordei aos pontapés os meus homens dando o alarme, e eles se deram conta do que estava acontecendo. Levantaram-se, vestiram as armaduras, mas não tiveram tempo de comer. Perfilei-os diante dos navios como já tinha feito muitas vezes em Troia, em ordem-unida. Quando chegaram a duzentos passos de nós, os inimigos lançaram-se correndo ao ataque das nossas tropas, investindo contra as nossas fileiras com a violência das ondas do mar que fustigam os recifes. Quase não pude acreditar em meus olhos, os meus mantiveram a posição com firmeza, sem arredar pé, ombro a ombro, e eu, várias vezes, do meio da formação, guiei os contra-ataques na esperança de assustar os agressores e de levá-los a fugir, mas inutilmente. Enquanto as forças não nos faltaram, mantivemos a posição, mas já de tarde, esgotados e sem comer como estávamos, começamos a recuar. Atrás de nós, só os barcos e o mar, como poderíamos nos safar?

Os meus já estavam separados por tripulação, e mandei que um grupo de cada vez empurrasse o navio para o mar para logo a seguir embarcar. Deveriam imediatamente recorrer aos remos enquanto os demais manteriam os inimigos a distância. Uma vez a bordo, seria a vez de as tripulações protegerem os companheiros ainda na praia com contínuos e incessantes arremessos de setas e dardos a fim de permitir que também subissem a bordo dos seus respectivos navios. O meu plano funcionou, e a dupla batalha prosseguiu até a última embarcação ganhar o mar aberto. Mais de quarenta dos nossos, entretanto, ficaram no campo à beira da água. O sol já se pusera. Euríloco aproximou-se e pediu-me que desse a última despedida aos caídos, que havíamos abandonado sem sepultura, gritando dez vezes os seus nomes. Respondi:

– Não, três vezes já basta. Ainda mais porque não merecem tão grande honra: pereceram porque foram bobos. – Era a minha maneira para não chorar.

O tempo anunciava tempestade, e já estava ficando escuro. Mandei a esquadra navegar perto da costa a fim de ficarmos protegidos do vento do norte, que soprava cada vez mais violento, e, quando achei que já tínhamos nos afastando o bastante da terra dos cícones, recolher as velas e lançar as âncoras, com as proas viradas para o mar e amarrando as popas no litoral. Deixei que os homens bivacassem na praia para aproveitarem a única refeição daquele dia, mas postei sentinelas por todos os cantos e estabeleci turnos de vigia.

Comemos quase sem falar, pois a perda de tantos camaradas era um dolorido fardo para cada um de nós. Alguns tinham os olhos cheios de lágrimas.

No fim do jantar escolhi a rota: para o sul, passando entre Lemnos e Esquiro, e depois entre a Eubeia e Andros para alcançarmos o cabo Maleia.

– Também navegaremos durante a noite – disse eu –, não quero que aconteça de novo o que aconteceu hoje. Cada timoneiro cuidará para que o braseiro da popa seja alimentado constantemente. Quero poder contar com os meus navios, cada um deles, a qualquer hora da noite e do dia.

Então voltamos todos a bordo para dormir, só deixando em terra os homens de vigia. Foi um descanso bastante tranquilo, e, lá pelo meio da noite, o vento também pareceu amainar, mas o mar continuava inquieto.

Fiquei pensando. Não me atrevia a esperar.

Iria a deusa ajudar-me de novo? Ou a minha sorte estaria agora à mercê de Posídon? Pois era dele toda gota de água, toda criatura e toda alga, toda enseada e todo abismo. Supliquei do fundo do coração que fosse clemente e nos deixasse voltar a ver, depois de tantos anos, a pátria e a família. Ao alvorecer soltamos as amarras, levantamos âncora e zarpamos. Entregamos ao vento os nomes dos companheiros caídos, três vezes, cada um deles, e quando o eco se perdeu na distância não consegui me conter: enquanto os navios se afastavam do litoral, plantei-me no lugar mais alto da popa e, berrando para vencer o uivo do vento, soltei o tríplice grito dos reis de Ítaca:

– Para Ítaca, homens! Para casa!

Todos responderam com o mesmo grito e batendo os remos no convés. A viagem de volta estava começando de verdade. Se os deuses e o vento nos ajudassem, já ao entardecer do quinto dia poderíamos estar lançando âncora no porto grande.

No decorrer da tarde vislumbramos à nossa esquerda as alturas de Lemnos, que, às vezes, nos dias particularmente claros, também podíamos avistar quando íamos cortar troncos com os lenhadores nas encostas do monte Ida. Nuvens corriam velozes no céu, mas não se avolumavam, e os mais experientes dos meus marujos viam naquilo um bom sinal, um presságio de tempo firme e bom.

Enfrentar a navegação noturna em mar aberto era uma escolha arriscada, mas o desejo de voltar era tão grande, em todos nós, que ninguém se opusera. Os meus seis navios, todos eles, acompanhavam-me formando uma linha oblíqua, cada um podendo ser visto pelos demais durante o tempo todo da viagem. No meio do dia seguinte, ao longe, apareceu à nossa frente Esquiro, a ilha de Pirro. Deixamo-la para trás, à nossa direita, preferindo não desembarcar; aquele lugar evocava demasiadas lembranças. Fiquei imaginando onde estaria agora o guerreiro selvagem, o combatente sanguinário que não poupava velhos nem crianças, e como iria recebê-lo Peleu em Ftia dos mirmídones quando lá chegasse, antecedido por tão terríveis relatos de incontida fúria. Fiquei um bom tempo olhando para trás, vendo a ilha desaparecer devagar no horizonte, até o mar se tornar purpúreo e o ar úmido e frio.

A lua acabou aparecendo entre as nuvens, branca, e pincelou na extensão marinha um longo rastro de prata. Fiquei pensando nas demais frotas que nos haviam antecedido. Centenas de navios do átrida Menelau, de Nestor, o cavaleiro gerênio, de Diomedes, o senhor de Argos. Onde estaria Helena, a esta altura? O que passaria na cabeça dela? A quem dedicaria os seus pensamentos?

Atrás de mim, Sínon dormia num rolo de corda como que envolto nas volutas de uma serpente. Sem ele, o meu estratagema nunca poderia ter funcionado. Ele, pequeno e habilidoso mentiroso, fingida vítima, falso fugitivo.

Só consegui adormecer quando a estrela de Oríon já estava a ponto de mergulhar nas ondas, com Euríloco vindo me render no leme. Ao longe, pelo lado da Ásia, o céu mostrava a primeira claridade do alvorecer. Dormi na sombra da vela até o sol ficar alto no céu. Pensava nos caídos, sem poder entender como podíamos ter arriscado a vida em troca de despojos não certamente ricos e de alguns odres de vinho. Não passara de uma pequena guerra contra uma pequena cidadela de pastores e caçadores, mas poderia ter sido fatal para nós, que, cobertos de bronze, enfrentáramos mil combates contra os mais poderosos guerreiros da Ásia inteira. Teria gostado de sentir-me mais sereno, de tirar da cabeça tantos pensamentos tristes, mas não podia: a lembrança dos companheiros caídos e abandonados sem sepultura impedia o meu sossego, assim como o vento impetuoso que eu não podia controlar nem domar. E percebia uma vaga angústia ao aproximar-me de um ponto que ainda podia ser um último obstáculo entre mim e a minha ilha, entre mim e a minha esposa, o meu filho e os meus pais.

Havia uma enseada à nossa direita, e decidi procurar abrigo nela antes de enfrentar o estreito entre a Eubeia e a ilha de Andros. Os homens haviam lutado contra o vento e as ondas durante a noite toda e pelo resto do dia. Precisavam descansar. Fui o primeiro a lançar âncora e a desembarcar. Logo a seguir, os demais barcos fizeram o mesmo.

Após dez anos, voltávamos a pisar de novo as terras da Acaia.

Enquanto isto, os homens tinham pescado uns peixes. Cataram lenha seca deixada na praia pela ressaca, acenderam umas fogueiras e assaram-nos na brasa. O cheiro era convidativo, e sentei-me na areia seca, participando do frugal banquete ao lado dos companheiros. Quem tinha algum vinho o ofereceu aos demais, e isto ajudou a acalentar os nossos corações.

Comida alguma jamais me parecera tão boa, e lembrei-me de quando estávamos acampados sob as muralhas de Ílio, com os outros a nos escarnecer, ilhéus, chamando-nos de comedores de pescado. Só se haviam passado uns poucos dias, e já me pareciam meses: a lembrança dos mortíferos combates perto da figueira-brava se esvaía como um sonho ruim antes da alvorada. Enquanto isso, o dia se apagava lentamente, mas o vento continuava a soprar constante e a espuma encapelava cândida a crista das ondas.

Depois que a fome ficou pelo menos em parte satisfeita, alguém começou a cantar. Era a hora da saudade, imagens longínquas e quase esquecidas voltavam a lamber nossas mentes como as ondas que se esparramavam na praia. Dentro de mim, voltava a viver um homem que eu tinha esquecido naqueles anos repletos de sangue e violência. Com seus sentimentos, seus afetos, suas esperanças. Mas eu bem sabia que a nossa viagem ainda não tinha acabado, que ainda faltava uma passagem árdua, cheia de dificuldades e de perigos, na nossa travessia a caminho de casa.

O cabo Maleia!

– Vamos dormir, agora – disse eu –, o dia de amanhã não será nada fácil.

Ajeitei-me ao abrigo de uma grande pedra, usei a capa como cobertor e procurei descansar. Ao meu lado, a espada de Ílio me fazia lembrar que o passado nunca morre e que pode voltar a nos atingir a qualquer momento. Por toda a noite o vento que fustigava as moitas e dobrava as copas mais altas das árvores manteve-me em estado de confusa sonolência. Revirei-me várias vezes em busca de pelo menos uma hora de sono profundo. Finalmente, antes de as luzes do alvorecer iluminarem o mar e a terra, encontrei algum repouso, relaxei o corpo tenso e até cheguei a sonhar. Sonhei que estava numa praia deserta. O lugar estava mergulhado no silêncio, nem sequer se ouvia o rumorejar do mar e tampouco os estrídulos chamados das gaivotas. De repente ouvia um latido, e logo via um cão que corria feliz ao meu encontro, pulava em cima de mim agitando o rabo, lambia o meu rosto.

"Argo, Argo", gritava eu comovido, "é você!" E começava a afagá-lo enquanto o meu coração se enternecia pela afeição que o fiel amigo me demonstrava. Não me havia esquecido. Então acordei.

Os homens haviam encontrado moitas de amoras, frutas maduras de medronheiro, pinhões e pistaches, mas principalmente uma enorme quantidade de bulbos de asfódelo que estavam agora torrando na brasa. Todos nos fartamos deles, pois enchem a barriga e apagam por completo o estímulo da fome.

Chegou a hora de zarparmos, voltamos aos navios e rumamos para o sul. Eu fui o primeiro a singrar as ondas. Enfiei o meu barco no funil entre a Eubeia e Andros. A velocidade do vento e da correnteza, já bastante alta, aumentava dentro do estreito. Mandei reduzir a vela e usar os remos para melhor governar a embarcação. O sol estava alto no céu quando chegamos de novo a mar aberto. Contei os navios, que se mantinham numa linha enviesada, da mesma maneira que um boiadeiro conta suas potrancas quando as leva de volta ao curral depois do pasto. Estavam todos lá, e isto já era para mim um alívio. Mandei mais uma vez desfraldar a vela e percebi que todas as minhas manobras eram fielmente copiadas pelo restante da pequena frota. Ao entardecer vi à minha direita o cabo Súnio, mas não havia como encostar devido ao perigo dos recifes. Sabia-se lá se Menesteu já tinha chegado a Atenas, sabia-se lá se tinha ido ao santuário para mostrar a sua gratidão a Posídon com um sacrifício. Talvez estivesse agora nos vendo passar pelo mar espumoso...

Seguimos em frente, para o sul, enquanto o vento ganhava força e o sol começava a baixar, à nossa direita, sobre a aresta das montanhas. Atarefamo-nos nas manobras, eu, Euríloco, Perimedes e o timoneiro Antifo; tentávamos controlar a velocidade e a direção dos nossos navios, calcular o tempo que nos separava da arriscada passagem. Seria mais aconselhável procurar uma enseada segura antes de ficar escuro e só retomar viagem na manhã seguinte, ou seguir adiante o mais rápido possível, mesmo à noite, para alcançar e dobrar o cabo Maleia, deixando para trás o obstáculo de uma vez por todas? Esta segunda escolha pareceu-me a mais apropriada. Iríamos navegar de noite com o braseiro aceso, de olho nas estrelas para não perdermos a rota, prestando atenção ao vento e à sua direção e só levantando metade da vela. Os demais, atrás de nós, só teriam de nos acompanhar. Ficava bem claro, obviamente, que ao chegarmos perto do cabo iríamos arriar o mastro para superarmos o promontório só contando com os remos, até subirmos novamente costa acima do outro lado. Eu antevia a manobra elaborada e executada a contento e já me parecia poder sentir o vento diminuir de intensidade logo após superarmos o promontório, a temperatura tornar-se mais amena e as ondas mais calmas. A parada seguinte iria ser Pilos, na segurança da baía bem protegida. Nestor iria nos receber, ofereceria um farto banquete... Eu começava a pensar em Penélope: o seu coração teria se mantido fiel? Ainda me amaria? Dez anos são uma longa espera.

O vento, porém, em lugar de amainar ficou mais impetuoso. A vela rasgou-se e tivemos de lutar bastante para trocá-la. Naquela noite, nenhum de nós dormiu, ficamos em nossos postos de manobra, olhando constantemente para o céu e procurando nos animar diante das decisões por tomar. A abóbada noturna encobriu-se então de nuvens altas e finas, as estrelas desapareceram, e, a partir daí, mantivemos os olhos fixos na costa. Esperávamos ver alguma luz, algum vilarejo, o bivaque de um pastor, algo que nos consolasse com a proximidade do litoral, que nos desse a certeza de que não estávamos nos afastando. Mas nada vimos a não ser escuridão, nada ouvimos a não ser o rumorejar do mar que nunca descansa. Eu espiava então para o oriente, à nossa esquerda, aguardando cada vez mais angustiado os primeiros vislumbres da manhã. A única visão que me consolava ficava ao norte, onde os braseiros dos meus navios formavam na água uma enviesada e vermelha linha de fogo na escuridão.

Quando o céu começou a ficar claro, não havia nele lua nem estrelas. Acima de nós só se via uma abóbada esbranquiçada, e um vento frio e violento agitava o ar fustigando os nossos corpos cansados: estávamos bem no meio de uma tempestade. O desânimo tomou conta de mim, mais uma vez os deuses me empurravam para longe do meu destino. A voz de Antifo, cheia de tristeza, tirou-me dos meus tristes devaneios.

– *Wánax* – disse –, onde estamos?

Para onde quer que olhássemos, nada se via. A extremidade do cabo Maleia, embora ainda tivesse de se erguer em algum lugar, devia estar invisível, distante, perdida, sabia-se lá até quando! Eu tinha tido tantos devaneios, tantos sonhos pensando na minha ilha, na família! Chegara a senti-las tão perto que me parecia tocá-las. Voltou à minha memória o dia em que o meu pai me levou a mar aberto, ao lugar onde todas as terras desapareciam, onde só a extensão do mar alcançava o infinito, em todas as direções... Onde o sol cegava e estonteava com seus raios, evocando fantasmas de luz que dançavam na imobilidade da água.

O mar. Tudo em volta estava vazio.

2

Em que estavam pensando os homens dos demais navios? Que eu tinha cometido um erro? Que o rei de Ítaca não sabia levá-los de volta para casa? O coração queimava em meu peito como um tição. Falaria com eles no devido tempo, quando chegasse a hora, quando voltássemos a lançar âncora. A posição do sol me fez entender logo que estávamos indo velozmente para o sul. O vento soprava com força, o seu ímpeto enchia as velas, às vezes rasgando-as, tanto assim que amiúde tivemos de substituí-las; nuvens negras galopavam no céu, e repentinos pés-d'água nos investiam. Impossível mudar de rota, nem sequer recolhendo as velas e recorrendo aos remos. O próprio mar corria, tumultuoso, naquela direção, com altas ondas, lívidas, fervilhantes de espuma.

– Terra! – gritou Perimedes. – A estibordo!

– Citera – disse Euríloco –, já vi antes. O vento nos empurra para longe.

E assim foi, infelizmente. Força alguma poderia se opor à do vento e das ondas. Navegamos por nove noites e nove dias na tempestade, sem nunca parar. Os companheiros não podiam pescar, como costumavam fazer nos dias de navegação normal, puxando redes ou jogando ao mar a linha com sementes de cevada torradas como isca. Quase já não tínhamos comida. O pesar, a raiva e a tristeza enchiam o meu coração de dor.

No décimo dia o vento esmoreceu quase de repente, o mar se acalmou. Rasgos de luz dançavam em volta dos navios, negras manchas gotejantes na imensidão azul.

Hasteei o sinal de chamada, e os barcos se juntaram em volta, ao alcance da minha voz.

– Sofreram baixas?! – berrei.

– Não, *wánax*! – respondeu o comandante do segundo navio.

– Não, *wánax*! – responderam um depois do outro os comandantes dos outros cinco.

– Nós tampouco! – gritei. – Estamos todos aqui, e isto já é um sinal de boa sorte, depois de uma tempestade assim. Vamos seguir em frente agora, baixem os remos. Na certa, a terra não deve estar longe: há pássaros no céu, e dá para sentir o cheiro dela no ar.

Um perfume de ervas aromáticas que eu não conhecia. Mas não conseguíamos ver coisa alguma: à nossa frente, só uma espessa névoa. Fiz sinal ao timoneiro para que se dirigisse rumo à neblina que encobria o mar. Os outros nos acompanharam.

Nunca me senti como naquele momento, e nunca mais voltei a sentir-me daquele jeito depois. *Só, assustado, trêmulo de frio. Com o coração vazio, como se o sangue e qualquer outro humor vital tivessem sido drenados do meu corpo.* Deve ser assim mesmo que se sente aquele que tomba ao chão trespassado por uma lança ou pela ponta aguçada de um dardo, enquanto a vida se esvai borbotando pela ferida. Eu já vira tantos! Chamei os companheiros: "Euríloco! Antifo!" Parecia um sonho. Desses que provocam angústia. Sabemos que são imagens falsas, sem corpo, mas ainda assim as aflições que infundem no coração poderiam matar. Por que não via ninguém? Estava então sozinho no meu navio? Mas quem o empurrava remando? Podia ver o casco deslizar, abrir caminho na água, que se rasgava e escorria pelos flancos sem nenhum barulho. Via a mim mesmo correr de um lado para outro entre os bancos, e mesmo assim sabia que estava imóvel, de pé na proa, a perscrutar aquela neblina impenetrável. O que era o disco de pálida luz que flutuava na névoa? A lua? O sol? Gritos estrídulos. Pássaros aturdidos, assustados. Baques. Quem, o que caía na água parada? Seria esta a passagem? Eu estava sozinho? Os demais barcos... onde estavam? Elpenor! Antíloco! Euríbates, onde estão vocês? Respondam, o seu rei está mandando! Vi alguém passar... uma sombra perto de mim, mexia-se, andava. Quem é? Diga o seu nome! Não quis me ouvir. Tentei aproximar-me. Desapareceu. É você, Atena? Onde está, onde está? Não se esconda. Não quer mostrar-se?

Quanto tempo passou? Não consigo lembrar. Horas, dias... Vascolejar, murmúrio da água. De repente, uma fisgada no coração, como uma punhalada. Gritei tão alto que a minha garganta sangrou, e então... estava fora!

Terra diante de mim, o mar por trás com aquela cortina de névoa, densa, fumosa. Finalmente as ondas, o barulho da arrebentação, o cheiro da terra, línguas de mar que agrediam a areia reluzente. Agora via os companheiros remar, recolher as velas. Não tinham ouvido o meu grito? Não reparavam que a minha boca sangrava? Enxaguei-a com água do mar, que queimou os lábios e a garganta.

– Finquem as estacas e prendam o navio pela popa! Baixem a âncora da proa! Antíloco!

Ele logo acudiu:

– Veja, *wánax*!

Não muito longe, outro navio surgiu da neblina, como se estivesse emergindo do reino das sombras, em parte iluminado e com a outra metade invisível. Os homens pareciam fantasmas.

E outro, mais para o leste. Viram-nos e juntaram-se a nós. Então mais nada. Aguardamos por um bom tempo, ainda esperançosos, mas nada aconteceu.

– Onde estão os outros barcos? – perguntou Euríloco.

Fitou-me, perdido.

– O que houve com eles? Estavam ao nosso lado, haviam ficado por perto, eu gritei. Vocês me ouviram?

– Ouvimos, rei.

– E como perdemos, então, quatro navios com todos os seus homens?

Sacudiu a cabeça.

– Você mesmo sabe. Estávamos num lugar confuso, sinistro.

Desembarcamos. Que terra era aquela? Quem a habitava? Que língua falavam? Havia uma ampla extensão de grama alta e inculta, entremeada por espalhadas clareiras de areia. Altas palmeiras deixavam ondear suas folhas na brisa da manhã. Mais ao longe, pequenos bosques de tamargueiras. E criaturas que nunca vira antes. Pareciam pequenos homens peludos, com rabo. Olhos reluzentes, penetrantes, perturbadores. Ganiam, chiavam, berravam, pulavam de um galho para outro.

– Pitecos – disse Euríloco. – De todos os bichos, os que mais se parecem conosco. Molestos, astuciosos, abusados, obscenos. Certa vez naveguei até Creta para comprar óleo de terebinto, e um velho mendigo tinha um.

– Mande os homens procurar água e comida. Uns para o oriente e uns para o ocidente. Terão de voltar assim que encontrarem o que queremos. Que os demais lancem as redes e tentem pescar alguma coisa. Enquanto isso, cuide de acender uma fogueira. E faça com que ninguém deixe as armas fora de alcance.

Partiram e eu fiquei ao lado do navio. Olhava em volta, e nada me parecia familiar: o ar era diferente do que até então eu tinha respirado, a luz parecia provir de outro sol, o tempo tinha momentos em que parecia comprimido, oprimente, para então expandir-se até ficar suspenso, infinitamente dilatado. A lembrança dos navios e dos companheiros perdidos era insuportável.

Um grito despertou-me do torpor, e vi Elpenor fazer amplos gestos de cima de uma pequena altura arenosa que fechava a praia do lado ocidental. Corri para lá.

– Veja, *wánax* – disse quando cheguei perto. E nos viramos para aquele lado. Ao longe, talvez a uns mil passos de distância, viam-se os nossos navios puxados para a praia, os quatro.

– Sigam-me – ordenei, mas primeiro vistam as armas. – Elpenor e o seu grupo encaminharam-se ao meu lado. Mandei, no entanto, um deles voltar a fim de dizer os demais que não saíssem de lá. Deveriam esperar até a nossa pequena patrulha voltar.

Quando chegamos aos navios, não encontramos vivalma. Perlustramos cada um deles sem encontrar nenhum sinal de violência ou de choque armado. Os remos estavam devidamente presos nas cavilhas, as velas recolhidas, os lemes atados aos parapeitos. Nos vãos da proa os despojos de Ílio permaneciam intactos. E o silêncio só era quebrado pelo lento bater das ondas contra as quilhas e o sopro do vento entre o cordame.

– Onde se meteram? Não foram certamente caçar ou buscar água, pois neste caso teriam deixado alguém de vigia. Tampouco caíram no mar, uma vez que neste caso os barcos não estariam tão bem enfileirados e presos ao chão com a âncora da proa.

Percebi o terror nos olhos dos meus homens. Podiam enfrentar qualquer perigo, mas o desconhecido, e ainda mais o inexplicável, enchia-nos de medo. Alguém os raptara? Harpias, demônios na névoa, na densa neblina?

– Ouçam-me – disse eu –, nada do que estão imaginando aconteceu. A costa, aqui, é pedregosa, mas logo adiante, para o interior, há moitas e gramado. Vamos reconhecer os seus rastros e os seguiremos até encontrá-los. Mantenham-se prontos para usar as armas: não sabemos que terra é esta nem quem nela mora.

Eu ainda estava falando quando chegou o homem que enviara aos navios para avisar os demais. Disse-lhe que iríamos partir em seguida e que deveria voltar mais uma vez, pedindo aos marujos que saíssem da enseada e manobrassem os navios até ancorá-los ao lado dos outros vazios. Isso evitaria que nos separássemos para vigiá-los. O homem, um sujeito de Zaquintos que sempre lutara com destemor sob as muralhas de Ílio, respondeu:

– Farei o que pede, *wánax*, mas, se alguém mais pudesse cumprir a sua ordem, preferiria ir com você.

– Não – respondi –, mas aprecio sua coragem e a sua fidelidade. Em alguma outra oportunidade ficará ao meu lado, mas agora faça o que mandei.

Separamo-nos, e nós seguimos para o interior. À nossa esquerda havia um morro encimado por um planalto do qual descia murmurando um riacho de águas límpidas. O córrego regava um gramado verde e viçoso onde pastavam tranquilos uns animais de dorso listrado de preto e chifres pontiagudos e duplamente encurvados. Podia ver, ao longe, outras criaturas, gigantescas, apavorantes por seu imenso tamanho.

Jamais vira antes nada parecido, e nunca mais iria ver pelo resto da minha vida. Percebia ter superado um limiar invisível, tinha a clara sensação de ter entrado num mundo escondido, oculto, onde tudo era diferente, onde tudo poderia acontecer. Apesar de estar com o coração pesado por causa dos companheiros desaparecidos e do fracasso do retorno para casa, tinha os olhos cheios de maravilha e espanto diante daqueles seres prodigiosos que me deixavam entender quanto o mundo era grande e estupendo. Sentia que aquela aventura, minha e dos meus homens, nada ficaria devendo à do rei Laertes, meu pai, e dos seus companheiros do navio *Argo*.

Seguimos adiante pelo resto do dia, acompanhando os rastros: o dos nossos companheiros, que usavam calçados, e outro deixado por pés nus.

– Foram capturados pelos selvagens – disse Antifo.

Mas não me parecia possível. Se os que caminhavam com eles estavam descalços, talvez fossem homens que vivessem do que a natureza lhes oferecia e não conhecessem a arte da agricultura e da fundição dos metais. Como podiam então manter prisioneiros soldados acostumados a lutar cobertos de bronze, treinados no uso da lança e da espada? Além do mais, os nossos eram numerosos. Pelas pegadas, mais numerosos que os outros.

– Só há uma explicação – respondi –, foram com eles por livre escolha. Vejam, as marcas dos pés calçados estão espalhadas por todos os lados, misturam-se com as outras. Se tivessem sido aprisionados, estariam no meio, enquanto dos lados haveria as dos que os capturaram, muito mais numerosas.

– E abandonaram os navios com tudo que está a bordo? Como seria possível? Esqueceriam os despojos que deveriam justificar dez anos de luta e a perda de mais de duzentos dos nossos companheiros? Não, impossível, não dá para acreditar! – respondeu Antifo. – Que razão teriam para fazer uma coisa dessas?

– Algo que faz valer a pena deixar tudo para trás: os navios, os tesouros, as armas. E, quem sabe?, até...

– Que mais?

Não consegui responder, a resposta teria sido amarga demais. Seguimos adiante em silêncio, cautelosos. No meio da tarde encontramos os vestígios de um bivaque, umas dez pequenas fogueiras, a esta altura apagadas, com as sobras de uma refeição para muitos homens: ossos de animais, cascas de ovos enormes. Euríloco apanhou um e o revirou entre as mãos.

– Os fenícios pintam-nos e os vendem nas ilhas e... olhem lá embaixo, são daquelas aves descomunais. Os cretenses chamam-nas aves-camelo.

Viramo-nos para lá e vimos uma dúzia de fêmeas de cor branco-pardacenta ao lado de um macho de magníficas plumas negras. Naquela terra maravilhosa o tempo tinha parado na idade do ouro, manadas de animais pastavam, incontáveis, até onde os olhos podiam alcançar: milhares e milhares de cabeças. Não pertenciam a ninguém e, portanto, pertenciam a todos. E havia fruta de todos os tipos nas árvores. No horizonte, nuvens tempestuosas soltavam raios do céu para a terra, e colunas de água desciam a fertilizar a planície sedenta. Uma terra desmedida... Como era pequeno o nosso mundo, em comparação! O pôr do sol incendiou todo o horizonte, de uma extremidade a outra, o astro de fogo era um imenso globo, muito maior que o nosso, muito mais vermelho. Continuamos andando na escuridão, até a hora em que o cansaço nos impôs um merecido descanso. Deixei quatro homens de vigia, os quais foram rendidos no meio da noite. Nas trevas, ouvimos várias vezes ressoar o rugido do leão, o grito de pássaros desconhecidos, ruídos e chiados misteriosos, ora próximos, ora distantes.

Nenhum obstáculo atrapalhou o alvorecer: nem montanhas nem rochedos. A luz aumentava como um respiro poderoso, ininterrupto, difuso. Aquela terra infinita acordava: bandos de milhares de pássaros levantavam voo rumo ao sol nascente, o galope de desmedidas manadas fazia tremer a terra. Até os nossos deuses nos pareciam pequenos, distantes.

Novamente as pegadas. Novamente uma longa, longa marcha. Então os contornos de uma baixa e suave colina. Chegamos ao topo e demo-nos conta de que a viagem chegara ao fim.

Diante de nós havia um vale verde que emoldurava um pequeno lago, com milhares e milhares de palmeiras à sua volta. Nas margens do vale havia amplas lavouras cultivadas e campos repletos de flores vermelhas carnudas como frutos. Mais adiante, vislumbravam-se colinas de areia brilhosas como pó de ouro. Havia dúzias de galpões cobertos por feixes de ervas secas. Mais ervas entrançadas, formando volumosas meadas, estavam enroscadas como cordas nas bordas das lavouras. As crianças nadavam no lago, as esplêndidas mulheres perambulavam completamente nuas, de altos quadris, pernas torneadas, pele escura.

Os homens estavam quase todos reunidos numa ampla clareira à margem do vilarejo, em volta de um grande monólito de pedra vermelha. Tocavam seus instrumentos, flautas e tambores, e cantavam.

Os nossos companheiros também.

– E agora? – perguntou Euríloco, constantemente ao meu lado. – Acho que deveríamos atacar. Somos menos numerosos do que eles, mas dispomos de boas armas, enquanto os nativos parecem estar inermes. E, mesmo que tenham armas, elas devem estar guardadas dentro das choupanas. Vamos soltar os nossos e depois voltamos aos barcos.

– Não, não precisamos de armas – respondi –, mantenham os escudos presos às costas, como agora, as espadas nas bainhas e as lanças apontadas para baixo. A coisa mais difícil será convencer ou forçar os nossos a voltar.

Euríloco entendeu e começamos a descer. Repararam em nós quase imediatamente, pois éramos muitos, um pequeno exército, mas ninguém pareceu ficar assustado. Só pararam de cantar. Quanto a nós, de forma alguma nos mostramos tendentes a recorrer à força.

Sorri e fiz uma vaga mesura, olhando em volta, pois nenhum deles parecia ser o chefe. Então cumprimentei os nossos homens:

– Salve.

– Salve, Odisseu – responderam. Haviam-me chamado pelo nome, de igual para igual.

– Encontramos os seus navios desertos e abandonados, pensamos que tinham sido levados embora de forma violenta e viemos procurá-los, mas vejo que não é nada disto.

– Com efeito – respondeu um deles –, não nos forçaram a vir, só nos convenceram.

– Não me parece que falem a nossa língua.

– Entendemo-nos assim mesmo – disse outro.

– Como?

Apanhou numa cesta uma daquelas flores vermelhas.

– Experimente isto e compreenderá.

Sacudi a cabeça.

– Fico contente em ver que nada de mal lhes aconteceu. Agora, no entanto, voltemos aos navios para retomar o caminho de casa.

– Mas não olhou à sua volta, rei de Ítaca? Não reparou nas pradarias, nos animais e nos pássaros, nos pores do sol e nas alvoradas? Não percebeu que não há armas? E sabe por quê? Porque não há nada para roubar, nada para saquear. A comida é farta e dá de sobra para todos, as mulheres são estupendas e habilidosas nas brincadeiras do amor, as crianças são de todos e brincam no lago, correm felizes nos gramados. Os homens cantam, dançam e, à noite, contam histórias em volta da fogueira. Histórias que aprenderemos a compreender no devido tempo. E, como pode ver, até ele, o tempo, certamente não falta. Aqui todos têm tempo de sobra. Não existe o cedo ou o tarde demais. Você pode dormir de dia e ficar acordado de noite com estas amantes reluzentes, da cor do bronze polido.

– E as suas esposas? As suas noivas, que há tantos anos estão esperando por vocês, os seus filhos que ainda nem sabiam falar quando partiram? Não pensaram neles?

– Para eles estamos mortos, Odisseu, mortos, está entendendo? As nossas noivas devem ter encontrado um marido, os nossos filhos nunca nos viram, e, para eles, é como se nunca tivéssemos existido. Ficamos dez anos lutando quase todos os dias, matamos, ferimos, massacramos, manchados de sangue, com os ouvidos cheios de gritos desesperados... Você consegue dormir à noite, destemido e astucioso Odisseu? Eu não, não conseguia, sentia-me cercado de espectros, de espíritos berrantes. Dilaceravam o meu coração. – Ofereceu-me mais uma flor. – Com isto esquece-se tudo, está entendendo? Tudo.

– Até a nossa terra? Os seus perfumes, os seus bosques e o seu mar?

– Até ela. Acha realmente que depois de termos vivido tanto tempo daquele jeito poderíamos voltar à nossa casa e encontrar tudo como antes? Como se nada tivesse mudado? Voltar a quê? Às nossas mulheres, que devem nos ter esquecido para formar novas famílias? Aos nossos pais, precocemente envelhecidos na longa espera? Aos filhos que nem saberiam nos reconhecer? E depois o pesadelo, o sangue, a chacina, que voltam toda noite. O nosso lugar é aqui, onde encontramos a paz e o esquecimento. O esquecimento, rei de Ítaca, está entendendo? O esquecimento...

– Queimem os navios – disse outro –, e voltem para cá vocês também. Ficaremos bem, todos juntos. E, juntos, esqueceremos.

Afastei-me para um canto com os meus homens.

– Estão sob efeito de algum fármaco poderoso – disse –, pois, do contrário, como poderiam ter esquecido a casa, os pais, a esposa e os filhos? Precisamos levá-los embora, custe o que custar, e sem demora. Os outros, nos navios, já devem estar preocupados conosco.

– Não vai ser fácil – disse Antifo. – São muitos e parecem ter a intenção de ficar por aqui.

– Reparei que há um grande número de rolos daquelas suas ervas secas. Vamos usá-las como cordas para amarrá-los um atrás do outro e os levaremos de volta. Assim que o efeito do fármaco desaparecer, recuperarão a razão, vocês vão ver.

Esperamos a escuridão da noite, quando todos se recolheram. Os nossos companheiros não tinham uma morada fixa, deitavam-se simplesmente ao lado da fogueira, e isto tornava as coisas mais fáceis para nós.

– Acho melhor esperar mais um pouco – disse eu –, comeram muitas daquelas flores, vamos deixar que façam efeito, até eles dormirem profundamente.

Quando todos me pareceram adormecidos e a sua respiração se tornou pesada, dei o sinal aos meus companheiros e, leves e silenciosos como sombras, começamos a amarrá-los: primeiro as mãos atrás das costas, depois os pescoços, até ficarem atados uns aos outros. Um deles acordou e disse:

– O que estão fazendo? Não! Não! Não queremos ir, deixem-nos em paz! Acordem! Acordem! Estão querendo nos levar embora!

Mas a esta altura estavam todos amarrados e começamos a arrastá-los para fora do vilarejo. Tínhamos feito um excelente trabalho, mas de qualquer maneira mandei vinte guerreiros armados ficar de cada lado da coluna. Na frente cuidávamos de puxá-los, por trás vigiávamos para que ninguém tentasse fugir.

Enquanto subíamos pela colina, vimos os escuros moradores daquela terra sair das suas choupanas e observar, imóveis, o que estava acontecendo. A lua espalhava a sua luminosidade, e todos eram bem visíveis, tanto eles quanto nós. Não se aproximaram. O bronze das nossas armas reluzia no luar. Não se mexeram, mas começaram a cantar. Um longo, triste lamento em várias tonalidades: mais sutil e límpido o das mulheres, mais profundo e intenso o dos homens. *Nunca o esquecerei, enquanto o sangue correr nas minhas veias.* Talvez estivessem se despedindo daquele jeito dos homens a que haviam oferecido a sua hospitalidade de forma mágica e maravilhosa, numa terra sem confins nem tempo. Viam-nos, presos, levados embora como gado, e choravam por eles. O canto tornou-se mais agudo e penetrante, quase um gemido fúnebre por alguém que fosse morrer. Era, pelo menos, a minha impressão, e o mesmo se dava com os companheiros que caminhavam em silêncio de lança na mão e escudo no braço. Os outros, amarrados nos pulsos e no pescoço, pareciam entender o sentido daquelas vozes, e, quando alguns deles levantaram o rosto passando ao meu lado, pude ver que as faces estavam molhadas de pranto.

Seguimos andando sem parar a noite inteira, e todo o dia seguinte, com apenas umas poucas pausas para descansar e tomar água. Nunca tentamos conversar com os companheiros firmemente atados, nem eles conosco, mas eu podia ver que estavam voltando a encarar a realidade e que lamentavam amargamente a perda do sonho e do esquecimento.

3

Tive de prender os homens aos remos e aos bancos de voga e entregar o leme e o comando dos navios que haviam sido abandonados aos meus mais fiéis companheiros: Euríloco, Elpenor, Antifo e alguns outros armados da cabeça aos pés. Dei então o sinal de partida. Não queria ficar nem só mais um momento naquele lugar. O fascínio daquela terra opulenta e misteriosa tinha entrado no meu coração, e eu não queria que ninguém mais se sentisse atraído pela condição maravilhosa dos comedores de lótus. O desejo de voltar era o que me mantinha vivo, era a luz que me guiava na escuridão da noite. Nada no mundo me levaria a desistir dele, e eu tampouco permitiria que os meus homens desistissem. A responsabilidade pela sobrevivência e pelo futuro deles era minha, e minha era a obrigação de devolvê-los aos pais, que se consumiam na espera, mantendo viva uma esperança cada vez mais flébil. Eu os levara à guerra, já perdera muitos nos campos sangrentos de Ílio, não queria absolutamente perder mais na viagem de volta.

Às vezes ficava imaginando se a notícia da queda de Troia já havia chegado com os primeiros veteranos às terras da Acaia, se de Pilos já tinha alcançado as praias de Ítaca e os aposentos do meu palácio reavivando a esperança de Penélope e do meu filho Telêmaco. *Esperem por mim, eu lhes peço, esperem por mim! Como jurei partindo, voltarei para você, minha esposa, e para você, meu filho.* Mas o vento me empurrava para alhures, o sol parecia imóvel no meio do céu, por um tempo indeterminável, para então quase mergulhar no horizonte como um meteorito chamejante. As estrelas noturnas palpitavam raras e espalhadas, muitas vezes escondendo-se atrás das nuvens, e cada dia que passava a orientação ficava mais difícil.

Procurava transmitir segurança aos companheiros, queria fazer com que acreditassem que eu sabia para onde estávamos indo, mas o mar se tornava cada vez mais imenso e deserto. Desde que a tempestade nos afastara definitivamente do cabo Maleia, eu percebia claramente que nunca mais havíamos encontrado outros navios ou barcos de pescadores. O mundo mudara, eu já não reconhecia o céu e o mar, e eles não me reconheciam. Nem sequer a minha deusa falava comigo, nem aparecia. Talvez o seu olhar não tivesse conseguido penetrar a cortina de neblina que ocultava o mundo das origens, a pureza dos homens inocentes e inermes.

Navegamos o dia todo e o seguinte também. Depois de o sol se pôr, para maior segurança, prosseguimos de vela parcialmente recolhida. Na proa, os homens procuravam perscrutar a escuridão para identificar perigos e insídias, ou então em busca de um ancoradouro. Não queríamos passar a noite no mar uma vez que a lua, que antes nos guiara, se escondera atrás das nuvens. Estávamos agora envoltos num espesso nevoeiro que apagara qualquer luminosidade. Com os tições dos braseiros acendemos tochas e, debruçados na proa, procuramos iluminar a superfície do mar. Mandei recolher completamente as velas e seguir adiante com os remos. Gritávamos, de um barco para outro, para manter contato e não desanimar. De uma hora para outra, o mar ficou repentinamente calmo, sem nenhuma onda a encrespá-lo à nossa frente.

– Entramos num espaço abrigado – disse a Euríloco. – Posso ouvir o rumorejar do mar atrás de nós, mas na proa está tão liso como azeite.

– Talvez seja um porto natural. Está vendo alguma coisa?

– Nada.

A tocha se apagou, mas seguimos adiante no denso nevoeiro e na mais completa escuridão até a proa se chocar com a margem baixa e arenosa. Algum deus devia nos ter guiado até ali, não havia outra explicação.

– Podem vir – gritei aos que estavam atrás –, encontramos uma arribação!

Um depois do outro os meus navios encostaram a proa na areia; nos deitamos nas nossas capas e adormecemos. O ar tinha mudado, agora estava morno e não demasiado úmido. As nuvens haviam rareado, e a fraca luminescência do céu revelava contornos baixos e escuros, um lugar desabitado. Desamarrei os companheiros que trouxera de volta da terra dos comedores de lótus.

Eu disse:

– Fiz isto porque já não os reconhecia, achei que tinham perdido a razão. Sou responsável por suas vidas. Já perdemos companheiros demais, não teria ânimo de contar aos seus pais que vocês se haviam esquecido da volta e desprezado o sofrimento deles.

Não responderam, e aquele silêncio sombrio me feriu. Pareciam ter perdido o único bem que sobrara em suas vidas. Mas tudo era estranho naquela noite: o nevoeiro, a profunda escuridão, os barulhos e, depois, mais tarde, longínquos chamados, vozes roucas como rosnados de leões que se movem nas trevas, mas diferentes, quase humanas, nunca ouvidas antes por nenhum de nós.

Acordamos quando a alvorada surgiu a iluminar o mar e a terra. Olhei em volta: os companheiros se levantavam um depois do outro e, em seguida, se juntavam para conversar. Ainda éramos muitos, um exército. Com a luz tudo mudara, tornara-se mais natural, e, assim como eles, percebi que estávamos numa ilha: rasa, fértil, mas não cultivada. Só havia um grande número de cabras-silvestres que se movimentavam entre a farta vegetação. Percorri a praia toda em volta e percebi que a terra firme estava perto, ampla, coberta de árvores e moitas viçosas. Mandei os companheiros armarem-se de arco e flechas para caçar alguns cabritos. Eu e os homens do meu navio iríamos dar uma olhada na terra firme.

Tentaram dissuadir-me, pediram-me que esperasse até termos comida farta, carne assada na brasa que regaríamos com o vinho tinto e forte que ainda enchia as nossas ânforas. Mas eu desejava visitar a terra vasta e desconhecida que estava diante de nós, descobrir quem poderiam ser os seus habitantes, se eram homens cumpridores das leis dos deuses ou selvagens violentos e ferozes que só conheciam a lei do mais forte. Mesmo neste caso, de qualquer maneira, não me importava o perigo. Naquela noite adormecera pensando em Penélope, em meus pais e meu filho, tentando imaginar o seu semblante agora. A noite escura e sem lua, o lugar desconhecido e perdido na neblina não me assustavam; cada som, cada cheiro, cada pedra daquela ilha despertava a minha curiosidade, me levava a pensar no desmedido tamanho da terra que os deuses das origens tinham criado e na pequenez dos nossos conhecimentos. Quantas coisas eu poderia ter descoberto nos últimos dez anos, passados, ao contrário, lutando sob as muralhas de Ílio, só respirando a poeira e o acre cheiro de sangue no reduzido espaço entre o mar e a cidade!

Eu e os meus companheiros zarpamos naquela tarde, depois de aprontarmos e abastecermos o navio, e deixei com Euríloco o comando dos demais, que iriam esperar por nós na ilha. Também levei comigo alguns daqueles que haviam ficado com os comedores de lótus para que a atividade, e talvez a aventura, os despertasse do torpor. Atravessamos o braço de mar que nos separava da terra firme e, à medida que nos aproximávamos, podíamos ver que se tratava de uma terra generosa, mas desprovida de qualquer vilarejo ou de casas. Só quando chegamos perto de um promontório, avistamos uma caverna meio escondida entre as árvores e as moitas.

Lançamos âncora numa pequena enseada dominada por um alto penhasco, quase uma montanha, e levamos conosco um odre de vinho para oferecê-lo aos habitantes daquela terra, se porventura chegássemos a encontrá-los, para cairmos em suas graças. O chiado das cigarras era o único barulho que se ouvia. Não havia embarcações, nem redes e tampouco cabanas de galhos e folhagem que protegessem dos raios do sol, dos animais selvagens ou da chuva invernal. *Às vezes ainda fico pensando se realmente vivi aquela aventura, se experimentei aqueles sentimentos e vi aquelas imagens...* Havia videiras, mas também eram silvestres, com grandes cachos de uva dura e azeda. Um dos homens que enviara em exploração voltou dizendo que encontrara uma trilha. Seguimos por ela. *Mas é assim mesmo que a história volta à minha memória, assim que as imagens empesteiam os meus sonhos e me forçam a acordar todo molhado de suor frio.*

Chegamos à entrada da caverna que tínhamos avistado ao longe do mar. E finalmente encontramos sinais de vida humana: no interior, viam-se cercados que abrigavam cordeiros e cabritos. Por todas as partes havia grandes formas de queijo guardadas em prateleiras para ser curadas. Mas tudo era de tamanho descomunal: os vasos cheios de soro e leite coalhado, o machado para derrubar as árvores... Quem morava naquela espelunca? Assim que se deram conta disto, os homens ficaram assustados e mostraram o desejo de pegar tudo que era possível roubar e voltar de imediato ao navio.

Mas já era tarde.

Ouviam-se os balidos de um rebanho numeroso e passos pesados que faziam estremecer o chão. Uma pilha de troncos foi jogada por uma força sobre-humana para dentro da caverna como se fosse um feixe de gravetos. Lenha para o fogo. Então vi o pânico se desenhar no rosto de todos os companheiros. Na entrada sobressaía um gigante, só uma sombra escura, sem rosto nem expressão.

Procuramos encontrar abrigo nos cantos e nichos da gruta. Mas logo o senhor daquele lugar terrível acendeu o fogo. As chamas surgiram iluminando tudo, e ficou impossível esconder-se. Mas também impossível manter-se imóvel. O gigante reparou em alguns de nós, que se mexiam, e, com uma espécie de rugido *(eram então aquelas as vozes reboantes que eu tinha ouvido de noite, na ilha?)*, perguntou:

– Quem são, estrangeiros? Navegantes ou piratas? E onde está o seu navio?

Eu estava na condição em que escutamos com outros ouvidos e vemos com outros olhos uma das inúmeras realidades possíveis que de uma hora para outra se torna a única e elimina todas as demais. O terror tomou conta de mim porque ele também estava visível. Tinha um só olho logo abaixo da testa, ardente como brasa, mas fixo e aparentemente inerte, uma longa cabeleira solta e eriçada, desgrenhada, um peito enorme, braços peludos, pés sujos de esterco de ovelhas e cabras. Exalava um cheiro insuportável. Sem me abrir demais, expliquei que éramos náufragos e que tínhamos entrado para pedir ajuda e hospitalidade em nome dos deuses. *Atena... por que não falava mais comigo?* Caiu na gargalhada, uma risada fragorosa que acabou num rosnado gorgolejante, de fera faminta. Tinha segurado dois dos meus companheiros, um em cada mão. Esmigalhou o primeiro, o barulho de ossos quebrados apertou o meu coração. Jogou violentamente a cabeça do outro contra a pedra e o cérebro esguichou na nossa cara. Devorou-os. *O som dos corpos massacrados, da carne e dos ossos mastigados de boca aberta faz ferver o sangue em minhas veias mesmo agora que estou tremendo de frio...* Víamos horrorizados aquela barba manchada de sangue, mas só eu, acredito, me dera conta de quem faltava, de quem estava sendo esmigalhado pelos dentes do monstro. Eram dois dos companheiros que haviam experimentado as flores de lótus. Tinham ficado petrificados diante do gigante, e para ele fora fácil pegá-los. Nem tentaram sair de perto, procurar abrigo em algum nicho da gruta. E este pensamento encheu os meus olhos de pranto. Tinham conhecido uma maneira diferente de existir, longe das mágoas e das angústias, e arrancá-los da doçura do esquecimento fora para eles fatal. Trouxera-os comigo porque pensava que explorar uma nova terra, encontrar pessoas e animais desconhecidos, e talvez até enfrentar graves perigos, iria tirá-los do entorpecimento e da indiferença. Eu estava errado; mesmo assim, contudo, enquanto na espelunca ainda ecoavam os arrotos do monstro agora deitado, eu não me arrependia. Tinha absoluta certeza de que renunciar às lembranças, ao rosto da esposa e dos filhos, à terra em que nascemos não é próprio de um homem; achava que somente um covarde ordinário pode separar-se dos similares para levar uma vida sem escopo e sem sentido. Ficava aflito, entretanto, com aquele fim ignominioso, com a ideia de os seus restos serem digeridos e expelidos por aquele corpo abrutalhado e fedorento. Desprovidos da cerimônia fúnebre, das chamas da fogueira e do derradeiro ritual. O horror apunhalava o meu coração.

Aquela foi a mais atroz das noites, tão amarga, que às vezes cheguei a pensar ter sido apenas um pesadelo, desses que podem matar porque são mais vívidos do que a própria realidade. Nessas terras desconhecidas e diferentes, além de toda e qualquer imaginação, acostumara-me a pensar que já não havia o que sempre considerara realidade, mas sim um turbilhão de sentimentos e paixões sem começo nem fim, sem tempo nem lugar. Possível e impossível fundiam-se numa só condição, e o tempo era como o trajeto daqueles navios que, já sem rumo, navegam fazendo amplos círculos no meio do espesso nevoeiro, com o timoneiro que acredita estar avançando em linha reta, pois não há terra à vista nem estrelas no céu.

Foi assim que passamos a noite. Os companheiros apinhados uns em cima dos outros, assustados, no fundo do peito deviam estar me amaldiçoando. Só eu continuava segurando a espada, e teria gostado de aproximar-me do monstro para fincá-la em sua garganta até a empunhadura, e então rodá-la para rasgar as vias da respiração, da comida e do sangue, mas matá-lo também significaria a nossa morte. O ciclope podia portanto dormir tranquilo, sem se preocupar conosco. Depois de acabarmos os mantimentos, para nós chegaria muito em breve o último dia, pois não havia jeito de sairmos da caverna. A entrada estava fechada com um enorme pedregulho que nem mesmo a força de cem homens poderia deslocar. A outra abertura, um furo no topo do antro que deixava sair a fumaça, ficava fora do nosso alcance, alta demais. Foi então que a minha mente me socorreu, ou então que a deusa Atena me inspirou um sábio conselho, mesmo sem mostrar-se e aparecer como costumava fazer. A única coisa com que podia contar era o fato de o meu pensamento ser mais articulado e complexo que o do monstro, e que poderia portanto torná-lo incapaz de nos prejudicar sem, contudo, desprovê-lo da sua força: sem ela, nunca mais iríamos ver a luz do dia nem respirar o fresco ar da manhã.

Aproximei-me então dos companheiros e disse:

– Não desanimem, eu os salvarei.

– Como? – respondeu um daqueles que tinham comido a flor vermelha. – Não há como fugir daqui.

– Há, sim. Ele só pode ver numa direção. Precisamos nos separar, de forma que, enquanto o monstro olhar de um lado, os outros possam procurar abrigo. Agora só precisamos sobreviver até a próxima noite.

Consegui, portanto, que descansassem um pouco. Fiquei de vigília como um pai que cuida dos próprios filhos, e no coração planejava o fim do monstro cruel que não respeitava sequer os hóspedes protegidos por Zeus. Rezei, na calada da noite:

– Grande Zeus, que ampara os viajantes e os hóspedes, conceda-me vingar a morte dos meus companheiros! Haviam sobrevivido aos perigos da guerra nos campos sangrentos de Ílio, para acabar morrendo de morte infame nesta terra selvagem.

Depois desta oração, busquei um abrigo entre as dobras da rocha e procurei descansar sem entregar-me ao sono.

Fui acordado pela voz do ciclope, que se levantava, e pelo barulho dos seus passos, que se aproximavam do fundo da caverna. Sob os seus pés, o chão tremia. Vi mais uma vez o terror nos olhos dos meus companheiros, que, no entanto, fizeram o que eu aconselhara dividindo-se em grupos afastados. Por algum tempo aconteceu o que eu previra. O ciclope era forçado a virar continuamente a cabeça de um lado para outro e não conseguia agarrar ninguém, mas então a situação o deixou furioso e ele dirigiu a sua atenção a um só grupo acuando-o num canto. O olhar dos companheiros suplicava ajuda, inutilmente. Àquela altura eu estava tão impotente quanto qualquer outro. O gigante pegou dois deles, arrancou seus membros um depois do outro e, finalmente, devorou o tronco informe. Eles também haviam sido comedores de lótus, talvez ainda fossem. Tinham ficado separados dos demais, gelados de medo. Não consegui refrear o pranto. As lágrimas me escorriam pelas faces e pelo peito, o coração latia como um cão raivoso. No fim do repasto, o homem selvagem, de olho redondo e fixo, separou os cordeiros das ovelhas, deslocou o enorme pedregulho e ficou enviesado na abertura para que nenhum de nós pudesse passar. Só permitia que as ovelhas, guiadas pelo grande carneiro, superassem o limiar para então correrem a pastar nos gramados verdejantes. Quando a última passou, ele também saiu puxando o pedregulho atrás de si. Ficamos mais uma vez perdidos na penumbra, com apenas um raio de luz que vinha da abertura no teto da caverna.

Juntei os companheiros e disse:

– Ouçam, estamos todos aflitos com o que acabamos de ver, mas prometi que os salvaria e não tenciono quebrar a promessa. Preciso ter certeza de que irão me obedecer. Ainda somos um exército de aqueus e podemos vencer esta fera que se alimenta de carne humana.

Foram estas as minhas palavras, mas naquele momento a minha cabeça estava vazia, não conseguia imaginar nenhuma solução capaz de livrar os homens do tremendo destino que nos ameaçava.

Olhei à volta, perdido, e de repente, apoiado na parede da espelunca, vi o tronco de uma jovem oliveira, um rebento que crescera reto como um fuste e que fora cortado para tornar-se algum instrumento ou, quem sabe?, um cajado para andar nas montanhas. Não reparara nele antes, mas obviamente já devia estar lá. A oliveira... a sua planta sagrada, minha deusa de olhos verdes, filha de Zeus, virgem tritônia. Pois é, parecia-me poder vê-la, de pé na escuridão diante de mim, o elmo a cobrir-lhe a cabeça, de armadura e égide no peito. Era de você que vinha a inspiração, a sugestão. A oliveira é sua, a sua dádiva à humanidade e a mim, que a amo e venero.

– Peguem aquele tronco! – ordenei. – Quero que o desbastem, limpem e lixem até ficar tão liso quanto a haste de um remo. Eu mesmo cuidarei da ponta.

E começamos a trabalhar: os companheiros cortavam os galhos menores, tiravam a casca, limpavam, lixavam com alacridade. Fazer alguma coisa devolvia-lhes a esperança, enquanto ficar passivamente à espera da morte fazia com que se sentissem ovelhas. Desembainhei a espada e dediquei-me a aguçar uma ponta com o maior cuidado. Raspava as pequenas aparas tal como faz um marceneiro com sua plaina, polia a superfície com a faca e depois com a pedra-pomes para torná-la perfeitamente lisa, capaz de penetrar sem nenhum atrito. Quando mais longa e afiada ficava a extremidade, mais o meu coração antegozava a vingança.

Quando acabamos, guardamos o pau de longa ponta afiada e o escondemos entre os excrementos das ovelhas e das cabras.

– Agora só nos resta esperar – disse eu.

– Esperar o quê?! – exclamou um dos companheiros, mais uma vez um daqueles que tinham comido as flores de lótus. – Que ele devore mais alguém?

Aproximei-me dele. Conhecia os seus pais, que moravam em Same, mas também possuíam umas terras em Ítaca. Chamava-se Trasímaco.

– Sei o que está pensando, amigo, acha que quero expor os que comeram o lótus para livrar-me deles, mas está errado. Trouxe-os de volta aos navios para libertá-los do nada, do vazio, e para entregá-los aos seus pais que ainda os aguardam. Vocês, assim como todos os outros. Já perdi homens demais. Vocês mesmos querem morrer, ainda que não se deem conta disto.

O ciclope o percebe. Sabem por que só tem um olho? Porque a sua mente não conseguiria aguentar dois. Mas sabe farejar a fraqueza, a desistência da vida, como um bicho. E então o seu ataque é inexorável. Escute então o que lhe digo: está vendo esta vara? Vamos fincá-la no olho do monstro, vamos cegá-lo. Então usaremos a sua força para abrir caminho rumo à liberdade.

– Mas não é possível! Ele consegue ler até os nossos pensamentos, os nossos suspiros. Como poderemos chegar perto sem que se levante e nos chacine?

– Cuidarei disso, mas preciso da sua ajuda. Caberá a você decidir o destino de todos nós. Eu dirigirei a ponta ao alvo, mas você ficará logo atrás de mim: será o único capaz de ver a direção da haste, o único capaz de governar a força dos que, mais atrás, empurrarão o tronco aguçado.

Ele recuou, pude ver aflição no seu olhar.

– Por que eu? Não estou à altura, acabaria estragando tudo, seria um desastre.

– Porque é o que tem o motivo mais forte para fazê-lo. Tem de vingar os companheiros que, com você, procuraram o esquecimento. Precisa demonstrar a si mesmo que reconquistou a vida.

– Não – murmurou. – Não posso. Escolha outro.

– Como quiser – respondi.

Os demais companheiros estavam todos reunidos em volta e ouviam tudo com a maior atenção. Podia ver em seus olhos uma mistura de esperança e de raivosa determinação, e achei que a nossa tentativa podia realmente ter sucesso. Passamos, portanto, o resto do dia treinando cada movimento, cada passo e cada gesto. Disse-lhes que prendessem a respiração para então soltá-la com um grito.

– Como quando se estica o arco – expliquei –, ou como quando se solta um berro quando o inimigo que trespassamos com a lança tomba bem na nossa frente.

No fim do entardecer ouvimos com horror os balidos e os passos pesados aproximarem-se da entrada. O pedregulho rolou para dentro, e o ciclope deixou entrar os rebanhos. O primeiro a passar foi o carneiro, enorme, com as ovelhas e os cordeiros logo atrás. O imenso pastor abriu o cercado das crias mais novas, e elas logo acorreram em busca da mãe para a mamada. Quando os animais foram acomodados nos devidos lugares, o ciclope virou-se para nós. Eu já sabia que não iria se contentar com queijo e carne de ovelha. Primeiro iria devorar a todos nós.

Agarrou mais dois dos meus companheiros, os primeiros que conseguiu alcançar. Matou os pobres coitados jogando-os contra a parede, que ficou manchada de sangue, e despedaçou-os arrancando seus membros, e comeu--os avidamente.

A minha hora chegara. Mandei encher a bacia de madeira que o ciclope usava para coalhar o queijo com o vinho que havíamos trazido do navio dentro de um grande odre de couro de boi. Era o vinho que eu pegara em Ísmaro, doce e muito forte, e o entreguei ao monstro.

– Agora que comeu carne humana, beba! – disse eu. – É bom, é vinho! – exclamei.

A horrenda criatura aproximou-se, e vi o seu olho do tamanho da minha cabeça perscrutar-me. Não estremeci, sabia que a minha vida e a dos companheiros dependiam de mim. De qualquer forma, não me sentia pior do que quando ouvia a voz de Laocoonte, sacerdote de Apolo, exortando os troianos a queimar o cavalo no qual estávamos escondidos. Esticou o braço, e a sua mão, enorme e peluda, pegou a bacia e levou-a à boca. Fiquei olhando enquanto engolia o vinho tinto, espumoso e aromático, e o meu coração se alegrou, pois o gigante estava sendo bobo e iria cair na minha armadilha. O monstro fez então ouvir a sua voz: "Quero mais, é bom!", e deixou no chão a bacia vazia.

Fiz sinal aos meus homens para enchê-la de novo. Então recuamos para o fundo da gruta, separados em dois grupos. O ciclope se abaixou, apanhou o recipiente e bebeu todo o vinho de uma só vez sem derramar uma só gota.

Arrotou fragorosamente e depois se virou para mim.

– Nunca tinha experimentado uma coisa tão boa na minha vida. Sempre tomei leite de cabra e de ovelha, mas esta é uma bebida digna dos deuses. Ainda não me disse o seu nome, no entanto: diga agora, para que possa retribuir o presente de hospitalidade.

Olhei para o fundo da caverna, no meio, no lugar vazio entre os dois grupos separados dos companheiros, e voltei a ver a sombra, na parede, de uma figura em pé que segurava uma lança: Atena! *Você estava novamente comigo, wánaxa, e eu já nada temia. Como conseguira encontrar a passagem para chegar àquele mundo sem deuses nem lei?*

"Cuidado!", ecoou uma voz dentro do meu coração. "Onde há mar há Posídon, que tudo alcança com os seus braços."

Eu tinha de responder, e a deusa me inspirou, tenho certeza disto:

– Quer saber o meu nome? Vou lhe dizer: o meu nome é Ninguém. É assim que todos me chamam.

– Muito bem, Ninguém, então será o último a ser comido, este é o meu presente de hospitalidade – disse, e deu uma trovejante gargalhada.

– E você? – perguntei por minha vez. – Como se chama?

– Polifemo – respondeu –, porque a minha fama é e sempre será grande. O meu pai é Posídon, que cerca todas as terras e me concebeu de uma ninfa dos bosques, Toosa.

Estas foram as suas palavras de despedida para a noite. Deitou-se na cama de peles de carneiro e, por algum tempo, pareceu olhar fixamente para um dos dois grupos dos meus companheiros, aquele à sua esquerda. Eu fazia sinais para que se mexessem a fim de atrair a sua atenção, enquanto os outros se juntavam a mim.

– Sobrou algum vinho? – perguntei.

– O bastante para encher mais uma bacia – responderam –, no caso de ele acordar.

– Não vai acordar – disse Trasímaco, o homem que se recusara a ajudar-me a fincar a estaca no olho do monstro.

Observei o ciclope. De vez em quando arrotava e um filete avermelhado escorria da sua boca, uma mistura de vinho e de sangue que me deixou horrorizado. Quando a sua respiração se tornou profunda e o corpo relaxou completamente na inconsciência, juntei todos os meus em torno da fogueira, na qual jogamos lenha para alimentar a chama.

– Este é o melhor momento para agirmos – disse eu. – Tragam a estaca para abrasar a ponta no fogo.

– Talvez seja melhor esperar mais um pouco – respondeu Trasímaco, o comedor de flores vermelhas.

– Está dormindo profundamente. Mais tarde as coisas poderiam mudar.

– Não vão mudar – rebateu ele –, acrescentei ao vinho essência de flores vermelhas, podemos agir sem pressa.

– Quer dizer que não tinham desistido de tomá-la.

Baixou a cabeça e não respondeu.

– Vai me ajudar?

– Já ajudei, e agora eu também segurarei aquela estaca. Vingarei os meus companheiros.

– Mexam-se, então. Depois de golpeá-lo, teremos todos de sair correndo em busca de abrigo. A dor vai deixá-lo louco.

A ponta da estaca estava vermelha, e a brasa dura e compacta. A madeira da oliveira é assim mesmo. Seguramos a enorme lança e nos aproximamos do monstro galgando uma saliência da pedra que ficava bem em cima da sua cama. Eu segurava um tição para iluminar a cena. Quando ficamos perfeitamente sobre o ciclope, dei o sinal para os companheiros baixarem a ponta em brasa até ela ficar perto do olho. Olhei para Trasímaco, e ele acenou que sim, estava pronto.

O ciclope se mexeu e ficou mais uma vez deitado de costas. A ponta vermelha ia ficando coberta de uma leve camada de cinza. Dei o sinal para baixá-la de novo. Agora estava a apenas um palmo do olho. Livrei-me do tição aceso. Levantei a mão e com a outra segurei a estaca com firmeza.

– Agora! – gritei. Todos se moveram ao mesmo tempo e a ponta desceu bem na hora em que o olho se abria. Não tinha expressão, mantinha-se fixo e amarelo como o de um cetáceo dos abismos. O pau abrasador fincou-se na órbita, e eu, com a ajuda de Trasímaco e dos demais, rodei-o com força destruindo por completo o grande bulbo, queimando as pestanas. O sangue jorrou farto chiando e rechinando em volta.

– Corram! – gritei, e todos fugiram procurando abrigo, uns para um lado, outros para outro, espalhando-se por todos os cantos da caverna. *Nunca esquecerei aquele olho esbugalhado, atônito, o olho de um peixe. Por isto achei que o que dissera devia ser mesmo verdade. Que era filho do deus azul, o senhor do mar.*

Polifemo ficou de pé com um salto, soltando um grito aterrador, arrancou a estaca da órbita do olho, que apareceu como negra voragem, e arremessou-a para longe, berrando tão alto que as paredes da espelunca estremeceram. Pedia ajuda. Então tentou nos agarrar bracejando e se chocando com as paredes, derrubando coisas, destruindo os cercados dos animais, que se espalharam balindo assustados. A dor terrível, finalmente, o dominou, as suas forças minguaram. Caiu de joelhos, segurando a cabeça entre as mãos, gemendo.

Algum tempo se passou. Ouviram-se vozes do lado de fora.

– O que houve, Polifemo?

– Alguém o atacou? Ladrões? Querem roubá-lo?

– Quem está lhe fazendo mal?

Eram outros ciclopes, parecidos com ele no tamanho e na feroz selvageria.

– Ninguém provocou esta dor! – gritou. – Ninguém me atacou! Socorro! Acudam! – urrava agora a fera, ferida.

Houve momentos de silêncio. E nós também ficamos imóveis prendendo a respiração.

– Se ninguém o machucou, então não há nada que possamos fazer! É um mal que só os deuses podem curar. Peça ajuda ao seu pai divino e procure descansar. Amanhã vai se sentir melhor.

Os passos dos gigantes se afastaram, e o coração ria de alegria no meu peito: eu me deliciava até o fim com o sabor da vingança.

Chorou, chorou muito o monstro antropófago, chorou a noite inteira, mas eu pensava nos companheiros sepultados no seu ventre fedorento e não encontrava sossego, tinha vontade de espicaçá-lo ainda mais, de magoá-lo de todas as formas possíveis. Mas reprimi no fundo do coração a minha fúria porque ainda não concluíra o meu trabalho. Ele ficava algum tempo parado, como morto, para então golpear em volta com os braços e as pernas, adoidado, na esperança de a nossa curiosidade nos ter levado para mais perto. Eu, no entanto, mantinha os meus o mais longe possível, não deixava ninguém se aproximar.

Chegou finalmente a alvorada, e um raio de luz iluminou a caverna através do buraco no teto. O ciclope levantou-se lentamente, até obscurecer com seu tamanho a luz que nos acordara lá de cima. Encobriu-nos mais uma vez com a sua sombra ameaçadora. As ovelhas e as cabras, enquanto isso, baliam cada vez mais alto, porque estavam com sede e com fome. O monstro costumava levá-las ao pasto assim que o sol raiava.

Levado por compaixão pelo seu rebanho, o monstruoso pastor aproximou-se tateando do pedregulho que selava a entrada da caverna e o deslocou. A luz invadiu a sombria prisão, o túmulo de qualquer esperança nossa, e quem tirava o cadeado era eu, eu que acrescentara à minha mente os braços do gigante.

Os bichos começaram a fluir para fora, mas ele, baixando as mãos, impedia a nossa saída.

Juntei então os companheiros e, mais uma vez, contei o que maquinara para ficarmos livres. Pegamos as cordas de fibra de palmeira, que estavam espalhadas no antro, e, com a ajuda de Trasímaco, amarrei as ovelhas em grupos de três, para cada um sustentar um dos companheiros. Depois atei o próprio Trasímaco e o vi sair entre as pernas de Polifemo, que deixava passar os seus bichos. Reconhecia-os pelo velo.

Eu fui o último a sair, pendurado na lã do grande carneiro, escondido sob o seu ventre. E pensei que aquele era o cumprimento do vaticínio que a minha mãe pronunciara quando eu voltara pela primeira vez da caçada com o avô Autólico. Mas logo fiquei em dúvida quando o ciclope reconheceu o chefe dos seus rebanhos.

– O que houve, meu carneiro predileto? Por que é o último a sair, logo você, que era o primeiro a correr para levar suas ovelhas ao pasto? Ficou triste por causa do seu dono, que já não pode ver a luz do sol?

E demorou-se a afagá-lo. Mais de uma vez a sua mão imensa roçou nos meus dedos, e eu estremeci pensando no destino que me caberia se ele me pegasse. Não teria tempo de sacar a espada para matar-me, teria de enfrentar todo o sofrimento que um homem pode padecer nas mãos do mais cruel dos algozes. Nem mesmo quando estava no ventre vazio do cavalo construído por Epeu, vendo por uma fenda a tocha acesa na mão de Laocoonte, sacerdote de Apolo, eu experimentara tamanha aflição.

Mas o carneiro passou e deixei-me cair no chão. Levantei-me, fui juntar-me aos companheiros, que esperavam por mim. Corremos juntos pela trilha que levava ao navio. Ao chegarmos à praia, abraçamo-nos comovidos, já não podendo conter as lágrimas, e para mim era como abraçar irmãos ou filhos que haviam sido motivo de dolorosa preocupação. A alegria no coração era grande porque os salvara, porque lhes evitara uma morte horrenda e infame, devolvendo-os à luz do céu, aos perfumes da terra, às cores do mar. O último a abraçar-me foi Trasímaco, aquele que tinha saboreado as flores vermelhas.

– Devolveu-me a vida, *wánax* Odisseu. E agora leve-nos para casa, meu rei! – Também o abracei bem apertado e não pude conter o pranto. Um depois do outro, eu por último, subimos a bordo, soltamos as amarras, e os companheiros começaram a remar, dobrados em cima dos bancos, ansiosos por sair daquela terra maldita. Na proa, eu indicava a rota quando vi aparecer no topo de um penhasco o ciclope, que se apoiava num tronco de árvore como um pastor se apoia no cajado enquanto vigia o rebanho. Os companheiros também o viram e redobraram então os seus esforços a fim de afastar o navio o mais possível da costa. Mas, ao ver o monstro que eu reduzira à impotência, não consegui conter-me. Gritei: “Ciclope!” E a minha voz ecoou como um trovão no mar.

Ouviu-me e mexeu a cabeça para descobrir de onde vinha a voz. Os companheiros imploravam que eu me calasse, mas foi inútil.

– Ciclope! – voltei a gritar. – Você desprezou as leis sagradas que protegem os hóspedes devorando os meus companheiros e pagou o preço da sua ferocidade: se alguém, algum dia, porventura perguntar quem o cegou, responda que foi Odisseu, filho de Laertes, rei de Ítaca, destruidor de cidades. Quem lhe tirou a luz foi ele!

As minhas palavras atiçaram-no, tornaram-no furibundo. Arrancou com força sobre-humana o cume do morro e arremessou-o ao mar. O gigantesco pedregulho caiu diante da proa levantando uma onda imensa que nos empurrou para trás. Os companheiros, aterrorizados, viam novamente o barco aproximar-se da ameaça de que acabavam de se safarem. Voltaram a remar furiosamente, mas em seguida Polifemo arremessou outro pedregulho que quase nos acertou, acabando no mar logo atrás da popa. Desta vez a onda nos impeliu para o mar aberto, e rumamos para a ilha. Ouvi ao longe a voz do gigante, que pedia implacável vingança ao pai Posídon, mas isto não me perturbou, pois naquele momento era grande demais a felicidade por ter salvado os companheiros de uma morte horrenda, grande demais era a pena pelos bancos vazios e pelos remos inertes que via no navio, forte e amargo demais o sabor da vingança que acabava de consumar. Nem mesmo o deus azul, pai dele, se realmente o tinha gerado, poderia sará-lo. Soltei, agudo como o grito da águia, o tríplice brado dos reis de Ítaca.

4

O eco da maldição de Polifemo perseguiu-me por quase todo o braço de mar que nos separava da ilha rasa e penetrou o meu coração como uma lâmina gelada.

Ao chegarmos à ilha, encontramos os demais companheiros aflitos por causa da nossa demora, e Euríloco já estava preparando um poderoso grupo de combate, com arqueiros e guerreiros de armamento pesado, para desembarcar em terra firme à nossa procura. Assim que nos viram, exultaram soltando gritos de júbilo, mas depois do nosso desembarque repararam que não eram poucos os companheiros que estavam faltando. Naqueles longos anos de guerra, estabelecera-se entre eles um forte vínculo fraterno devido à ajuda recíproca que se prestavam no campo de batalha, e todo companheiro caído representava uma ferida profunda e difícil de ser sanada. Era como se fossem todos membros da mesma família.

Na nossa ausência não se haviam entregado ao ócio e tinham caçado um bom número de cabras selvagens. Elas foram repartidas junto com as ovelhas que nós havíamos tirado do ciclope. Ao todo, dez animais couberam à tripulação de cada navio, ao passo que onze tangeram ao meu por respeito a mim.

A maldição de Polifemo ainda ressoava nos meus ouvidos, e, por isso mesmo, arrastei uma das ovelhas mais gordas até a praia, esganei-a e queimei as partes mais nobres em honra de Zeus, para que desviasse de mim o mau agouro que me perseguira na água enquanto me afastava daquela terra maldita, sem lei nem respeito pelos homens nem pelos deuses. Naquele momento voltei a pensar em Calcante e naquilo que nos havíamos dito sob a figueira-brava em terras troianas. Desejei que estivesse ali, comigo, para perguntar se o deus tinha apreciado a minha oferenda ou a desdenhara. Sozinho, eu nunca poderia saber. *Fora completamente inútil o meu sacrifício, bem sei disto agora, mas naquele tempo continuava a ter esperança.*

Enquanto isso os companheiros tinham esquartejado mais ovelhas e cabras, aberto ânforas de vinho e acendido fogueiras para assarmos a carne. Comemos e bebemos até o entardecer na areia ainda quente dos raios de sol, nós porque queríamos esquecer, e os companheiros que haviam ficado na ilha porque imaginavam algo terrível, mas não tinham coragem de perguntar. À medida que o tempo passava, o ar que respirávamos, os perfumes da terra e do mar, o céu sereno e cheio de estrelas, o balido dos cabritos que acompanhavam as mães nas pastagens quase me levavam a esquecer a experiência vivida; havia momentos em que tinha a impressão de que nada acontecera, de que tudo não passara de um sonho. Talvez pudesse até acreditar nisto, pois a esta altura tinha compreendido que as coisas podem tornar-se reais se acreditarmos nelas. Eu voltava à minha adolescência:

– Pai, enquanto estava na casa do vovô, vi a deusa Atena.

– Durma, meu filho.

O que poderia dizer ao rei Laertes, meu pai, se ele estivesse presente naquele momento? "Pai, um gigante com um só olho no meio da testa, tão alto quanto um pinheiro do monte Nérito, devorou seis dos meus companheiros"?

– Durma, filho.

Pois é, durma, meu coração, durma se puder.

– O que aconteceu com os que não voltaram?

Era a voz de Euríloco.

– Pergunte aos outros, eu estou cansado, cansado demais, pode entender? Amanhã vamos partir, uma longa viagem nos espera. Vamos voltar para casa, e sabe por quê? Porque mesmo deste lado da cortina de neblina que atravessamos, *há quanto tempo?*, o sol surge diante de nós e se põe atrás. E quando chegarmos a Ítaca e entrarmos no porto grande, depois de prantearmos os nossos mortos, abraçaremos de novo as pessoas que amamos e tudo sumirá no nada, para sempre, como um pesadelo que se desfaz nos primeiros raios de sol.

Euríloco nada mais disse e se afastou. Eu me deitei na areia e me cobri com a capa. Longe, na noite, da terra firme, chegava um estertor como que de fera moribunda, um longo gemido abafado, e um sibilo agudo parecia responder-lhe do mar.

* * *

Ao alvorecer, depois de carregarmos os navios com tudo o que aquela terra tinha a oferecer, incluindo um grande suprimento de água, perfilamo-nos na praia olhando para terra firme. Chamamos dez vezes os nomes dos companheiros perdidos, e cada grupo subiu em seu navio e o pessoal se sentou nos bancos segurando os remos.

Afastamo-nos para mar aberto com o meu barco, que, mais uma vez, indicava o caminho. Um vento de terra, firme e quente, empurrou-nos entre o norte e o ocidente. Não havia como lutar com ele, e tivemos de nos sujeitar aos seus caprichos. Navegamos por vários dias e noites enquanto o vento virava nos empurrando para cada vez mais longe do oriente e aumentava de intensidade. Elpenor estava no leme do meu navio, e Euríloco controlava a tensão das cordas e a orientação da vela. Uma grande tristeza tomava conta do meu coração, porque percebia que estava me afastando cada vez mais da pátria e sentia falta dos companheiros que não conseguira salvar. Teria sido melhor se os tivesse deixado na terra dos comedores de lótus! A esta altura ainda estariam aproveitando a luz do sol. E, ao contrário, vagueavam agora sem destino na escuridão do Além, lastimando a perda da vida. Eu achara que estava fazendo o melhor, mas os deuses e o fado haviam decidido frustrar as minhas intenções.

Logo depois da metade do dia, Euríloco aproximou-se.

– Por que não quer me contar o que aconteceu com os companheiros que não voltaram de terra firme?

Eu esperara que não voltasse a perguntar, que entendesse que eu não queria reviver lembranças amargas. Mas tive de responder e contei-lhe toda a história. Afinal, se eu não falasse, ele iria certamente saber pelos companheiros.

– E não tem mais nada para me contar? – insistiu depois que acabei.

Sabia aonde queria chegar.

– Se já sabe, por que pergunta?

– Porque quero que você mesmo o diga, quero saber o que podemos esperar.

O vento soprava cada vez mais decidido e a vela estava inchada, o mastro gemia sob o impulso poderoso e todo o madeirame do barco estalava e chiava. Só de vez em quando os homens mergulhavam os remos na água na vã tentativa de aliviar o esforço do timoneiro.

– O monstro lançou-me uma maldição. Invocou Posídon para que impeça a minha volta.

Euríloco baixou a cabeça, o seu rosto anuviou-se. Não tive ânimo de revelar-lhe os meus piores pensamentos. Respondi de forma que as minhas palavras parecessem verdadeiras:

– Amaldiçoou o meu nome, meu amigo, mas como você bem sabe... o meu nome é Ninguém!

Euríloco sorriu, e eu também fiquei contente, pois queria dizer que os companheiros não lhe haviam contado exatamente o que eu gritara. Na terceira noite de navegação o vento começou a amainar, voltando a virar lentamente, mais uma vez, para o ocidente. O sol, que se punha, com efeito, estava bem à minha frente, o mar ainda encapelado tinha a cor do vinho, e o navio se espelhava naquela luz com reflexos de cobre. Euríloco reaproximou-se de mim.

– O que é aquilo?

– O quê? Onde?

– Lá, ao longe, onde se vê aquela crista de espuma branca. As ondas se chocam com alguma coisa.

– Uma ilha?

– É o que parece, ou então um promontório. O que vamos fazer?

– Vamos rumar para lá – respondi. – Nunca é demais reabastecer o suprimento de água e de comida fresca, embora ainda tenhamos bastante carne salgada. Somos muitos, se houver algum perigo poderemos nos defender. Afinal, não parece ser uma terra muito grande. Dê a ordem.

Euríloco não se fez de rogado e mandou Elpenor virar levemente para o norte, para a crista de espuma que se podia ver cada vez mais claramente. Os homens baixaram os remos ao mar para facilitar a manobra do timoneiro enquanto a espuma se tingia de rosa e o vento esmorecia até acalmar-se por completo. Recolhemos a vela e seguimos adiante com os remos, em formação semicircular.

À medida que nos aproximávamos, descortinava-se diante de nossos olhos uma visão surpreendente. O mar estava cheio de pedras boiando tão perto umas das outras que quase pareciam uma extensão da terra firme. Por trás, era visível uma construção de bronze ou de cobre e, para além dela, uma coluna de fumaça que subia lentamente ao céu. Surdos estrondos se ouviam ao longe, rumorejando como se chegassem diretamente das entranhas da terra. Uma ilha que boiava no mar.

Entreolhamo-nos atônitos, quase a nos perguntarmos qual seria a melhor coisa a fazer. A lembrança ainda viva da mais recente aventura aconselhava-me a não desafiar os perigos de uma terra desconhecida, mas o lugar era habitado e eu não podia esquivar-me do encontro com o seu senhor, quem quer que fosse.

Ordenei que os navios ficassem na embocadura do porto. Antes de ser levado à praia com mais alguns companheiros, achei por bem falar com Euríloco:

– Fique aqui com o restante da frota e espere notícias minhas: se até o entardecer de amanhã não as receber, virem as proas para o mar e sigam sozinhos para Ítaca. Você ficará no comando.

Abraçamo-nos, pois não sabíamos se iríamos nos ver de novo, e fui para terra com os demais companheiros e encaminhamo-nos para a muralha, que refletia os últimos raios de sol. Não se viam outros navios no porto, não havia casas ao longo do caminho, nenhum rebanho pastava nos campos. Guardávamos as armas sob as capas, e pedi que todos ficassem prontos para usá-las no caso de sermos atacados.

Chegamos, afinal, às portas da cidade. Esculpidas nelas, havia imagens de animais fantásticos que eu nunca tinha visto antes, e no meio uma estrela de oito pontas, quatro mais compridas e quatro mais curtas, alternadas. Do interior vinha uma música de flautas e címbalos, como se houvesse uma festa com danças e cantos. O ar estava parado. Sem a menor brisa, sequer um sopro. Achei muito estranha aquela calmaria numa ilha, pois tinha passado a infância em Ítaca e lembrava que toda tarde, em qualquer época do ano, o vento se levantava e atravessava veloz o canal entre a minha ilha e a de Same, investindo os bosques com um sopro no começo leve, mas depois cada vez mais vigoroso, e no inverno extremamente frio.

Bati na madeira com o cabo da espada e esperei. Passaram-se somente alguns instantes, e então a porta, muito alta, chiou rodando nas dobradiças até abrir-se completamente. Entramos, cautelosos, mantendo a mão apoiada na empunhadura das armas, e avançamos pelo pátio deserto acompanhando o som festivo que chegava a nós do interior do palácio. Não havia sentinelas nem guerreiros, não se viam armas presas às paredes, mas apenas objetos decorativos: máscaras de criaturas desconhecidas, homens e mulheres de traços nunca vistos e, além disso, desenhos, talvez símbolos, formas fantásticas de ouro e de prata fundidos. Os companheiros vinham atrás de mim, ciciando baixinho sua maravilha. A luminosidade ia sumindo depressa, mas outra luz aparecia à nossa frente, filtrava por baixo de uma pesada porta de bronze enfeitada com frisos de ouro, prata e cobre vermelho cuidadosamente polido.

Esta porta também se abriu diante de nós antes que fizéssemos qualquer movimento, e apareceu uma grande sala com mesas fartas de comida e bebida. No fundo, num trono de prata, estava sentado um homem de aparência vigorosa, não propriamente jovem, mas tampouco idoso apesar de uma grande cabeleira branca e lisa, reluzente como prata, emoldurar o seu rosto. Em toda a volta havia casais de rapazes e moças deitados em confortáveis leitos cobertos de linho e púrpura, segurando taças de vinho de notável beleza.

– Sejam bem-vindos, estrangeiros – disse ele. – Aproximem-se, serão bem tratados.

O coração alegrou-se em meu peito. Que diferença da atroz acolhida do ciclope selvagem! Tivera o que bem merecia e, apesar de sentir-me perseguido pela maldição, não me arrependia de ter feito o que fizera, cegando-o e condenando-o para sempre à escuridão.

Os criados logo aprontaram outras mesas para nós perto do trono, e, depois que satisfizemos a fome e o desejo de bom vinho, o anfitrião nos perguntou quem éramos:

– Quem são vocês, meus hóspedes, e de onde vêm? O que os trouxe a este lugar? Não são muitos os que chegam aqui.

Quem respondeu fui eu, como sempre, e não contei, pelo menos em parte, a verdade:

– Somos aqueus, e voltávamos da guerra após derrubarmos as muralhas de Ílio, mas um vento muito forte, invencível, desviou-nos do caminho. Por nove dias e nove noites ficamos à mercê do vendaval. Então o vento nos concedeu uma trégua e chegamos à sua morada. Que os deuses lhe sejam benévolos concedendo-lhe saúde e prosperidade pela sua acolhida.

– Os navios que ficaram à espera na entrada do porto são seus?

– Sim, são nossos, mas não queríamos que imaginasse um ataque de piratas.

– Bem pensado. Não tenho armas, como pode ver, mas posso contar com forças bem maiores, e, por isso, ninguém pode vir para cá com intenções hostis sem pagar um alto preço. Mas agora pode enviar um dos seus avisando que todos podem desembarcar. Terão água e comida, e ninguém terá motivo para se preocupar. A notícia da queda de Ílio chegou até aqui. Por favor, conte-me tudo, pois a minha curiosidade é grande, e os meus filhos e filhas também ficarão contentes por ouvir.

Ficamos um mês inteiro no palácio de Éolo, da esposa, dos filhos e das filhas, todos casados entre si. Todo dia, ao entardecer, o rei nos convidava à sua mesa e fazia mil perguntas sobre a guerra, sobre os principais heróis e suas façanhas. Nunca se cansava. Nem eu me cansava de contar. Afinal, o hóspede também retribui a hospitalidade desse jeito, descrevendo coisas que o dono da casa jamais poderia ver ou experimentar. Percebia que ele ficava cada dia mais apaixonado pelo meu conto. Queria saber de Heitor e de Aquiles, de Ájax gigante, de Agamêmnon, rei dos reis dos aqueus. Às vezes batia palmas como uma criança quando eu começava a narrar.

A coisa mais estranha foi que nunca perguntou o meu nome, como seria direito seu por me hospedar, e eu não fiz questão de revelar. Sempre se dirigia a mim chamando-me de "hóspede" ou de "querido amigo", e isto me parecia a coisa melhor. Certa noite foi a minha vez de dirigir-lhe a palavra:

– Senhor que reina sobre esta ilha, gostaria de fazer-lhe umas perguntas, porque sempre tenho o desejo de saber e conhecer o que aos outros homens não é concedido.

– Fale, então. Eu responderei.

– Desde que chegamos aqui jamais reparei num único sopro de vento. Como é possível? Nunca vi uma ilha sem vento, e na minha terra as ilhas são muito numerosas, e são inúmeras as que visitei.

– Vou contar: eu sou um domador de ventos e tenho o poder de mandar neles. E este poder foi-me dado pelos deuses. Eles sabem muito bem que jamais abusei desta força.

– Foi o que imaginei – respondi –, e por isto mesmo lhe peço que realize o que eu e os meus companheiros mais desejamos. Enfrentamos muitos sofrimentos lutando sob as muralhas de Ílio e muitos outros no mar. O que mais queremos é rever a nossa terra, as ilhas onde nascemos e onde temos casa e família. Neste mar não conseguimos reconhecer o caminho de volta: eu lhe peço, ensine-nos a alcançar a nossa pátria.

O senhor dos ventos sorriu.

– Farei isto com prazer, pois passei dias agradabilíssimos com vocês. Aprontem tudo para a partida, e amanhã irei vê-los no porto.

Despedimo-nos prestando homenagem a ele e à rainha e voltamos aos navios. Eu estava feliz, pois sentia que estávamos perto do fim das nossas aflições. Iríamos atravessar de novo a cortina de fumaça? Voltaríamos a águas conhecidas e a correntezas favoráveis? Reconheceríamos novamente os caminhos invisíveis do mar?

No dia seguinte os navios estavam prontos, plenamente abastecidos de água e comida, com os homens já sentados em seus bancos de mão firme na empunhadura dos remos. Quando a alvorada tingiu de rosa o céu e a espuma do mar, Éolo, o senhor dos ventos, chegou acompanhado de oito criados que carregavam uma liteira. Havia nela um odre enorme, de couro bem costurado e com a abertura fechada com uma corrente de prata. Parou diante de mim.

– Preste atenção no que vou dizer, embora lhe pareça impossível acreditar. Tranquei neste odre todos os ventos contrários e os enviesados que poderiam desviá-lo da rota. Deixei solto somente Zéfiro, que sopra do ocidente. Só precisará manter reto o leme e chegará à sua ilha.

Nem sequer pisquei enquanto ele falava, não perdi de vista nenhuma expressão do seu rosto nem a mudança da luz nos seus olhos, e tampouco o movimento dos seus lábios, que, depois que pronunciaram a última palavra, pareceram moldar-se numa leve careta, quase imperceptível, como um sorriso escarnecedor e enigmático. Pensei tratar-se somente da minha imaginação, uma vez que o meu coração queria acreditar piamente nas suas palavras. Agradeci, quase com lágrimas nos olhos, enquanto os serviçais ajeitavam o grande odre feito de um só couro de touro sob o convés da popa, e subi ao navio real. O meu. Mandei dar o sinal de partida e tocar o corno uma, duas, três vezes.

A frota descreveu um amplo círculo dentro do porto, e então eu saí a mar aberto, e, atrás de mim, os demais barcos dispostos de viés para que nenhum deles ficasse para mim escondido atrás de outro, nem de dia nem de noite. Olhei para trás para ver Éolo, o domador dos ventos, e as muralhas da sua cidade, que refletiam a luz do sol. Deixei um companheiro de vigia na proa, e eu mesmo fui cuidar da barra do leme na popa. Durante todo o dia e a noite inteira.

Será possível, para um homem, não dormir? Talvez por um dia, ou dois, ou quem sabe três? Somos levados a pensar que não é possível, mas, se você mantiver os pensamentos fixos naquilo que está por vir, tudo se torna suportável. Continue dizendo ao seu coração: não adormeça, coração, aguente. Já está prestes a avistar a sua ilha, já pode sentir o perfume da murta que o vento traz da terra... A esta altura, o navio já foi avistado do palácio no topo da colina. Estão preparando o cortejo de boas-vindas. O estandarte revela que o rei está voltando. O seu filho lidera a comitiva, em sua armadura de bronze, ofuscante, e atrás dele a rainha-mãe, a sua esposa, ainda mais linda que no dia em que a deixou...

Ficar acordado, ficar acordado, ficar acordado. Não confiava em ninguém, talvez sequer em mim. Não queria ser pego desprevenido por um acontecimento inesperado, por uma brincadeira do destino ou de algum deus. O mais perigoso não era Posídon com sua fúria, mas Hipno, o sono irmão da morte. Envolvia-me tentador, seduzia-me com a música sempre igual das ondas na proa, o estalar ritmado e monótono da vela e que se tornava insistente tamborilar, uma insinuante cantiga de ninar. Invejava os companheiros que, à noite, se deitavam exaustos nos bancos e, só protegidos pela capa, dormiam.

Não acreditava que alguém pudesse ficar sem dormir por mais de dois dias. Passaram-se três, e quatro. O vento também era monótono, sempre igual, soprava cantando a mesma canção, no mesmo tom, com a mesma voz. Mas eu pensava que, a cada hora que passava, mais se aproximava o cumprimento de todos os meus desejos, da amarga saudade que a voz de Penélope cantara para mim em Esparta. Ela também se tornava um refrão sempre igual, quase informe. O Sono, irmão de Tânato, queria que eu me entregasse, que rolasse sob os bancos, esgotado, esquecido de tudo, para ele manipular à vontade o meu destino. "Mas eu sou Odisseu, filho de Laertes, rei de Ítaca, destruidor de cidades, e não me entregarei." Procurava, assim, infundir força, coragem e orgulho no meu coração exausto. Às vezes me concedia algum vigilante repouso durante o dia, sabendo que não poderia adormecer na luz ofuscante do sol, entre os gritos das gaivotas, sob o peso da responsabilidade de guiar a frota. Aprendera a dormir ficando acordado e a continuar de vigia no sono invocando a minha deusa, que fazia tanto tempo não via. Os companheiros não entendiam a minha maneira de agir, achavam que eu tinha perdido toda a confiança neles, que a loucura havia obscurecido a minha mente.

– Por que não procura dormir um pouco, qual é o motivo desse delírio? – perguntava Euríloco. – Sempre confiou em mim: quantas vezes já governei o barco sem que você tivesse de se queixar?

Mas qualquer voz que me falasse daquele jeito era para mim a voz do deus que queria me adormecer para tirar-me do caminho, para impedir a minha volta, e eu ficava ainda mais decidido a não ceder, a não deixar que nenhum outro ficasse no leme.

Passaram-se quatro, cinco, seis dias. Era um milagre o meu, algo que ninguém tinha feito antes. O desejo de dormir transformava-se numa dor cada vez mais aguda. Uma dor que me ajudava a ficar acordado, mas que doía no coração, nos olhos, na mente, no corpo inteiro. À noite, ouvia as harpias gralhando de cima do mastro que segurava a vela. Lá estavam elas, rapaces, esperando que eu dormisse para dilacerar-me. Já estava cansado de sacar a espada! O limiar entre o dia e a noite, entre a vigília e o sono, entre o delírio e a realidade já não existia, e isso provocava uma cansada angústia que me enfraquecia sem prostrar-me, me aniquilava sem matar-me.

Passaram-se, desse jeito, também o sétimo e o oitavo dia. Comia amiúde, pequenas porções para não ficar enjoado, para não tornar os olhos pesados. Nunca poderia ficar acostumado com aquilo. Os momentos de repouso vigilante de alguma forma me ajudavam, mas eu ficava cada vez mais entorpecido. Chegava a mim o perfume da terra, ou talvez já estivesse dormindo e sonhando. A última noite foi a mais dura e difícil. Sentia-me despedaçado, e os companheiros olhavam para mim com olhos cheios de aflição, como se já não me reconhecessem: para eles, eu tornara-me um estranho.

No nono dia, antes do alvorecer, vi uma massa escura no horizonte, o perfil de uma montanha que eu jamais poderia confundir com nenhuma outra.

Ítaca.

A minha ilha, o seu perfume, as suas cores, os seus contornos eram para mim o corpo da esposa tão longamente desejada. Os olhos, vermelhos de desumana provação, enchiam-se de lágrimas e o sal ardia. Dali a pouco iria pisar nos seixos e na areia, nas pedras e na grama, e veria o meu filho.

Por um momento cheguei a pensar que fosse um sonho, enquanto a aurora mostrava seus dedos rosados atrás da sombra ainda escura dos montes. Então me perdi na total inconsciência.

Acordei no meio de uma furiosa tempestade.

5

Não podia acreditar no que via: a minha frota, já tão perto da desejada meta, havia sido repelida para longe pela violência do vento e do mar. Berrei, para sobrepujar o estrondo da procela:

– O que aconteceu? Onde estamos? Por que não me acordaram?

Só o uivo do vento me respondeu: os homens corriam de um lado para outro do navio. Elpenor, pendurado na barra que governava os lemes da popa, mal conseguia segurá-la na fúria cega das ondas. Avalanches de água inundavam o barco, e os companheiros nos remos tentavam de todas as formas mantê-lo de frente para que não apresentasse o flanco aos vagalhões. A vela havia sido recolhida, mas não completamente, sinal de que a tempestade nos pegara de surpresa. De repente reparei no grande odre, agora solto, fora do abrigo onde o guardáramos na popa, jogado de um lado para outro do convés, desprovido da corrente de prata que o mantinha fechado. Fiquei tomado de desespero, mas naquele momento não havia certamente como falar com os meus homens. Era preciso salvar a frota e levá-la de novo para águas tranquilas. Pensaria em explicar tudo mais tarde.

Navegamos durante seis dias e seis noites. Eu não deixava de ficar de olho na enviesada linha de fogos que assinalava a presença dos meus navios. Então, assim como acontecera da primeira vez, a ventania parou quase de repente, o mar cobriu-se de uma capa de fino nevoeiro e o silêncio dominou todas as coisas.

Pouco a pouco, na neblina, apareceu o pico de uma ilha, um penacho de fumaça escura que subia ao céu, e depois paredes e casas da cor do bronze, e um palácio cercado por uma muralha de algum metal mais cinzento e opaco. Vinha ao nosso encontro lentamente, abrindo caminho na neblina e cortando as ondas de espuma branca. Os deuses estavam me ajudando! O vento trouxera-me de volta à ilha flutuante de Éolo, o domador de tempestades. Havíamos ficado amigos, ele iria ajudar-me mais uma vez.

Enquanto me aprontava para lançar âncora após pedir que o restante da frota mantivesse distância, uma voz trovejou lá de cima:

– O que está fazendo aqui, rei de Ítaca? Eu não lhe tinha dado um odre com todos os ventos malignos e adversos trancados dentro dele, só deixando livre o Zéfiro, que o levaria para casa?

O tom mudara: o amável soberano da ilha, que me hospedara por um mês oferecendo banquetes em companhia dos filhos e das filhas, que também eram seus genros e noras, tinha agora uma voz grave, quase ameaçadora e incrivelmente estrondosa. O ar tremia com ela, e o céu ressoava.

Respondi:

– Ouça-me, poderoso senhor! Aguentei a barra do leme por oito dias e oito noites sem pregar os olhos: não queria ser pego de surpresa por nenhum imprevisto. Então, no nono dia, quando finalmente já podíamos avistar a minha ilha, fui vencido pelo sono. Quando acordei, a tempestade soprava contrária e trouxe-me até aqui. O odre com que me presenteara estava aberto. Eu peço, rogo em nome da hospitalidade: ajude-me mais uma vez, feche de novo os ventos hostis e os enviesados e deixe Zéfiro me levar para casa!

O silêncio voltou a dominar todas as coisas, pesado, oprimente, e então a voz do domador dos ventos rasgou o ar parado:

– Saia daqui, e não se atreva a voltar: se não conseguiu alcançar a sua ilha depois do que fiz por você, quer dizer que é um ser abominável, detestado pelos deuses. Não posso tornar as divindades minhas inimigas por sua causa, ajudando-o de novo. Vá embora, eu já disse, e para sempre!

Naquela mesma hora, como num lampejo de súbita revelação, compreendi o significado do meu nome. Quem odiava não era eu, era eu quem suscitava o ódio. Nunca, como naquele instante, percebi claramente a maldição contida em meu nome. O ódio inextinguível de um deus me perseguia, e as súplicas de Polifemo, que eu procurara silenciar no fundo do coração, voltaram a ecoar claras e fortes na minha mente. Senti-me oprimido pela ameaçadora vingança do Senhor dos mares e receei nunca mais poder regressar, ou então só conseguir voltar a Ítaca sozinho, sem companheiros... Até aquele momento me iludira, tentando convencer-me de que a ameaça era ilusória.

Mandei mudar de rota e virar para o ocidente, pois não tínhamos escolha: o vento soprava naquela direção. Iria portar-me como se nada tivesse acontecido, não tencionava render-me. Lutaria com todas as minhas forças para levar os companheiros e os navios de volta a Ítaca assim que o vento mudasse. Deixei-me então cair no convés da popa, cobri a cabeça e o rosto com a capa e chorei.

Deixei a ilha para trás, de coração pesado, e fiquei um bom tempo pensando no que acontecera enquanto estava entregue a um sono parecido com a morte. Talvez os companheiros tivessem aberto o odre e tirado a corrente de prata, quem sabe pensando que estivesse cheio de preciosos presentes e infinitas riquezas. Pensava no domador de ventos Éolo: tinha realmente o poder de trancá-los dentro de um odre? Ou teria sido aquela apenas uma maneira de levar-me a acreditar neste poder? Lembrei-me do que dissera certo dia um dos marujos que haviam trazido o meu pai de volta a Ítaca de Iolco, depois da façanha dos argonautas: "Há um lugar longínquo, a ocidente, onde todos os ventos se anulam e a calmaria pode durar muito tempo. Quando ela chega ao fim, só um deles continua soprando. Se soprar para o oriente, você irá encontrar a casa e a família, mas se soprar na direção oposta irá perder-se em terras desconhecidas de que muito poucos conseguiram voltar."

O tempo melhorou, o sol resplandecia num céu limpo, e um vento morno começava a prevalecer empurrando-nos entre o norte e o ocidente, mas os companheiros continuavam aflitos. Ficamos mais dois dias sem comentar o que havia acontecido. Finalmente, decidi falar com Euríloco, Elpenor, Euríbates e todos os demais:

– Encontrei o odre aberto, mas não quero saber o que houve enquanto dormia, pois não quero ficar zangado com vocês. Seja o que for que fizeram, agora já não dá para consertar e tudo o que podemos fazer é ficarmos unidos e usar todos os recursos do corpo e da mente para contra-arrestar a sorte adversa. Quero, entretanto, dizer que os ventos começaram a soprar contra nós porque esta é a mutável natureza deles, nada mais. A natureza age a toda hora e todo dia de todo ano sobre a nossa terra e sobre a nossa existência, enquanto os deuses só o fazem de vez em quando, e quase sempre às escondidas. Expugnamos Ísmaro, vencemos as ilusões das flores vermelhas, derrotamos o ciclope, o monstro sanguinário, e estávamos a ponto de alcançar a desejada pátria. O destino não permitiu, mas nem por isso vamos desanimar. Peço-lhes que acreditem em mim porque a minha única finalidade é levá-los para casa. Partilharei os despojos com vocês assim que entrarmos no porto grande de Ítaca, pois não quero que depois de tantos anos voltem de mãos vazias.

Consegui, assim, reanimá-los, e todos voltaram ao trabalho com renovado vigor. Após mais quatro dias e quatro noites de navegação avistamos uma terra íngreme e viçosa, coberta de flores vermelhas, amarelas e azuis, e de vigorosos arbustos verdejantes. Diante de nós, o fundo do mar se mostrava cada vez mais visível enquanto a água assumia tons azulados e depois intensamente esverdeados. Lembrava, de certa forma, os territórios marinhos da Acaia, e muitos sentiram um aperto no coração. À nossa esquerda, vimos uma pequena ilha ligada a terra por um estreito lençol de areia com, logo adiante, um amplo arco de praia extremamente branca, quase prateada. Mais além, outra ilha maior, que parecia ter a forma da ponta de uma lança, também ligada a terra por uma restinga mais larga de areia, coberta quase completamente por moitas e vegetação rasteira. Os golfinhos começaram a pular para fora da água acompanhando os nossos navios, e ao nosso lado cardumes de peixes prateados e iridescentes deslizavam como festivo cortejo. Os sete barcos navegavam agora ao longo da costa, perfilados um atrás do outro não muito longe da margem. Não havia perigo: a água era transparente como o ar, o fundo era perfeitamente visível. Após superarmos a segunda ilha, abriu-se à esquerda, diante de nós, um longo canal que penetrava no interior.

– E agora, *wánax*? – perguntou Euríloco.

– Vamos entrar no canal, ficaremos em algum lugar tranquilo e abrigado. Precisamos de água e de mantimentos. Podemos caçar e procurar frutas silvestres. Não estou vendo moradores na costa nem nenhum tipo de perigo. Mas fiquem prontos para usar as armas, primeiro os arcos e depois os dardos e as lanças. Quando desembarcarmos, só alguns de nós seguirão adiante desarmados, em exploração, mas logo atrás estaremos todos prontos para intervir e lutar com a mesma fúria que mostramos sob as muralhas de Ílio.

Obedeceram e deram o sinal de alerta ao restante da frota. Cada navio respondeu com um lampejo de escudos. Eu os via, com orgulho, enquanto apoiavam as aljavas cheias de setas nos parapeitos. Observava-os enquanto puxavam com força os nervos de boi para prendê-los aos arcos. Já vestiam no peito a couraça de bronze polido e, nas pernas, as caneleiras.

Os escudos estavam pendurados na borda externa da amurada: o sol refletido pela água incendiava-os um depois do outro. *Os meus navios... ainda posso vê-los deslizar na água reluzentes, esbeltos, perfeitos, poderosos cetáceos.*

Cada um deles tinha um marujo de vigia em cima do mastro. Espiavam as encostas das colinas que margeavam o canal. Navegamos então no mais completo silêncio até um lugar onde o braço de água parecia acabar, mas quando me aproximei vi que havia mais uma entrada afunilada que dava para uma pequena enseada, um ancoradouro perfeito e maravilhoso que recebia as águas límpidas de uma nascente.

Fiz sinal para que os navios me seguissem, e, um depois do outro, eles também entraram naquele porto tão bem protegido.

Não havia nenhum outro navio nele, somente pequenos barcos de pesca com seus apetrechos. No alto, espalhadas, viam-se altas torres de pedra, maciças, com passadiços em volta do topo. Uma vez lá dentro, a frota posicionou-se em semicírculo, com o arco virado para a costa. Escolhi três homens, que pularam do barco e, pisando no fundo arenoso, foram andando na água calma até a margem.

– Saiam em exploração, para ver se há alguma cidade por perto – ordenei –, e procurem saber se é possível conhecer quem a governa. Talvez possam nos dizer onde estamos, e indicar as melhores rotas para voltarmos a Ítaca. Estamos viajando por uma região remota que nenhum de nós conhece.

Fiquei olhando enquanto saíam da água e se aproximavam da nascente. Logo a seguir apareceu uma jovem, muito bonita, vestindo uma fina roupa de lã de várias cores, com colares de ouro e lindos pingentes que enfeitavam as orelhas. Segurava uma ânfora na cabeça e tinha vindo em busca da água. Os nossos se aproximaram, e pude ver que pareciam conversar. Só então, ao vê-la ao lado dos meus homens, pude avaliar o tamanho dela. Era enorme, gigantesca.

A jovem levantou o dedo apontando para alguma coisa além da colina. Os nossos agitaram os braços para dizer que partiam e foram atrás dela.

Euríloco aproximou-se.

– Não gosto deste lugar. Parece deserto, mas sinto que alguém está nos observando daquelas torres lá em cima.

– Neste caso poderão reparar em que não temos intenções hostis. Não desembarcamos armados. Só enviamos uns poucos homens que pediram informações a uma moça. Pode ficar tranquilo, só nos resta esperar. Creio que não demorarão a voltar.

Passamos assim a tarde inteira, esperando a volta dos nossos companheiros. Euríbates e Elpenor procuraram pescar com as redes e os cestos de vime. Admirado, eu olhava o fundo, onde se mexiam camarões e caranguejos grandes como nunca tinha visto antes. Mandei outros homens à fonte a fim de abastecer os navios de água. Enchiam as ânforas e as passavam de um para outro até o último deitá-las no navio. Suas figuras apareciam quebradas e distorcidas na água, com as pernas aparentando ser muito mais curtas e atarracadas que o restante do corpo fora do mar.

Quando o abastecimento se completou, achei que talvez fosse hora de nos prepararmos para o anoitecer. Teria sido mais confortável desembarcar, acender o fogo e aprontar a comida para então deitar-me na areia entre as pedras e passar uma noite tranquila, mas alguma coisa me dizia que Euríloco estava certo.

– Acho melhor ficarmos nos navios até os nossos companheiros voltarem. Estaremos mais seguros.

Mal acabava de falar, quando ouvi uns gritos provenientes do lado da nascente. Eram dois dos nossos que desciam a colina correndo loucamente, procurando alcançar o mar a toda a velocidade.

– Vamos embora! – gritavam. – Vamos sair daqui! Rápido! Rápido!

Pularam no mar e nadaram esbaforidos para o navio de Perimedes, o chefe dos cefalônios, que os puxou imediatamente para bordo. Cheguei perto com o meu navio, quase a ponto de o encostar no deles.

– O que houve?

– Lestrígones! Selvagens gigantescos e ferozes – respondeu o arauto quase sem fôlego. – Pegaram o nosso companheiro, esquartejaram-no e devoraram os pedaços. Só por milagre conseguimos nos safar.

Tinham os olhos cheios de horror. Abalados e ofegantes, soluçavam como crianças, e eram os meus duros e calejados guerreiros cefalônios. Não esperei nem mais um instante e gritei:

– Vamos sair daqui! Proa a oriente, vamos fugir logo desta armadilha! Remem o mais rápido que puderem, o mais rápido, o mais rápido!

Mas eu nem tinha acabado de falar quando um estrondo pavoroso rasgou o silêncio da hora vespertina, e vi um enorme pedregulho rolar da encosta por um dos sulcos cavados pelas águas pluviais que desaguavam no porto natural. A queda aumentava assustadoramente a sua velocidade. Acabou tomando ainda mais impulso ao saltar de uma saliência no terreno, voou no vazio e ruiu em cima de um dos nossos navios partindo-o em dois. Gritos de desespero e de dor ecoaram atrás de nós, mas gritei que continuassem a remar. Não podíamos parar, não havia tempo para socorrer os companheiros que se debatiam, sangrando, na água.

Mais um pedregulho apareceu na orla da cratera que cercava o pequeno porto e, como que empurrado por mãos invisíveis, também começou a rolar. Depois outro, e outro, e mais outro: era um espetáculo assustador. Um por um os navios foram atingidos, rasgados, espatifados, reduzidos a informes destroços. Inúmeros e irreconhecíveis pedaços de madeira boiavam no mar. As bonitas e esbeltas embarcações que haviam desafiado as mais violentas tempestades estavam destruídas; o espelho-d'água do porto escondido, até então límpido e transparente, ficara turvo de lama e de sangue, cheio de cadáveres e de feridos, de sobreviventes que procuravam a todo custo alcançar a margem. Também entendemos, então, para que serviam os barcos de pesca. Aqueles gigantescos selvagens subiam neles armados de arpões e, deslizando na água, fisgavam como peixes os que ainda estavam vivos. Depois puxavam para bordo os corpos, um depois do outro, e os levavam para a praia. Não era difícil entender o motivo, os nossos companheiros que haviam sobrevivido à expedição ao interior já nos tinham contado.

Acabei chegando fora do porto sozinho, com o meu navio e a minha tripulação. Tinha perdido toda a frota que, muitos anos antes, partira comigo para Ílio do porto grande de Ítaca, entre toques de clarins e bandeiras desfraldadas. Infelizes companheiros de tantos combates, de tantos perigos, de tantas aventuras! Pranteei-os amargamente. E prantearam-nos os homens que tinha comigo, não conseguiam conter as lágrimas. Eu pensava, principalmente, naqueles que forçara a deixar, contra a sua vontade, a terra dos comedores de lótus, a terra do esquecimento e das sedutoras tentações da vida. Ainda estariam vivos, ainda que não propriamente felizes, pelo menos tranquilos, esquecidos de qualquer preocupação. Agora não passavam de carne esquartejada, refeição de ferozes selvagens.

Detivemo-nos longe da costa, fora do alcance dos seus barcos, e lançamos âncora. Eu precisava desesperadamente de ajuda, de conselhos, mas a minha deusa se calava! E de nada adiantava invocá-la. Ainda assim, no silêncio do coração, roguei com espasmódica intensidade que me desse uma luz, mesmo pequena, para que a minha mente pudesse entender.

Estava escuro acima e em volta de nós, o mar parecia uma lâmina de bronze, a noite era de lua nova. De repente, no entanto, a luz se acendeu dentro de mim, e compreendi tudo com uma clareza tão admirável que me deixou pasmado.

Tudo acontecera exatamente como se passara na terra dos ciclopes, só que com resultado oposto: chegamos aqui tal como lá, ficamos num porto perfeito, sem ondas, um grupo saíra em exploração para o interior. Um dos nossos havia sido despedaçado e devorado por um ser gigantesco, como acontecera com alguns de nós na caverna do ciclope. Finalmente, os pedregulhos haviam acertado os navios com extraordinária precisão, afundando-os. Todos menos o meu. A mensagem era clara, assim como era evidente quem a enviara: o deus do abismo, o deus azul de cabeleira de algas tinha levado a cabo o que o filho, cego por minha causa, não conseguira. Acertar os meus navios com imensos pedregulhos e afundá-los.

O terror gelou o meu coração. Só havia uma esperança: se Atena acendera aquela luz na minha mente, para eu compreender com clareza o sentido das coisas, talvez também estivesse tentando mostrar uma saída. Naquela parte do mundo onde o mar se estendia infinito, Posídon era tão poderoso que ela não podia aparecer, nem durante a minha vigília nem nos sonhos, e tampouco como diáfana neblina ou em disfarce humano. Mas podia ainda assim estimular a minha mente a compreender e discernir claramente os desígnios dos deuses, a procurar uma escapatória, a descobrir o caminho que o Fado escolhera para mim, pois o Fado era mais forte que os próprios deuses.

Aquela foi a noite mais triste de toda a minha vida, porque até então nunca tinha perdido tantos companheiros de uma só vez, sequer nos campos sangrentos de Ílio. Chorei até a alvorada começar a clarear o horizonte, até as estrelas empalidecerem no céu e se esvaírem na luz do dia. Com os homens sobreviventes, lembrei em silêncio os companheiros perdidos, choramos lágrimas amargas, destiladas pela dor, na água do deus nosso inimigo.

Na hora em que a luz parecia debruçar-se sobre o mundo, vi uma sombra escura, enorme, deslizar sob a superfície da água, que se agitou à sua passagem. Seria porventura o deus do abismo que passava ao lado do meu navio? Que observava a quilha bem montada, mas frágil diante da sua infinita potência? Imaginava quando e como destruí-la? Talvez, mas ainda assim sentia que o meu coração não queria render-se. Porque eu tinha alguma coisa que o deus do mar não tinha, que ele sequer conhecia: o medo da morte, o incomensurável amor pela vida, não só pela minha mas também pela dos meus companheiros, dos amigos, da esposa longínqua, do filho que não tinha visto crescer. Iria lutar e também pelejar até um só pingo de sangue correr nas minhas veias, com ainda mais determinação do que quando pugnava sob as muralhas de Troia. E, quando a minha hora chegasse, iria encarar a Moira da morte fitando-a em suas órbitas vazias.

Dirigi-me ao deus do abismo, sombra fugidia sob a minha quilha:

– Ó deus de cabeleira azul, você está prestando atenção ao que lhe diz o seu filho, que eu, Odisseu, filho de Laertes, ceguei. Vi-o despedaçar os meus companheiros, arrancar seus membros e esmigalhá-los com os dentes, vi-o arrotar e cuspir suas carnes enquanto roncava, revoltante monstro sanguinário. O que mais poderia eu fazer? Esperar que devorasse a todos nós, um depois do outro? O que fiz com ele foi pouco, pois deveria ter arrancado o seu coração e comê-lo. Era um direito meu, o direito do hóspede violentado e ofendido, um direito que o seu próprio irmão, o grande Zeus, protege. Ontem ficou com muitas vidas em troca de um olho apagado, vidas de homens valentes. Cada um deles tinha uma casa, uma esposa, filhos, e lutara corajosamente por longos anos sob as muralhas da sagrada Ílio, sempre sonhando com a pátria distante. Nenhum deles regressará. Eu levarei para a nossa ilha estes meus companheiros, este navio real com o tesouro de Troia. Aos pais dos que matou direi como e pela mão de quem foram apagados, de forma que possam levantar à beira-mar um túmulo e oferecer vítimas às suas sombras para que descansem em paz. Não sei o que será de mim, pois para um mortal é impossível fugir da ira de um deus poderoso como você, mas o Fado é uma divindade de olhos vendados, mais forte do que os próprios deuses. Buscarei o meu destino por todos os cantos da terra e do mar, e, quando o conhecer, seguirei o meu caminho até o fim, e nem você poderá deter-me.

A sombra escura desceu às profundezas do mar e desapareceu na escuridão. Mandei levantar âncora e soltar a vela.

Navegamos por vários dias e noites, tomando a água dos Lestrígones guardada nas grandes ânforas, na popa. Então, certo dia, Perimedes, que tinha subido no mastro, avistou terra.

Era um longo promontório que avançava no mar bem à nossa frente, coberto por uma espessa mata de moitas e de arbustos. Espalhados entre a vegetação rasteira, erguiam-se carvalhos que se tornavam cada vez mais altos, numerosos e compactos na parte mais interna da terra. Ficamos quase todos debruçados na proa, mas não conseguimos dar gritos de alegria como talvez tivéssemos feito se toda a frota estivesse conosco. Estávamos sós e tristes e ficamos olhando em silêncio para aquela terra desconhecida até o navio tocar a areia.

Depois disso desembarcamos, e mandei todos vestir a armadura, pois não queria que mais algum dos meus acabasse morrendo como vítima inerme, nunca mais. Seguimos adiante após deixarmos o navio solidamente preso à margem e subimos até o ponto mais alto do promontório. Lá de cima pudemos ver um amplo golfo deserto e, além de um pequeno braço de mar, uma ilha não muito grande mas encantadora, quase inteiramente coberta por uma floresta. Euríloco aproximou-se.

– Olhe, lá no fundo, para além da clareira: fumaça!

Estava certo: uma fina coluna de fumaça subia ao céu do ponto mais fechado do bosque, logo depois de uma clareira. Bandos de aves levantavam voo da floresta, asas-brancas, gritos estrídulos amortecidos pela distância. Parecia, portanto, existir uma só morada em toda a ilha, e mesmo na terra onde tínhamos desembarcado não havia sinal de presença humana.

– Quem pode ser, *wánax*? – perguntou Euríbates.

– Talvez um pastor que, de barco, leve para lá o seu rebanho. Os pastos devem ser fartos e, certamente, não muito concorridos – respondeu Euríloco.

– Não vejo sinal de presença humana – comentei –, por mais longe que tente alcançar com o olhar.

Sentia crescer em mim uma irreprimível vontade de visitar aquele lugar. Não pensava nos perigos que poderiam estar à nossa espera naquela ilha, não levava em consideração a ira de Posídon, que poderia ter aprontado mais uma insídia para nos destruir completamente. Eu disse:

– Voltemos ao navio e vamos ver quem mora naquela ilha. Não creio que seja arriscado: temos as nossas armas e somos bastante numerosos, e de qualquer maneira precisamos saber onde estamos e quão longe daqui fica a terra de Acaia. Já faz um bom tempo que navegamos às cegas, e precisamos de uma rota. Temos de encontrar alguém que nos passa ajudar.

Os companheiros concordaram, e todos juntos voltamos ao navio, soltamos as amarras, e cada um ocupou o seu lugar nos bancos de voga. O mar estava calmo, e o céu, luminoso. Mais uma vez, o mundo que se mostrava aos nossos olhos parecia não oferecer nenhum perigo. Desembarcamos numa praia de areia fina, completamente deserta. Não vi nenhum sinal de pegadas humanas, mas somente de aves marinhas. As ondas eram quase imperceptíveis, mas se debruçavam na areia por um bom pedaço.

Seguramos novamente o navio com a âncora e com cabos presos a estacas fincadas no chão. Confiei a Euríloco o comando de uma patrulha de seis homens e pedi que fossem descobrir de onde vinha aquela fumaça. Pedi que voltassem logo para nos contar.

– Não vai levar muito tempo: como vimos do promontório, um homem poderia dar facilmente a volta na ilha inteira em muito menos que um dia.

Não parem por nenhum motivo: já sofremos baixas e lutos demais. Voltem, portanto, e não se esqueçam de que qualquer atraso seu será para nós motivo de angústia e aflição.

Euríloco prometeu obedecer às minhas ordens e saiu com os homens para logo desaparecer na mata fechada de murtas e azambujas.

Quando o eco dos seus passos esmoreceu no profundo silêncio que se seguiu, ouviu-se de repente um canto. Uma voz límpida e harmoniosa. A voz nítida e delicada de uma mulher, tão suave como a de uma esposa sentada ao tear.

6

Esperamos até o fim da tarde, mas nada aconteceu. Eles não voltaram. Quando começou a ficar escuro, achei que certamente alguém devia tê-los convidado a ficar, oferecendo bom vinho e boa comida. Não podia ser coisa grave. Já tínhamos passado por incríveis sofrimentos, o que mais poderia acontecer?

No dia seguinte, continuamos esperando, mas quando percebi que não voltariam decidi ir procurá-los: sabiam que ficaríamos preocupados, eu pedira que voltassem o mais rápido possível. De qualquer maneira, ainda que tivessem ficado para aproveitar a hospitalidade, Euríloco teria sem dúvida enviado um deles para me avisar, uma vez que a distância não era grande.

– Esperem por mim – disse eu –, não saiam daqui, irei sozinho. Se porventura até a noite não estiver de volta, deixem esta terra, levantem âncora e vão embora. E façam de conta que abracei a todos antes de partirem, um a um, como a irmãos.

Elpenor olhou para mim com um sorriso estranho, a luz batia em seus olhos fazendo-os brilhar de reflexos dourados.

– Volte logo, *wánax*. Acho que não iremos a lugar nenhum sem você. Já faz tempo demais que estamos juntos.

Eu também sorri e parti sem demora. Passei primeiro por uma mata de arbustos e depois por uma extensão de areia, uma duna trazida pelo vento que soprava entre dois altos penhascos. Entrei então num bosque de grandes carvalhos seculares, avançando com cuidado, sempre de mão pronta a recorrer à espada. A floresta estava estranhamente silenciosa, as folhas imóveis nas árvores. Não se ouviam cantos de pássaros nem batidas de asas, e sequer o estridular das cigarras perturbava aquele silêncio cada vez mais profundo.

De repente tive uma sensação bastante conhecida: uma espécie de tremor sob a pele, um frio súbito no coração e a certeza de uma presença à minha volta. Logo a seguir uma voz me fez estremecer. A mão correu à empunhadura da espada.

– Pode soltar a arma. Não precisa.

Um jovem extremamente bonito, com o sol a brilhar entre os cabelos, estava sentado numa pedra a alguns passos de distância e segurava uma flor.

– Mora nesta ilha? A casa com a lareira acesa é sua? – perguntei.

– Não exatamente. Só venho para cá de vez em quando. É um lugar tranquilo, quase nunca aparecem visitas, e os poucos que passam por aqui nunca mais se vão.

Aproximei-me.

– Como assim?!

– Não vão embora, exatamente como disse. Acha estranho?

– Não, a não ser pelo fato que eu tenciono ficar pouco tempo e partir de novo quanto antes.

– Qual é a pressa?

– Quero saber onde estão os meus homens, os que ontem mandei procurar aquela casa e que não voltaram. Pode me dizer alguma coisa?

Sorriu.

– E há mais uma coisa que me parece estranha: faz calor por aqui, e naquela casa o fogo estava aceso.

– Talvez usem o fogo para cozinhar. Podem estar esperando visitas. Talvez já estejam hospedando alguém.

Fui tomado por frio terror. Pensei em mais seres monstruosos que se alimentavam de carne humana. Mas uma voz ecoou no meu coração: "O perigo é outro."

– Quem é você? Pode dizer o seu nome?

– Acho melhor não dizer. Mas há uma coisa que posso fazer por você.

Indicou uma planta ali perto, não muito grande, de folhas duras, coriáceas.

– Pegue-a.

Segurei o caule e puxei com força, mas ela nem se mexeu. Saquei a espada.

– Não, precisa arrancá-la inteira.

– Não consigo.

– É fácil, olhe.

Fechou a mão em torno das folhas, puxou e a arrancou facilmente, com a raiz e tudo. Sacudiu-a para livrá-la da terra. Fitei-o, assustado. Entregou-a a mim.

– É uma planta especial. Chama-se *moly*. Já ouviu falar? Já experimentou?

Sacudi a cabeça.

– Terá de comer toda a raiz antes de chegar àquela casa. Irá protegê-lo.

– Espero que não seja venenosa.

– Ao contrário. E agora vá, a fumaça indicará o caminho.

– Fico agradecido. Seguirei o seu conselho. Adeus.

Comecei a afastar-me, mas logo voltei a ouvir a voz atrás de mim:

– Nunca se separe da sua espada.

– Pode ter certeza disso – respondi virando-me. Não vi ninguém.

Cortei a raiz em pedaços e a comi. Tinha um sabor como que de amêndoas amargas e um suco azedinho. Retomei o meu caminho e continuei andando por um bom pedaço, seguindo o penacho de fumaça que se entrevia entre as copas das árvores. Achei que àquela altura já devia ter atravessado toda a ilha. Encontrei a clareira e, de repente, escutei o rugido longínquo e abafado de um leão. Não podia estar errado, porque já o ouvira antes na terra dos comedores de lótus, e até vira um perambulando perto do vilarejo. Um leão... desembainhei a espada. Outras vozes, no entanto, chegaram aos meus ouvidos: sopros, rosnados, gritos, chiados, como se a ilha fosse povoada por uma porção de animais selvagens, de aves de rapina, de gigantescos répteis. Arrepios voltaram a correr sob a minha pele enquanto o meu coração gelava. Que lugar era aquele, afinal? Que fim levara o meu mundo? Será que o tinha perdido para sempre? Não muito antes, enquanto subia ao topo do promontório, tinha quase a impressão de estar em Ítaca, e agora, ao contrário, parecia que cada passo me afastava da realidade, das coisas que tinham um sentido familiar, das formas e dos sons que aprendera a reconhecer na minha ilha desde criança. Pensava nos anos da guerra, em todo aquele sangue: sofria privações, feridas, perdas dolorosas, mas ainda assim reconhecia os sons e os lugares, o riso e o pranto. Desde que atravessara a cortina de neblina e alcançara o país dos comedores de lótus, eu perdera a razão, e o coração estava à mercê de imagens, de fatos suspensos entre a dúvida e o nada. Quando acabei de atravessar a clareira, voltei a perceber aquelas estranhas sensações, mas começava a entender (ou era só impressão?) que o caminho tinha uma finalidade e um sentido que eu ainda não conhecia, e que de alguma forma iria ser revelado.

Assim, depois de mais um trecho de floresta, vi-me diante da casa com a fumaça que saía da chaminé. O sol se punha, incendiando o mar. A gritaria dos animais vinha de grandes jaulas de robustas hastes de bambu e barras de bronze. Vi o leão, que ia de um lado para outro sem parar, rugindo, um enorme lagarto esverdeado de longa língua pontuda, uma serpente que nunca tinha visto antes, tão larga quanto o pescoço de um homem e toda enroscada em si mesma. Também ouvia os grunhidos de porcos e o surdo mugido do touro selvagem.

Como iria me apresentar? Como poderia encontrar os companheiros? De repente ouvi a voz de um deles perto do meu ouvido, como um sopro:

– *Wánax...*

– Onde está você? – perguntei. – Mostre-se, diga onde está!

Gritei mais alto:

– Onde estão?

Os animais pararam, calaram-se. A serpente retraiu a língua irrequieta e esticou a cabeça no fundo da jaula.

Ouvi então uma voz feminina atrás de mim:

– A quem está procurando, estrangeiro?

Quase não consegui acreditar no que via: seus cabelos eram violeta, e os olhos, a cada movimento da cabeça, brilhavam de uma luz diferente. Ora de dragão, ora de trêmula corça, ou de rapace falcão... O traje descia dos ombros, luminoso, em mil dobras miúdas, frêmito de brisa, espuma marinha. Da cintura para baixo, dividia-se em infinitos filamentos, e a cada passo as coxas perfeitas mostravam a pele de marfim polido.

Respondi:

– Quem é você que fala a minha língua?

– Falamos todos a mesma língua, ainda não percebeu?

– Estou procurando os meus companheiros, por acaso os viu?

Agora estava diante de mim.

– Companheiros? Não, não vi ninguém. Mas venha, há um jardim sombreado dentro de casa, onde o sol não queima e crescem muitas flores, de delicado e inebriante aroma. Deve estar com fome, forasteiro, parece ter feito uma longa viagem.

Virou-se, e eu a acompanhei até a casa. Entramos. Ela parecia quase pairar acima do chão, com os pés que mal tocavam o pavimento de mármore azul, como onda do mar, entremeado de preto e de ouro. Vigas de cedro corriam de uma para outra coluna, e nelas estavam penduradas gaiolas de vime que continham aves canoras de plumagem intensamente colorida, olhos penetrantes e curiosos.

– Estrangeiro, estrangeiro, estrangeiro – cantavam baixinho...

No meio, com uma fonte a emitir seu quieto gorgolejo, ficava o jardim. Plantas debruçavam-se por cima da água; flores, flores e mais flores por todas as partes, de cores maravilhosas e sublime perfume feito de infinitos aromas.

Indicou-me um assento e sentou-se diante de mim. E na grama verde, reluzente, vi uma grande vasilha de ouro trabalhado, com uma tampa de fino alabastro. Abriu-a e, com uma concha de prata, encheu uma taça.

– Para você – disse –, com esta come, com esta bebe. Só a preparo para os mais nobres dos hóspedes.

– Não sou tão nobre assim.

– Para mim é, estrangeiro de olhos que sorriem.

Fitei-a com firmeza e levei a taça aos lábios. Tomei o líquido lentamente, saboreando cada gole, sem nunca encobrir os olhos com a borda da taça.

– Qual é seu nome? – perguntei, enquanto ela olhava para mim como se visse uma criatura estranha, alheia à sua compreensão. Pegou uma vareta e bateu com ela no meu ombro.

"Não quer dizer?"

Encostou a vareta de novo, e uma expressão de incredulidade apareceu no seu rosto.

– Nada vai acontecer – disse eu com voz firme.

Pareceu ficar aflita, mas a seguir sorriu para mim, convidativa.

– Agora que se alimentou, por que não me acompanha até o andar de cima, onde fica a minha cama?

Eu também sorri, mas desembainhei de imediato a espada e apontei-a para a sua garganta.

– Já não está sorrindo, lindíssima *wánaxa*?

– Não sabe o que está perdendo. Estaria disposto a matar um corpo que pode dar-lhe infinitos prazeres nunca experimentados por qualquer homem nesta terra?

– Sem a menor hesitação.

– Por quê?

– Porque quero os meus companheiros. É por isto que estou aqui. O que fez com eles?

– Entraram na minha casa, cercaram-me e olharam para mim com olhos libidinosos, como porcos babando de volúpia, só querendo pôr as mãos em cima de mim para satisfazer os seus desejos. Agora sabem realmente o que é ser um porco. Não ouviu os seus grunhidos?

Empurrei a espada contra a garganta de uma brancura imaculada. Só mais uma coisinha de nada e o sangue iria jorrar manchando o seio esplêndido e o bonito traje. Dei um pontapé na grande vasilha de ouro e o líquido se espalhou na grama.

– Os meus companheiros! – berrei.

Compreendeu que não tinha escolha.

– Siga-me – disse, e se encaminhou para a saída. Chegamos ao cercado dos porcos. E lá vi os meus companheiros, nus, no meio da lama e do esterco, grunhindo e se mexendo entre outros animais. Fiquei tão abalado que a compaixão encheu os meus olhos de lágrimas.

– Liberte-os – exigi, mas então o tom da minha voz mudou: – Por favor.

Escutou-me, encostou neles a vareta flexível e cutucou um por um no dorso coberto de toda sujeira imaginável. Um depois do outro, eles foram se levantando, deram-se conta do que acontecera, daquilo em que se haviam transformado, e então, cheios de vergonha, também choraram.

– Procurem se limpar no riacho. Desse jeito vocês são nojentos. Procurem a sua roupa e voltem ao navio. Digam a Euríloco que estiveram comigo e que não há perigo.

A senhora da ilha aproximou-se e pronunciou palavras amavelmente suaves:

– O meu nome é Circe e desde sempre vivo neste lugar afastado de todos os outros. E quem é você? Como se chama? Não o conheço, mas sabia que viria, e que o meu encantamento de nada adiantaria com você.

– Sou Odisseu, filho de Laertes, e sou rei de Ítaca. Voltando da guerra, uma grande tempestade afastou-nos da rota e nos levou a um mundo desconhecido. Nunca imaginei que existisse. Mas agora, *wánaxa*, sabe que venho em paz e que respeito a sua casa e a sua pessoa. A vareta que segura nas mãos não me transformou em porco porque sempre fui um homem, em qualquer momento do dia ou da noite, diante de outros homens ou diante de mulheres, porque confio na minha mente e no meu pensamento, que os deuses me deram versátil e complexo.

– Diga aos seus homens que todos podem vir. Haverá, para eles, comida abundante, água pura e vinho. Podem ficar o tempo que quiserem.

Acompanhei-a, e um grande cão, de longas presas, deitou-se ao seu lado lambendo seus pés.

– Também era um homem? – perguntei.

– Sim, era. Fiel como um cão, demais. Você o está vendo como eu mesma o vejo, mas continua sendo um homem, observe melhor.

O cão havia desaparecido. Eu tinha diante de mim um homem de pele escura, de olhos baixos e braços cruzados no ventre.

– O que quer dizer com isso?

– Que nada é realmente o que parece. Mas você também precisou de ajuda para enfrentar-me.

– Só tive de acreditar em mim mesmo. Um jovem, no bosque, deu-me para comer a raiz de uma planta, como defesa contra os seus filtros mágicos, e então acreditei que nada poderia vencer-me. O que realmente me tornou resistente foi isto, e não a planta.

– Você tem o dom, Odisseu. Como eu e poucos outros.

Pensei em Calcante. Ele também me dissera as mesmas palavras sob a figueira-brava, e ainda lembro o que murmurou em meus ouvidos e o que ao mesmo tempo eu disse para ele.

Já ia anoitecendo quando os companheiros que eu enviara ao navio voltaram, e com eles Euríloco. Não se aproximaram da casa, ficaram afastados, na margem da clareira, inseguros, amedrontados. Os gritos dos animais e as recentes lembranças do que tinham visto e padecido os assustavam. Aproximei-me e tentei convencê-los a vir comigo, mas preferiram ficar onde estavam, pelo menos naquela noite, e achei melhor não forçá-los. De qualquer maneira, passei algum tempo com eles e mandei trazer comida que eles nem tocaram. O sol já se havia posto quando nos despedimos.

– Podem ficar tranquilos – eu disse –, nada vai lhes acontecer. Mas, se isto ajudar, deixem alguém de vigia e durmam mantendo as armas ao alcance da mão. Amanhã, ao nascer do sol, se sentirão melhor. Eu voltarei incólume, e então, tenho certeza, virão comigo para a casa de Circe, a senhora deste lugar. – Alguns deles, os que haviam sido os primeiros a chegar, baixaram a cabeça, confusos, menos Euríloco. Abracei-o e murmurei no seu ouvido: – Você está no comando e pode decidir o que achar melhor, mas não tema: amanhã estarei de volta assim que o céu empalidecer.

Retribuiu com vigor o meu abraço e ficou olhando para mim do limiar da clareira, até eu levantar o braço em sinal de despedida e entrar na casa de Circe.

* * *

Quando entrei, várias lanternas iluminavam o local, que, no entanto, estava vazio. Só o perfume de flores desconhecidas pairava entre os arcos do corredor e o jardim interno e secreto. Ouvi um som que vinha dos aposentos de cima, um som leve como brisa matinal. Subi as escadas seguindo o chamado daquela voz e acabei diante da entrada de um quarto: o espaço interno pareceu-me infinito, e o canto difuso como o perfume que respirava. Circe jazia numa cama de púrpura sustentada por uma árvore que subia do jardim logo abaixo. Não havia piso. Os galhos eram cobertos de grandes folhas vermelhas e enfeitados com dúzias e dúzias de cândidas flores carnudas que espalhavam o seu aroma pela casa inteira. Circe estava nua: somente os longos cabelos lhe velavam o seio.

– Era esta a cama com que tanto sonhou? – perguntou.

Sacudi a cabeça, pois não podia acreditar no que via.

– Esta árvore não existia quando entrei no seu jardim.

– É verdade. Cresceu enquanto você conversava com os seus homens...

Anuí:

– Entendo... Nada nesta ilha é o que parece. Nem você, imagino.

– Nem eu – respondeu –, mas faz diferença?

Então abriu os braços.

– Venha, filho de Laertes. Fiquei muito tempo esperando por você: sabia que chegaria e que o meu sortilégio não iria dobrar a sua mente. Não tenha medo, ande nos galhos da árvore. Cada um deles leva à minha cama, escolha o que quiser.

Hesitei, as flores inspiravam-me desconfiança, assim como as artes de Circe: não acreditava que ela se rendera, mas estava cansado, eram demais os sofrimentos que enfrentara, demais as perdas que sofrera. Queria entregar-me aos braços de uma mulher. Circe, de alta cintura, flóridos seios, longos cabelos que velavam o corpo. Tirei o cinturão que segurava a espada e pendurei-os num daqueles galhos. Os seus braços me receberam, o seu amor era como vinho puro, perdi-me na cor escura do seu olhar.

Quando acordei, ela dormia ao meu lado numa cama de madeira esculpida, envolta em panos de cândido linho. Num pavimento de dura pedra cor de ocre jazia a minha espada em sua bainha. Olhei para a maga, e pareceu-me uma jovem dormindo serena. A alvorada mal começava a clarear o horizonte quando fui procurar os meus companheiros. Receberam-me festivos, e os que haviam ficado de vigia tostaram uns pedaços de pão e cortaram umas fatias de queijo com a espada.

– Coma com a gente, *wánax* – disseram sorrindo. E eu me sentei com eles enquanto os demais também despertavam. O canto dos pássaros saudava o sol que surgia, o mar derramava-se preguiçoso na longa praia dourada, a ilha acordava conosco, e tudo parecia mais familiar.

– Viu, Euríloco? Nada aconteceu. Estamos todos bem e nos encontramos num recanto maravilhoso onde poderemos descansar.

Circe recebeu-os com olhar sereno e acolheu a todos como hóspedes. O lugar era um dos mais lindos e amáveis que já tínhamos visitado e, a cada dia que passava, se tornava mais familiar, mais parecido com uma realidade tranquila. De forma que o tempo passou quase sem que o percebêssemos. Os homens pescavam, caçavam, controlavam o casco do navio, substituíam as partes que mais haviam sido atingidas pela violência das tempestades e pelos golpes das ondas, remendavam as velas. Mas eu não me sentia à vontade, porque era o único entre todos a gozar do amor de uma mulher de esplêndida beleza, admitindo que fosse realmente uma mulher, enquanto eles só podiam sonhar com ela.

Certo dia, lá pelo fim do outono, eu estava deitado à sombra de uma palmeira quando ela se aproximou e se sentou na areia, ao meu lado.

– O tempo voou, não é verdade? Parece que você chegou ontem.

– Nada é o que parece, nesta ilha. Você mesma o disse, não lembra?

– Isso mesmo – respondeu, passando lentamente a mão entre os meus cabelos. – Vai partir, não é verdade?

– Vou, sim. Preciso levar de volta os meus companheiros às suas casas, como prometi ao partir para Troia, muitos anos atrás. Pensam na sua terra distante, e seu coração está triste.

Percebi que durante aquele tempo todo tinha quase esquecido as palavras de Polifemo, e que até a lembrança dos companheiros perdidos no porto dos Lestrígones se havia tornado uma presença amiga, já não eram fantasmas sangrentos e inquietos.

– Já o imaginava e receava. Ficarei aqui, sozinha, andando por dias sem fim ao longo da praia, ou então a revirar-me insone na cama...

– Talvez cheguem outros navios, atraídos pela coluna de fumaça que sempre se levanta para o céu desta ilha... – disse eu. – Mas por que esta longínqua morada? Por que este interminável exílio?

Fitou-me com uma sombra de melancolia no olhar.

– Todos nós temos de padecer, temos alguma coisa que expiar. Você também...

– Eu também – respondi –, e não consigo ver uma saída.

– Eu sei... Não pode esquecer?

– Como? Sou responsável por meus homens. Já perdi demais. Mas você, minha divina amiga, você, que tem o dom mais que qualquer outro que já conheci, você não poderia dizer-me o que vê no meu futuro? Conseguirei voltar? Poderei ver de novo a minha terra e a minha família, e reconduzir os companheiros às deles?

Circe roçou meus lábios com os dedos.

– Quer mesmo saber? Não é melhor ignorar o que nos espera?

– Não, prefiro saber. Estou cansado de viver na dúvida, na incerteza.

– Você quer conhecer o mistério que as Moiras, terríveis e impiedosas divindades, ocultam, e eu não posso ajudá-lo. Só um homem poderia fazê-lo, mas já não está entre os vivos.

– Quem?

– Tirésias, o vidente. Ele poderia, mas é prisioneiro de Hades, rei do Ínfero, e se quiser consultá-lo terá de evocá-lo do mundo das sombras. – Desviou os olhos, quase a esconder os sentimentos do seu coração.

– Poderia ensinar-me?

– Ora, rei de Ítaca, está pedindo coisas tremendas nesta tarde tão luminosa, mas, se deveras quiser, ensinarei.

– Quero, e, se fizer isto por mim, sempre terá um lugar no meu coração.

Suspirou.

– Empurre para o mar o seu esbelto barco e continue navegando sempre para o ocidente, até chegar às margens do Oceano profundo. Ali, onde verá um penhasco branco como prata, desembarque ao ver uma caverna. Cave com a espada uma cova de três por três palmos, esgane vítimas de pele negra e junte o sangue na cova. Espalhe então farinha, a melhor, e mel, que atrai os vácuos fantasmas, e invoque mais e mais vezes as pálidas cabeças dos mortos. E eles virão... em grande número até você.

O sol estava quente e luminoso no céu, mas eu sentia arrepios gelados. Circe, suave, de longos cabelos como ondas do mar, continuou:

– Mantenha-os afastados com a espada. Ainda têm medo dela, embora não possam morrer duas vezes, e deixe que só Tirésias tome o negro sangue das vítimas. – Calou-se e baixou a cabeça, como que vencida por misterioso cansaço.

– Fico-lhe grato – respondi – por não ter ficado surda às minhas invocações. Guardarei para sempre a sua lembrança no meu coração.

– Não se esqueça – ainda disse –, encontrar as almas dos mortos é coisa terrível.

– Eu sei – respondi.

– Não pode ficar mais um pouco? Já estamos no meio do outono, a força dos ventos aumenta e empurra grandes ondas espumosas pela superfície do mar.

Baixei a cabeça sem responder.

– Não pode, posso ver. Então, se é assim que tem de ser, se eu tiver de ficar para sempre sozinha a lastimar o fim dos dias e das noites que passei com você, torne para mim inesquecível a noite que ainda nos aguarda. E rezarei para que o sol se demore ao máximo na terra dos etíopes e alongue para nós a sombra escura para que possamos nos saciar de amor.

E seus olhos brilharam úmidos, cor da água profunda.

7

Os companheiros exultaram quando anunciei que voltaríamos ao mar. A vida que haviam levado até então fora um alívio se comparada ao que tinham visto e padecido durante a nossa viagem anterior, mas a esta altura já os deixava enjoados e queriam de fato retomar o caminho de volta. Eu, no entanto, pensava no que iriam achar e em como reagiriam quando lhes revelasse o nosso destino. Começaram a aprontar o navio sem demora. A senhora do lugar foi generosa conosco: forneceu-nos comida farta, trigo e cevada em abundância, ânforas cheias de vinho forte e inebriante, carne defumada, um grande número de pães. Enchemos mais ânforas de água pura, do riacho, que também levamos ao navio.

Estavam felizes, mas eu olhava para a bela *wánaxa* da ilha, estranha e misteriosa, que nos alimentara por quase um ano, via-a caminhar, sombra silenciosa, na encosta da baixa colina que dominava o porto. Observava-nos, atarefados em volta do sólido casco que tantas aventuras já tinha enfrentado e que muitas outras enfrentaria, talvez aflita pensando na solidão que a esperava, por longos dias, ou meses, ou anos.

Sumiu de repente, como que dissolvida no ar, e no mesmo local apareceram um carneiro negro como a noite e uma ovelha também de lã preta. Entendi. As vítimas por sacrificar à Senhora das trevas na entrada do Ínfero. Estava na hora de partir. Carreguei-as no navio, e os homens se sentaram nos bancos de voga, ansiosos por mergulhar os remos na água, para afundá-los nas ondas a caminho de casa. O navio afastou-se da margem, de proa virada para o mar aberto.

Mas logo, da praia, chegou até nós um grito:

– Esperem! Esperem por mim!

Polites! Havíamos saído tão apressados que nem nos lembramos de fazer a chamada.

– Pule, pule na água! – gritei. – Não podemos parar. A corrente está nos levando.

E Polites começou a nadar vigorosamente, o mais rápido que podia, enquanto nós levantávamos os remos da água, só procurando manter reto o leme. Puxamo-lo para dentro, gotejante.

– Elpenor – disse –, esqueceram-se dele também. Está morto.

Segurei-o pelos ombros.

– Morto? Como assim? Onde, o que houve com ele?

– Foi lá, onde fica a casa – respondeu. – Morreu, morreu! Precisamos voltar para sepultá-lo.

Euríloco fitou-me, esperando as minhas ordens. Respondi:

– Não podemos. Agora a correnteza está muito forte, voltar seria complicado demais, e temos à nossa frente uma viagem difícil. Veja, olhe para a ilha, já está muito longe.

Polites baixou a cabeça, conformado, mas não conseguia conter as lágrimas.

– O que aconteceu? – perguntei.

– Não sei, não deu para entender, e não sei quem o matou – disse Polites, ainda ofegante –, eu estava juntando a minha roupa e as minhas armas para descer ao porto, vendo lá de cima que o navio estava pronto, e o chamei para que viesse comigo. Gritou alguma coisa, para avisar que tinha ouvido, e eu me encaminhei. Então, vendo que não vinha, voltei e o chamei, mas não obtive resposta. Até encontrá-lo. Jazia exânime de pescoço quebrado. Ajoelhei-me ao seu lado. A pele ainda estava macia e rosada, e algum calor ainda sobrava em seus membros: parecia dormir.

"Por quê?", perguntava o meu coração. "Por que logo antes de voltarmos ao mar?" Elpenor era o mais jovem de nós e nunca se distinguira por coragem ou valentia em combate. Um rapaz modesto que nunca brilhara. Talvez fosse por isso que eu não reparara na sua ausência, mas a notícia da sua morte feriu-me profundamente. Era mais uma parte de nós que desaparecia. Os deuses e o destino nos cortavam em pedaços pouco a pouco.

Gritei:

– Foi você? – E estava pensando em Atena, ou talvez em Circe. Não recebi resposta porque não havia, assim como não houvera para todos os companheiros que perdera primeiro nos campos de Ílio e depois nas ondas do mar que nunca dorme. Cumprira-se, simplesmente, o fado deles.

– Só fechei os seus olhos, nada mais – continuou Polites. – Faz jus ao ritual fúnebre para poder entrar na morada de Hades. Eu lhe peço, *wánax*, vamos voltar: éramos amigos. – Naquela mesma hora ouvi ecoar os gritos, mugidos, grunhidos e rosnados dos animais que viviam perto da casa de Circe.

– Não podemos – respondi. – Não pretendo arriscar a vida dos vivos pelas exéquias de um morto. – Polites baixou a cabeça e escondeu o rosto entre as mãos.

Continuamos na nossa rota, e, enquanto os homens levantavam a vela, fiquei olhando da popa a ilha que lentamente desaparecia. No fim só ficou visível a fumaça que subia da casa. Circe, amável, sensual. Não suportava a ideia de não vê-la nunca mais.

O vento soprava do oriente, e os companheiros estavam de coração pesado devido à perda do amigo: sobrevivera a tantos anos de guerra, ao monstro sanguinário, aos selvagens Lestrígones, para perder a vida numa bonita manhã de um lugar tranquilo numa ilha remota, distante dos homens que comem pão. Em breve, receava eu, iriam ser tomados de desespero. Falei com eles.

– Companheiros – disse –, Circe ensinou-me a evocar do além a sombra do sábio Tirésias para conhecermos o nosso destino. Incitou-me a fazê-lo, e não posso ignorar o seu conselho, é importante demais para o nosso futuro. E reparem: o vento sopra do oriente quase a manifestar a vontade dos deuses. Navegaremos, portanto, para o ocidente até alcançarmos o Oceano. Lá, perto de um penhasco branco, se encontra a entrada do Ínfero. – O terror tomou conta de todos. – Vocês esperarão no navio até eu voltar. Em seguida começará de fato o nosso retorno, eu prometo. Peço que o seu coração seja forte e paciente: um lugar escuro e sombrio está à nossa espera, de noite e de dia entregue às trevas, tanto no verão como no inverno. O vento que sopra lá é gelado, no céu e na terra ecoam gemidos. Mas não se desesperem: estarão levando a cabo uma façanha que só os maiores heróis enfrentaram. Muitos poucos têm oportunidade de explorar a extrema fronteira entre a vida e a morte.

A esta altura pensavam que eu havia perdido a cabeça, tinha certeza disto, e choravam como se tivessem sido condenados à morte, mas procurei infundir-lhes coragem, jurei em nome do Céu e da Terra que os reconduziria ao mundo dos vivos. Com estas palavras persuadi-os a acompanhar-me na façanha, a mais árdua e aflitiva que eu jamais tinha enfrentado.

Navegamos para o ocidente durante dias e dias, percorremos todo o mar e chegamos afinal à correnteza do rio Oceano que cerca a terra inteira. Continuamos adiante, acompanhando a costa e aproximando-nos cada vez mais do reino das trevas. Já não conseguia contar os dias e as noites, pois o dia era cada vez mais breve, a noite cada vez mais longa e sombria, até o dia se transformar apenas num efêmero e cinzento crepúsculo. Já não havia estrelas, e somente a linha escura da terra me guiava na viagem rumo ao reino dos mortos.

Apareceu afinal uma torre, num penhasco cercado de pontudos recifes, com restos de navios despedaçados boiando entre as pedras verdes de algas: o país dos cimérios, como Circe me dissera, guardiães do nada, e a sua cidade construída com negro basalto no topo de uma íngreme montanha, num lugar desolado, sempre mergulhada em movediços lençóis de neblina. Superamos o penhasco e a torre ameaçadora, e ficamos manobrando entre recifes cortantes como bronze afiado, no meio de poderosas correntezas. Com os remos apontados para as pedras evitamos o choque fatal, e, finalmente, após muito penar, o homem de vigia no topo do mastro avistou o rochedo branco. E nós também o vimos, muito alto, desafiador, a pique sobre o mar. Um fantasma na neblina. Mandei imediatamente recolher a vela, e, remando, aproximamo-nos da costa. O avanço continuava difícil, entre recifes submersos e pedras pontudas, lívidas como ferro, mas o espaço se ampliava, o movimento das ondas se acalmava, até parar por completo; mandei então remar em ritmo lento, de forma que, mesmo batendo, a quilha não corresse o risco de rachar. Alcançamos finalmente a praia e a proa se fincou na areia preta, grossa, e eu pulei para a margem. Só levei comigo a capa e a espada, nada mais; trouxe do barco as vítimas por imolar às divindades do Tártaro: o carneiro de velo negro, de impressionante tamanho e longos chifres retorcidos, e a ovelha da mesma cor.

Avancei por uma trilha lamacenta. Fedorentos vapores se levantavam do solo, respiro de Érebo. Alcancei o topo de um morro e, antes de descer, virei a cabeça para dar uma olhada no navio: só pude ver o mastro, que se erguia na silenciosa imobilidade, pois até o mar estava calado. Diante de mim abria-se um vale escuro, nu, plano, desolado. Então, como que do nada, apareceram na trilha pegadas, centenas, milhares, miríades de pegadas de crianças, de homens, de mulheres, marcas de um exército infinito, derrotado pela Moira da morte. Aquele era o caminho, e fiquei andando por ele nem sei por quanto tempo. Eu estava com frio, cada vez mais, e o meu pensamento se condensava em pequenas nuvens ofegantes. De repente, vi-me diante de uma enorme caverna que descia nas entranhas da terra. Tinha chegado ao meu destino.

Ajoelhei-me, cavei com a espada uma cova com a largura e a profundidade de um cúbito, segurei o carneiro pelos chifres e cortei a sua garganta, fazendo a seguir o mesmo com a ovelha; deixei escorrer na cova o sangue negro, fumegante. A hora chegara: invoquei longamente, com uma cantiga, as cabeças pálidas dos mortos. E eles vieram a mim: mães que seguravam nos braços crianças que haviam provocado a sua morte ao tentar nascer, velhos de órbitas vazias; jovens mortos cedo demais, trespassados por lança ou espada, por amargos dardos, ainda vestiam suas armas sangrentas. Mostravam uma tristeza infinita. Um gélido terror tomou conta de mim. Apesar de ter-me preparado para o encontro com a morte, o que via era puro, penetrante e alucinado desespero. Insuportável.

Reconheci um jovem, um sinal roxo marcava a sua testa.

– Elpenor! Você? Já chegou à morada dos mortos? Foi bem rápido o seu caminho! Levou menos tempo, correndo, do que eu com o meu navio! Que tristeza vê-lo aqui entre as sombras dos mortos, que tristeza! – Chorei, olhando para ele, pois via os seus traços, os seus olhos, reconhecia-o, mas percebia que a sua imagem não passava de sombra vã. – Como aconteceu? Conseguiu sobreviver à guerra. Como pôde encontrar uma morte sem sentido?

– Na minha idade, toda morte é sem sentido – respondeu, e baixou a cabeça tentando esconder a testa, como se estivesse com vergonha. – Tinha bebido, estava ébrio. Subira ao terraço da casa, onde a brisa marinha era mais fresca e uma videira espalhava a sua folhagem cobrindo um amplo espaço. Adormeci, num sono pesado. Quando um companheiro me chamou, acordei de repente, confuso, sem entender direito onde estava; pensava estar deitado no chão e dei um passo adiante, para encaminhar-me. Caí de cabeça, quebrei o pescoço. – Ele também chorava, lágrimas de ar e de frio vapor. – Por favor, quando voltar, procure o que sobrou de mim e coloque-o numa pira, e, depois de juntar e sepultar as minhas cinzas, levante um túmulo à beira-mar com o meu nome. Finque então nele o meu remo e imole vítimas, para que a senhora deste lugar sombrio me conceda alguma paz.

Ébrio? Morrera ébrio. Por quê? Não tinha, afinal, pão e carnes e uma casa linda e hospitaleira, uma ilha maravilhosa onde caçar e pescar? Não bastava. Os pesadelos o atormentavam. Tentava silenciá-los no vinho, assim como os companheiros perdidos os faziam com a flor vermelha do esquecimento. Não havia como fugir dos pesadelos da guerra.

– Farei isso, Elpenor, imolarei os mais lindos animais dos meus rebanhos e queimarei suas coxas em honra da Senhora do mundo subterrâneo.

Afastei-me gemendo.

Muitos outros fantasmas, lastimosos, juntavam-se em volta da cova e dos corpos das vítimas imoladas, que ainda derramavam seu sangue, mas eu os mantinha afastados com a espada gritando: "Para trás! Para trás!" A espada ainda os assustava, embora não pudessem morrer duas vezes, porque fazia com que se lembrassem do seu poder de tirar a vida.

E foi então que vi, no meio deles, o sagrado vate, o vidente tebano, Tirésias de olhos apagados, aquele que revelara a Tebas o motivo do castigo dos deuses: o filho matara o pai e se casara com a mãe.

Aproximou-se, sentia o cheiro do sangue, o sangue que é vida.

– Tire a sua espada da cova – disse – e deixe que eu beba se quiser conhecer a sua sorte.

Arranquei a lâmina da terra, e ele se dobrou, tomou o sangue, e, por alguns momentos, as forças voltaram a fluir na sua imagem vazia. Disse:

– Você procura o doce retorno, Odisseu, um retorno que o deus do abismo tornará muito duro, pois você cegou o seu filho e o humilhou sem piedade. Voltará, mas muito tarde e mal, após perder todos os companheiros, num barco estrangeiro, e encontrará a casa invadida por homens arrogantes que devoram a sua riqueza e insidiam a sua esposa. E terá de liquidá-los a todos, abertamente com o bronze cortante, ou às escondidas com o engano... E nem mesmo então poderá aproveitar a doce esposa e o filho querido, partirá de novo com um remo no ombro e irá ao continente, tão longe que conhecerá homens que não temperam a comida com o sal, não conhecem o mar nem os navios de faces pintadas de zarcão, nem os remos que dão asas aos barcos. Será este o sinal, não pode errar: quando um viajante lhe perguntar se o que carrega no ombro é um ventilabro para limpar o trigo, finque-o no chão e sacrifique ao grande Posídon um touro, um javali e um carneiro. Só então poderá voltar a reinar entre povos felizes, e, já cansado de serena velhice, a morte chegará ao seu encontro suave, vinda do mar.

Fartas lágrimas desceram dos meus olhos: tinha vontade de berrar, de gritar a minha raiva contra o deus que me punia porque me defendera, me perseguia por ter vencido com a mente o monstro sanguinário, por ter vingado os companheiros massacrados e devorados. Mas a um mortal não é permitido desafiar um deus. Implorei então ao vidente:

– Eu lhe peço, profeta, dê-me um vaticínio melhor, pois este despedaça o meu coração e me entristece de forma insuportável. Conceda uma escapatória aos meus companheiros!

O vate, então, movido por compaixão, admitindo que um fantasma ainda possa ter sentimentos uma vez que já não tem coração, pronunciou outras palavras:

– Depois de deixar este lugar sombrio navegará para o oriente e chegará à ilha Trinácria, onde pasta a manada de bois do Sol, que tudo vê lá de cima. Se não tocarem neles, apesar de famintos e sofridos, voltarão à pátria, mas se esticarem suas mãos para pegá-los, então pressagio ruína para o navio e para os seus homens, e, mesmo que você se safe, só voltará à sua ilha tarde e mal. Não há mais nada que eu possa dizer.

Desfez-se como neblina, desapareceu diante dos meus olhos, mas alguma força parecia manter-me ali, impedindo a minha volta ao navio e aos companheiros: percebia uma presença que inspirava no meu coração pensamentos e sentimentos longínquos, quase esquecidos.

– Mãe! – gritei. – Mãe, está aqui? – Naquele mundo de dor o eco replicou ao infinito as minhas palavras.

– Estou, meu filho – ressoou uma voz na minha alma –, por que desceu até a sombra escura? É terrível, para um vivo, chegar ao mundo dos mortos. – E então a vi. Estava diante de mim.

– Mãe – disse eu chorando –, o que a trouxe às trevas do reino de Hades? Ártemis porventura a acertou com uma das suas flechas? Ou alguma doença a consumiu lentamente?

– Não, minha criança, não foi Ártemis, nem um mal sutil me consumiu lentamente, mas somente a sua ausência, filho muito amado, o desejo pungente de revê-lo tirou a minha vida.

– E o meu pai? – perguntei. – Ainda vive? Ainda tem seus privilégios? E Telêmaco, o que faz? O povo tem consideração por ele?

– Sim, filho, seu pai ainda vive, mas retirou-se para o campo, e uma velha criada cuida dele. No inverno se deita na cinza ainda quente da lareira; no verão, quando o sol se põe, procura descanso onde estiver, juntando apenas um leito de folhas, e suspira, cheio de aflição por você. Quanto a Telêmaco, pode ter orgulho dele: é um bonito rapaz, amado e considerado por todos, e o povo o chama para administrar a justiça.

– E a minha esposa? O seu coração continua fiel? Ou juntou-se a outro homem e se casou de novo?

– Continua fiel, meu filho, mas chora noite e dia porque sofre muitas humilhações em casa, e você não volta, não volta... parece nunca mais voltar.

Aproximei-me para abraçá-la, tão grande era o desejo de senti-la perto de mim, mas as minhas mãos sempre voltavam vazias ao meu peito.

– Deixe-me tocar em você, minha mãe – implorava –, deixe que a abrace.

Pareceu-me ver em seus lábios exangues um sorriso cansado.

– Não pode, meu filho, não há coisa alguma que você possa abraçar. A pira queima a carne e os tendões, dissolve os ossos, e a alma voa embora como um leve sopro. Só o seu desejo me torna visível aos seus olhos. Saia logo, eu lhe peço, deste lugar desolado, fuja o mais rápido que puder.

Estas foram as suas últimas palavras, antes de sumir na aura escura, entre a multidão de fantasmas de homens e mulheres ceifados pela Moira da morte.

Caí de joelhos e chorei: fiquei soluçando como uma criança. Pensava na imensa dor que tinha matado a minha mãe, e uma porção de lembranças invadiu a minha mente: os dias felizes da infância, quando lhe pedia que me falasse do meu pai, justamente como agora, mas por motivos bem diferentes. Lembrava-me dela vestindo roupas preciosas, a filha de Autólico, parecida com uma deusa quando sentava no trono de Ítaca. Agora não passava de sombra fugidia, perdida nas trevas do Além. E o meu pai, o herói Laertes, eu quase podia vê-lo, deitado num humilde leito de cinzas, como um mendigo, e uma fisgada de dor apertava o meu coração no fundo do peito. Mas então, ainda que ofuscados pelas lágrimas, entre os milhares de miríades, os meus olhos viram outros espíritos, aqueles que o meu coração desejava.

O primeiro a aparecer foi Agamêmnon, o grande átrida. O rosto anuviado mostrava uma grande ferida entre a cabeça e o ombro. Fiquei espantado, pasmado, não podia acreditar no que via.

– Glorioso átrida! – exclamei. – O que o trouxe a este lugar de lamúrias? O seu navio naufragou enquanto voltava de Ílio? Ou então foi morto em terras hostis enquanto tentava arrebanhar despojos e mulheres?

Reconheceu-me e veio ao meu encontro. Procurava abraçar-me, mas os seus braços, que já haviam sido tão fortes quando seguravam a pesada espada e o grande escudo, já não tinham vigor. Não conseguiam tocar o meu corpo. Estava cercado de fantasmas sangrentos: os companheiros da sua guarda, que sempre lhe haviam servido de escudo em combate, que sempre tinham ficado ao seu lado nas mais cruentas batalhas, e a terrível verdade começou a abrir caminho na minha mente.

– Não – respondeu –, meu sábio Odisseu, valoroso companheiro de tantas lutas, o que me matou não foi uma tempestade, nem povos selvagens que defendiam a sua terra e as suas mulheres. Quem armou a mão assassina do amante Egisto foi a minha própria esposa.

Lembrei o sacrifício tremendo, desumano, de Ifigênia, vítima inocente para que se cumprisse a façanha, para que a maior frota de todos os tempos pudesse atravessar o mar. Mas talvez ele tivesse esquecido, ou então houvesse enterrado a lembrança nas profundezas mais escuras da alma. Só recordava a injúria sofrida, a conspiração e o massacre, a traição da esposa.

– Quando voltamos – continuou, e a sua voz soava profunda e sombria como bronze percutido –, as fogueiras levaram de uma colina para outra a notícia até o palácio. As sentinelas à beira do precipício as viram e anunciaram a nossa chegada. Entramos com nossos trovejantes carros pela porta dominada por dois leões, a qual rangeu em suas dobradiças, descortinou ruas desertas e os túmulos silenciosos dos antigos heróis perseides. O céu estava escuro, a lua nova não espalhava luz alguma, mas não se podia dizer o mesmo do palácio que encontramos iluminado para celebrar a nossa vitória. A notícia da tomada de Ílio e do reino de Príamo já se espalhara. A minha esposa preparara um banquete, e ali, como um touro na manjedoura, eu fui abatido pelo machado de Egisto. E então se desencadeou a chacina. Os meus companheiros foram esganados um depois do outro, como porcos. O chão estava um lago de sangue, os nossos corpos jaziam entre as mesas derrubadas, em volta da grande cratera cheia de vinho...

O terror tomou conta de mim enquanto o pastor de heróis, o *wánax* Agamêmnon, assim falava:

– Já assistiu muitas vezes à matança de guerreiros na rinha feroz e no corpo a corpo, mas até você, acostumado com os horrores da guerra, ficaria comovido, choraria no fundo do coração diante de tão horrenda chacina. Já moribundo, opunha as mãos nuas aos machados de bronze e às espadas, e então a vi dar as costas e sair da sala, a altiva filha de Tíndaro, Clitemnestra: não teve a coragem de fechar os meus olhos, a cadela, enquanto eu descia gemendo ao reino de Hades, não fechou a minha boca com as mãos. Depois do que ela perpetrou contra o legítimo esposo, ninguém mais poderá confiar na própria mulher. E quando você voltar, Odisseu, não confie, diga uma coisa e esconda outra, mantenha ocultas as suas intenções até saber com certeza quem se manteve fiel. Você tem sorte porque a sua esposa, Penélope, a filha de Icário, é sábia e certamente lhe foi fiel. Quando partimos, tinha um menino no colo que agora sem dúvida se tornou um valente guerreiro, e você terá a imensa felicidade de vê-lo crescido, homem feito. Poderá admirá-lo, abraçá-lo...

Chorava, o *wánax* de heróis Agamêmnon, chorava com lúgubres gemidos:

– A mim me foi recusado encher os olhos com a sua imagem. Não o vi crescido, o meu rapaz. Nada sei dele, creio que ainda vive, pois aqui nunca o encontrei, ignoro se foi acolhido por um dos reis, pelo meu irmão Menelau em Esparta ou em Pilos pelo rei Nestor...

Chorávamos, um diante do outro, naquela aura obscura e nebulosa, naquele mundo de lástimas e gemidos desconsolados. E foi então que vi surgir na minha frente, tremenda aparição, a sombra de Aquiles!

– Odisseu, glorioso filho de Laertes, meu amigo louco e temerário, nada consegue detê-lo, não? O que se poderá imaginar mais insano do que esta façanha? Atreveu-se a vir ao Ínfero, à morada dos homens extintos.

Olhei para ele, trêmulo, pois dava medo vê-lo ainda vestindo a armadura que usava quando matou Heitor de grande coração, não verdadeira, não de polido metal, mas ela também somente aparência: era assim que ele imaginava a si mesmo, era assim que o seu espírito formava a sua imagem. Mas eu a via reluzente, só um tanto esverdeada pelo longo esquecimento, e pensava no dia de sol brilhante, quando fui com Nestor à Ftia dos mirmídones para pedir que se juntasse, na guerra, aos demais príncipes da Acaia. Eu o convencera, ficara satisfeito por ter conseguido o que se esperava de mim. E o que tinha na minha frente agora? O que era aquele espectro cinzento que falava no meu coração? Quem criara destinos tão amargos para a estirpe dos homens? Tão profunda era a tristeza no seu olhar que eu quis dirigir-me à sua infinita melancolia, como se ainda estivéssemos no bosque, acompanhados pelos seus maravilhosos cavalos, Xanto, o aloirado, e Bálio, o malhado.

– Aquiles, glória de todos nós, o mais valoroso, vim para conhecer o meu destino, pois já sofri demais, vim para interrogar Tirésias, para saber dele como chegar a Ítaca. Quando finalmente deixamos para trás as terras da Tróade, fui surpreendido por uma tempestade e arrastado pelo vento durante muitos dias e noites, e depois fui abandonado em lugares desconhecidos, habitados por monstros, por estirpes de povos selvagens e ferozes. Perdi todos os navios, vi massacrar os meus companheiros, vi-os morrer como animais no matadouro. Nunca voltei à pátria, os deuses brincam comigo, parecem achar graça ao infligir-me todos os tipos de sofrimento. Não fique triste por ter morrido,

Aquiles. Já desejei isto muitas vezes. Quando morreu, erguemos para você uma pira gigantesca, uma escolta de trezentos guerreiros acompanhou-o com suas lentas passadas. Em seu corpo, a gloriosa armadura resplandecia. As chamas levantaram-se tão altas que chegaram a queimar a abóbada do céu, todos nós desfilamos diante da enorme fogueira, jogamos nela as nossas cabeleiras cortadas, os cintos, os tiracolos com tachas de prata, as braçadeiras e os anéis com o nosso selo, estojos do nome. Erigimos então sobre as cinzas um túmulo imenso, imolamos para o seu espírito altivo inúmeras vítimas, touros e carneiros e prisioneiros agrilhoados. Um fogo continua ardendo lá noite e dia. E o navegador que à noite passa pela costa da Ásia, ao ver a chama inextinguível, diz: "Aquele é o túmulo do magnânimo Aquiles valoroso, que debandou exércitos só com a força do seu grito."

A sombra diante de mim continuava muda, e prossegui:

– Eu só vejo sofrimento e desespero, e, quando chegar a minha hora, o meu corpo ficará esquecido em alguma praia deserta. Você, ao contrário, sempre será um dominador, até aqui, entre os rostos pálidos dos mortos.

Calei-me, e o sopro do Érebo profundo, lamentação infinita, foi a única voz na escuridão, até Aquiles responder:

– Não louve a minha morte, Odisseu, meu esplêndido amigo, pois preferiria ser o criado a serviço de um homem de nada, pobre e sem posses, mas no mundo luminoso, a reinar sobre os mortos. A vida é a única dádiva, o único tesouro, a única maravilhosa aventura. Perdi-a em troca de um momento de luz ofuscante, e passarei a eternidade lastimando a sua perda.

Em volta dele apinhavam-se os fantasmas de muitos outros guerreiros caídos, e eu ouvia as suas mil vozes confusas como o piar de pássaros ou o chirriar de corujas no escuro. Só um, gigantesco, majestoso, ficava afastado, mudo, e me fitava com olhos de fogo. Logo o reconheci, e o coração estremeceu no meu peito: Ájax! Ájax, rochedo dos aqueus, invencível. E lembrei tudo na mesma hora, a vergonha, a ignomínia, o desespero do gigante humilhado, o destino de morte inevitável, lancinante.

Chamei-o:

– Ájax, nem mesmo morto esqueceu o rancor provocado por aquelas armas malditas, que injustamente lhe foram tiradas e tarde demais procurei devolver. Que terrível infelicidade! Devido a elas os aqueus perderam o mais formidável baluarte. O seu desaparecimento, de forma tão dolorosa, foi uma dor imensa para mim, para todos. Imploro que acredite: teria dado com prazer a minha vida para que você pudesse viver de novo. Por vontade dos deuses, no entanto, o seu destino se cumprira e eu não podia mudar o que já se consumara. Junte-se a nós, agora, eu lhe peço, vamos falar e procurar recíproco consolo. Esqueça, eu suplico, o ressentimento.

Implorei, mas ele não respondeu. Deu as costas, perdeu-se na multidão de fantasmas lamurientos, sumiu na neblina.

8

Então, de repente, tudo desapareceu. Só ficou a entrada da caverna, que exalava densos vapores de cheiro azedo. Os rostos dos companheiros perdidos, as suas palavras, suas lástimas, o sentido do vazio e do nada: havia tudo sido um sonho? Mas o frio era real, assim como a chuva gélida e cinzenta que penetrava nos ossos, e mais reais ainda eram as palavras de Tirésias, o vate tebano. *Lembrava-me delas como me recordo agora, fincadas no coração e na mente, como agulhas. Filhas da maldição do ciclope, filhas do profeta e também da senhora dos animais e da ilha remota: tarde e mal, tarde e mal, tarde e mal!* Mas ainda estava vivo, apesar de tudo; os meus pés percorriam agora a trilha lamacenta sob um céu cheio de nuvens carregadas de chuva, entre estrondos longínquos que saudavam a minha volta ao mundo dos vivos.

Nem um só fio de grama, nem uma flor, nem um único ser humano ou raio de sol. Só vi um sapo, disforme criatura, rastejando pela trilha das sombras dos mortos e coaxando o seu rouco lamento à natureza madrasta. E, quando cheguei ao local onde começavam ou acabavam as pegadas, vi no topo do penhasco negro à minha esquerda a cidade dos cimérios que brilhava como metal polido no clarão dos relâmpagos. Pensei no grito, no tríplice grito dos reis de Ítaca. Soltara-o do navio ao deixar a minha ilha, lançara-o contra as hordas de guerreiros que se engalfinhavam sob as muralhas de Ílio. E comecei a gritá-lo agora na tempestade, sobrepujando os trovões, o medo, a pungente melancolia. Ao mesmo tempo outro pensamento também veio à minha mente: "Por que não vi as sombras de Heitor, de Príamo, do pequeno Astianacte? Será que a Senhora do Além não quis que eu visse um tronco decapitado segurando a própria cabeça decepada, ou um homem esfolado, irreconhecível, já sem rosto, ou um criança despedaçada?" Dos inimigos derrotados, aniquilados no corpo e na alma, eu não guardava sequer a imagem.

Então entoei a ladainha que a minha babá cantava para mim, criança, para me fazer dormir. A canção era como um bálsamo para um coração dilacerado, e quanto mais eu avançava, mais me dava força. Ao chegar ao topo do morro pude avistar o navio. Os homens tinham esticado a vela de uma ponta a outra, da proa para a popa, e como pintinhos sob as asas da galinha abrigavam-se do temporal, talvez até encontrassem algum calor um ao lado do outro. Em derredor, as ondas de branca espuma açoitavam os cortantes recifes.

Alguém me viu e gritou: "*Wánax!*" E os outros também gritaram em seguida, jogaram um cabo para a margem e eu me segurei nele entrando na água. Avancei no mar cinzento e gelado, uma braça após a outra, até alcançar o parapeito do navio. Os companheiros puxaram-me para cima, levaram-me ao abrigo da vela, secaram-me com um grande pano e cobriram-me com uma capa, lívido, tiritando de frio.

Quando olhei para eles, vi em seus olhos o meu rosto refletido como num espelho de bronze. Havia espanto, pasmo, incredulidade. Acima das nossas cabeças a chuva insistente rumorejava, um escudo virado protegia o fogo do braseiro para que não se apagasse, e o seu calor fez correr de novo o sangue em minhas veias. Jogando a capa nos ombros, dirigi-me à proa e vi que o vento soprava na direção contrária daquele que nos levara para lá. Mandei os homens içar a vela, sentar-se nos bancos dos remos e virar a proa para o mar, e então eu mesmo, de um só golpe, cortei a amarra com o meu bronze reluzente. Perimedes e Euríloco ficaram no leme, e o barco saiu do canto que o protegia dos rochedos, alcançou o mar aberto e começou a singrar veloz com a vela inchada de vento.

Viajamos a noite inteira cavalgando a correnteza espumosa do grande rio Oceano, e o dia e toda a noite seguinte. Com o passar dos dias o ar ia ficando mais ameno, os vagalhões se amansaram até tornarem-se longas linhas curvas, a luz começou a filtrar-se entre as nuvens e, finalmente, o sol apareceu espalhando infinitos reflexos, ofuscantes manchas de luz e calor que afugentaram a morte dos meus membros contraídos.

– O que viu? – perguntou Euríloco. – Encontrou realmente os fantasmas dos mortos?

– Vi o que tinha de ver e encontrei as almas aflitas dos nossos companheiros caídos. A minha mãe morreu. – E senti as lágrimas correrem pelas faces.

Vendo a minha dor, não se atreveu a fazer mais perguntas até a noite. Pareceu retomar a conversa onde a tínhamos deixado:

– E lhe foi revelado o nosso futuro? Voltaremos à pátria? Veremos de novo a esposa e os filhos?

Apoiara a mão no meu braço e o segurava com força.

– Sim, desde que me obedeçam, sejam lá quais forem as minhas ordens. Se não me obedecerem, será o fim para o navio e todos nós. Pois, mesmo que um só viesse a sobreviver, já não seria um homem, a sua vida não teria mais finalidade. Provas muito duras ainda nos aguardam, mas o que mais pode recear quem navegou no Oceano lívido, no país da noite eterna, quem encontrou e interrogou os pálidos espectros?

Euríloco não fez mais perguntas, levantou os olhos ao céu e observou as estrelas. A Ursa que assinala o norte e que tínhamos atrás. Parecia profundamente entristecido. Esperava, sem dúvida, que eu lhe contasse todos os detalhes da minha visita à entrada do Além.

Mas preferi calar-me, era duro demais, para mim, relembrar aqueles momentos, não conseguia passar de novo pela incurável contradição de reviver a morte. Mandei-o manter reto o leme até chegarmos à embocadura do mar interno, para então retomar a viagem rumo à nossa ilha. Pensava o tempo todo nas provas que nos aguardavam, e também no que fazer quando chegássemos à Trinácria, onde pastam as manadas do Sol, que tudo vê lá de cima: resistiríamos à fome? Eu poderia dobrar a sorte e o destino? "Tarde e mal" eram as palavras que ecoavam continuamente no meu coração.

Navegamos durante vários dias para o oriente, e rezei para chegarmos ao ponto em que o mundo impossível cede o lugar a paisagens conhecidas, a terras familiares. Esperei encontrar de novo a minha deusa. Voltaria a falar comigo, poderia guiar-me e proteger-me. Não me dava conta, ainda, da vastidão daquele mundo.

Certa manhã bem cedo, quando ainda dormia sob a capa no compartimento de popa, a mão de Perimedes acordou-me.

– *Wánax*, há alguma coisa estranha que não consigo explicar. Veja!

Levantei-me e me encostei no parapeito do navio.

– O que foi? Não estou entendendo.

– Olhe com atenção – disse. – Não há vento de estibordo, nem um sopro, mar calmo, mas o barco está sendo puxado na outra direção, estou mantendo o leme todo à esquerda e não adianta, não consigo contra-arrestar a força que nos arrasta.

Era verdade. Uma força invencível, como um forte vento de lado.

Decidido a lutar contra aquela força e a manter o rumo, mandei os homens baixar na água os remos da borda direita e remar vigorosamente com os da borda esquerda. Em vão: era impossível corrigir a rota.

– Veja! – voltou a dizer Perimedes. – Fumaça.

Eu já tinha pressagiado algo parecido. Seria a fumaça da casa de Circe? Tivemos a confirmação disso logo a seguir: o perfil da ilha que já conhecíamos apareceu distintamente não muito longe do promontório que tínhamos visitado na primeira viagem. A força misteriosa arrastava-nos ao porto onde já havíamos lançado âncora, e, enquanto nos aproximávamos cada vez mais, pude vê-la.

Estava na altura que dominava a enseada e mantinha os braços esticados na nossa direção. Parecia que nos estava chamando. Desembarcamos de popa virada para a terra, como sempre fazíamos quando era possível, para facilitar uma eventual partida apressada.

Pulei do navio, e na mesma hora Circe me deu as costas e se encaminhou para casa.

Interroguei os homens com um rápido olhar. Nenhum deles parecia disposto a me acompanhar. Então disse:

– Falarei com Circe. A senhora deste lugar decidiu nos chamar de volta à sua ilha, e acredito que haja um bom motivo. Se houver, quero saber. Enquanto isso, reabasteçam o nosso suprimento de água, cacem algum animal e cozinhem a sua carne para que possa durar mais. Em seguida, defumem-na. Quanto aos demais, que cuidem do navio controlando cada tábua do costado e da quilha para ver se a viagem à entrada do Ínfero provocou algum dano. Quando tudo tiver sido vistoriado, erijam um túmulo sobre as cinzas de Elpenor e finquem nele o seu remo, bem firme, como ele mesmo me pediu, e façam ofertas rituais ao seu espírito.

Os companheiros dedicaram-se logo ao trabalho enquanto eu me encaminhava pela trilha que já seguira na ocasião da nossa primeira visita, rumo à casa da senhora da ilha. Circe veio ao meu encontro e me abraçou com transporte, apertando-me com força.

– Evocou as sombras dos mortos como eu lhe disse? E encontrou o espírito do profeta tebano?

– Sim, foi o que fiz.

Soltou-se do abraço e fitou-me nos olhos, percebeu que eu estava dizendo a verdade.

– Não achei que fosse conseguir, nem que fosse voltar.

– E ainda assim me incitou a fazê-lo...

– Pensei que, se houvesse um único homem no mundo capaz de uma façanha destas, esse homem era você. Não quero saber o que Tirésias lhe disse. – E por que trouxe, então, o meu navio de volta à sua ilha? Já nos disséramos adeus, e isto significava que nunca mais iríamos nos ver.

– Porque há um pensamento que o tortura e que não lhe dá paz. E sei que somente eu posso ajudá-lo a descobrir a razão.

Eu não esperava estas palavras. A minha mente estava confusa, havia momentos em que achava, aliás tinha certeza disso, que tudo havia sido apenas um sonho. Pensava nunca ter saído da ilha ou até, quem sabe?, nunca ter partido de Ítaca. Mas então olhava em volta: havia árvores, uma casa, nuvens no céu e borboletas nas flores, e também comida e vinho na mesa. E tinha diante de mim uma mulher de fulgente beleza.

Segurou a minha mão e me levou ao seu tálamo. Já não estava entre os galhos de uma árvore de grandes flores cândidas, e tampouco num chão de pedra vermelha. Por todas as partes havia espessos tapetes, e em cima deles uma grande cama sem pés nem armação de madeira, fofa, de lã macia, forrada de linho, com grandes almofadas.

– Vamos fazer amor – disse, e ficou nua na minha frente. Eu já não era dono das minhas ações. E ela nem tocara em mim com a sua vareta. Simplesmente abraçou-me, deitou-se sobre mim, levou-me num turbilhão, arrastou-me para um abismo, deixou-me pairar entre as nuvens do céu. Adormeci entre os seus braços e quando acordei já era noite.

– Coma – disse ela, e à minha frente havia uma mesa com pão, mel e fruta. Passou-se algum tempo. – Está cansado?

– Não.

– Muito bem. Agora que já comeu, prepare-se para fazer uma viagem. Comigo.

Eu estava mais uma vez preso ao seu olhar, ao seu perfume, às suas mãos longas e finas.

– Uma viagem? Para onde?

– Você vai ver.

O vento começou a soprar, as copas das plantas se agitaram, e depois o bosque, o gramado, o riacho, tudo desapareceu. Estávamos no campo de batalha. Atrás de nós, o acampamento, os navios, à nossa frente a cidade, as muralhas e as torres. Ceias! Arrepios e intensa dor correram pelo meu corpo.

– Onde está você?

– Aqui, ao seu lado. Naquela noite você entrou pela segunda vez na cidade de Troia, perfeitamente disfarçado de guerreiro troiano, mas com uma longa corda escondida por trás do escudo. Um expediente bastante esperto...

– Não é verdade.

– É, sim. Venha, vou lhe mostrar.

O vento que dissipara a casa de Circe, a ilha com os bosques e o riacho soprava agora com força, levantando nuvens de poeira nas ruas desertas de Ílio.

– Está vendo as pegadas na poeira? Só você caminha deste jeito.

– Não sou eu.

– Sabe muito bem que é você. Só quis esquecer, e conseguiu. Agora, chegou diante da rampa. Aqui combinou encontrar-se com Diomedes. Ele entrou pelo postigo do muro setentrional. Aqui está, ele também disfarçado de guerreiro troiano. Chegamos. Ali está a parte mais alta da cidadela. Mais embaixo, o palácio de Príamo. Por aqui o santuário. Está vendo? Quem entra pelo teto com a corda é você, do lado das colunas, onde os guardas não podem vê-lo.

Meu corpo se duplicara. Eu era o guerreiro que descia dentro do santuário e também era o andarilho que assistia à cena com Circe. Ela voltou a falar, e a sua voz estava estranha, como que deformada pelo tempo e pela distância.

– Agora já está saindo pelo teto e, com a corda, baixa alguma coisa que Diomedes pega. Sabe muito bem de que se trata, não sabe?

Não respondi.

– Claro que sabe: é o Paládio, a estátua de Atena que torna invencível a cidade que a possui. Está levando-a embora para que Ílio possa ser vencida e destruída.

Virei-me para Circe, e a luz metálica dos seus olhou me gelou. O seu olhar era como uma espada afiada. Quem tinha visões era ela, *agora tenho certeza disto, com aqueles olhos rapaces alcançava aquilo* que eu não podia ver.

– Queria voltar para casa – disse eu baixinho.

– E eles queriam sobreviver.

– O mais forte vence. É a regra.

– Ou o mais astucioso. Agora sabe por que Atena não fala mais com você. – As suas palavras trespassaram-me como um punhal de gelo. – Cometeu um sacrilégio contra ela, profanando o seu simulacro.

Meneei a cabeça, incrédulo. Uma parte de mim não queria acreditar no que a outra estava afirmando.

– Na noite do massacre vi com os meus próprios olhos Diomedes sair do santuário levando alguma coisa consigo.

– E a partir daquele momento quis se convencer de que fora ele quem profanara o santuário, ignorando o que sabia muito bem, olvidando, escondendo sob uma capa de esquecimento o seu sacrilégio.

Um trovão estourou acima das nossas cabeças e já estávamos de volta na casa da ilha, eu diante dela, na calada da noite, ouvindo o silêncio.

Circe fitou-me diretamente nos olhos com uma força tremenda; ninguém poderia resistir.

– Agora já sabe. Nunca mais esqueça o que lhe foi revelado. Amanhã retomará a sua viagem. Mais provas o aguardam. Cada uma dela poderia destruí-lo. Alcançará os recifes das sereias. O seu canto é suave, extremamente doce, mas pode ser prelúdio de morte.

– Não receio os recifes. Acabo de voltar da entrada do Inferno.

– Não são os recifes que podem destruir um homem como você.

– O quê, então?

– A verdade.

– Que verdade?

– A que pode matá-lo.

No silêncio do abismo que me cercava, ouvi o grito estrídulo de uma ave de rapina noturna: o sol ia nascer. Circe retomou a palavra:

– Mais tarde o seu navio, o último que lhe sobra, terá de passar por um funil: posso adiantar que de ambos os lados haverá perigos mortais. Caberá a você escolher um deles. Seja qual for a sua opção, causará a morte de alguns companheiros.

As lágrimas que até então eu mal conseguira reprimir inundaram, quentes, os meus olhos. Até onde teria de chegar o meu padecimento, a minha dor, a minha aflição? Eu tinha passado pela porta do Ínfero, o que poderia haver ainda pior? Teria então esta minha façanha provocado ainda mais a ira das forças obscuras?

– Nada mais tenho a dizer.

O seu olhar apagou-se como um lampejo na escuridão da noite, mas quando a luz da alvorada se espalhou pela casa os seus olhos retomaram cor e vida, e expressão de sentimento.

– Esta é realmente a última vez, filho de Laertes. Depois que sair pela porta desta casa, eu nunca mais voltarei a vê-lo, mas ficará para sempre nos meus olhos e no meu coração. De todos aqueles que o mar trouxe a estas praias, de todos aqueles que, com audácia, nelas desembarcaram, você é o único de quem me lembrarei. Nas longas tardes de verão, nas noites de primavera carregadas de mistério, nos tristes dias do outono quando os grous migram para terras longínquas e abandonam os ninhos, no silvo do vento invernal que levanta lívida espuma do mar, só o seu nome ecoará no meu coração, Odisseu de multiformes pensamentos, paciente e temerário, pequeno homem indomável.

Olhou para mim com infinita tristeza a senhora dos animais, a maga sedutora, linda entre as mulheres da terra e as deusas do céu. E chorou.

Parti sem um único beijo, sem uma única carícia, receando que pudesse perder a coragem de juntar-me aos meus homens. Saí da casa quando começavam a ouvir-se os sons dos animais que moravam no lugar, almas sofridas. Encontrei os companheiros e vi que tinham completado a sepultura de Elpenor, o nosso valoroso amigo, agora triste sombra no Além. Tinham erguido sobre as suas cinzas um grande túmulo e fincado nele o remo que ele costumava segurar quando se sentava no banco de voga para ajudar a governar o navio. Gritamos o seu nome dez vezes, esperando que a nossa voz chegasse até ele na terra extrema, no mundo cego, entre os rostos exangues. O vento carregou-o consigo, longe, na crista das ondas.

Viramos a proa para o ocidente e fomos levados por um vento forte e constante. Após puxarem os remos para bordo e os deitarem sob os bancos, ao longo da amurada, os companheiros podiam descansar. Só Perimedes ainda tinha de se esforçar na barra do leme para manter o rumo, com o sol bem diante de nós. Já pela tarde, a sombra da vela encobriu-o e ele pôde aproveitar a brisa marinha. Só se via água, em todas as direções, nada se opunha ao nosso avanço, mas eu teria preferido não ter tantos pensamentos atropelando-se em minha mente. As palavras de Circe me afligiam, e eu não sabia quando chegaria a minha hora de enfrentar o perigo. O olhar pousou numa cesta de vime entrelaçado, cheia de favos espremidos e já sem mel. Só ficara a cera, àquela altura. De repente uma dúvida abriu caminho entre as minhas ideias: como poderia aguentar a voz da verdade e ainda sobreviver, quando chegássemos perto dos recifes das sereias?

Navegamos durante vários dias com tempo bom, quente e sereno; o cordame cantava na força do vento como as cordas esticadas de uma cítara. Em certas horas chegava a pensar que talvez Circe estivesse errada e que podia ter pronunciado aquelas palavras só para convencer-me a ficar e a esquecer o retorno. Esperava ardentemente que esta fosse a explicação, mas os seus presságios continuavam a ocupar a minha mente.

E ainda mais me atormentava a ideia de ter profanado o simulacro da minha deusa, de saber que estava zangada e indignada comigo. Era algo que não podia suportar, fazia com que me sentisse completamente só e indefeso diante de forças adversas e de perigos mortais. Mas eu não tinha escolha. Assim como a força de Circe atraíra o meu navio à sua ilha, da mesma forma achava que não havia como evitar os perigos que ela predissera.

E assim certo dia, não saberia dizer qual, avistamos um pequeno arquipélago formado por poucas ilhas. Quase nada crescia nelas, e, ao que parecia, eram desabitadas. Apenas pedra nua, com poucos pinheiros extremamente verdes. Um deles era enorme, com raízes que se insinuavam nas fendas da rocha e grandes pássaros pousados, imóveis, em seus galhos gigantescos. Um canto longínquo, murmurado mas muito suave, parecia chegar até nós dos penhascos que mergulhavam no mar. Sereias! Nenhuma outra criatura poderia viver naqueles rochedos desertos no meio do mar. O vento que nos empurrara para lá sem um só momento de calmaria desapareceu de repente, a ansiedade invadiu o meu coração. Passamos rente a uma das ilhotas, e vi esqueletos e até cadáveres meio comidos pelos animais e pelas aves marinhas, deplorável espetáculo! Eu já não tinha dúvidas.

Apanhei logo a cesta com a cera e a moldei entre as mãos para torná-la macia e fácil de plasmar. E ao mesmo tempo dirigi-me aos companheiros.

– Escutem! – gritei. – Estamos prestes a enfrentar uma prova muito difícil, mas será uma das últimas. Um oráculo me avisou que tomasse cuidado: estas são as ilhas das sereias, e as ossadas que podem ver naquelas pedras são dos navegadores que se deixaram enganar pelo seu canto melodioso, fascinante. Ninguém pode resistir. Acabaram se espatifando nos rochedos, e agora seus ossos jazem no fundo do mar e nesses recifes. Nunca mais voltarão a ver a sua casa e a sua família.

Os homens estavam atentos.

– Não quero correr riscos – continuei – e, portanto, colocarei cera em seus ouvidos para que não possam escutar. Mas depois quero que me atem ao mastro com cordas. Eu preciso ouvir aquele canto, preciso saber o que as sereias dizem: poderia ser importante para sabermos o que espera por nós. A minha mente, no entanto, poderia não resistir. Talvez lhes suplique que me soltem, talvez, como seu rei, os mande desatar as cordas que me prendem ao mastro. Vocês não podem obedecer, devem aliás apertar os nós ainda mais. Não se deixem comover pelas minhas lágrimas nem se espantar pelos meus gritos, que poderão ser terríveis. Talvez eu mude o rosto e a voz. Não prestem atenção, não olhem para mim: não serei eu, mas sim alguma força obscura que fala pela minha boca. Remem, continuem remando com toda a força, façam borbulhar de espuma a água do mar, afastem-se o máximo possível. Só então irão reconhecer-me, só então serei de novo o que sempre fui. E só então poderão desatar-me.

Os companheiros obedeceram, deixaram que eu lhes tapasse os ouvidos e depois me amarraram ao mastro com os nós bem apertados dos homens do mar, nós indesatáveis. O navio continuava avançando e Perimedes, nos lemes, mantinha a rota com firmeza. Eu podia sentir a torção do casco pelos movimentos da sobrequilha do mastro sob os meus pés e, à direita, via aproximar-se o arquipélago de rocha e pinheiros que surgia do mar espumoso. A melodia tornou-se mais audível enquanto o barco desacelerava devido a uma correnteza contrária, podia senti-la pela crescente pressão do mastro contra as minhas costas. Era uma cantiga sutil, penetrante, no começo muito suave, que depois se tornava mais aguda, intensa e pungente. À medida que me aproximava, as vozes que formavam o coro também se fundiam umas com as outras, como fios que se entremeiam numa corda. Afinal, quando justamente o pinheiro gigante parecia curvar-se sobre nós, tornaram-se uma única voz. A voz da minha esposa! Penélope entoava, naquele novelo sonoro, uma canção de infinita melancolia, a canção que eu bem conhecia:

– Amarga saudade, faz com que ele volte!

Não me dobrou, sabia que aquele canto vinha do meu coração, de mais ninguém, do desejo de descansar nos braços da minha rainha depois de tanto sofrer, mas então o canto se fragmentou de novo e havia mais vozes acompanhando a de Penélope. A de Circe, a de Helena, a que eu achava para sempre apagada da chacinada Andrômaca, e mais duas que só depois iria conhecer. E amar. Sublimes. Formavam um único som, mas cada uma era claramente distinguível, e esta é uma coisa em que não dá para acreditar.

O canto tornava-se inteligível e era o da minha aventura de homem, de rei, de marido, de pai, de amigo, de filho, de inimigo, de herói, de covarde. Era o canto da minha vida passada, presente e futura. E o que compreendi foi tão doloroso que arrancou gritos agudos do meu coração. Queria matar-me, e por isto suplicava aos companheiros que me soltassem, que desatassem os nós que me mantinham preso mais ao meu existir do que ao mastro do navio. *Vi a mim mesmo agora! Agora que avanço na neve alta falando sozinho para segurar entre os dentes a minha alma. Agora que padeço incríveis, cruéis, infinitos sofrimentos. Agora saboreio a amargura sem fim nem limite, eu, que vi os rostos pálidos, eu, que falei com os fantasmas de Ájax gigante, de Aquiles, de Agamêmnon, eu, que verti lágrimas de fogo diante da alma sofrida da minha mãe.*

Agora queria morrer.

Morrer a tal ponto que de mim nada sobrasse, nem sequer a vácua imagem de quem perambula pelo cego mundo do Além. Queria ser nada, ninguém.

Nada me pouparam aquelas vozes tão lindas, tão sedutoras. Quanto mais afiado é o punhal, mais profunda e mortal é a ferida. Naquele canto infinitamente maravilhoso, conheci toda a maldição contida no meu nome.

Então os companheiros me desamarraram.

9

“Qualquer que seja a sua escolha, ela será a causa da morte dos seus companheiros.” Estas foram as primeiras palavras que vieram à minha mente quando os homens desataram os nós que me prendiam ao mastro do navio. Um funil pelo qual teria de passar, com perigos mortais de ambos os lados. Mas de que tipo? *Já tivera de passar por tantos funis, por tantos apertos durante a minha vida: entre o medo e o dever, entre o amor e a honra, entre a amizade e o proveito pessoal, entre o mundo dos vivos e o dos mortos, entre cortantes recifes, no meio de íngremes desfiladeiros... mas este seria o mais terrível, eu o podia sentir.*

O sol brilhava no céu límpido e transparente, uma gaivota pousara no topo do mastro, e a brisa desgrenhava as suas penas. Aquilo que eu experimentara já ficara para trás, os companheiros haviam tirado a cera dos ouvidos e observavam as ondas azuis e reluzentes enquanto o vento empurrava o navio para o sul. Só eu me sentia oprimido por um fardo insuportável, por uma tristeza profunda que não nascia do acaso ou do nada, mas sim das vozes que ainda ressoavam em meu coração. Aquilo havia sido real, não era um sonho.

Viajamos pelo resto do dia e por toda a noite, mantendo sempre aceso o braseiro na popa e de olho no que nos esperava à nossa frente. A lua surgiu no horizonte no começo do segundo turno de vigia e, por algum tempo, iluminou o nosso caminho com uma esteira de prata na água, e depois se escondeu atrás de um fino véu de nuvens. Lá pelo meio da noite, pareceu-me ouvir o leve murmúrio de remos e vi, ou acreditei ver, um navio muito maior que o meu que deslizava silencioso na direção contrária, mais ou menos ao alcance de uma flecha. Uma sombra escura mas bem definida, o fantasma de uma vela esfarrapada que flutuava no ar, o borbulhar branco da espuma contra a proa que cortava as ondas. O navio foi então engolido pelas sombras. Quem poderia ser o navegador noturno?

Na viagem inteira, nunca havíamos cruzado com outra embarcação antes, só tínhamos encontrado despojos, restos de naufrágios, e isso sempre me inspirara um sentimento de solidão e de abandono, como se eu estivesse singrando o mar de um mundo alheio e irreal. Nunca, depois de passarmos pela cortina de neblina, encontramos uma cidade habitada por homens que comem pão, com um porto, uma praça do mercado e um sagrado recinto dedicado aos deuses; nunca eu tinha encontrado um empório sequer, com mercadores de várias estirpes atarefados no comércio e na troca dos seus produtos. E tampouco voltara a sentir a presença da minha deusa de olhos esverdeados e, depois do que Circe me mostrara, duvidava agora que voltaria a encontrá-la no meu caminho. Lastimava a sua ausência e me afligia por tê-la perdido.

Navegamos, assim, por mais noites e mais dias, sem encontrar coisa alguma ou vivalma. Só uma vez, na escuridão, vi surgir do mar uma montanha encimada por uma luz vermelha, sinistra, uma montanha que rumorejava com surdos estrondos e que soltava clarões de fogo. O meu mundo parecia cada vez mais distante, o meu coração se tornava cada vez mais aflito. Certo dia, antes do alvorecer, Euríloco deixou o seu turno, entregou o leme a Euríbates, um dos meus formidáveis cefalônios, e aproximou-se.

– Você foi o único, entre nós, a ouvir o canto das sereias. É algo que eu também posso conhecer?

– É uma coisa que não posso revelar porque eu mesmo não a quero evocar. Estou tentando tirá-la da cabeça porque não me deixa pensar, decidir, esperar. Só posso dizer que o seu canto era extremamente doce, tão suave que fazia até esquecer a crueldade das palavras. Uma contradição insuportável, um contraste que rasga o coração. A minha única esperança é que não seja verdade, ou então, se for mesmo verdade, que exista outra verdade paralela. Escute, eu acredito que se conseguirmos chegar às nossas águas tudo vai mudar, ainda teremos a oportunidade de dobrar o destino, de afugentar os maus presságios com a força da mente e do braço. Aqui, neste mundo desconhecido, tudo é difícil, duro e obscuro. Provas terríveis ainda nos aguardam, mas só peço que você fique ao meu lado. Se, quando a prova derradeira e definitiva chegar, você me ajudar a convencer os demais companheiros a me obedecer, talvez nos safemos e possamos finalmente virar a proa para casa seguindo sempre para o oriente: o navio seguirá as ordens do leme e dos remos, as distâncias poderão ser medidas e contaremos os dias até alcançarmos a ilha, a nossa ilha.

Euríloco fitou-me mudo, quase contrariado. Talvez pensasse que eu ficara louco, talvez já nem ele acreditasse em mim, e este pensamento me feria. Passavam os dias, mas eu não parava de solicitar a sua ajuda. Às vezes ficávamos sentados, conversando, trocando lembranças e recordações. Histórias de quando éramos crianças e corríamos pelos bosques e nadávamos no mar.

– Lembra a nossa primeira viagem para terra firme?

Ele recordava, e revivíamos os dias e as horas, os cantos, as palavras, os sonhos. Servia para confirmar, em ambos, a nossa existência e a nossa realidade, para afirmar que podíamos pensar no futuro, que depois de muitas voltas acabaríamos vencendo e voltando ao nosso mundo para reencontrar a vida que tínhamos perdido ao partir para a guerra.

A voz de Euríloco interrompeu os meus pensamentos:

– Veja, terra!

Eu, por minha vez, estava observando o mar, pois percebera que a nossa velocidade aumentara sem nenhum vento que empurrasse o barco. O coração deu um pulo no meu peito. Perigo!

E logo a seguir a voz de Sínon chegou a nós de cima do mastro:

– Remoinho à direita! Recifes à esquerda!

"Lá vamos nós", pensei, o que Circe predissera estava inexoravelmente acontecendo. Qualquer que fosse a minha decisão, iria perder uns companheiros. Quantos? Não dava para saber. Corri para a proa gritando:

– Enrolem a vela! Homens, aos remos!

Então olhei à minha frente: o mar penetrava rumorejando, impetuoso como um rio caudaloso, entre as afuniladas margens da passagem. A força da correnteza era invencível. À direita o vórtice era provocado pelo enorme fluxo de água que se chocava com um promontório; à esquerda os recifes cercavam uma gruta que, como uma grande boca escura, emergia do mar.

– Mande manter a proa no meio! – disse Euríloco.

– Não – respondi –, se ficarmos no meio, acabaremos entrando no remoinho da voragem e o barco será engolido com todos nós. Precisamos ficar o mais possível à esquerda, passando rente aos recifes. É muito perigoso, mas se tentarmos passar no meio será o fim de todos.

– Barra à direita, remos da esquerda bem firmes na água, remada forte com os da direita! – berrei para sobrepujar o estrondo da voragem e da correnteza que se chocava com as pedras fervilhando de espuma. Os homens executaram a manobra, Sínon desceu apressadamente do mastro e se sentou no banco para ajudar na voga. O navio começou a virar para a esquerda no impulso dos remos e do leme, os meus homens do lado direito se dobravam no esforço, remando com toda a sua energia, mas agora um dos braços da correnteza nos empurrava para os recifes e a gruta. O ingresso do antro não era muito vivível porque estava escondido atrás de uma cortina de névoa e de respingos, mas continuávamos a manter a rota uma vez que o fragor da voragem à direita nos apavorava.

Agora estávamos mergulhados numa nuvem extremamente densa, a água nos cercava por todos os lados e nos ofuscava. De repente ouvi gritos aflitos, enormes tentáculos açoitavam o convés do barco despedaçando os remos. Vi companheiros desprender-se aos berros acima das nossas cabeças para então desaparecer. Seus gritos, mais altos que o estrondo das ondas, seus desesperados pedidos de ajuda foram engolidos pela boca da caverna hirta de pedras cortantes como dentes de um monstro. Afinal a correnteza prevaleceu sobre o remoinho e nos puxou, rugindo, para fora do funil. Quando a densa nuvem de borrifos e de espuma aclarou-se, o navio diminuiu a velocidade e ficamos de volta em mar aberto. A força das vagas amainou à medida que nos afastávamos da estreita passagem. Ao entardecer ficamos parados no meio do nada.

A voz de Euríloco despertou-me do meu torpor:

– Perdemos seis homens.

– O que foi? – perguntei, como que despertando de um pesadelo. Não reconhecia a minha voz.

– Um monstro – respondeu Euríloco – de sete cabeças...

Fiquei calado, andando ao longo do barco, contando com aflição os lugares vazios: Sínon... Polites... Eurínomo... Leucipo... Crésilas... Ânticles. Mas não quis mostrar o meu desânimo. As lágrimas se confundiam no meu rosto com os respingos salgados do mar. Virei-me para os outros, ofegantes, dobrados pelo esforço, pelo terror, pela dor.

– Homens! – gritei. – Superamos uma prova aterradora, sobrevivemos à correnteza invencível, ao voraz remoinho, ao monstro assassino! Perdemos seis valorosos companheiros, a lembrança deles ficará para sempre em nosso coração, choraremos por eles ao chegar a terra e, quando estivermos de novo na nossa pátria, levantaremos túmulos em sua honra, a cada um na sua ilha de origem, para que não se perca a lembrança. Os poetas e os cantores contarão as suas aventuras e o seu sacrifício. Os rostos, os sorrisos, as vozes permanecerão no nosso coração para sempre. Mais uma vez, as forças destes lugares terríveis não prevaleceram.

"Tive de fazer uma escolha que partiu o meu coração: tive de escolher entre perder alguns de nós e perder a todos, incluído o navio. O sacrifício deles nos permitiu sobreviver! Mas agora podem estar certos de uma coisa: só mais uma prova espera por nós. Depois voltaremos para casa, reabraçaremos a esposa, veremos de novo a terra que nos viu nascer e a fumaça que sai da chaminé das nossas casas. Estabeleçam uma nova ordem nos bancos de voga, fiquem mais longe uns dos outros. Substituam os remos quebrados ou danificados. Arrumaremos uns novos quando descermos em terra firme, com árvores que iremos esculpir com o bronze das nossas espadas."

Os homens ouviam em silêncio, e continuei:

– Só isto eu lhes peço agora: obedeçam sejam quais forem as minhas ordens ou proibições, obedeçam e os levarei de volta para casa! Juro sobre a cabeça do meu filho que nunca mais revi e sobre tudo o que de mais precioso tenho no mundo. As suas façanhas continuarão a ser contadas pelos séculos afora, e quem os encontrar ou, o mais tarde possível, assistir à sua morte dirá: "Este era um dos companheiros de Odisseu, filho de Laertes, e destruidor de cidades, sobreviveu a monstros e tempestades, ao ciclope selvagem e a provas indizíveis, chegou vivo à fronteira do implacável Ínfero e nunca se esqueceu da sua terra." E agora vamos levantar a vela!

Soltei o tríplice grito dos reis de Ítaca e o navio, empurrado pelo vento, avançou sólido e veloz, arando com a proa as ondas azuis do mar que nunca dorme.

Percorremos um amplo círculo, pois a correnteza ainda nos levava, viramos lentamente para o sul para então nos dirigir para o ocidente e mais uma vez para o norte até alcançar a terra de Trinácria, onde pastam as manadas de Hélio, o Sol que de cima tudo vê. Era assim que Circe chamara a grande ilha onde teríamos de enfrentar a derradeira prova.

Desembarcamos após lançar âncora numa bonita enseada na qual desembocava uma correnteza de límpida água. Assim que pisamos a areia da praia, celebramos a cerimônia fúnebre pelos companheiros perdidos. Desta forma poderiam se juntar aos demais caídos em batalha ou durante a longa peregrinação e, conquanto tristes, poderiam novamente juntar-se a eles naquele mundo cego e melancólico e, quem sabe?, encontrar algum consolo.

Enquanto o sol se punha, acendemos uma fogueira e nos reunimos em volta dela para comer e tomar um pouco de vinho capaz de alegrar o coração. Ainda sobrara bastante para mais aquele jantar comunitário, pois Circe enchera todas as ânforas que tínhamos a bordo. Ficamos juntos até altas horas da noite, falando baixinho, e eu me perguntava se lá de cima, do céu, algum deus estaria vendo o brilho da nossa fogueira na desmedida extensão solitária para, quem sabe?, decidir nos ajudar. Fiz um brinde à minha deusa, pois não tencionava desistir de procurá-la, e, quando senti o desejo de dormir e o cansaço tornar os meus olhos pesados, deitei-me na capa e entreguei-me a um sono agitado, pois não sabia quando as minhas tribulações iriam acabar.

Na manhã seguinte fomos acordados pelo sol que surgia atrás das colinas, mas logo uma nuvem ameaçadora que avançava do sul o obscureceu. No começo o ar ficou mais quente, afugentando dos nossos ossos a umidade da noite, mas então, com o passar do tempo, a força do vento aumentou e tivemos de correr ao barco para abrigá-lo dentro de uma caverna costeira. Dormimos no navio, e o vento continuou a soprar furioso por toda a noite. Só perto do amanhecer pareceu acalmar-se um pouco, mas sem deixar de soprar com força do sul, quente e abafado, durante vários dias. Percebi que aquele vento insistente, adverso e contrário ao nosso destino era o sinal mortífero da última prova. Um deus nos aprisionava naquela terra. Nem mesmo remando poderíamos fugir, pois logo ficaríamos sem forças devido à perda dos companheiros, e o sopro de Noto logo nos empurraria de volta para a margem.

Ao findar o décimo dia, as nossas reservas de comida acabaram. Por sorte, podíamos buscar água fresca e pura num riacho ali perto. Às vezes mergulhávamos nele para nos aliviar do calor, mas a sensação de frescor acabava assim que saíamos. Depois de algum tempo reparei que o nível do regato também baixava, a correnteza ia ficando cada dia mais fraca, e achamos por bem encher várias ânforas para ter uma reserva de água.

De manhã cedo e ao entardecer, quando o clima ficava mais ameno, andávamos ao longo da praia à cata de peixes, caranguejos e camarões. Outros se metiam na mata em busca de raízes, frutas e bagas ou para montar armadilhas para pássaros e outros pequenos animais, mas raramente tinham sucesso. Com o passar dos dias e das noites, os nossos corpos se ressecavam, os músculos, que haviam tornado mortíferos os nossos golpes em combate e poderosa a remada durante a navegação, perdiam consistência e vigor.

Durante o dia perambulávamos como fantasmas naquela terra desolada, à noite o uivo do vento nos mantinha por longas horas acordados. Então, certa manhã, bem antes do alvorecer, ouvimos o barulho de chocalhos no escuro e apareceu uma manada de vacas e gigantescos touros de longos chifres curvos. Mas não havia vaqueiro.

Lá estava a derradeira prova! A manada do Sol, intocável, fatal.

Muitos outros viram o gado. Alguns se aproximaram das misteriosas criaturas, famintos. Detive-os e também acordei os que ainda dormiam.

– Tudo o que Circe disse aconteceu e está acontecendo: encontramos as sereias e o mortífero funil, o monstro e a voragem profunda. Sobrevivemos a todas as ameaças, ainda que com dolorosas baixas: se aquelas profecias da *wánaxa* da ilha perdida eram verdadeiras, esta aqui também deve ser, podem ter certeza disto. Estamos diante da última prova, a mais terrível e difícil de todas. Mas não foi só Circe que me deixou de sobreaviso: houve outra e mais tremenda profecia. O vate Tirésias, que evoquei do Além, disse que, se pusermos as mãos nestes animais consagrados ao deus que tudo vê lá de cima, será morte certa para nós e destruição para o navio.

Nada mais disse, mas os convenci, e até Euríloco me ajudou na advertência:

– O *wánax* Odisseu, nosso rei, revelou-nos a verdade. Se o profeta tebano, o cego que viu e ainda vê o que é invisível aos outros mortais, anunciou ruína para nós e para o navio se tocarmos nestes animais, isso significa que, ao contrário, poderemos nos salvar se ficarmos longe dele. A fome é terrível, um suplício para todos nós, mas teremos de resistir.

– Procurem por todas as partes bulbos de asfódelos, que dão uma sensação de saciedade, e comam-nos – acrescentei. – Não ficarão alimentados a contento e continuarão a definhar, mas pelo menos não sofrerão fome. O vento mudará de direção bem antes de a gente morrer e, naquela mesma hora, nos chamará de volta à vida da entrada do Ínfero. Enfrentaremos de novo o mar. O navio arrastará uma rede que se encherá de pescado. Assaremos os peixes no braseiro da popa e recuperaremos as forças. Nada nem ninguém poderá então nos deter. Viraremos a proa para o oriente e rumaremos para casa! É uma promessa. Algum dia contarão aos seus netos o que tiveram de aguentar, as suas extraordinárias aventuras, a sua heroica determinação, e eles ouvirão encantados. Resistam, meus companheiros, amigos, irmãos! Não se deixem tomar pelo desespero. Os mais fortes de vocês ajudarão os mais fracos, os mais corajosos sustentarão os que se entregarem ao medo, consolarão os que chorarem. Ninguém será deixado a morrer sozinho. Todos juntos, no nosso navio, teremos de superar o limite extremo do impossível e recuperar o nosso mar, o nosso céu, o nosso horizonte.

Ouviram-me com atenção, mas com uma expressão meio atônita. Eu não conseguia entender o que sentiam naquele momento, o que passava pelas suas cabeças. Mas obedeceram. Não se aproximaram da manada, e esperei de todo o coração que os animais fossem logo embora, tão rápido quanto tinham aparecido. Mas, longe disto, ficaram. Não se mexeram, continuaram pastando lentamente, mordiscando a rala vegetação que crescia entre as pedras e a areia. Nunca se deitavam, permaneciam magníficos em sua imponência e tamanho, como se pastassem todo dia num campo de terra fértil, com grama tenra e viçosa. Pensei em que podia fazer para espantá-los, para afastá-los dos olhares dos meus homens, que morriam de fome, mas não queria tocar neles nem lhes fazer mal algum. Não sabia até onde a profecia chegava, até que ponto o olhar ciumento do deus que observava a manada toleraria a aproximação de um mortal.

E muitos dias e muitas noites se passaram nesta lenta espera. Já não havia peixes no mar nem bulbos na terra, já não havia água no regato, e o céu ardia e brilhava como uma bacia de bronze. Certo dia, já desesperado, arrastei-me até o topo de um promontório que adentrava o mar. Virei os olhos para o céu ofuscante e gritei:

– Deus que tudo vê, também olhe para mim! Aqui estou, na ilha onde a sua manada pasta. Não foi por nossa vontade que aqui desembarcamos, quem nos trouxe foi a correnteza, foi o vento! Padecemos tudo o que o homem pode padecer, deixe-nos partir! Mostramos respeito, mas agora estamos morrendo. Apague o seu fogo, detenha o vento tórrido, deixe que a chuva nos refresque, afaste o seu gado e permita que a brisa favorável empurre o nosso navio. Eu lhe peço, imploro! Escute, por favor, as minhas palavras!

Chorei, caí de joelhos e bati a cabeça nas pedras pontudas; o sangue escorreu da minha testa, o único sangue que podia oferecer.

Eu já não tinha lágrimas, já não tinha voz nem forças, e me encaminhei para juntar-me aos companheiros, mas o meu sofrimento era destinado a não ter fim. O que vi acertou-me com a violência de uma punhalada. Os homens haviam atacado a manada, matado duas cabeças, e agora, sentados em volta da fogueira, estavam devorando-as. As carcaças descarnadas pareciam-me ainda soltar tremendos mugidos, sinistros e ensurdecedores como trovões, ou seria só a minha imaginação?

Olhei em volta e vi Euríloco arrastar-se, ferido, entre as pedras. Apressei-me a acudi-lo.

– Aconteceu de repente, foi questão de um momento. Não consegui detê-los, pularam em cima de mim, atropelaram-me, pisotearam-me de espada na mão. Pareciam possuídos, obcecados. Os animais não deram um só passo, simplesmente desmoronaram sob os golpes. Em vão gritei que se abstivessem daquela carne, que assim o deus talvez nos poupasse. Perimedes respondeu rindo na minha cara: "Pelo menos, morreremos de barriga cheia!", e então eu também vacilei. Perdoe-me! Perdoe-me! – soluçava.

Ajudei-o a se levantar, sangrava do rosto e do braço esquerdo. Tentara lutar. Inutilmente.

Os companheiros banquetearam-se a noite inteira, entupindo-se de carne. A certa altura, Euríloco também se levantou e se juntou a eles.

– Pare – disse eu –, não vá.

– Vai fazer diferença? – perguntou, e tirou do fogo um pedaço de carne mordendo-o avidamente.

"Você vai ver", disse o meu coração, mas nenhuma palavra saiu da minha boca.

Ainda supliquei à minha deusa esperando, sempre esperando, que pudesse ouvir, invoquei o seu nome, implorei que desse um sinal da sua presença, mas nada aconteceu. Subi então no navio e deitei-me sob os bancos de voga, enrolando-me na minha capa. Finalmente, vencido pelo cansaço, pela fome, pelos sentimentos que abalavam o meu coração, adormeci.

A brisa do mar e um arrepio de frio me acordaram. O vento voltara a soprar, e a vela estalava contra o mastro. Os companheiros também acordaram, pegaram as suas capas e, um depois do outro, voltaram ao navio. A manada desaparecera, sobravam apenas duas carcaças de mandíbulas abertas numa careta de escárnio. Passaram, um de cada vez, diante de mim, mudos, cabisbaixos, e quando todos se sentaram nos bancos de voga fiquei em pé na proa e gritei a plenos pulmões:

– Por quê? Por quê?

Um peixe, um pequeno atum, pulou no convés da popa enquanto soltávamos as amarras. Debatia-se agitando a cauda e as barbatanas tentando pular novamente no mar. Espetei-o com a espada, tirei as suas entranhas e comecei a assá-lo no fogo do braseiro. Sentado num canto, comi-o sozinho, sem oferecer sequer um pedacinho aos companheiros. Fiquei calado por vários dias, Euríloco cuidava de governar o barco, de dar as ordens e estabelecer os turnos de vigia. Tudo parecia correr da melhor forma possível: o vento era constante mas não violento, sempre soprando para o oriente. A navegação seguia tranquila, mas eu sabia que o fim era iminente, podia sentir dentro de mim, e as palavras de Tirésias não saíam da minha cabeça: "Pressagio a ruína para os homens e o navio."

A tempestade chegou no sexto dia de silêncio e de navegação: uma nuvem escura e tão grande como o mar apareceu galopando e logo escondeu o sol de repente, e depois um clarão rasgou o céu negro faiscando no horizonte como um imenso dardo de fogo. Um trovão explodiu no meio do céu, e o vento de borrasca fustigou o costado do navio, levantou ondas ensurdecedoras, enormes, lívida espuma. O navio, sob aquela súbita investida, quase emborcou vencido pela fúria dos elementos, mas aguentou o golpe e começou a cavalgar as vagas, mergulhando nos repentinos abismos e galgando, veloz, as íngremes paredes de água escura. Os homens eram jogados de um lado para outro, da popa para a proa, da proa para a popa; alguns, aos quais a terrível força da tempestade havia quebrado os ossos ao achatá-los contra os bancos e as amuradas, rastejavam penosamente no convés. Todas as tábuas do casco estalavam e rangiam, e o barco inteiro gemia como um cetáceo ferido. Fui correndo até a barra do leme para ajudar Perimedes, que já não conseguia manter o rumo.

– Vamos sair dessa, *wánax*? – berrou para vencer a ventania que levava embora as nossas palavras. – Vamos nos safar, não é verdade?

– Vamos, timoneiro! – respondi gritando ainda mais alto. – Vamos nos safar como sempre fizemos. Não há tempestade que possa nos afundar!

Nenhuma pergunta podia ser mais insensata, mas eu entendia perfeitamente o que o meu homem do leme queria dizer. Queria dizer que desobedecera por desespero, que cedera devido ao esgotamento, mas que eu continuava sendo o seu rei e o chefe supremo do navio; que comigo, assim como todos os demais, estava disposto a ir até o Ínfero, a desafiar monstros, demônios, deuses e tempestades.

Uma onda tão alta como uma montanha abateu-se sobre o flanco esquerdo, arrebentou os bancos e estilhaçou o mastro, que desmoronou na cabeça de Antifo e o matou. Logo a seguir rachou a viga da quilha destroçando a roda da proa, agarrou Perimedes, que ainda gritava o meu nome, e levou-o consigo para o coração do vendaval, onde as harpias, monstros das procelas, o rasgaram com as suas presas. A proa decepada encheu-se de água e afundou, levada pelo peso maldito do ouro e da prata de Ílio. Eu nada via nem sabia onde estava, mergulhava e voltava à tona sem entender o motivo, até dar-me conta de que estava agarrado ao mastro do navio. Ouvira o seu último lamento enquanto ia a pique, cortado em dois: isso mesmo, porque os navios têm uma alma e uma voz e, quando afundam, se despedem do seu comandante com um último gemido pungente, antes de morrer.

10

Não sei dizer quanto tempo passei entregue à fúria das ondas e do vento, quantas vezes o relâmpago ofuscante explodiu no mar. Estava entregue ao terror e à mais infinita angústia, ciente de ter perdido todos os meus companheiros, de ter visto o meu navio perfeito precipitar-se, destroçado, no abismo. À minha volta só havia escuridão, os olhos ardendo de sal só distinguiam imensos volumes de água investindo uns contra os outros com estrondo de trovão. A água estava em todas as partes, dentro e fora de mim, entrava pela boca e pelo nariz, cortava a minha respiração, e a todo instante eu achava que, sugado pela profunda voragem, ia me afogar para me juntar aos companheiros no abismo do mar. De repente vi boiar ao meu lado a roda da quilha do navio e a amarrei ao mastro com uma das tiras de couro trançado que ainda estavam presas nele. Puxei-me então para aquele improvisado refúgio e o agarrei com todas as energias que me sobravam, não queria ceder, não queria render-me à força inimiga, impiedosa, do deus azul. Ele mesmo teria de emergir das profundezas para aniquilar-me.

Talvez o deus ouvisse o meu desafio, pois logo percebi que a correnteza ia me levando de novo para o funil do qual me safara perdendo seis dos meus homens, e desta vez me arrastava para o remoinho. Ia certamente ser o meu fim. A vorticosa correnteza logo me pegou, o mastro e o pedaço de quilha que eu cavalgava segurando a corda que os prendia rodaram cada vez mais rápido para o centro da voragem. Já estava à beira do precipício, a água turbilhonava com tamanha força e violência que eu podia ver, descoberta, a areia preta do fundo. Era questão de momentos, dali a pouco iria espatifar-me e, depois de tanto esforço, me tornaria comida de peixe.

Mesmo assim, quando estava a ponto de fechar os olhos preparando-me para o fim, vi ressair do promontório o galho de uma figueira milenar, gigantesca, que se esticava para o remoinho. Um instante antes de ser sugado pelo abismo, consegui ficar de pé na roda da quilha e dei um pulo. Agarrei o ramo, que se quebrou. Segurei o mais próximo, com indomável determinação, não queria perder a vida. Tentei puxar-me para um galho mais sólido, mas as minhas forças falharam, as câimbras já torturavam os meus músculos. Então a voragem se fechou. A água inverteu o seu movimento, e o pedaço de quilha do barco voltou à tona. Deixei-me cair do galho, nadei com a força do desespero até segurar o mastro e a corda de couro trançado, fiquei sentado nele e, usando como remo o pedaço de galho quebrado que tinha caído comigo, acompanhei a correnteza invertida, que agora me empurrava para o mar aberto.

Gritei por socorro durante horas, toda vez que o mar me deixava respirar chamei os homens, os deuses, os monstros dos abismos. Não sei como, mas ainda esperava que a deusa de olhos esverdeados reconhecesse a minha voz no estrondo da tempestade: iria senti-la ecoar no seu peito, e o seu coração ficaria comovido.

Finalmente, depois de vários dias, um raio de sol rasgou a capa escura das nuvens.

À minha volta, o mar se estendia infinito, igual, até o horizonte. Nada mais se via além de água, e, mais uma vez, o vento me empurrava para longe da minha casa. Não conseguia entender como podia ainda ter força para manter-me agarrado ao mastro. Estava com frio, fome, sede, não havia um só músculo do meu corpo que não estivesse doído, mas ainda segurava um pedaço do meu navio que, encharcado do suor dos meus companheiros, tantos perigos já enfrentara. Só morrendo iria largar aquele pedaço de madeira.

Passei dias e noites à mercê da correnteza e do vento. Já não conseguia ficar de olhos abertos, o sal salpicava de branco a minha pele, o sol queimava os meus ombros e as minhas costas. O meu corpo, a esta altura só pele e ossos, estava coberto de bolhas. Desta vez senti realmente que ia morrer, que a minha derradeira hora chegara. O deus azul só me poupara para infligir-me uma morte lenta e ainda mais sofrida. Esgotado, esquecido de mim mesmo, desisti, entreguei-me.

* * *

Quando voltei a abrir os olhos estava escuro, pensei estar no Ínfero, mas as minhas mãos apalpavam areia e seixos, as minhas narinas percebiam o cheiro da terra.

Esforcei-me para ficar sentado, depois de pé, mal conseguindo me aguentar. Dei as costas para o mar e vi diante de mim plantas viçosas, cheias de frutas maduras, frutas que nunca tinha visto na vida. Comi e bebi ao mesmo tempo, até saciar a fome e a sede. Então desmoronei, exausto, entregue a um sono profundo.

Fui despertado pelos raios do sol, os reflexos da água dançavam nas copas das árvores acima da minha cabeça. Um pássaro de vistosas penas coloridas fitava-me curioso, passeando na areia, uma cobra de brilhante cor verde deslizava lentamente pela casca enrugada de uma árvore velha de séculos. Onde estava? Num lugar habitado por homens que comem pão ou numa terra selvagem, virgem, desprovida de cidades e vilarejos?

O mar lambia agora os meus pés com longas, mornas carícias. O mesmo monstro assustador de mil almas diferentes, fervilhante de espuma, impiedoso, que arrebentara o meu navio e matara todos os meus companheiros.

A lembrança deles logo me veio à cabeça, seus rostos e suas mãos fechadas na empunhadura dos remos, ou na haste das lanças, homens de infinitos recursos, valorosos guerreiros, audazes e incansáveis marujos. Foram muitas as minhas lágrimas aflitas, pois levara seiscentos comigo, em doze navios, quando partimos para Troia, e nenhum deles levaria de volta para casa, se porventura eu mesmo conseguisse regressar. E tampouco iria levar os despojos por repartir entre as famílias que os perderam. Nada mais tinha que oferecer em sua memória. Limitei-me a chamar os seus nomes, a plenos pulmões, para que me ouvissem na escura morada do Além, depois empurrei para o mar a quilha amarrada ao mastro, única oferenda pelos homens perdidos na tempestade marinha, e fiquei olhando enquanto se afastava da praia.

Arrumei um abrigo para a noite usando a faca que ainda trazia presa à cintura, um ótimo bronze fundido por um artesão de Corinto para o meu pai. Cortei os troncos de jovens plantas e transformei-os em paus de sustentação, depois folhas de palmeira para servir de telhado, e até construí uma pequena porta para evitar a entrada de animais selvagens enquanto dormia.

No dia seguinte, pus-me a caminho, sempre ao longo da costa, mesmo que fosse íngreme e elevada, ou baixa e arenosa, para não perder de vista o mar. Passei a noite ao abrigo de uma rocha saliente, com a faca ao alcance da mão para o caso de ter de ficar de pé e defender-me de repente. Depois de tantos anos de guerra, eu aprendera a perceber até o mero movimento do ar. Nada me era conhecido naquele lugar, era como a ilha de Circe e como a terra dos ciclopes, e o mar levara-me para muito longe, para o ocidente, talvez até as fronteiras onde o mar mistura as suas águas com as do rio Oceano.

Segui em frente por várias horas ainda, mas não me foi possível completar a exploração. Parei para acender uma fogueira e me alimentei com os ovos de pássaros que encontrava em grande número no limiar da floresta. Estava recobrando as forças, mas percebia cada vez mais claramente que talvez nunca conseguisse superar o golpe profundo da perda de todos os meus homens. *Nenhuma alegria, talvez nem mesmo a de rever Penélope e Telêmaco, poderia apagar aquela aflição e aquela pena profunda que até hoje me entristece. Iria ser perseguido para sempre pelas palavras de Laertes: "Um rei é o pai do seu povo."*

Na manhã seguinte cheguei à parte setentrional e encontrei bulbos comestíveis e coelhos selvagens, frutas e nozes de vários tipos que nunca tinha visto. Não iria certamente morrer de fome. Arrumaria um caniço para pescar e uma linha entrelaçando os meus cabelos. Os espinhos encurvados de uma planta de maravilhosas flores amarelas serviriam de anzóis. Construiria um arco com as plantas mais flexíveis e uma corda com fibras vegetais, e setas com caniços finos e extremamente duros que apontaria com a faca. Passei a segunda e a terceira noite em abrigos naturais: grutas e nichos do terreno. Nunca vi construções, obras feitas por mão humana, nem homens ou mulheres. Mesmo assim, no entanto, de vez em quando percebia uma presença invisível, como se alguém me observasse. Mas não era a minha deusa, não era aquela sensação de frio que me dava arrepios.

Mas como poderia construir um barco para voltar ao mar? Não, certamente, com a minha faca. Precisava de algo parecido com uma machadinha e um serrote. Difícil, para não dizer impossível. A única coisa que eu tinha de sobra era tempo.

No fim da minha andança, quando o sol já estava baixo no horizonte, reencontrei o meu refúgio, a cabana. No fundo do coração torcera para isto não acontecer. Esperava que aquela terra fosse parte do continente, e não uma prisão cercada pelo mar. Não encontrara ninguém na minha viagem, nem nenhum sinal de seres humanos, mas decidi que também iria explorar o interior para ver se havia habitantes. Nos dias seguintes percorri a ilha em várias direções: não vi trilhas, a não ser as feitas pela passagem dos animais, nem vilarejos, nem nenhum tipo de morada. Nada de homens. Estava só.

Isso nunca me acontecera antes, e naqueles dias percebi que era melhor enfrentar mil perigos, preocupações, sofrimentos, cercado de amigos, do que o tédio da completa solidão. Àquela altura só podia contar comigo mesmo, com as minhas forças e a minha mente. Teria de construir uma embarcação, carregá-la de mantimentos e de água potável, e então esperar por um vento ocidental que me levasse para casa. Quando o tempo piorava em nossas terras e em nossos mares, o deus azul costumava perambular pelo país das caras escuras. Eu teria de escolher qual dos dois perigos seria mais conveniente.

Ou talvez a sorte, o Fado ou a minha deusa pudessem levar um navio à ilha onde me encontrava, para permitir o meu embarque, oferecendo em troca água de beber, a comida e as plantas que se comem. Isso nunca acontecera, desde que passara pela cortina de fumaça só vira o fantasma de um navio e nem tinha muita certeza disto. De qualquer maneira, não iria ficar parado, esperando, *sei o que significa não ter alguém com quem falar*. De um jeito ou de outro, iria voltar para o mar.

Algum tempo depois, ao regressar ao meu abrigo após visitar a última parte da ilha, que para mim ainda era um mistério, encontrei-o quase destruído, com a folhagem espalhada em volta e somente com as estacas de sustentação ainda de pé. Estranho, pois não houvera ventania nem tempestade. O tempo havia sido bom, o sol brilhava sem queimar, só chovera uma vez, à noite, e eu ficara ouvindo o tamborilar da chuva nas folhas de palmeira. Nem chegara a me molhar, e, na hora de adormecer, parecera-me até estar na minha cama entre os galhos de oliveira, com Penélope, sob a colcha perfumada de alfazema a ouvir a chuva no telhado.

Devia ter sido algum animal.

Reconstruí a choupana amarrando melhor o telhado às estacas, que por sua vez reforcei com cordas de fibra presas a pequenas balizas fincadas no solo. Depois me dediquei a fazer um arco e numerosas flechas, bem como uma tosca aljava de vime e um tiracolo de folhas de palmeira trançadas. Estava pronto para ir caçar, e fiquei fora em busca de presa pelo restante do dia. À noite voltei com um coelho, um daqueles pássaros de plumagem vistosa e longa cauda e três ovos de cegonha. Poderia ser um pequeno banquete, mas faltava o vinho, o pão, o azeite de oliva e alguém com quem trocar umas palavras.

Quase não dava para não chorar.

Sem nenhum motivo específico, eu começara a contar os dias passados na ilha fazendo marcas na casca de uma figueira-brava. Os cortes deixavam sair um filete de látex que, depois de um dia ou dois, se transformava numa pequena cicatriz: uma, duas, três, quatro. Cinquenta e três.

Estava acostumando-me com a solidão. Às vezes, quando o mar ficava agitado, ia até um promontório e gritava para superar o estrondo das ondas, ou então corria pela praia espantando as aves marinhas e forçando-as a levantar voo. Também fizera uma atiradeira e aprendera a usá-la. Tempo para praticar certamente não me faltava. Nos dias de maré mansa, arremessava seixos na superfície da água, contava os quiques e calculava a distância. Nenhuma destas atividades me divertia ou me dava prazer, mas detinha o contínuo remoer da minha mente, apagava os milhares de imagens passadas, os sons, os gritos, o estrondo, o murmúrio, o uivo... Um silêncio mortal tomava então conta do meu coração, enquanto lá fora tudo estava vivo e tinha voz, barulho, música, cor e luz.

Depois de algum tempo encontrei mais uma vez a minha choupana destruída. Desta vez, porém, havia marcas de pés no terreno arenoso. Por que desta vez e não antes? O que via deixava-me inquieto, e muitos pensamentos me vieram à mente. Segui as pegadas: eram pequenas, bem desenhadas, de pés nus de menino ou de jovem mulher. Desapareciam na extensão reluzente da praia. Quando levantei os olhos, vi uma figura sentada numa pedra alisada pelo mar, justamente onde as vagas vinham morrer. Era apenas uma silhueta escura contra a luz do sol.

Aproximei-me devagar, mantendo a mão no cabo da faca.

Uma mulher. De maravilhosa beleza, cabelos de ouro, olhos da cor do mar. Coberta por um véu transparente e líquido como água, fulgente como o sol.

– Por que destrói a minha casa? É o meu único abrigo.

– Não quer saber quem sou? – Tinha uma voz jovem, fresca e sonora.

– Nenhuma mulher mortal poderia ficar aqui, neste confim do mundo, sozinha num país selvagem, perfeita como uma flor que acaba de desabrochar.

– Sabe reconhecer uma deusa, então.

– Há quanto tempo vem me observando?

– Desde que chegou.

– E por que, *wánaxa*, só agora se deixa ver?

Sorriu.

– Porque quando chegou era horrível de ver, macilento e sujo. Esperei até que recobrasse as forças, até que reassumisse o seu verdadeiro aspecto.

– E o seu aspecto? É o que vejo ou é somente aparência?

– É o que escolhi para agradar-lhe, e é o que manterei enquanto você ficar comigo.

– Eu lhe peço, *wánaxa* deste lugar, não se divirta a brincar comigo, porque já sofri demais por terra e por mar.

Não contei que um deus extremamente poderoso me perseguia, para não assustá-la e levá-la a me repelir.

– Sou Calipso, filha de Atlas, e esta terra me coube por herança do meu pai. E você é Odisseu, rei de Ítaca, destruidor de cidades. A sua fama chegou até este lugar distante.

Desceu da pedra negra, cercada de brilho, e veio a mim. As ondas que iam e vinham molhavam as bordas da sua veste. Segurou a minha mão e levou-me a um lugar que eu nunca tinha visto, apesar de ter explorado a ilha em todos os seus cantos.

Havia uma caverna num pequeno promontório que penetrava no mar. No fundo estava coberta de areia seca, as pedras tinham reflexos avermelhados que assumiam tons ocre. Na parte mais alta estava cheia de plantas de todos os tipos, muitas com flores amarelas, rosadas, brancas ou vermelhas. Os ramos floridos desciam em cascata encobrindo a entrada.

– A minha casa – disse.

– É ilusão, não pode ser – respondi –, antes não havia nada disto, explorei todos os cantos da ilha e nunca reparei nesta gruta.

– Sempre esteve aqui. Você é que não a viu.

Preferi não insistir. Não é bom contrariar quem é muito mais poderoso que nós.

Abriu caminho, e eu fui atrás, fascinado por aquelas maravilhas. Havia uma luz estranha que flutuava no ar, dançava nas paredes e tornava encantadoras todas as coisas. De um lado havia um pequeno lago tão transparente que só se reparava nele quando algo encrespava a superfície. Grandes cristais de quartzo estavam encastoados no teto, refletindo a luz de muitas formas e cores diferentes. No meio, perto do pequeno lago, como uma espécie de mesa, erguia-se da areia um grande bloco quadrado de pedra. Assentos de vime o rodeavam.

– Vejo que está acostumada a receber visitas – comentei.

– Nunca. É só para iludir a mim mesma, para dizer-me que não estou sozinha... sempre.

Pensei em Circe. Qual era, afinal, o destino dessas pessoas perfeitas, incompreensíveis, imortais? Por um momento achei que fossem os últimos representantes de uma raça antiga que vinha se extinguindo, ou talvez os primeiros de uma ainda em formação.

– É então por isso que me trouxe aqui? Para que lhe faça companhia enquanto se senta à sua mesa?

Sorriu e seguiu andando para o fundo da caverna. Ali, mostrou-me o seu tálamo: uma cama de flores. Devia ser como deitar-se num gramado na primavera. Despiu a veste de água e de sol e deixou-se jazer nas flores. Eu também tirei o que sobrava da minha roupa e me deitei a seu lado. No começo, Calipso mostrava-se suave, tão delicada que eu quase não percebia o toque de suas mãos, mas depois se tornou mais agressiva, voraz. O seu abraço era tão ardente que achei que não poderia aguentar. Mas como desvencilhar-se do abraço de uma deusa? Quando a penetrei, quando entrei no seu ventre, tive a impressão de que ia morrer: estava sendo devorado, ressecado de todo o humor vital, já não tinha palavra nem visão. Tornara-me parte dela, já não tinha mente nem pensamento, era somente delírio. Derretia-me nela como neve em raios de sol, já não percebia os limites do meu corpo nem os batimentos do meu coração. Então tudo desapareceu.

Aquele ato de amor também foi um ato de aniquilação. Entendi por que Circe quisera juntar-se logo comigo na cama, e também compreendi que a minha recusa livrara-me da total escravidão. Mas agora, aqui, eu não tinha encontrado um jovem com o sol nos cabelos, que me dera a erva *moly* com que me tornar invencível. Agora eu me derretera como metal no cadinho, no abraço de Calipso, a deusa escondida na ilha nos confins do mundo.

A partir de então, tornei-me uma só coisa com ela. Não sei se era amor ou qualquer outro sentimento, só sei que a atração entre os dois era tão forte e intensa que chegava às raias da violência. Durante anos ela foi a minha única obsessão, e eu o único desejo dela. Eu me transformara: nunca fora tão atento, tão agudo na percepção do que acontecia à minha volta. O ar que eu respirava, o cheiro da ilha, das flores, do mar, da grama, da areia, do bosque, tudo era o perfume dela. A ilha inteira era a nossa alcova, e só de vez em quando fazíamos amor na gruta, no leito de flores. Éramos tomados pelo desejo em qualquer lugar, a ilha era a cama, o pano de linho à espera do nosso corpo.

Ainda assim eu não me esquecera de Penélope, e muitas vezes, quando a lua surgia, mesmo quando a deusa me apertava dominadora entre as suas coxas de marfim, o meu coração saía da boca ofegante e enviava uma pungente palavra de amor à esposa distante. Quando me deixava cair na areia, esgotado como um náufrago, e ela se afastava nua e lunar, eu vertia lágrimas silenciosas virando a cabeça para a sombra da noite.

Às vezes ela sumia sem nada dizer, sem razão, desvanecia-se como névoa ao nascer do sol, e eu enlouquecia. Procurava-a por todas as partes, corria pela praia, atravessava o bosque e o riacho gritando o seu nome, como possesso. À noite, encolhia-me no meu antigo abrigo, não me atrevia a buscar a entrada da gruta, e ainda que procurasse não a encontraria.

O meu coração transformava-se pedra, os meus olhos ardiam, o céu e o mar se tornavam vermelhos. O canto dos pássaros soava como um grito de dor.

Então, assim como sumira, voltava a aparecer. Na mesma pedra lisa onde a vira pela primeira vez, ou ao longo do riacho, colhendo flores, ou com a aparência de uma pastorazinha que guiava o seu pequeno rebanho de cordeiros. Olhava para mim, e eu era logo vencido. Mas com o passar do tempo, um tempo dilatado e incomensurável, eu também tinha encontrado um jeito de fazer-lhe entender a parte de mim que jamais ficaria submissa, a parte do meu coração defendida por uma parede de bronze, impenetrável. Sentava-me num recife no meio do mar, depois de alcançá-lo nadando, e esperava que a lua surgisse entre as ondas. Ela aparecia de repente, caminhando sobre a água.

– O que está fazendo? Em que está pensando?

– Na minha esposa. No meu filho. Nos meus companheiros que perdi, sepultados na longínqua Ásia ou engolidos pelos abismos do mar.

Ela parecia não entender as minhas palavras e tampouco os meus pensamentos. Aqueles sentimentos não faziam parte da sua natureza.

– Esqueça-os. Se pudesse vê-los, ficaria decepcionado. Construiu imagens que não correspondem à realidade. A sua esposa já não está com 18 anos como quando a deixou, a longa espera esgotou-a, o pranto marcou o seu rosto, desenhou rugas em volta daqueles olhos e daquela boca que já conseguiram incendiar os seus sentidos. E o seu filho já não é o pequeno ser macio e balbuciante que enterneceu o seu coração na hora da partida, já tem o corpo desajeitado dos jovens que já não são crianças, mas ainda não são homens. Quanto aos seus companheiros, já não podem vê-lo nem ouvi-lo. Agora são cinza, ou então comida de peixe, não os reconheceria: quase nada sobrou em volta dos ossos. Esqueça-se deles também. De nada adiantam essas lembranças.

– É verdade, não adiantam. Mas é por isso que preciso delas, é por isso que as guardo tão carinhosamente no coração. Para você a vida não tem valor. Você tem de sobra. Nada pode feri-la, nada pode mudá-la. Eu sei que a minha, mais cedo ou mais tarde, acabará, e por isto amo cada instante dela. Todo sopro de vento, todo canto de pássaro, todo perfume de flor para mim é precioso. Para mim, todo pôr do sol e toda alvorada são diferentes, visão de pasmo e maravilha. Por isso quero rever o meu filho. Ainda que fosse desajeitado e desagradável de ver, continuaria querido, pois eu o gerei amando a mãe dele no triunfo da sua juventude e beleza, ela também tão preciosa por ser efêmera.

"Quero rever o meu pai, que está só e triste, desprovido da sua dignidade. Ele, que foi o herói Laertes, fúlgido e poderoso guerreiro, sofre agora o peso da velhice, e ninguém mais se importa com ele. E sabe por que quero ver um velho de cabeça branca e esquecido por todos? Porque sou o seu filho, e o seu sangue corre nas minhas veias, porque a ele devo esta vida com seus erros e maravilhas, com suas dores e alegrias insensatas, com o desejo insaciável de ver, de amar e de odiar, de compreender, de correr atrás de sonhos em terras distantes, além do último horizonte. A minha mãe, no entanto, não poderei revê-la. Está morta."

– Como é que sabe dessas coisas? É um conhecimento negado aos mortais.

– Porque evoquei as sombras dos mortos num lugar desolado perto do penhasco branco à margem do rio Oceano que cerca a terra. Tentei inutilmente abraçá-la, sombra incorpórea, os meus braços voltavam vazios ao meu peito. Derramei muitas lágrimas.

A esta altura ela se afastava, percorrendo a trilha de prata que a lua desenhava no mar. Seus véus transparentes flutuavam na brisa.

Às vezes, quando os dias se encurtavam e o vento Bóreas descia uivando até a nossa ilha feliz, segurava-me na gruta onde havia abundância de vinho e comida, mandava-me deitar ao seu lado na cama sempre diferente conforme o passar das estações e que era agora grande e macia, com quentes cobertores de lã purpúrea. Dali, juntinhos, podíamos olhar para as ondas espumosas que chegavam até o limiar da caverna, podíamos ver a chuva escorrer, insistente, na pedra que encobria a entrada, formando poças em seu fundo rochoso e encharcando a areia. Eram doces os seus lábios, quente o seu ventre, macio o seio encostado no meu peito. Naqueles momentos o meu coração era tomado por uma sensação de infinita doçura, desapareciam as tristes lembranças, esvaía-se o desejo da pátria longínqua. Só o presente importava. Era a prerrogativa de um deus: não havia passado nem futuro, somente um infinito, contínuo presente, como um céu perenemente sereno, como um mar sempre calmo, só encrespado por murmurante marola.

– Achei que aqui o tempo fosse sempre bom, que a chuva só caísse à noite para fecundar a terra e matar a sede das plantas e das árvores.

– Isso mesmo – respondeu Calipso –, mas sei que vocês, mortais, também precisam da tempestade, do mar revolto, do vento uivante. Só assim podem apreciar a suavidade de uma calma brisa.

– É então você que move as ondas de borrasca? Que levanta borrifos até o céu e faz fervilhar a espuma entre as pedras?

Sorriu.

– Não é difícil para alguém como eu. Mas Posídon poderia fazer muito mais: desarraigar a ilha inteira com o seu tridente, se assim quisesse.

– Ele sabe que estou aqui?

– Claro que sim, e também sabe de nós dois. Muitas criaturas nos veem, e nós não podemos reconhecê-las, nem mesmo eu. É por elas que ele sabe tudo, como e quando bem entende.

– Posídon... o meu inimigo implacável. Não receia que fique zangado com você? Já aconteceu.

Um clarão azulado iluminou a caverna, e os olhos dela, fechados.

– Por enquanto está satisfeito por saber que você está aqui, prisioneiro entre os meus braços, só quer isto. Sabe que você não está em condição de atravessar o mar. – Um trovão ecoou.

– Por que não me mata e acabamos esta história de uma vez por todas? *– Mas enquanto dizia isto, eu pensava com terror no mundo cego, eternamente triste do Além.*

– Porque não está escrito no destino. Nós também temos de nos sujeitar ao Fado.

Toda vez que estava ao meu lado, eu espiava a luz dos seus olhos, a expressão do seu rosto, os sinais de sentimentos e de impulsos do coração. Eu tinha de fato a sorte de viver com uma deusa imortal? Era assim ficar perto de Atena? Era aquele perfume sempre igual, o timbre de voz sempre sonoro, a pele perfeita?

Certa noite, enquanto ela dormia, apoiei o ouvido em seu peito, no seio estupendo, para ouvir a voz do seu coração. Era profunda e poderosa como o trovão que rumoreja ao longe, entre longínquas montanhas, e a sua respiração era como a brisa de uma noite de primavera que traz perfume de violetas. Quando levantei a cabeça, encontrei os seus olhos a fitar-me.

– Em que difere de mim? – perguntei. – Gostaria de saber.

– Se tenho um coração como o seu? O que há em minhas veias? Se poderia viver sem respirar ou sem dormir? É isto o que vocês, mortais, gostariam de saber acerca de nós?

Não respondi. Estava confuso, triste, abatido demais.

– Somos muito parecidos. Temos tudo o que vocês gostariam de ter mas não podem. Nada mais posso dizer, não é permitido. Talvez as sereias pudessem, se você perguntasse, mas revelaram outras coisas, não é verdade?

Anuí. *Outras coisas*.

– A única maneira de entender é tornar-se um de nós. Só então saberá. Eu tenho este poder. Posso dar-lhe a imortalidade, parar o tempo, agora mesmo. Pense nisto. Eu gostaria de tê-lo ao meu lado para sempre...

Não me lembro de quando isto tudo aconteceu. Se, entre uma e outra noite, se passaram muitos meses ou anos, se durante aquele tempo me tornei mais velho ou se o meu corpo se tornou mais vigoroso e flexível. Sei que o coração ficou mais pesado, cada dia mais à medida que as cicatrizes se multiplicavam no tronco da grande figueira-brava.

Então, certo dia, eu a vi sentada dentro da caverna, um raio a iluminava, uma jarra de oricalco brilhava como uma estrela na pequena mesa diante dela. Virei-me para o mar, pois me pareceu ouvir uma poderosa batida de asas. Quando olhei de novo para Calipso, na sua frente, do outro lado da mesa, como que aparecido do nada, havia o jovem com o sol entre os cabelos.

11

Não entrei. Preferi não perturbar um encontro que, por sua natureza, me excluía. Fui sentar-me na minha pedra, no meio da água. A maré baixa permitia-me chegar até lá andando, com a água na cintura. Fiquei então observando a minha sombra, que o sol esticava cada vez mais no mar enquanto baixava no horizonte. Como podia sumir no ocidente para reaparecer no oriente todas as manhãs? E por que o seu caminho era primeiro bem longo e, depois, cada vez mais breve? Podiam então os seus cavalos, corcéis ardentes de chama, correr mais rápidos ou mais lentos? Só mesmo cavalos divinos podiam medir a própria potência de forma tão perfeita que a sombra e a luz se expandissem e retraíssem sempre com a mesma constância e regularidade.

Nunca me atrevera a perguntá-lo, nem a Circe nem a Calipso. Talvez nem elas tivessem uma resposta. Só uma vez me virei para a gruta enquanto o céu se incendiava nas cores do pôr do sol. Vi uma gaivota sair voando da caverna. E ela, sozinha. O jovem de cabelo reluzente havia sumido.

A gaivota voou para o oriente com longas e lentas batidas de asas, na crista das ondas, e não demorou a desaparecer.

Calipso veio sentar-se ao meu lado. A sua sombra alongou-se na água junto da minha.

– Quantas vezes virei sentar-me aqui, olhando para o mar, tantas vezes gritarei o seu nome, Odisseu!

– Por que diz isso? – perguntei enquanto ela se aproximava ainda mais deixando-me sentir o seu calor e o seu perfume.

– Um mensageiro dos deuses veio visitar-me. O grande pai Zeus ordena que o deixe partir.

– Como assim? Eu poderia ter ido embora quando bem quisesse. Tinha os meios para construir um bote.

– Nunca conseguiria, sem a minha permissão. Não se deu conta disto? Mas a hora chegou. Esperei de todo o coração que os deuses se esquecessem desta ilha e de mim, que aqui moro. Algum deles, sem dúvida, intercedeu por você. Estas coisas nunca acontecem por acaso.

"A minha deusa!", pensei, mas nenhuma palavra saiu dos meus lábios.

– Ela mesma. Ciumenta – respondeu Calipso sem emitir nenhum som. E então, deixando ouvir a sua voz: – Mas agora venha, venha comigo, a maré já está alta.

Logo me abraçou e levantou voo. Mantinha um braço em volta da minha cintura, e subimos juntos, rodando como numa dança maravilhosa. Superamos o braço de mar e pairamos sobre a ilha. Lá de cima podia vê-la toda: as enseadas, os agudos penhascos que subiam do mar para o céu, os vales cheios de flores, o riacho que descia da montanha numa cachoeira de brancas espumas, numa neblina de cores, como que atravessado pelo olhar de Ísis mensageira.

– Foi ela, a colorida Ísis, que lhe trouxe a mensagem? – perguntei.

– Não, foi outro mensageiro. – E, ao dizer isto, começou a rodar; a dança tornou-se mais rápida, mais inebriante. Eu via embaixo de mim inúmeros bandos de pássaros voando aos milhares em busca de abrigo para a noite, ouvi os seus chamados enquanto atravessava as nuvens vermelhas do entardecer. Passamos por aqueles bandos tal como um falcão predador, uma experiência que nunca poderia ter imaginado. De repente, ela soltou-me. Eu estava caindo, a força do ar quase arrancava os meus cabelos, mas então Calipso voltava a aparecer ao meu lado, olhava em meus olhos lacrimejantes e subia novamente comigo. Os nossos lábios se procuravam, os nossos corpos também, com força infinita, ardente. Estávamos agora envoltos pela noite de ambrosia, perfumada. Os raios das estrelas feriam-me como espadas. E a criatura que eu abraçava era milagrosa. Soltava-me, eu mergulhava no vazio, faltava-me fôlego. Devido à força do vento, a túnica fustigava as minhas costas até feri-las. Então Calipso me levava mais uma vez para cima. Passamos pelas copas das árvores com a velocidade do vento, entre os perfumes da terra e os do céu.

Precipitamo-nos de novo, já não a via por perto. Soltara-me, mas ela não se espatifaria no solo, nada é impossível para um deus. Eu morreria.

* * *

Estava na cama, ao seu lado: nua, dourada, imbuída de luz.

– Fizemos amor a noite inteira – disse ela.

– Sonhei que voávamos no céu, sobre o riacho, acima das árvores, entre as estrelas...

– Antes de você navegar para a morte, queria que entendesse o que significa ser imortal.

– Está dizendo que os deuses me deixam partir para que morra no mar?

– Só quero dizer que você é mortal, e a cada dia que passa fica mais perto da morte.

– Quanto do meu tempo passei nesta ilha?

– Sete anos.

– Sete anos?

– Não contou as marcas no tronco da figueira-brava?

– Já não era possível. Os cortes se juntaram numa única, grande e informe cicatriz.

Resumindo, eu ficara mais perto da morte. Sem saber, sem contar os dias, os meses, os anos. As dádivas dos deuses, mesmo as mais bonitas, acabam por ser pagas com lágrimas.

– Agora descanse, uma longa viagem o espera.

Dormi ao seu lado, ébrio, exausto. Sabia que, para ela, a separação não seria dolorosa. Em sua beatitude, os deuses não choram por nós, encontram a felicidade em si mesmos. Eu, por minha vez, voltava a pensar como antigamente. No passado e no futuro, na comida e na água, no vento e na vela.

Calipso ajudou-me, encontrei os troncos de uma árvore bem leve, que boia facilmente, já cortados e amontoados, e longas cordas de folhas de palmeira. Amarrei-os com firmeza uns aos outros. Trabalhava com vontade, suava como o artesão que tem de completar o trabalho antes da volta do patrão que o encomendou. Peguei o machado e esbocei toscamente um bloco de cipreste para torná-lo a sobrequilha do meu bote. Em seguida, com uma broca, fiz um furo para fixar nele a base do mastro. Cortei então os demais troncos de forma decrescente, para ter uma espécie de proa, e só deixei inteiro o tronco central, no qual assentei a sobrequilha. Em seguida prendi em toda a volta umas tábuas para que servissem de parapeito, firmando-as no lugar com cunhas de madeira de cipreste.

O trabalho me fazia lembrar o tempo em que construíra o meu tálamo nupcial entre os galhos de uma oliveira, levava-me a rememorar a minha juventude e as minhas esperanças, e a tristeza invadia o meu coração, mas eu não me arrependia do que tinha feito na vida. Experimentara aquilo que nenhum homem do mundo experimentara, visitara terras desconhecidas, encontrara as pálidas sombras dos mortos, tinha amado e odiado. Isto mesmo, despertara ódios terríveis, e talvez fosse despertar mais se sobrevivesse à viagem, mas deixara a minha marca na terra e no mar, *eu, filho de uma pequena ilha, filho de um amargo destino.*

Carreguei então os mantimentos que Calipso, linda e escondida, amontoara para mim na praia: água, vinho tinto, generoso, todos os tipos de comida, mel, bulbos, frutas, e cordas, madeiras e vela. Construí uma verga e pendurei-a no topo do mastro, e depois prendi nela a vela tecida pela deusa na caverna escura, acolhedora. Atarefei-me por quatro dias inteiros, sem parar, mas no quinto o trabalho estava feito.

Chegou a hora do adeus.

Apareceu de repente, diante de mim, esplêndida deusa. Aconselhou-me a navegar mantendo sempre à esquerda as estrelas da Ursa e do Boieiro, sem nunca perdê-las de vista, e me olhava fixamente nos olhos. Não aguentei a força daquele olhar, era como mirar o mar de cima de um penhasco antes de pular no vazio.

– Calipso, divina, foi amor o que experimentei por você cada dia e cada noite que passei nesta ilha. Se eu fosse um homem sozinho, andarilho, ficaria aqui até você se cansar de mim. Não pode imaginar o que sinto porque você é uma deusa imortal e não precisa de ninguém... mas eu tenho de voltar, de rever a minha família e a minha casa: é para isto que o meu coração me empurra.

– Não precisa explicar, entendo-o muito bem. Enquanto ficou comigo, eu vivi o seu tempo, e não o meu, que não existe, amei os seus olhos, que mudam de cor quando sorri, amei até as suas mentiras e as suas histórias maravilhosas, as palavras que soavam como chuva de primavera nas flores e nas águas do mar... Gostaria de ir com você, se fosse possível, nesse barco à mercê das ondas, sem me importar para onde o vento pudesse nos levar.

Tive a impressão de ver brilhar lágrimas em seus olhos, líquidas pérolas correndo pelas suas faces perfeitas. Mas sei que não é possível, pois os deuses não choram. Mas ela quis que eu o visse, e nada é impossível aos imortais.

O vento soprou favorável e empurrou-me para longe da ilha, mas continuamos a nos olhar, eu da minha embarcação, ela do seu rochedo no meio da água, até o dorso do mar que nunca dorme se interpor entre os dois e nos separar para sempre.

A minha balsa deslizava em cima das ondas muito mais veloz do que poderia ainda imaginar, o céu estava limpo e o sopro do vento constante. Tinha trazido o meu caniço com os anzóis e uma rede de corda que arrastava presa com um cabo no encaixe do leme. De vez em quando a puxava e ela se mostrava farta de saltitantes peixes prateados. Comia-os crus, pois nenhum fogo poderia ficar aceso tão perto da água, entre os borrifos das ondas espumosas. Segurava o leme com firmeza, de noite e de dia, e quando era tomado por invencível cansaço amarrava a barra e subia numa pequena plataforma que arrumara num canto. Ali, deitado nas colchas que Calipso me dera, fechava os olhos e, ainda que fosse só por uns momentos, dormitava. Em seguida voltava a segurar a barra e, quando estava cercado da escuridão do mar infinito e deserto, sempre ficava de olhos nas estrelas da Ursa e do Boieiro, como Calipso mandara.

O esgotamento se tornava cada dia mais pesado, todo o meu corpo doía, os meus olhos ardiam como se estivessem cheios de areia, mas eu procurava mantê-los abertos o mais possível para não ser surpreendido por repentinas tempestades. Quando, exausto pelas longas vigílias e pelo esforço de governar o barco, cedia ao cansaço, entregava-me a um sono não totalmente inconsciente, dormia e me mantinha vigilante ao mesmo tempo, pelo menos enquanto podia.

Certa vez, num dos raros momentos de completo abandono, pareceu-me passear na praia da ilha de Calipso e senti, no coração, a voz dela dizer-me:

– Posídon, o deus azul, está voltando do país das caras queimadas.

Acordei na mesma hora e entendi o que a deusa oculta queria dizer: com a volta da boa estação, o deus deixava a companhia e as mesas dos etíopes depois de passar o inverno com aquele povo simples e inocente, e regressava ao seu mar. Daria conta da minha presença? O meu pobre bote iria chamar a sua atenção? Alcancei o leme e desamarrei a barra para seguir governando com as mãos. Apertei na esquerda o cabo da verga para manter a vela sempre exposta ao vento. Com o punhal, estava fazendo no mastro um sinal para cada dia passado navegando. Dezessete cortes que não formavam cicatrizes na madeira seca.

Já estava viajando havia dezessete dias e dezesseis noites sempre com o mesmo vento e até então não encontrara nenhum outro navio nem barco. Enquanto perscrutava o horizonte com a esperança de ver algum sinal de presença humana, pareceu-me vislumbrar um perfil de terra que surgia das ondas. Uma ilha ou a parte mais adiantada de um continente? O coração se acelerou em meu peito. Estariam as minhas desventuras de fato chegando ao fim? Poderia eu esperar dias mais felizes à minha frente? Afinal, o vaticínio se cumprira: eu estava realmente voltando tarde e mal, depois de perder todos os meus companheiros. O que mais poderia querer o meu implacável inimigo? Infelizmente, eu estava errado: a sua ira ainda não se aplacara.

No começo ouvi o rumorejar de trovões distantes, uma espécie de surdo resmungo. Depois uma nuvem negra veio se aproximando do norte, da esquerda, com uma repentina ventania que sacudiu o barco. O mastro gemeu e rangeu na sobrequilha, chegou a rodar em parte sobre si mesmo, e a vela acabou ficando quase completamente exposta ao vento. O bote inclinou-se à direita, a borda esquerda levantou-se da superfície, e a direita afundou na água, que penetrou o interior. Apesar de estarem cuidadosamente amarrados, os troncos se chocaram estalando.

O mar enfureceu-se, os vagalhões ficaram cada vez mais altos, o clarão rasgou a nuvem negra que cobria todo o céu e todo o mar, e logo a seguir o trovão estrepitou acima da minha cabeça com pavoroso estrondo: uma noite sombria desceu sobre mim, senti-me perdido. Então gritei ao meu coração:

– Eis o fim de tudo! Desta vez não terei salvação. Mil vezes melhor se tivesse morrido nos campos sangrentos de Ílio, lutando sob o sol entre os companheiros de tantas batalhas, coberto de bronze ofuscante. Os deuses querem me escarnecer! – Gritei ao céu e ao mar furioso: – Vamos lá! Massacrem Odisseu! Será que a sua força não basta? Vocês têm o vento, os relâmpagos, os trovões, as ondas! Tiraram tudo de mim, tirem então a minha vida também, é a única coisa que me resta!

As forças titânicas me ouviram: uma rajada de vento chegou violenta, irada, voou por cima das ondas enlouquecidas cortando a espuma, borrifando-a como fina neblina, espalhando-a na escuridão. Acertou em cheio a vela, rachou o mastro e levou a ambos consigo, como uma folha arrancada com seu pedúnculo pela fúria do tufão. Logo chegou a segunda vaga, alta como as muralhas de uma fortaleza, os nós se afrouxaram e só algumas cordas ainda impediam que os troncos se soltassem por completo.

Fui jogado ao mar e sugado pela voragem, que me levou cada vez mais para o fundo, num abismo de escuridão e silêncio. Não conseguia voltar à tona, já estava perdendo os sentidos e a consciência de existir. Ainda assim, de repente, uma força misteriosa reanimou os meus membros, os meus braços se mexeram, enfrentaram cada vez mais velozes o remoinho, levaram-me de volta à superfície.

Cuspi a água, tossindo, bracejei e acabei, de novo, no meio do estrondo ensurdecedor do vento, do mar, da fúria da tempestade. Levado para cima por uma onda gigantesca, pude ver logo abaixo o que restava do meu bote, e comecei a nadar com a força do desespero para alcançá-lo. Agarrei o único parapeito que sobrava, puxei-me para cima, onde quatro troncos ainda se mantinham juntos graças às cordas e às cunhas fincadas na madeira. Respirei fundo, deixei o coração se acalmar.

Não sei quanto tempo se passou enquanto o destroço do meu bote, já sem leme nem mastro nem vela, ia sendo levado sabia-se lá para onde pelos vagalhões espumosos. Eu era jogado de um lado para outro, os meus ossos pareciam rachar a todo instante, o corpo inteiro sangrava com a pele arranhada e rasgada em vários lugares. Então aconteceu algo que me deixou pasmado, tanto que me fez esquecer a fúria do tufão. Surgiu das ondas um frango-d'água preto de garganta branca que pousou no parapeito. O vento desgrenhava suas penas e parecia querer arrancá-lo continuamente dali. A pequena criatura resistia como se, em lugar de patas palmadas, tivesse garras de águia. Trazia no bico uma leve tira de pano colorido, e uma voz ecoou no meu coração: "Envolva-o em torno do peito e jogue-se na água."

A minha deusa, finalmente! Aproximei-me segurando-me no parapeito e gritando: "É você! É você!", estiquei a mão para o pedaço de pano encharcado. Assim que o toquei, o pássaro bateu levemente as asas e mergulhou na água. Desapareceu.

– Mas o que foi que disse? – berrei. – Jogar-me na água com este troço? Está querendo me enganar?

Fiquei mais um tempo no destroço, até ver ao longe a terra que já vira no horizonte antes de a tempestade estourar. Percebi que o meu coração tinha ouvido o conselho certo. A minha deusa indicava o caminho e até mostrava como chegar lá. O que sobrava do bote foi completamente estilhaçado no choque com uma grande onda, e eu mergulhei, procurando nadar embaixo d'água. Queria esconder-me, desaparecer. O meu inimigo tinha de convencer-se de que a sua vingança se cumprira. Só vinha à tona de vez em quando e voltava de imediato a mergulhar. Deste jeito, vi que ia me aproximando cada vez mais da costa.

Quando já estava bastante perto, primeiro o fervilhar da espuma no fundo e depois a vista de uma muralha de pedras, hirta de pontas aguçadas, de dentes e de garras afiadas fizeram-me entender que o mar estava me arremessando contra uma barreira de recifes. Iria me estraçalhar. Nunca acabariam, então, as minhas desgraças? Já estava perto. Uma onda mais violenta jogou-me contra o recife. Agarrei as pedras como pude, de mãos nuas, mas o refluxo da vaga puxou-me para trás arrancando-me de onde me segurava e fazendo sangrar os meus dedos esfolados. O sal marinho na carne viva queimou como fogo. Gritei de dor e logo retomei a minha luta interminável contra o destino cruel. Nadei ao longo da costa para me livrar dos recifes, em busca de um acesso mais seguro, mas a luz começava a enfraquecer e logo já estaria escuro. A angústia tomou conta de mim; imaginei que se a barreira de pedras continuasse por mais um bom pedaço eu acabaria me perdendo, ficaria exausto e, depois de tanto lutar, seria fatalmente tragado pelas profundezes. Mas então lembrei que um frango-d'água me trouxera um pedaço de pano para que o envolvesse na cintura, pois assim poderia salvar-me.

Naquela mesma hora o céu se aclarou, rasgos de nuvens esfiapadas deixaram passar os raios do entardecer que iluminavam a costa. Os penhascos iam ficando mais baixos e menos ameaçadores, os recifes iam sumindo, e, quando o sol já não passava de um gomo vermelho no horizonte sob a sombria capa de nuvens a galope, descortinou-se uma praia rasa e arenosa, com a foz de um rio límpido e reluzente. Senti saibro embaixo dos pés e, depois, areia fina. Comecei a caminhar no fundo, primeiro devagar, e então cada vez mais rápido até sair do mar e alcançar a terra.

Havia ficado na água salgada por um tempo que me parecera interminável, e agora a minha garganta ardia sedenta. Mergulhei a cabeça no rio e tomei longos goles. Tive a impressão de renascer. Rezei:

– Ó deus deste rio que me acolheu e matou minha sede, que com suas águas salvou a minha vida, aceite a minha gratidão e tenha pena de mim, súplice, que chego a esta terra cuspido pelo mar depois de perder tudo.

Caí de joelhos e chorei desconsolado, solucei enquanto o meu corpo não parava de tremer.

Quando me levantei uma voz se fez ouvir em meu coração:

– Devolva o que lhe dei. Recue até a arrebentação, tire a faixa de pano e jogue-a na água, de costas!

O pássaro marinho viera buscar o pano miraculoso que me salvara. Fiz o que o meu coração mandava, um passo após outro alcancei as ondas que, já calmas, se esticavam tranquilas lambendo a praia. Tirei a faixa que envolvera em torno da cintura e, sem virar-me, joguei-a na água atrás de mim. Ouvi o chamado de uma ave, e depois nada mais.

Estava nu como quando nascera lá em cima, no palácio empoleirado na montanha, já não tinha navios, nem guerreiros, nem armadura, nem tesouros tirados da cidade expugnada, nem ao menos um trapo com que cobrir a nudez. Estava sujo, barbudo e de cabelos desgrenhados, mas mesmo assim, pela primeira vez depois de tantos anos, me sentia novamente livre e quase renascido para uma nova vida.

Avancei até o limiar do bosque de carvalhos, andei entre as árvores seculares pisando um espesso tapete de folhas secas que estalavam baixinho sob meus pés. Então, quando os joelhos já não me aguentavam, deitei-me sob uma camada de folhas, ajeitei a cabeça e me deixei jazer naquela terra desconhecida e escura. Naquela mesma hora a lua ia surgindo no mar.

Pensei em Penélope.

12

Acordou-me um grito agudo, repentino, e fiquei sentado, e depois de pé. A mão correu instintivamente à espada que eu já não tinha. Onde me encontrava? Num lugar selvagem? Teria de enfrentar mais dificuldades, desafios e sofrimentos? Logo a seguir o grito se repetiu, de muitas vozes jovens, alegres, argentinas. Dei uns passos na direção daquelas vozes que lembravam horas de felicidade, de diversão, de juventude despreocupada. E vi um grupo de moças que jogavam bola, que tinha caído no rio, e aí estava o motivo do grito. Uma delas, a que entrara na correnteza para buscá-la, arremessava-a agora para as companheiras, que continuavam a brincar umas com as outras. Quem a deixasse cair tinha de pagar o castigo.

Não muito longe, numa corda esticada entre os galhos de uma oliveira, havia umas roupas penduradas a secar. Mais adiante, duas mulas atreladas a uma charrete mordiscavam tranquilamente chicória e funcho-silvestre. No fundo, eu podia ver campos cultivados, vinhas dispostas em ordenadas fileiras nas encostas de suaves colinas, olivais reluzindo prateados na luz ofuscante e límpida da manhã. A tempestade deixara atrás de si cores esplêndidas no ar fresco e transparente.

Surgiram lágrimas em meus olhos: já fazia quanto tempo que eu não via um cenário como aquele? Desde a minha infância, em Ítaca, nas mais escondidas enseadas, no colorido cascalho da praia, nas margens dos regatos que levavam ao mar as águas da ilha. O meu coração se enchia de alegria e comoção. Eu chegara a um país próspero e arrumado, a uma terra regida por leis justas e sábios governantes, a um lugar onde os jovens brincam despreocupados.

Então as moças se cansaram de correr e gritar e apartaram-se para a sombra. A sua princesa entoou uma canção, e as demais a acompanharam. Era uma melodia maravilhosa, mas a harmonia do canto era como que velada por uma leve melancolia, como quando se admiram as cores de um pôr do sol no mar. Em seguida ficaram conversando, contando histórias.

Falavam uma língua parecida com a minha e, com efeito, compreensível, mas estranha na sonoridade e na cadência quase musical. Uma língua que parecia muito antiga, remota e isolada. Os trajes também eram diferentes e particulares, nunca os tinha visto. De repente vi que uma delas, a mais linda e luminosa, sentara numa pedra e começara a contar um sonho às companheiras:

– Uma jovem vinha acordar-me, lembrava uma minha amiga que acabara de casar, tinha a mesma voz e a mesma aparência, mas também tinha alguma coisa estranha e diferente. Dizia: "O que está fazendo, ainda deitada na cama? Já tem idade para pensar em casar. Os seus trajes, os dos seus irmãos e do rei estão largados por aí, sem ninguém cuidar deles. Sabe muito bem que eles gostam de aparecer nas danças ou no conselho dos anciãos vestindo roupas limpas e arrumadas. Por que não vai lavá-los no rio? O dia está bonito, ensolarado, a roupa irá secar num piscar de olhos e o vento lhes proporcionará o perfume das flores."

– É mesmo? – disse uma das companheiras. – Estamos aqui porque a sua amiga lhe apareceu em sonho?

– Isso mesmo – respondeu. – Mas havia algo estranho nela. Eu sentia um arrepio e a sensação muito clara de uma presença real.

O coração deu um pulo no meu peito ao ouvir aquelas palavras e ao ver o rosto e os olhos da jovem enquanto contava. Sabia o que ela queria dizer: eu mesmo experimentara o mesmo sentimento muitas vezes. Era a minha deusa, Atena de olhos azuis, de olhos verdes. Havia sido ela quem enviara aquelas jovens para que me ajudassem!

A moça que tinha falado era diferente de todas as demais: usava roupas bonitas e preciosas, brincos e pulseiras de ouro e sandálias de púrpura. Uma princesa, na certa, ou a filha de algum nobre morador daquela terra. A julgar pelas maneiras e pela familiaridade com que se dirigiam à mais bela, as outras que haviam brincado com ela também deviam ser de condição social parecida. Um pequeno grupo de jovens vestindo roupas mais humildes mantinha-se afastado: criadas, sem dúvida, jovens escravas a serviço das nobres. De vez em quando se levantavam para ver se as roupas penduradas estavam secas.

Eu estava a ponto de sair do bosque e falar com elas quando lembrei que estava completamente nu. Ficariam assustadas, fugiriam gritando para avisar os pais, que iriam massacrar-me. Mas eu já não me aguentava de pé, estava faminto, esgotado e precisando de ajuda. Não tinha escolha, devia sair do meu esconderijo, pelo menos para pedir alguma coisa com que cobrir a nudez. Olhei em volta, arranquei um ramo de louro, cobri as partes e saí do abrigo. Eu devia ter uma aparência horrorosa: esbranquiçado de sal, sujo de algas, de cabelos desgrenhados e pegajosos, olhos vermelhos, lábios rachados.

Aconteceu justamente o que imaginara. Assim que me viram, as jovens gritaram apavoradas e fugiram correndo. Talvez algumas já estivessem indo pedir ajuda.

Nem todas: ela, a mais bela, a mais esplêndida, ficara parada e destemida. Olhava para mim, mais curiosa que perturbada. Eu sentia vergonha do meu aspecto tão miserável. Não sabia o que fazer: jogar-me aos seus pés e abraçar os seus joelhos como um suplicante? Ela poderia ficar ofendida, o contato com um estranho de aparência tão lastimável poderia irritá-la. Não, era melhor falar mantendo distância:

– Eu lhe peço, *wánaxa*, seja você quem for, mulher mortal ou deusa que mora no céu. Você é tão linda que só posso compará-la a Ártemis, a deusa que corre pelos bosques... – A sombra de um sorriso apareceu em seus lábios. Dei um passo, só um, na direção dela. – Não me despreze devido ao meu aspecto. Fiquei à mercê do mar e da tempestade, lutei, debati-me nas ondas, o meu barco foi destroçado, despedaçado, e ontem à noite o mar jogou-me nesta praia. Perdi tudo, até a veste... – Baixei a cabeça. – Dê-me um trapo com que me cobrir, um dos panos que envolviam as roupas penduradas na corda será suficiente. Houve um tempo em que fui um homem poderoso, chefe de muitos guerreiros, muitos navios me acompanhavam. Nada me sobrou.

As lágrimas que escorriam dos meus olhos enquanto falava eram verdadeiras, quentes e amargas, podia senti-las nas orlas da boca. Não consegui dizer mais coisa alguma. Fiquei imóvel, com um ramo como único amparo da minha miséria.

As demais jovens também começavam a se reaproximarem. Talvez se envergonhassem por ter deixado a sua ama sozinha, ou talvez estivessem curiosas, quisessem ver de perto o estrangeiro que o mar jogara na areia.

– Aproxime-se – disse ela –, não tenha medo. – Dei mais uns passos. Daquela distância não podia certamente esconder a minha aparência hirsuta, a pele ressecada pelo sal, como a de um velho.

– Mandarei as minhas criadas lavá-lo. E vestirá isto. – Tirou do improvisado varal uma veste magnífica, branca, do mais puro linho, e também uma capa para cobrir os ombros. Acrescentou um vidrinho de límpido óleo.

– Não, *wánaxa*, não fica bem que jovens ainda não casadas vejam a nudez de um homem maduro. Eu mesmo me lavarei. – Estiquei o braço e peguei a roupa e o óleo. Então recuei até apoiar as costas numa pedra parcialmente submersa. O riacho corria em volta dela formando uma poça antes de desaguar no mar com um leve gorgolejo. Lavei-me com cuidado, mantive um bom tempo o rosto na água, a barba e os cabelos se amaciaram, finquei várias vezes as mãos na areia até as unhas ficarem brancas, limpas. Também vi uma moita de alfazema que crescia bem ao lado, sob pleno sol, e esfreguei suas espigas no corpo. Passei então o óleo, e a pele recuperou a maciez, ficando mais parecida com a de um jovem.

Saí da água e me apoiei na pedra para me enxugar. Assim que fiquei seco, vesti a roupa branca. Na mesma hora senti um arrepio, uma sensação de frio e depois de calor, e a batida frenética de asas. Olhei para trás e vi um frango-d'água levantar voo e desaparecer no bosque.

Aproximei-me da linda princesa. Estava olhando uma marreca que descia pelo rio com seus pintinhos e levantou os olhos quando a minha sombra entrou no seu campo de visão. Uma expressão de pasma surpresa desenhou-se em seu rosto. Agora tinha um homem diante de si e já não um destroço. Mandou trazerem um banquinho, ofereceu-me comida com fartura e uma jarra de água, usando uma grande pedra como mesa. Eu estava faminto e recobrei as forças comendo pão, carne assada e fruta. No fim do repasto, perguntei:

– Que terra é esta, *wánaxa*, quem são seus moradores? Pode dizer-me se há uma cidade que eu possa eventualmente alcançar para pedir ajuda? Assim que me for possível, devolverei esta veste, que é preciosa demais para um homem na miséria como eu.

Aproximou-se, talvez percebendo o cheiro de alfazema, e percebeu que eu não era um homem qualquer, era alguém que venerava a sua beleza e respeitava a sua condição.

– Quem é você? – perguntou. A minha transformação devia tê-la deixado surpresa, talvez a deusa me tivesse tornado mais amável aos seus olhos.

– O meu nome é... Não creio que o meu nome signifique alguma coisa. Sou um náufrago que o destino adverso fustigou duramente. Por favor, deixe-me saber onde me encontro.

– Esta é uma ilha, forasteiro, chama-se Esquéria, e nela habita o meu povo, os feaces. Somos os melhores e mais audazes navegadores do mundo: não há terra que não tenhamos alcançado e que seja por nós desconhecida. Nunca combatemos uma guerra desde que estamos aqui, porque a nossa ilha fica muito longe de qualquer outra terra habitada, mas somos formidáveis guerreiros prontos a morrer pelo nosso país se isto for necessário. A cidade fica perto, pois de lá viemos com um carro puxado por mulas, e nela reinam a força do meu pai, Alcínoo, e a graça da minha mãe, Arete. Eu sou a filha deles, Nausícaa, e tenho cinco irmãos, dois casados. Agora vamos levá-lo ao palácio, onde poderá ver maravilhas. Escute o que lhe digo: assim que entrar no palácio, jogue-se aos pés da minha mãe, e não do meu pai. Se a convencer, já terá convencido a ele e aos doze anciãos do conselho também. Ela reconhecerá a veste que está usando. Conte-lhe a verdade.

Anuí. Enquanto isso, as jovens haviam recolhido as roupas, então já secas, e embrulhado tudo em amplos lençóis que jogaram no carro. Em seguida, também subiram na carruagem ao lado da princesa. Eu segui atrás, a pé.

Passamos por ricos pastos com manadas de vacas e rebanhos de ovelhas, vinhas, olivais e todos os tipos de árvores frutíferas, que davam seus frutos em todas as estações. Espalhados, viam-se grupos de viçosas palmeiras, perfeitas na forma e no tronco, elas também carregadas de frutas. Através de pequenas pontes de madeira, superamos dois riachos de límpidas águas parecidos com o que me acolhera na noite anterior na sua foz. Em seguida começou a aparecer a cidade, assentada em volta do porto e protegida por muralhas poderosas. Os navios estavam em seco, perto da estrada, e em volta deles os mestres carpinteiros se atarefavam aplainando remos e moldando tábuas curvas para os cascos. No alto, em posição dominante, via-se a cidadela.

Nausícaa virou-se para mim.

– Não me siga perto demais, as pessoas são linguarudas. Poderiam dizer: "Quem é o bonito forasteiro que acompanha a princesa? Onde foi que ela o encontrou? E para onde o está levando? Vai ver que é o seu noivo. Ela é altiva demais para aceitar um jovem da cidade." Gostam de fofoca, está entendendo? – Indicou um bosque de carvalhos, ciprestes e oliveiras não muito distante. – Está vendo o bosque? Pare ali. Há sombra e uma fonte de água fresca. Espere até eu chegar ao palácio. Então se apresente. Virei recebê-lo na porta.

Sorri de alegria dentro do peito, pois, com aquelas palavras, Nausícaa deixara entender que me achava um homem de bonita aparência. Antes de seguir adiante, ainda disse:

– Quando se aproximar, tome cuidado: não pare e não fale com ninguém no caminho. Não costumamos ter visitas; como já disse, estamos longe de qualquer terra, e as pessoas daqui não gostam de forasteiros.

Diminuí então a marcha para manter-me longe do carro e não despertar a curiosidade dos habitantes. Depois me detive no pequeno bosque. Esperei o bastante para a princesa chegar ao palácio, contando no coração os seus passos e as suas palavras. Depois, quando achei que já era hora, pus-me novamente a caminho. Os trajes que vestia davam-me a aparência de um homem do lugar e, uma vez que não falava com ninguém que encontrava e seguia em frente de cabeça baixa como quem está perdido em seus pensamentos, nenhum transeunte me dirigiu a palavra.

À medida que subia para a cidadela, descortinava-se aos meus olhos uma vista soberba do porto, com centenas de embarcações de todos os tamanhos, de guerra e de carga, com rostro na proa e remos nas bordas. No fim do dique de atracação havia grandes máquinas que só Hefesto, o deus do fogo e das forjas, poderia ter construído. Imaginei que haviam sido colocadas ali para defender o porto de qualquer agressão. Nunca tinha visto nada igual.

Quando já subira bastante, vi uma coisa que até aquele momento havia ficado oculta ou não claramente discernível: um monte se erguia por trás da cidade, e no topo havia uma imensa pedra, ao que parecia tão grande quanto a própria cidade. Do lado onde me encontrava, a caminho da cidadela, percebia-se que estava em equilíbrio, ligada a terra tão somente por uma pequena parte da sua base. Quanto ao restante, estava inteiramente separada da montanha, a ponto de deixar pensar que qualquer pequeno tremor, qualquer vibração do solo, poderia desprendê-la e deixá-la rolar sobre a cidade. Ninguém parecia se importar. Talvez aquele gigantesco pedregulho estivesse ali desde sempre. Os habitantes tinham nascido sob aquela constante ameaça, assim como os pais e os pais dos pais, e talvez já não tivessem medo.

Cheguei à cidade alta e, finalmente, fiquei diante do palácio. Nunca tinha visto nada parecido. Uma escadaria precedia uma imponente colunata. Os fustes eram da cor do marfim, e os capitéis eram pintados de vermelho e ouro. Atrás, na sombra, erguia-se o portal da entrada encastoado numa dúplice moldura esculpida. Mais para cima, nos lados de um átrio também provido de colunas, havia janelas com molduras igualmente trabalhadas, e a área central da parede mostrava uma pintura grandiosa: cem navios atravessavam o mar levando um povo inteiro, que parecia estar migrando para outras terras. Golfinhos azuis pulavam fora da água para escoltar e quase guiar o avanço das longas embarcações de velas inchadas de vento. No fundo via-se a terra que estavam abandonando: vermelha, com leões caçando entre palmeiras outros animais de longos chifres.

Na base da escadaria havia duas estátuas de prata, lindas de ver, realmente maravilhosas, como se o próprio deus Hefesto as tivesse fundido com sua arte incomparável. Fiquei olhando para elas, encantado: representavam dois gigantescos molossos, com flamejantes olhos de jaspe e rabo encurvado para diante por cima das costas. Dei mais uns passos para chegar ao portal da entrada. Nem tinha galgado o primeiro degrau quando os cães, um depois do outro, abriram a boca cheia de presas de marfim e emitiram um som assustador, uma espécie de ladrado. Começaram então a mover as patas, aproximando-se. Parei de repente, apavorado, mas logo uma risada ecoou atrás de mim: Nausícaa. A jovem estava descendo a escadaria

Ainda trêmulo, eu disse:

– Aquelas estátuas são maravilhosas: são as mais bonitas que eu já vi.

Nausícaa sorriu.

– Não são estátuas, como viu. São autômatos.

Sacudi a cabeça, sem entender.

Nausícaa percutiu então um tímpano pendurado numa pilastra, e os cães fecharam a boca e voltaram aos seus postos de vigia.

– Agora podemos entrar – disse com um sorriso. – Siga-me.

Acompanhei-a.

– O que representa a pintura com os navios na parede do átrio superior?

– A história dos feaces, o nosso povo. Nem sempre moramos em Esquéria, a nossa ilha. Houve um tempo em que habitávamos a terra de Hipereia, perto dos ciclopes... É por isto que chamamos o átrio de "átrio da migração".

O meu rosto contraiu-se numa careta: a lembrança daquele monstro e dos companheiros massacrados ainda era muito viva e forte. Nausícaa percebeu.

– O que houve, estrangeiro?

– Nada. Mas ouvi dizer que os ciclopes são criaturas pavorosas e ferozes.

– São mesmo. Por isto o rei Nausítoo decidiu abandonar a nossa pátria ancestral e navegar até aqui. Ficamos longe de todos, mas estamos bem, em paz, nada nos falta. Esta é uma ilha abençoada pelos deuses.

Talvez pudesse ler no meu rosto uma resposta incerta às suas palavras.

– Não concorda? Já viu os mercados cheios, os portos fervilhando de navios, os campos cultivados, os pastos viçosos, as manadas e os rebanhos.

– É sem dúvida o país mais lindo do mundo.

Enquanto isso, uma das criadas entrara no palácio, talvez para anunciar a nossa chegada. Nausícaa fez sinal para eu acompanhá-la. Percorremos o átrio vigiado por dois guerreiros imponentes, armados de uma forma que nunca vira e vestindo túnicas e capas da mesma cora.

– É para nos reconhecermos no campo de batalha, se porventura alguém nos atacar – explicou a princesa.

Seguimos em frente por um amplo corredor, com piso de pedras bem cortadas, de várias cores. De vez em quando, via-se a imagem de um golfinho, esculpida numa pedra azul encastoada nas outras. Os golfinhos que eu tinha visto na grande pintura na fachada, pensei, deviam representar os animais marinhos que haviam guiado os feaces na migração de Hipereia para Esquéria. Todos os povos que migram têm um animal que os guia: a águia, o lobo, o urso. *Deve ser triste deixar para sempre a própria terra.*

Mais uns passos e iria entrar na sala do trono, onde se sentavam um rei e uma rainha que deviam ser mais parecidos com deuses do que com mortais. A entrada estava aberta, vigiada por outros dois guerreiros. Eram muito jovens, e fiquei imaginando se já tinham enfrentado uma luta. Talvez seus pais, ou seus avós, mas na certa não eles. A ilha parecia separada do restante do mundo, e deviam ter visto muito poucos estrangeiros. Quando entrei, antecedido pela princesa, todos se viraram, olharam, me acompanharam atentamente para observar os mínimos detalhes da minha postura, do movimento das minhas mãos, dos trajes que eu vestia e que provavelmente reconheciam.

Tinha diante de mim o rei e a rainha usando vestes simples, mas preciosas, que lhes proporcionavam graça e majestade. A rainha tinha cabelos negros e olhos claros, da cor do âmbar, longas pestanas pretas e sobrancelhas finas. O corpo, que se podia intuir sob a veste, era esbelto e harmonioso. O rei tinha cabelo e barba bem cuidados, pretos com alguns fios brancos, olhos escuros e profundos. Aparentava ser bem mais velho que a esposa: nos dias seguintes eu iria saber, por Nausícaa, que era seu tio: casara com ela depois da morte do irmão, o primeiro marido.

Prostrei-me aos pés da rainha e abracei os seus joelhos.

– Divina *wánaxa* – disse eu –, aqui estou, súplice aos seus pés depois de padecer muitas desgraças, o meu belo navio naufragou na tempestade e perdi tudo. O mar jogou-me na praia ontem, quando já entardecia, depois de eu ter passado um dia e uma noite à beira do abismo, agarrado a um tronco...

Percebi que a rainha observava as minhas mãos feridas e esfoladas, e depois as roupas que eu vestia.

– Não tinha mais coisa alguma, sequer um trapo. De longe, cobrindo como podia a minha nudez, implorei à sua esplêndida filha, que chegara com amigas e criadas para lavar roupas. A minha aparência era pavorosa, todas fugiram assustadas menos ela, a sua resplandecente filha. Sem dúvida traz no coração a coragem de uma grande estirpe e a sagrada força do pai, a graça e a beleza da mãe.

"Ela mesma indicou-me o caminho para chegar ao palácio. Rogo que me aceite sob a sua proteção e que tenha dó de mim."

Só então levantei os olhos e vi que as minhas palavras haviam comovido a rainha. Fez sinal para eu me levantar e indicou, com o olhar, o cônjuge. Virei-me então para ele.

– Grande rei, *wánax* Alcínoo, suplico que me conceda ajuda e acolhida, pois de nada mais disponho.

O rei acenou com a cabeça. Todos os seus gestos eram lentos e comedidos. Era assim que eu imaginava que se deviam mexer em seus tronos os deuses celestes, imortais, quando se reuniam em conselho.

– Já obteve a ambas, pois o que é do agrado da minha esposa também é do meu. E também porque é nosso hábito acolher o pobre desamparado. Mas agora aceite participar do nosso jantar, quando o sol se pôr e chegar a hora de nos sentarmos ante as mesas postas, de alegrarmos o coração com vinho tinto, de ouvir o canto do poeta que evoca histórias maravilhosas. Nausícaa, enquanto isso, irá mostrar-lhe os seus aposentos e lhe dará outras roupas, calçados e cinto, e fivelas de primoroso feitio para prender a capa em seus ombros.

– O meu coração, *wánax*, está cheio de gratidão – respondi. – Desde que comecei a longa viagem da minha não concluída volta, jamais fui acolhido desta forma, jamais vi terra abençoada como esta. Quando a vi, pensei que a sua filha fosse uma deusa.

Fiz uma profunda mesura, beijei a mão do rei e da rainha e acompanhei a jovem que se compadecera de mim rumo ao átrio da migração. Do outro lado havia uma vista de tirar o fôlego, de tão grande que era a maravilha que inspirava. O sol já mergulhara no mar e a sua luz só permanecia nas nuvens passageiras, velas escarlate sobre a água do porto, imóvel e reluzente.

– Está gostando da nossa ilha? E da nossa cidade? – perguntou Nausícaa enquanto a luz do crepúsculo lhe tingia de vermelho o rosto e os cabelos.

– Mais do que qualquer lugar que até hoje visitei... Mas há uma coisa que deixou uma ponta de tristeza no meu coração.

– O quê?

Estiquei o braço para indicar o cume do monte que se erguia à direita da cidadela e do palácio.

– Aquilo, aquela enorme pedra que domina a cidade e o porto. Vista de baixo, parece parte da montanha, mas daqui se vê que quase se sustenta por milagre naquele esporão rochoso. Bastaria um nada para fazê-la cair.

Estava a ponto de dizer que Posídon, o deus azul, o abalador de terra, poderia sacudir a ilha com seu tridente e levar o pedregulho a rolar, mas preferi ficar calado, pois percebi na mesma hora que a causa de tamanho desastre seria eu. Não podia suportar a ideia de levar desgraça a um país tão lindo e próspero e à suave princesa que me acolhera, alimentara e vestira, e que agora ia levar-me aos meus aposentos no interior do palácio do rei seu pai.

Os olhos de Nausícaa, sempre serenos, ficaram sombreados de repentina tristeza.

– Não costumamos pensar nisto, hóspede estrangeiro. Aquela pedra pode estar lá desde o começo do mundo, por que deveria rolar logo agora?

– Perdoe-me – respondi. – Teria sido melhor não falar a respeito. Só consegui entristecê-la sem motivo.

Nausícaa nada mais disse, fez sinal para eu segui-la até os meus aposentos, e eu a acompanhei.

Quando chegamos, abriu a porta e mandou-me entrar. O seu rosto perfeito pareceu-me novamente sereno.

– Está errado – disse. – Nós, os feaces, descendemos de Posídon, o deus azul que gerou o nosso primeiro ancestral com uma descendente da tribo dos Gigantes, Peribeia. Por que deveria fazer estremecer a nossa terra?

Eu bem que conhecia o motivo, mas não tive coragem de contar-lhe.

13

Na noite seguinte à minha chegada, o rei e a rainha ofereceram um banquete a que fora convidada a assembleia dos anciãos. Todos eles usavam cetros e eram chamados reis. O arauto de Alcínoo os convocara. Serviram-se pães e carnes, e delicioso vinho da reserva particular do soberano.

Àquela altura eu já era um hóspede respeitado, já dormira no palácio, e tinham todo o direito de perguntar o meu nome. Mas não o fizeram. O rei só quis saber como chegara à cidadela. Respondi:

– Como já disse, *wánax*, a sua filha me acolheu e socorreu. O meu bote naufragara, e só depois de muita luta eu conseguira evitar ser esmagado contra os rochedos e sobreviver à força das ondas. Pude acalmar a sede na foz do seu rio e lá me deixei cair, sujo, miserável e desprovido de tudo.

– Mas não partiu dela a oferta de proteção – disse Alcínoo –, você mesmo a pediu.

Nausícaa, como era natural, não tinha segredos para os pais. E Alcínoo fizera uma pergunta cuja resposta já conhecia para dar-me a entender que sabia de tudo o que acontecia no seu reino.

– É verdade – respondi –, mas o que mais podia fazer?

– E essa roupa que veste – perguntou a rainha –, onde a arrumou? – Estavam perfeitamente a par disto também, mas a rainha queria deixar claro que nada passava despercebido aos seus olhos.

Baixei a cabeça.

– A sua filha me deu esta veste, esplêndida *wánaxa*. Eu não tinha escolha, não tinha mais coisa alguma, sequer um trapo para prender na cintura. Ela indicou onde eu podia lavar-me, deu-me o mais fino óleo para aliviar a pele torturada e os trajes que estou usando.

A rainha sorriu com o olhar, pois eu dissera a verdade, e o rei voltou a falar:

– Seja bem-vindo sob o nosso teto. O seu é o aspecto de um homem forte, corajoso, nobre. E é nosso hábito dar ajuda a quem dela precisa e mostra merecê-la.

Fiquei, portanto, no palácio do rei Alcínoo, pai de Nausícaa. Havia realmente algo divino naquele homem, bem como na esposa dele, Arete, mulher de majestosa beleza. Reinavam sobre um povo trabalhador e, ao que parecia, feliz naquela terra longínqua e abençoada pelos deuses e pela natureza. Eram longevos e, durante todo o tempo que passei na ilha, nunca vi coxos nem corcundas, nem corpos de alguma forma mutilados. Davam a impressão de ser uma raça de pessoas perfeitas, ou, quem sabe, a ausência de guerras e conflitos permitisse à sua estirpe não ter defeitos nem ferimentos no corpo.

Na sua responsabilidade de governo, o soberano era assistido por doze anciãos, os mais sábios e veneráveis em todo o reino. Os cinco filhos moravam, todos eles, no palácio e mostravam no aspecto a força tranquila dos pais. Às vezes, parecia-me perceber neles alguma desconfiança a meu respeito, mas era normal que assim fosse, pois já se haviam certamente dado conta de como a irmã olhava para mim, de como ouvia as minhas palavras, do seu olhar perdido, enquanto para eles eu continuava a ser um desconhecido sem nome nem pátria.

Mais tarde o rei enviou o arauto para convidar os seus hóspedes de maior prestígio e mandou chamar o cantor mais famoso da cidade e da ilha: Demódoco, cego mas provido de uma voz divina e da maravilhosa arte de narrar acompanhando-se ao som da cítara. De todas as pessoas que vi em Esquéria, foi a única portadora de um defeito corporal, mas neste caso os deuses haviam sido justos recompensando-a com a harmonia da voz e do canto. Os deuses sempre fazem pagar um alto preço pelas suas dádivas. Acontecera o mesmo com o *wánax* Admeto, rei de Feres, com Cassandra e agora com Demódoco.

O banquete foi farto, mas os hóspedes mostravam moderação com a comida e com o vinho; mais que em encher a barriga, estavam interessados na conversa. Falavam das famílias, dos mestres escolhidos para a educação dos filhos, dos seus sonhos e das suas aventuras juvenis. Não eram muitas as gerações dos seus antepassados, e eles estavam ligados às estirpes primitivas e selvagens com que a Terra Mãe e a Natureza haviam tentado criar uma raça mais sábia e mais consciente do próprio destino. Haviam-se separado dos ciclopes e dos gigantes perseverando em seu caminho de perfeição. Falavam dos deuses como de pessoas chegadas, pessoas que tinham visto durante os rituais dos sacrifícios, encontrado nas horas da luz incerta do crepúsculo matinal ou vespertino nos campos, ou no mar ou nas praias desertas.

Depois de os serviçais limparem as mesas, um criado colocou uma taça de vinho tinto ao lado do cantor. Este tomou um gole e depois começou o seu canto. Ao vê-lo, lembrei-me do poeta de rua que queria cantar para mim na triste noite em que, depois do fracasso da minha missão e de Menelau em Troia, eu me preparava para um melancólico retorno. Estava pesado o meu coração, já imaginando os muitos e graves sofrimentos que teria de enfrentar nos campos sob as muralhas sagradas de Ílio.

E o pensamento de Ílio ressurgiu poderoso no canto de Demódoco. Tão forte e intenso que *ficou gravado na minha mente e até hoje volta à minha memória*.

> Deixem, ó feaces ínclitos e gloriosos,
> Que lhes conte como aconteceu terrível disputa
> Entre o pé-veloz Aquiles e o astucioso Odisseu
> Sobre como devia cair a altiva Ílio
> Com o valor do braço ou com o engano.

Já tinha quase esquecido aquele fato, mas o poeta trouxe-o a nova vida. Sim, a disputa na tenda do *wánax* Agamêmnon: Aquiles achava que só a força da lança e da espada poderia levar a bom termo a façanha. Eu, por minha vez, lhe disse:

– Está dizendo isto porque é muito forte, invencível. Para você a guerra é fonte de glória infinita; para os nossos companheiros é apenas dor e amargura, sofrimento e morte obscura. E, se a minha mente encontrar uma maneira para acabar com esta guerra interminável abatendo Ílio, eu farei com que caia!

Foi assim, de forma bastante verossímil, que o poeta lembrou o longínquo dia, e senti o coração derreter-se no peito. Enquanto prosseguia com os seus versos sonoros, senti as lágrimas subir aos meus olhos e usei a capa para esconder o rosto. Chorei, chorei sem me conter. Aquelas lembranças eram duras demais. E também era duro, para mim, pensar no tempo que se passara se aqueles fatos, agora, haviam chegado aos confins do mundo e se haviam tornado inspiração de cantos. Quando o pranto secou e descobri novamente o rosto, percebi que o rei Alcínoo estava me observando. Talvez estivesse tentando descobrir a minha real identidade, uma vez que a história provocara as minhas lágrimas. E talvez até o cantor, apesar de cego, tenha percebido algo. Quem perde a luz dos olhos reforça os outros sentidos, cheira a dor assim como o leão fareja o medo. Separamo-nos muito tarde, embora eu quisesse deixar o convívio mais cedo. Estava sofrendo demais, mas não podia faltar ao respeito do cantor e do ilustre *wánax* daquela casa divina. Voltei a chorar ao ficar sozinho, molhando de lágrimas o travesseiro.

Passava um bom tempo com Nausícaa, porque ela preferia mostrar-me afeição a muito mais que respeito. Ainda estava na idade dos sonhos e pensava no seu futuro como num lugar e num tempo mágicos, em que as alegrias do amor e dos mais lindos e profundos sentimentos se confundem criando uma nuvem de ouro, um jardim de frutos maravilhosos: bastaria esticar a mão para colhê-los. Nada fiz para impedir que sonhasse, mas tampouco alimentei a admiração que tinha por mim, um sentimento que estava a ponto de tornar-se algo diferente. Eu não queria que o meu destino tão amargo contaminasse o dela também, e não queria ficar por lá mais que o estritamente necessário. Desejava cada vez mais o regresso à minha terra e à minha família, mas também receava que o misterioso equilíbrio que refreava a ira de Posídon se quebrasse de repente por mim. O meu nome, portanto, não devia ecoar no ar de Esquéria.

Nausícaa contou-me a história do seu povo e dos seus antepassados, entreteve-me com o seu canto suave, que ela acompanhava com um instrumento que eu nunca vira: um pequeno fole como o dos ferreiros que soprava ar numa dúzia de canos de prata, tirando deles um som de doce e comedida harmonia. A coisa mais parecida, a meu ver, com um coral de meninas. Reparei em que havia um peso de chumbo sobre o fole e que o cordãozinho que o levantava estava preso ao pé da princesa. Então, fatalmente, fez a pergunta a que eu não podia responder:

– Quem é você?

– Eu sou... ninguém, só um pobre sujeito, um mendigo sem um trapo sequer para vestir. Nem mesmo o mar me quis, cuspiu-me na praia. Não é por ingratidão que não lhe respondo, e tampouco por aridez do coração. Você foi para mim a mais doce e amável das criaturas, e por você faria qualquer coisa, até arriscar a minha vida, pode crer...

– Não confia em mim? O que mais posso fazer para convencê-lo de que sinto por você um sentimento que enche o meu coração e ao mesmo tempo o machuca?

Mordi o lábio, muitas eram as palavras, mas não encontravam saída. Eu não queria aquele seu sentimento, não desejava o amor de uma jovem que estava desabrochando. Sorte daquele que fosse enchê-la de presentes de núpcias e levá-la, nos braços, ao tálamo, jovem marido, ele também na flor da idade. Não... não eu! Era isso o que ela merecia e os pais também, assim como o seu povo de semideuses: não eu! Não um ser maldito por homens e divindades, queimado até o fundo do coração pela guerra e pelo sangue.

– Chegará a hora certa, minha *wánaxa*, adorada princesa, mas ainda não, por enquanto preciso protegê-la, eu sou um fardo de amargura e desgraça, e o meu nome só lhe traria infelicidade. É isto o que quer?

Por mais uma noite o poeta voltou a cantar: desta vez, a trapaça do cavalo que provocou a queda de Ílio sagrada, e a morte de Príamo e dos seus filhos, o pequeno Astianacte jogado das muralhas pelo guerreiro selvagem, o flamejante Pirro. E cantou o seio nu da magnífica Helena, o pranto das mulheres escravas e dos seus filhos, o fogo indomável que queimou as casas e o palácio dos cinquenta tálamos.

Mais uma vez não consegui esconder a dor e as lágrimas, e o rei ficou longamente me olhando. E, quando o canto de Demódoco se calou e o silêncio tomou conta da sala, aproximou-se e ficou de pé na minha frente. Nausícaa observava, e os seus olhos estremeciam de luz e de treva.

– Quem é você?

Continuei calado, nada disse, e o meu silêncio alcançou todos os cantos da sala, os convidados, o rei, a rainha, os príncipes, a linda Nausícaa e o próprio poeta, mas se os seus olhos brancos pudessem ver teria lido no meu olhar quem eu era.

Afinal Alcínoo retomou a palavra:

– Se o hóspede estrangeiro não quer revelar-se, deve ter os seus motivos. Talvez tenha sofrido indizíveis desgraças e ainda não confie nos homens, talvez receie novas infelicidades. A noite já está na metade do seu percurso, e para nós chegou a hora de procurarmos descansar entregando-nos ao sono a fim de recobrar as forças após os trabalhos do dia. Amanhã haverá uma grande festa na ilha, celebraremos a nossa antiga viagem, quando deixamos

Hipereia, a origem ancestral, em busca de uma nova pátria. Posídon, o deus azul que abraça todas as terras, guiou nosso povo e enviou golfinhos que nos indicaram o caminho para a aprazível Esquéria.

"Os jovens se enfrentarão em várias competições, e os melhores ganharão lindos prêmios. Muitos deles vão querer certamente chamar a atenção da nossa filha, que ainda não decidiu de quem aceitar presentes de bodas. Todos eles são nobres, jovens e valorosos, mas eu gostaria que o nosso hóspede fosse esse homem..."

Os presentes entreolharam-se, pasmados por ouvir aquelas palavras. Nausícaa enrubesceu. A coisa ia certamente ser comentada, a notícia se espalharia pela cidade, e eu iria ser odiado. Lembrei as palavras que o meu avô Autólico pronunciou quando veio impor-me *o nome que levo*: "O seu nome será Odisseu porque eu aqui cheguei sentindo ódio de muitos." E não pude deixar de pensar que não tinha encontrado a sua sombra entre os rostos pálidos quando invoquei Tirésias, o vate tebano. Estaria o velho lobo se escondendo?

– É um homem que muito sofreu – continuou o grande rei –, conhece a dor e só pode desejar, para quem está ao seu lado, dias de felicidade.

Baixei a cabeça, confuso. Mais uma vez não consegui falar. Antes de despedir-me e retirar-me para o meu quarto, virei a cabeça e vi Nausícaa: os seus olhos brilhavam de lágrimas.

Naquela noite não me foi fácil pegar no sono, e mais de uma vez ouvi os autômatos que vigiavam o palácio andar de um lado para outro e abrir a boca para soltar com som de metal percutido seus ladrados contra obscuras presenças que perambulavam nas trevas.

Quando chegaram os primeiros raios matinais, ouvi as criadas e os serviçais limpar os pisos e as escadarias, e subir das ruas as cantigas e os sons de flauta que saudavam o dia da solene cerimônia.

No devido tempo, eu também vesti um bonito traje, cândido e limpo, e desci para juntar-me ao rei, à rainha e aos demais hóspedes do palácio no cortejo que se formava diante da escadaria. Chegamos assim ao santuário onde Alcínoo imolou um touro a Posídon, enquanto um coral de jovens mulheres entoava um canto que narrava a longa travessia dos feaces de Hipereia até a nova pátria, distante de todas as terras. O touro tombou sob o machado, os sacerdotes queimaram as coxas em honra ao deus, enquanto as entranhas e as outras partes eram por sua vez assadas e preparadas para o grande banquete que o rei ofereceria a todos após a celebração dos jogos.

Olhei em volta várias vezes para ver se reconhecia algum deus porventura presente ao sacrifício. Era o que Nausícaa me dissera: às vezes os deuses tornam a sua presença manifesta nos sacrifícios. Mas não vi nenhum deles, e isto me deixou aliviado. Se o deus azul aparecesse e me fitasse, eu não iria aguentar aquele olhar, talvez sequer sobrevivesse, pois já não via a minha deusa, e as poucas vezes em que me parecera sentir a sua proximidade deviam ter sido tão só enganos meus. Desta vez não podia, portanto, contar com a sua proteção.

Dirigimo-nos então para a grande arena armada na praça que dava para o mar, no meio da cidade, e o rei deu início aos jogos.

Muitos jovens se apresentaram, lustrosos de óleo, musculosos e cheios de vigor. Pareciam estátuas esculpidas por um deus. Competiram na luta, no salto em distância, no lançamento do disco e do dardo. Os vencidos afastavam-se de cabeça baixa, envergonhados pela derrota sob os olhares das jovens mais nobres e bonitas da cidade, e principalmente por ter fracassado na frente de Nausícaa. Quem brilhava sobre todas era ela, a mais bela, a mais radiosa, a mais suave. Os vencedores desfilavam diante do público para receber os aplausos, os olhares das moças e, finalmente, o prêmio das mãos de Alcínoo.

Eu estava sentado num canto, um tanto longe dela, para não dar motivos às pessoas para falar e fazer comentários maldosos. De vez em quando o rei e a rainha olhavam para mim e sorriam, como querendo deixar-me à vontade ou, quem sabe, certificar-se de que eu não estava entediado com um espetáculo que talvez não me agradasse.

A certa altura o rapaz que mais se sobressaíra, que vencera as provas mais difíceis, aproximou-se de onde eu sentava e dirigiu-me a palavra:

– Hóspede estrangeiro!

Simulei não reparar no meio da gritaria dos aplausos, mas ao ouvirem aquelas palavras todos ficaram calados, de forma que não pude fingir não ter ouvido o segundo chamado:

– Hóspede estrangeiro, andam dizendo por aí que você é um grande guerreiro que participou de grandes façanhas. Os feaces costumar acolher e prezar os homens valorosos: que tal, então, se juntar a nós e participar dos jogos na arena?

Todos olharam para mim, o rei e a rainha ficaram surpresos com aquele convite que soava como um desafio, e Nausícaa não conseguiu esconder a sua preocupação. As provas também incluíam a luta com espadas, e naqueles embates tudo podia acontecer. Aquele jovem vigoroso e altivo parecia saber muito bem o que queria, sentia-se bastante seguro para consegui-lo, e também era clara a sua finalidade. Muitos já achavam as intenções de Alcínoo a meu respeito e os sentimentos de Nausícaa extremamente evidentes.

Respondi:

– Agradeço o seu convite, mas estas são façanhas para jovens. Eu sou um homem cansado, e o meu corpo já não tem o vigor de outrora. O meu único pensamento é voltar para casa. Peço, portanto, que perdoe a minha recusa.

O rapaz dirigiu-se então aos soberanos e ao público. Confiante após as vitórias conseguidas, prosseguiu a sua fala:

– Entendo. Talvez estivéssemos errados! O hóspede vangloria-se de feitos que nunca cumpriu. Eu não creio que seja um guerreiro nem um combatente: talvez seja apenas um mercador que viaja de um porto para outro, daqueles que vivem de trapaças e costumam vender mercadorias que roubaram de navios naufragados, ou até escravos, se tiverem a oportunidade.

Já era demais. Uma onda de calor ardeu em meu peito. O fogo que inflamara o meu coração durante tantos anos de combates selvagens nos campos de Ílio ressurgiu e esbraseou o meu rosto. Como se atrevia aquele jovem sem respeito e sem experiência a insultar-me daquele jeito? Eu não podia certamente deixar-me humilhar diante de pessoas que me haviam acolhido e honrado, diante de Nausícaa, que me tinha vestido e alimentado e sentia por mim algo mais que estima e consideração! Uma ira cega, incontida secou a minha garganta, e, rouco, gritei:

– Você não passa de um tolo que não respeita a quem tem mais idade e muito mais experiência de vida. Vamos ver se tem mais língua ou coração. Espere por mim lá embaixo, no recinto para o duelo de espadas!

Joguei a capa e pulei do meu assento para o campo das provas. Seis ou sete discos jaziam ali, aonde a força dos atletas os arremessara. Eu, porém, agarrei um pesado escudo de bronze, apoiado na cerca, e o atirei além de qualquer limite. Um homem apareceu de repente ao meu lado, fitou-me com olhos verdes, azulados e penetrantes, e com um amplo sorriso exclamou: "Belo lançamento!" O meu coração estremeceu. Parecia-se com Damastes, o meu mestre de armas, e tinha prata nas têmporas. Tentei responder, mas a figura se esvaneceu, tremeu como uma miragem no calor do verão e sumiu. Eu tinha vontade de gritar, mas nem tive tempo de pensar, a minha finalidade era outra.

De repente, a expressão no rosto do meu jovem desafiante mudou. Passei pela pista dos saltos e peguei um dos propulsores, de bronze maciço, rodei-o e o arremessei no ar, como se fosse de madeira, na direção dele. Subiu e depois choveu do céu, fincou-se no terreno com um baque surdo. Menos da metade ainda era visível. E atravessei o campo do dardo. Apanhei o primeiro que vi e olhei para a ponta amarga que, sinistra, brilhava ao sol. Quantas vezes eu tinha feito aquele mesmo gesto, quantas vezes a minha mão se fechara em volta da haste e o olho se fixara no alvo como um falcão que observa a presa! Atirei com tamanha força que se fincou no solo a poucos passos do meu adversário. Ele já não ria, já não falava. Estava entregue ao mais puro terror, e eu podia respirar o seu medo enquanto me aproximava, até ficar diante dele de espada na mão. Um silêncio mortal tomou conta da arena.

O jovem tentou pegar-me de surpresa e vencer-me com seu vigor, mas eu era muito mais esperto que ele, que talvez nunca tivesse lutado de verdade, mas só de brincadeira. Eram demasiadas as vezes em que eu infligira a morte. Só havia um jeito de eu desferir os meus golpes: para matar.

Ele atacava com ímpeto, mas os seus movimentos desperdiçavam energia e não tinham a menor precisão. Eu respondia uma só vez a cada dez golpes dele, mas sempre atingia o alvo. Logo o rapaz sangrava de muitos ferimentos, e este sangue o tornava ainda mais feroz e violento. Eu andava à volta dele como um lobo que acossa a presa. No último assalto evitei a sua estocada e respondi com um inesperado grande golpe por cima. A sua mão já dolorida não conseguiu aguentar o choque, o rapaz soltou a espada, e eu apontei a minha arma para ele, prestes a cortar a sua garganta.

O rosto de uma mulher com os olhos cheios de lágrimas deteve-me. O rosto angustiado de um pai de cabelos brancos me fez largar a espada. Eu não podia massacrar um filho daquele povo generoso e brando.

– Nunca mais faça isso – disse eu –, nunca mais ofenda um hóspede que muito sofreu. – E o levei para fora da arena. Ele baixou a cabeça, cheio de vergonha. Chorou.

Voltei ao centro do recinto e gritei:

– Para que todos saibam que não estão hospedando um mercador que compra coisas roubadas e escravos acorrentados, eu sou Odisseu filho de Laertes, rei de Ítaca, destruidor de cidades, e a minha fama alcança o céu!

Um murmúrio correu por todos os presentes, que se viraram uns para os outros falando baixinho.

Nausícaa escondeu as lágrimas no peito.

O rei veio ao meu encontro.

– Aquele jovem ofendeu-o, e você tinha o direito de matá-lo, mas demonstrou piedade para com ele, os seus pais e o seu povo. Todos nós estamos gratos por isto. Só as almas nobres são magnânimas.

Estas palavras encheram o meu coração de paz, e eu também fiquei com vontade de chorar. Umas poucas palavras de um jovem desavisado haviam sido suficientes para acordar a fera. O meu nome ecoara como trovão no ar de Esquéria, e o deus azul, se porventura já não estivesse nas terras dos etíopes, certamente o ouvira. Esperei ardorosamente que a minha deusa também o tivesse ouvido para que me pudesse socorrer, mas não podia sentir a sua presença, não sentia os arrepios sob a pele nem a sua voz no fundo do coração.

Regressamos então ao palácio, onde o rei mandara aprontar um grande banquete para os seus hóspedes: além das carnes do sacrifício, também havia mais cabras e ovelhas, e dois bois brancos de longos chifres curvos. As carnes enfiadas nos espetos foram postas para assar, e a copeira colocou nas mesas grandes cestas cheias de pães. Vinho tinto, vermelho e brilhante como romã, foi servido nas taças, e a alegria voltou a espalhar-se entre os comensais. Nada de mau acontecera, o rapaz se recobraria das feridas e do susto e sem dúvida ficaria mais sensato. Nunca mais iria desafiar um desconhecido sem antes conhecer direito a sua identidade.

O rei voltou a falar:

– Agora entendo as suas lágrimas quando Demódoco cantava o estratagema que fez cair Troia e narrava a noite tremenda da chacina.

– Eu lhe agradeço, *wánax*, pastor do glorioso povo dos feaces – respondi. – Isso mesmo, o canto do poeta me trouxera de volta ao tempo de sangue e de dor que todos nós, aqueus, enfrentamos durante os longos, intermináveis anos do sítio de Ílio. Nós, que perdemos a volta, eu, que padeci tudo o que um homem pode padecer. Vi morrer os meus companheiros, os fortes cefalônios, e perdi os outros supérstites devido a monstros e a povos selvagens devoradores de carne humana, vi-os trespassados como peixes pelos horrendos Lestrígones. Perdi navios, perdi tudo. E cheguei súplice aos pés da gloriosa Arete.

– Os seus sofrimentos acabaram – respondeu o rei. – Darei a você um navio que o leve para casa, e desta vez nada irá lhe acontecer. Somos descendentes de Posídon e podemos navegar para qualquer terra do mundo, até rumo àquela para nós mais distante. – Fez um sinal a um dos convidados, um homem robusto de têmporas grisalhas. – Apronte um navio, o mais sólido, de cinquenta e dois remadores, vinte e seis de cada lado. Mande verificar o casco, os remos, o mastro e a sobrequilha. O homem que está vendo ao meu lado deverá ser levado de volta à sua pátria, Ítaca.

Procurei agradecer-lhe tanta generosidade como mandava o meu coração, mas ele se eximiu.

– Agora que sei quem você é, ainda mais gostaria que ficasse e se tornasse o meu genro. Há quanto tempo está longe de casa?

– No meu tempo, vinte anos – respondi.

– Não há outro tempo – disse o rei. – Vinte anos... Não creio que encontre alguém à sua espera. Volta sem navios, sem companheiros, ainda tem alguma esperança? Aqui poderia gerar uma nova estirpe. O eco das suas façanhas ressoa nas histórias dos poetas e nos versos dos cantores de palácio e de rua. E acredito que muito mais você mesmo poderia contar. As noites estão ficando mais longas e ficam propícias aos longos contos, quem sabe com uma boa taça de vinho generoso nas mãos para acalentar o coração?

– Grande rei – respondi –, qualquer homem neste mundo se sentiria honrado e beijado pela sorte ao receber esta proposta. E a sua filha, Nausícaa, é uma flor de perfume intenso, puro encantamento, mas eu só desejo voltar, desejo rever a minha esposa, que deixei jovem e com um menino no colo quando parti para a guerra.

– Como quiser – disse o rei, quase a contragosto. – Assim que o navio ficar pronto, poderá partir. Mas agora fique conosco e alegre o coração com o vinho. Depois, se decidir deleitar a rainha e a minha filha, e todos nós governantes dos feaces, conte a sua história. Até agora o seu nome era desconhecido e não podíamos imaginar quem você era.

– Farei isto – respondi –, embora seja para mim um doloroso fardo. Cada companheiro que perdi é para mim uma pena incurável. Mas é justo que retribua de alguma forma a hospitalidade, e talvez, revivendo as minhas vicissitudes diante de homens e mulheres que me acolheram e confortaram, eu compreenda coisas que ainda não entendi.

A partir daquele dia, toda noite, depois de os criados limparem as mesas, eu contava as minhas desventuras, falava das terras desconhecidas, dos companheiros mortos e nunca esquecidos, das lembranças, dos fantasmas que continuavam a povoar os meus sonhos e as minhas noites de vigília. *E que ainda aparecem quando o vento geme percorrendo imensos espaços, fazendo turbilhonar a neve na desmedida extensão gelada.*

Mesmo assim, de alguma forma, encontrava alívio ao narrar aquelas histórias num lugar tranquilo e seguro, amparado por pessoas poderosas e sábias que viviam como deuses numa terra de maravilhas.

Às vezes, quando todos já tinham ido dormir, eu saía para o terraço do palácio, sentava-me na pedra segurando os joelhos entre os braços e ficava perdido em meus pensamentos. Em várias ocasiões não conseguia evitar as lágrimas.

– Por que não espera a boa estação? – dizia Nausícaa. – As noites já são mais longas que os dias, e seria melhor aguardar a volta dos ventos mornos. Só mais uns poucos meses. Já esperou tanto, não pode esperar mais um pouco?

– Tomei uma decisão, princesa: não quero esperar mais.

– Está com tanta pressa de deixar-me?

Fiquei calado. Como podia fazer com que uma moça na flor da idade entendesse o que se passa na cabeça de um homem como eu, que sofrera tanto, que vira tanto sangue e desespero? Mas ela ficava olhando para mim, à espera de uma resposta.

– Você é a pessoa mais doce e suave que já conheci na vida, é linda e amável, jovem e fresca como a primeira rosa da primavera, como poderia querer deixá-la? Mas, justamente porque entrou no meu coração, desejo-lhe todo o bem possível. Precisa estar livre para o encontro que o destino lhe reservou. O encontro com o homem que lhe dará amor infinito e filhos bonitos e fortes como rebentos de palmeira. Nunca esquecerei o dia em que ficou imóvel diante de mim, sujo de algas e esbranquiçado de sal, nu e cheio de vergonha, enquanto as suas companheiras saíam correndo em busca de um esconderijo: você sorriu, e o sol voltou a brilhar para mim. Mas sou um homem cansado e abatido demais, perseguido por dolorosas lembranças, por pesadelos que me acordam no meio da noite. Precisa esquecer-me, Nausícaa. Deixe que eu fique somente com a música do seu nome e a luz dos seus olhos. Você vai ao encontro da vida. Eu enfrentarei serenamente o meu declínio.

Virei-me para ela: tinha pranto nos olhos, pérolas de lágrimas nas faces.

14

Os poucos dias que me separavam da partida encheram o meu coração de melancolia. Deveria sentir-me sereno e até feliz. Estava finalmente prestes a voltar para casa, levado por uma tripulação esperta, pelos maiores navegadores do mundo inteiro, a mando de um grande rei que descendia do próprio deus Posídon. Mas então via o olhar perdido de Nausícaa e o coração se apertava em meu peito. Eu conhecia aquele olhar: já o vira estampado no rosto de Penélope toda vez que eu estava de partida, aquele contar cada instante que nos sobrava até a separação. Uma sensação de inconsolável desolação, de medo do vazio.

Caminhávamos à beira-mar durante horas, ou até por dias inteiros, parando às vezes à sombra de uma palmeira ou de um salgueiro. Naquela terra maravilhosa todas as plantas conviviam, tanto as das terras frias como as das terras quentes. Falávamos de muitas coisas, das aventuras que eu tinha vivido, dos lugares selvagens que eu havia visitado, ou então nos entregávamos a longos silêncios que só a voz do mar insone enchia de remotas e misteriosas mensagens.

À noite, no palácio, eu continuava a contar a minha história, como tinha encontrado o povo dos comedores de lótus, como enfrentara o ciclope, como o havia cegado, e depois rido dele com palavras de escárnio. Fiquei em dúvida quanto a também mencionar a maldição que ele lançara sobre mim invocando o pai, Posídon, senhor do mar e do Oceano, pois o rei poderia ficar com medo de hospedar um homem perseguido pelo nume que era o seu progenitor. Já acontecera antes com Éolo, o domador dos ventos, que me escorraçara e nunca mais quisera ver-me depois de perceber que um deus poderoso me acossava. Mas o rei e o seu povo haviam sido generosos comigo e mereciam a minha sinceridade, de forma que não ocultei aquelas palavras terríveis saídas da boca daquele que eu privara para sempre da luz do sol.

Vi o rosto de Alcínoo assumir uma expressão séria e sombria. Os feaces sabiam muita coisa dos ciclopes, pois já tinham morado na limítrofe terra de Hipereia e às vezes haviam até sido forçados a se defenderem deles. Mas no fim, antes que combatê-los como inimigos, haviam preferido buscar uma nova terra, mantendo assim o carinho do deus azul, que às vezes se lhes mostrava abertamente, sem esconder-se atrás das nuvens que sempre ocultam os numes dos mortais.

E contei, mal conseguindo reprimir o pranto, como os selvagens Lestrígones comedores de carne humana haviam massacrado quase todos os meus homens e destroçado e afundado os navios arremessando enormes pedregulhos. Só uma coisa eu deixei de narrar.

Não consegui contar o que o canto das sereias me havia revelado. Doía demais no meu coração *e até hoje me faz sofrer. Todo dia, toda noite penso naquilo tentando desvendar o oráculo ambíguo.*

Os homens que iriam levar-me a Ítaca de barco também assistiam aos meus contos e ouviam tudo de olhos arregalados, sem piscar. Nunca perguntavam coisa alguma. Talvez não entendessem. Era algo que às vezes não podia deixar de me perguntar: logo eles, que tinham viajado por todos os mares, por que não haviam visto o que eu vira? Era pasmo ou incredulidade o seu silêncio? Por onde eu navegara? Que mares, que ondas sulcara? Em que terras desembarcara? Tinha vontade de lhes perguntar se porventura já haviam atravessado a cortina de neblina, se aquela turva barreira era o limite entre a realidade e o sonho ou o pesadelo, mas não me atrevia. Melhor não levantar o véu do mistério, logo agora que podia esperar voltar ao meu mundo. Mesmo que o encontrasse bastante diferente, iria de qualquer maneira reconhecê-lo, o círculo iria fechar-se até a chegada de um sinal que me forçasse mais uma vez a partir.

Certa noite de lua nova, com o céu encoberto de nuvens negras e um vento uivador que chegava de mundos distantes, contei como Circe me estimulara a procurar a entrada do Ínfero a fim de evocar a sombra de Tirésias para que ele pudesse revelar o meu destino. Um profundo silêncio tomou conta da sala.

– Atravessei o mar e cheguei ao Oceano profundo, desmedido. Lancei âncora e desembarquei onde havia um penhasco branco, de pedra lisa, que perfurava as nuvens e alcançava o céu. Por toda a volta, na costa e no mar, por cima e por baixo da superfície fervilhante de espuma, o navio estava cercado de ameaçadores recifes.

Reparei em que os marujos do barco que me levaria para casa cochichavam uns com os outros. Sabiam de que se tratava? Já conheciam o lugar? Eles também tinham navegado com incrível ousadia para além do limite das terras e do mar? Não parei de falar, nada quis saber: haveria tempo de sobra para as perguntas sobre aqueles lugares durante a longa viagem que nos aguardava. Contei dos companheiros caídos que tinha visto, fantasmas sem corpo, sombras do que haviam sido, falei da sua desolação e tristeza infinita. E finalmente da profecia. Eu só poderia voltar tarde e mal, para reestabelecer ordem e justiça na minha casa, que havia sido violada e invadida, mas não para sempre. Outra viagem longa e interminável esperava por mim: não água agora, mas lama, neve, gelo, uma travessia de silêncio e de gritos.

O vento raivoso também se acalmou, e as minhas palavras ecoaram entre as paredes atônitas. Os doze sábios olharam para mim, os rostos imóveis sem nenhum frêmito, como se fossem de cera. *Uma lâmina fria gelou a minha respiração, que ficou densa e branca tal como agora.*

Remoer as minhas aventuras, reviver as aflições e os lutos dolorosos foi como reabrir feridas ainda não cicatrizadas. A perda dos companheiros, a amargura dos seus corpos obliterados pelo ventre fedorento de selvagens cruéis, indignas exéquias, indigna sepultura! Foi o que senti naquele momento.

Narrei, mesmo assim, a minha história sem derramar lágrimas. Não queria entristecer os presentes. Esta é a maneira certa de um suplicante retribuir a hospedagem daqueles que o acolheram na sua casa e o alimentaram na sua mesa. Acabei o meu relato com a chegada a Esquéria, e quase tive a impressão de ainda estar à mercê das ondas que me jogavam contra os recifes e as pedras da costa. Até mostrei as mãos ainda feridas. E, fitando Nausícaa nos olhos, relembrei o nosso encontro, a fuga das amigas e das criadas ao me verem, a ajuda que ela me ofereceu sem nada pedir em troca.

Certo dia, quando já concluíra a minha história, Nausícaa levou-me ao santuário na hora livre do meio-dia e mostrou-me, no recanto mais secreto do recinto sagrado, uma pintura que representava o golfo, a cidade e a imensa pedra que a dominava. No meio da baía havia um barco que se afastava. Embaixo, viam-se uns sinais todos da mesma cor, uma escrita que dizia alguma coisa. Pareciam-se com aqueles que, num dia já distante, vira gravados em volta do escudo de *wánax* Idomeneu, rei de Creta e de Cnossos, arma perfeita que muito antes pertencera ao rei Minos, senhor do Labirinto.

– Gostaria de saber o que diz? – perguntou Nausícaa.

– Sim, claro – respondi.

– Conta da chegada às nossas praias, algum dia, de um homem que nos pediria para voltar à sua terra. Um homem detestado por Posídon, nosso deus e progenitor. Se os feaces o levassem ao destino, ao voltar o seu navio se transformaria em rochedo na entrada do porto, obstruindo o acesso, e a grande pedra ruiria da montanha encobrindo a cidade com o seu imenso tamanho, destruindo as casas e matando os seus habitantes.

Lágrimas desceram fartas dos meus olhos.

– Quer dizer que não tenho saída. Eu sou esse homem, e desde tempos imemoriais aqui estavam à minha espera a maldição e o atroz dilema: aceitar a sua ajuda e condená-los à aniquilação ou desistir de uma vez por todas de rever a minha terra, a minha família, o meu povo.

O coração recusava esta condenação impiedosa, eu quase esperava que Nausícaa tivesse inventado tudo para induzir-me a ficar e esquecer. Mas ela viu a expressão do meu rosto, o pranto e as lágrimas que riscavam as minhas faces, e talvez tenha ficado com pena. Disse:

– Há mais uma frase. Diz: "Se o deus assim quiser, mas também poderá não querer." Em resumo, não podemos ter certeza.

– O seu pai conhece esta profecia, não conhece?

– Claro, assim como a minha mãe, os meus irmãos e os conselheiros.

– E por que fazem isto por mim?

– Você não faria o mesmo? Somos um grande povo, com um grande coração.

– Eu faria. Eu também tenho um grande coração.

– Então pode certamente entender a escolha dos valorosos feaces, incontestáveis senhores do mar.

Enquanto isso o meu olhar corria pela pintura, examinando cada canto, cada detalhe, e então parou no meio.

– Esse navio...

– O que tem?

– Não tem leme.

– Já tinha reparado nisto no porto, não foi?

– Pensei que tivesse sido tirado para algum conserto.

– Não. Os nossos navios não têm leme. Sempre conhecem a rota. Os marujos irão perguntar onde fica a sua terra, e o barco saberá para onde ir.

Fiquei pasmado diante daquela resposta. Pensei em como os mortais poderiam aproximar-se dos deuses e até ser, quem sabe, melhores se vivessem conforme as leis justas e certas, guiados pelas mentes mais altas. Mas o meu coração estava triste por saber que aceitar uma dádiva tão generosa exporia aquelas pessoas que eu já amava, aquele rei e aquela rainha de admirável sabedoria, e a adorável Nausícaa, linda como uma flor de ouro, a um perigo mortal, à morte cruel do seu povo.

Poderia aceitar? Mesmo sabendo da profecia ameaçadora, Alcínoo me oferecia a filha, o seu tesouro mais precioso, porque esperava prender-me à sua terra, induzir-me a ficar e a não pedir para regressar. Estava ciente, agora, depois dos meus contos, que eu era o homem fatal, *aquele que desperta ódio*, no fundo do coração pensava que eu já não tinha coisa alguma para a qual voltar. Sabia que provavelmente o meu mundo já não existia ou estava morrendo. Havíamos ficado longe tempo demais, muitos reis tinham caído ou se perderam, ou foram considerados mortos como eu, demasiados jovens na flor da idade haviam sacrificado a vida nos campos de Ílio.

Mas eu não podia desistir e já sabia, no fundo do coração, o que iria dizer. Pedi então a Nausícaa que marcasse uma hora para os pais dela me receberem. Nenhum barulho de vozes se ouvia do lado de fora, a luz da tarde chegava de cima como reflexo de bronze polido, junto com o canto dos pássaros.

– Irão ouvi-lo hoje mesmo – respondeu, e não fez mais perguntas.

O rei Alcínoo e a rainha Arete receberam-me em seus aposentos antes do pôr do sol. Uma luz dourada entrava pelas janelas que davam para o jardim, e o canto de um pequeno coro, talvez de meninas, chegava tênue como trazido pelo vento de algum lugar distante.

– Pediu para falar conosco – disse o rei. – Por quê? Alguma coisa o perturba? Não está satisfeito com o que lhe prometemos? Ou quem sabe tem dúvidas? O navio que o levará para casa já está pronto, os melhores jovens por força e experiência foram escolhidos para acompanhá-lo. E, além disso, não voltará de mãos vazias. Ninguém poderá dizer que perdeu homens e navios e voltou como um miserável. – E, enquanto ele falava, a rainha anuía mostrando que concordava com cada palavra.

Até este ponto eles chegavam, estavam dispostos a encher-me de presentes para que a minha dignidade não sofresse prejuízos.

– Grande rei – disse eu –, esplêndida rainha, nenhuma dúvida me perturba a respeito das suas promessas. Já tive provas até demais da sua magnanimidade. Para mim, vocês são como divindades, ou até melhores. Os deuses têm sido amiúde cruéis e impiedosos comigo, e ainda o são, embora eu nunca tenha esquecido os sacrifícios e as orações, e tenha agido como agi somente para salvar a mim e aos meus companheiros de horrível morte. Mas hoje vi representada, no santuário, a profecia funesta que ameaça destruir a cidade e o seu povo se levarem de volta à pátria um homem vindo de longe, jogado pelo mar nestas praias. E não quero ser, para vocês, a causa de tamanha desgraça.

"Por isto eu lhes peço: entreguem-me apenas um barco sólido que eu possa manobrar sozinho. Montarei nele um leme que eu mesmo farei. Estou acostumado a trabalhar com a madeira. Desta forma, ninguém mais será punido pela divindade que me odeia e que não para de infligir-me castigos. Navegarei sozinho para a pátria, e, se tiver de perecer, que assim seja, sem provocar, porém, o sofrimento dos outros, sem que a enorme pedra em equilíbrio role sobre a sua cidade e destrua o povo que a habita."

– Glorioso Odisseu – respondeu o rei –, nunca o abandonaremos depois do tanto que sofreu no mar e na terra. Ninguém pode mudar o destino que nos espera, e, se os deuses decidirem nos punir, encontrarão sem dúvida outras maneiras. Mas o que determinei será feito.

– Você fez vibrar o coração da nossa Nausícaa – prosseguiu então a rainha –, mas a respeitou. Poderia ter-se aproveitado dos sentimentos dela para gozar do seu amor, mas foi sincero, disse-lhe palavras verdadeiras, deixou intacto o seu futuro de donzela. Para uma mãe, esta é uma grande alegria, o mais lindo presente...

– E, portanto, não se sinta culpado – continuou o rei; falavam como uma só pessoa com duas vozes diferentes, profunda e sonora a primeira, suave a segunda –, ninguém nos obriga a fazer o que fazemos. E acredito que o pai Posídon não solte a sua ira contra nós: além de sermos seus descendentes, sempre o honramos com sacrifícios e, quando se digna de comparecer, às vezes podemos até ver o seu rosto flutuar nas ondas marinhas. O navio estará completamente carregado amanhã, com fartura de água e comida além de muitos presentes. Parta sereno, Odisseu. As suas desventuras acabaram. Os meus marujos irão levá-lo para casa.

Fui tomado por intensa comoção ao ouvir aquelas palavras e chorei diante deles sinceras lágrimas de gratidão, de admiração, de pensar que talvez nunca mais voltasse a vê-los. Beijei as suas mãos e tinha vontade de dizer um montão de coisas, mas as palavras não conseguiam sair da minha boca, um nó apertava a minha garganta. Só disse:

– Você estará sempre no meu coração, grande rei, sagrada força, e você também, rainha luminosa. Se porventura um deus caridoso ouvir a minha voz, sempre pedirei que lhes conceda todo o bem, toda a felicidade e uma flórida descendência. De forma que, quando a hora chegar, num futuro distante, vocês possam encaminhar-se à ilha bem-aventurada onde não há nem frio, nem neblina, nem raios ardentes. Onde sempre brilha uma luz maravilhosa e todo fruto nasce espontaneamente, sem o suor da labuta diária, porque foram piedosos com um pobre viajante que tudo tinha perdido.

– Já estamos lá, Odisseu... – respondeu o rei com um sorriso. – Já estamos lá.

– E agora vá – disse a rainha. – Vá ver Nausícaa. O tempo que pode passar com ela está acabando.

Aceitei o conselho e, antes de sair do aposento, olhei mais uma vez para eles: achei-os majestosamente lindos, imperturbáveis, como duas divindades sentadas em seus tronos. E ainda assim eram pessoas como eu, que algum dia iriam morrer deixando para trás tudo o que amavam. Juntei-me a Nausícaa onde a tinha deixado, no grande terraço pênsil da fachada. Cheguei-me até ela apoiando os cotovelos no parapeito, tão perto que podia sentir o seu perfume, infusão de flores desconhecidas cultivadas nos jardins secretos da rainha Arete.

– Nausícaa...

– Já chegou a hora do adeus?

– Sim, chegou.

– Viu? A profecia não assusta os feaces, e tampouco a estação dos ventos contrários.

– Eu não queria. Pedi a seu pai um barco que eu pudesse governar sozinho, acrescentaria um leme, mas não o convenci. Ele me dará um navio, remadores e generosos presentes que não mereço. Quando se sentam no trono, os seus pais são como numes imortais, e mesmo assim quando falam mostram o carinho e o calor de meros humanos.

– Bonitas palavras. Poucos sabem falar como você, Odisseu, filho de Laertes. Até para dizer adeus preparou, para mim, palavras tão lindas! Palavras que poderei lembrar quando, deitada na cama, ficar olhando para o inverno e o mar que se torna cinzento.

– Não há palavras, minha pequena e doce *wánaxa*. Para mim, somente dor e pungente melancolia.

– Ainda se lembra do que me disse naquele dia em que apareceu nu e sujo, encobrindo as partes com um ramo?

– Sim, claro que me lembro: "Diga-me, jovem e linda princesa, você é uma mortal ou uma das deusas que possuem o céu infinito? Somente Ártemis pode igualar a sua beleza"... – A voz estremeceu na minha garganta.

– Acreditei, sabia?

– E fez bem. Eu estava dizendo a verdade. Não pode imaginar o que seja passar noites e dias na escuridão, no frio e no desespero, à beira do abismo, e então acordar numa manhã entre risos de moças e ver você, uma aparição mágica e luminosa, olhos de âmbar e lábios como pétalas de lótus, voz de encantamento. Pensei realmente que estava diante de uma deusa, pois foi a única que não fugiu.

– Talvez tivesse sido melhor. Agora você vai embora, e eu nunca mais voltarei a vê-lo.

– Estou só falando a verdade, não quero dizer palavras de mel, elas só lhe fariam mal.

– Sabe o que seria mau para mim? E também sabe o que seria bom?

Baixei a cabeça, confuso. Onde estava a minha mente perspicaz, onde estava o Odisseu de múltiplos e complexos pensamentos? Não conseguia responder àquela jovem que podia ser minha filha.

– Eu mesma vou dizer, glorioso Odisseu, filho de Laertes, rei de Ítaca, destruidor de cidadelas! Eu o recebi, só eu não fugi entre todas as minhas companheiras. Alimentei-o, lavei-o, vesti-o, acolhi-o na minha casa, implorei aos meus pais que o ajudassem.

– É verdade, e sempre ficará no meu coração por isto, enquanto eu viver. – Como podia não ver em meus olhos o frêmito da alma?

– E faria uma coisa por mim?

Naquele momento, o sol desceu até o mar purpúreo e o canto dos pássaros morreu lentamente entre os ramos dos ciprestes e dos miradores.

– Qualquer coisa.

– Então, dê-me um beijo: o primeiro e último, o único. E depois vá embora. Não quero que me veja chorar.

Aproximou-se e cingiu o meu pescoço com os braços. Beijei-a.

– Há momentos que podem valer como uma vida inteira – disse ela. – Este vale tudo aquilo que fiz por você. Adeus.

– Adeus, adorada princesa. Queiram os deuses tornar felizes todos os dias da sua vida.

Ela mesma afastou-se, e eu a ouvi chorar até desaparecer nos aposentos escuros.

Era a hora em que se acendem as lanternas, o último reflexo de fogo se apagara no mar.

15

Não voltei a ver Nausícaa. Ela não estava presente no banquete que o rei e a rainha ofereceram em minha honra, convidando os anciãos e os conselheiros, mas foi melhor assim. Nem ela nem eu teríamos passado aqueles momentos serenamente, porque sentiríamos o tempo todo o desejo de estar sozinhos, conversando ou em silêncio, sem parar de olhar ternamente em nossos olhos. E, se o meu coração estava acostumado a aguentar a perda e a separação de uma pessoa amada, o dela não estava. Para Nausícaa eu era o primeiro simulacro do amor, o homem misterioso surgido do nada nas margens da ilha distante de todas as terras, que no fim revelaria ser o vencedor da guerra que já era cantada pelos poetas, o épico embate entre as nações de todo o mundo conhecido.

Entre as taças de vinho tinto das ânforas do rei e a farta comida, eu não fazia outra coisa senão antever a hora da partida. Junto com a esperança de ainda encontrar a esposa e o filho, e o pai, para mim parecido com um deus, aumentava em meu coração a melancolia ao pensar na jovem que por um bom tempo se sentiria só e triste; pelo menos até um novo e verdadeiro amor voltar a inspirar nela a ideia de um marido, de uma família e de filhos por criar e amar. Então o meu rosto desapareceria, o meu semblante se dissolveria na neblina do tempo. Ela me esqueceria.

Alcínoo dera-me presentes extremamente ricos que já estavam guardados sob os bancos dos remadores e pedira aos anciãos que fizessem o mesmo: bacias e crateras, taças e joias, um tesouro que fazia empalidecer o que eu conquistara em Troia.

E chegou finalmente a hora da partida.

Aproximei-me dos soberanos para a última despedida.

– *Wánax* Alcínoo, *wánaxa* Arete, soberanos desta terra maravilhosa, talvez nada possa lhes desejar que vocês já não tenham, mas quero dizer-lhes que em qualquer lugar que eu me encontre, quer esteja de volta à pátria tão almejada, quer o destino me empurre novamente para os confins do mundo, continuarão sempre presentes no meu coração, desde o momento em que deixar esta ilha feliz até o último instante da minha vida. Que os deuses os protejam e realizem tudo que o seu coração desejar. – Beijei a mão da rainha, e acho que uma lágrima a molhou.

O rei acompanhou-me pessoalmente até o limiar. Antes de separar-me de vez dele, eu ainda disse:

– Nunca me atrevi a perguntar, grande rei, mas, uma vez que não voltarei a vê-lo, faço-o agora: diga-me, o que se experimenta sentando-se ao lado de um deus que se apresenta sem disfarce?

Alcínoo meneou de leve a cabeça, e os caracóis dos seus longos cabelos ondearam em volta do seu rosto.

– O coração geme como que achatado por um fardo, a respiração se torna ofegante, alguma coisa em nós se evapora como rocio nos primeiros raios do sol, muitas coisas parecem claras, evidentes, mas logo já não parecem mais: se ele olhar para você, poderá ver nos seus olhos inúmeras visões, algumas reconhecíveis, outras não. A verdade é revelada, mas de forma incerta e fragmentada. Muitas coisas das que viu nesta ilha e que o deixaram pasmado são fruto destas visões e destas visitas.

– E quando ele vai embora?

– Alívio, como se a alma deixasse de ser oprimida por um imenso peso. Os mortais já não estão acostumados à presença dos deuses.

– Adeus, grande rei – ainda disse eu, e não consegui acrescentar mais coisa alguma.

– Adeus, glorioso Odisseu, grande rei.

Oito guerreiros em reluzentes armaduras me escoltaram do palácio até o porto, onde eu era esperado pelos remadores e pelo comandante do navio que me levaria para casa. Subi a bordo, cumprimentei o comandante, um jovem de pele morena e corpo vigoroso, e observei os demais membros da tripulação, os cinquenta e dois remadores, que foram tomando os seus lugares nos bancos de voga. Embaixo deles, via o tesouro brilhar na luz das tochas. A lua era uma fina foice no céu.

Soltamos as amarras, e os remos mergulharam na água, a vela se encheu e o navio singrou, majestoso, as águas tranquilas do porto até a saída, deixando atrás de si uma esteira de espuma.

Virei a cabeça para a cidade e o palácio, vi a porta aberta e iluminada com duas figuras em pé, uma ao lado da outra, que pareciam olhar para mim. Acima delas, no pórtico da cobertura, as lanternas iluminavam a pintura da migração. O grande terraço estava deserto.

O navio não demorou a tomar impulso no vento, e os marujos tiraram os remos da água. No convés da popa, dois deles esticaram umas peles de ovelha e colocaram em cima panos de linho e cobertores de lã de cor amaranto. Um travesseiro completou o leito improvisado. O comandante aproximou-se.

– Esta é a cama na qual passará a noite, *wánax* – disse sorrindo –, temos ordens para deixá-lo confortável.

– Não creio que conseguirei dormir – respondi. – Estou agitado demais, muitas coisas passam pela minha cabeça, e além do mais não estou cansado.

– Como quiser.

– Qual será a nossa rota?

– O *wánax* Alcínoo, nosso rei, disse-nos onde fica a sua ilha. O próprio navio escolherá a direção. – Levantou os olhos para o céu. – Por enquanto, como pode ver, a rota nos leva para o oriente, levemente para o sul.

Não comentei aquela frase incompreensível: se o quisesse, ele mesmo me explicaria o significado. Mas vi que às vezes a verga rodava em volta do mastro, com a vela que pegava o vento de forma diferente enquanto o barco mantinha a direção e a velocidade. A minha longa agonia estaria realmente no fim? Seria aquele o último trecho de mar que eu percorreria antes de chegar em casa?

– De quantos dias e noites de navegação precisaremos para alcançar a minha ilha?

– Perdoe-me, *wánax*, mas isto é algo que não posso dizer. Os nossos conselheiros acham que alguém poderia fazer o cálculo inverso, percorrer a mesma rota em direção contrária e encontrar a nossa ilha.

– Muito justo, precisam defender-se e defender a sua felicidade. Mas de qualquer maneira terão de confiar em mim: sei reconhecer uma rota e também sei contar os dias e as noites.

– Não é tão fácil, *wánax*. Procure descansar agora. Será uma longa viagem. Muito longa. – Fitou-me com olhos claros e penetrantes, e voltou a sorrir.

Haviam preparado um lugar bonito e confortável para o meu repouso, e, de repente, senti-me cansado. Era bastante natural que aproveitasse aquela gentileza, e me deitei de costas, olhando para o céu: a noite estava clara e sem nuvens, e eu via um número infinito de estrelas piscar na abóbada escura. Maiores e mais brilhantes que quaisquer que já tinha visto. Enquanto isso, uma paz profunda e uma misteriosa alegria tomavam conta de mim. Eu nunca tinha navegado daquele jeito, isento de qualquer responsabilidade e trabalho, deitado no macio, só olhando para a multidão de estrelas.

Queria manter os olhos abertos para ver se voltaríamos a atravessar a cortina de neblina que eu superara a primeira vez depois da tempestade do cabo Maleia. Tantos anos de atraso da minha volta haviam dependido dela! Mas as pestanas ficaram pesadas, o barulho da vela no vento e o vascolejo da água no casco foram um irresistível convite ao sono.

Fui acordado por um raio de sol e passei a mão na macia pele de carneiro: ainda estava deitado em meu leito. Logo, no entanto, ouvi o tilintar de chocalhos como os que se põe no pescoço de cabras e ovelhas para encontrá-las quando se desgarram. Teríamos então chegado ao nosso destino?

Levantei-me de um pulo e vi que estava no cascalho à beira-mar, sob os galhos de uma oliveira. Quanto tempo se passara? Uma noite, não podia ser mais que isto: quer dizer que me tinham então abandonado na primeira terra que encontraram? "Por quê? Por quê?", gritei. Haviam-me dado um fármaco que me deixara entorpecido para em seguida roubar os presentes que Alcínoo me oferecera. Maldita avidez que tudo contamina, até um povo justo e feliz como o dos feaces. Mas logo me arrependi destes pensamentos, pois atrás de mim, amontoado aos pés do tronco da oliveira, o tesouro de Alcínoo brilhava ao sol. Não conseguia entender, olhava em volta e não me dava conta de onde estava. A angústia tomou conta de mim: em que país me encontrava, habitado por quem? A maldição nunca iria acabar? Nunca deixaria de me perseguir?

Mas não queria render-me, nunca desistiria de voltar para casa. Nunca! Precisava encontrar logo um esconderijo para os meus bens. Poderia precisar deles para trocá-los por comida ou por um navio com sua tripulação. Encontrei por perto uma pequena gruta: uma parte após outra, levei para lá o meu tesouro e o enterrei na areia. Depois, afastei-me.

Os chocalhos voltaram a tilintar, e um rebanho de cabras guiado por um jovem pastor apareceu de trás do morro. Desta vez, pelo menos, eu tinha uma aparência que podia despertar confiança e me aproximei.

– Olá, meu rapaz – disse eu –, poderia dizer-me que lugar é este?

O pastorzinho vestia uma túnica de pele, calçados de couro curtido e tinha uma flauta a tiracolo.

– Quer dizer que não sabe onde estamos? A esta altura, todos conhecem esta ilhota, que produz algum trigo e, no mais, é coberta de bosques onde os porcos encontram fartura de bolotas, e ainda há uns pequenos pastos para as minhas cabras. Até na Ásia, que fica bem longe, a conhecem. É Ítaca!

Ítaca... Ítaca!... eu tinha vontade de ajoelhar-me e beijar a minha terra. O meu coração parecia estourar de felicidade. Eu voltara! Estava em casa! Aqueles seixos, as pequenas ondas que os acariciavam, as folhas reluzentes das oliveiras que estavam amadurecendo bom azeite, o melhor, as flores silvestres, o perfume! Como podia não ter reconhecido o perfume? Era a minha terra tão almejada e desejada nas horas amargas, desesperadas... E não podia dizer coisa alguma, não podia gritar, nem chorar, nem dançar em volta da oliveira, nem correr para abraçar Penélope e chamar a plenos pulmões Telêmaco: "Filho, eu voltei, eu voltei!" Tinha de esconder os meus sentimentos, a minha felicidade, as minhas lembranças. Nada devia transparecer. É o que me aconselhara a sombra de Agamêmnon quando eu a evocara do Além. Mas percebia ao mesmo tempo um estranho desconforto, como um leve sopro de vento frio insinuando-se entre a roupa e a pele.

O pastorzinho sorriu.

– Mas, se nada sabe desta ilha tão famosa, de onde vem? Quem é você?

Inventei uma história, já tinha feito isto muitas vezes, e a sombra sangrenta de Agamêmnon me avisara: "Não confie em ninguém, nem na sua esposa, diga uma coisa e pense outra..."

– Ora, é uma triste história – fui dizendo, e enquanto contava inventava, uma palavra depois da outra. – Parei em Creta com o exército do *wánax* Idomeneu, senhor daquela grande ilha e do Labirinto. Estávamos voltando da guerra, e o filho dele tentou roubar de mim a minha parte dos despojos. Depois de tanto penar, de tantos sacrifícios, depois das feridas e das noites insones, está entendendo? Queria tirá-la de mim. E foi isso mesmo o que ele fez!... Eu não podia deixar e... – O jovem pastor sorria, continuava a fazê-lo. Estava rindo de quê? – ... E então o esperei de noite, ao longo da estrada: estava um breu, e o matei com a minha espada. Bem que ele merecia! Depois fugi para o porto e embarquei num navio de fenícios que me trouxeram até aqui. Deixaram-me na praia esta noite... Mas por que fica sorrindo?

– Incorrigível mentiroso! Nunca se cansa de contar lorotas? E nem precisa se repetir, inventa uma porção de novas o tempo todo... Poderia enganar até a um deus, de tão esperto que é. Não me reconhece? – Fez-me um afago. Nunca acontecera antes. Sentira a minha falta?

Os seus olhos de âmbar assumiram um tom azul esverdeado tão intenso que quase doía. Prostrei-me de cara no chão, chorando, e depois levantei novamente os olhos.

– Onde se meteu? Abandonou-me. Passei por muitos sofrimentos: por que nunca veio me socorrer? O que lhe fiz para que me deixasse sozinho? – Repreendia-a como um amante traído. Como me atrevia? Mas ela se sentou sob a oliveira, ao meu lado, eu não podia acreditar, que maravilha!

Respondeu no mesmo tom:

– Sozinho? Quem já não me via, quem já não ouvia a minha voz era você. Quem acha que enviou o jovem com o sol entre os cabelos à ilha de Circe e de Calipso? E quem acha que era a gaivota de plumas desgrenhadas no topo da árvore? E o sapo que chapinhava na lama gelada ao longo do caminho no país dos mortos? E a ave marinha que saía do abismo para guiá-lo? E aquela que emergindo das águas do rio lhe deu forças para sair do bosque e falar com Nausícaa? Quem acha que o tornou tão lindo aos olhos da pequena princesa? A sua aparência não era tão fascinante assim quando ela o viu, você não acha? – Estava a fim de brincar, de fazer troça comigo.

– E por que era tão difícil reconhecê-la?

– Porque você estava quase sempre no mar ou em ilhas cercadas pelo mar, e ali Posídon, o irmão do meu pai, é extremamente poderoso, tem força desmedida. Não queria que me visse ou ouvisse. Quem poderia continuar a ajudá-lo, se ele me descobrisse?

– Mas aqui também estamos no meio do mar, e você nunca me apareceu deste jeito antes, nunca falou comigo como agora.

– Aqui é diferente – continuou trespassando-me com seus olhos verdes. – Aqui estamos atrás da cortina de neblina, e tudo volta a ser como antes de você ser levado pela tempestade. E isto não quer dizer que seja melhor.

– Por quê?

Eu estava falando com a minha deusa, depois de tanto tempo, como poderia estar conversando com uma amiga, e não conseguia acreditar: estaria ainda dormindo? Estaria sonhando? Mas ela continuou:

– Não pode ir para casa assim, sem mais nem menos. O palácio está ocupado por jovens arrogantes que devoram os seus bens, e são muitos, e bem armados. Querem forçar Penélope, que se mantém fiel, a se casar com um deles e tencionam matar o seu filho. – Estremeci. – Fique tranquilo, eu mesma protejo o seu rapaz. E agora... vamos acabar com esse traje lindo que o torna parecido com um deus...

Fiquei coberto de trapos como um mendigo, com um alforje velho e besuntado preso a tiracolo.

– Vamos esconder esses braços de guerreiro e essas coxas poderosas... e acrescentar umas rugas ao rosto e cabelos brancos a essa cabeça ainda escura demais.

Senti-me envelhecer enquanto a sua mão me tocava.

– Pronto – disse a deusa, satisfeita –, agora está melhor. Saia deste lugar, muita gente passa por aqui. Suba por aquela trilha, dirija-se para o penhasco do corvo, onde fica a choupana de Eumeu, o guardador de porcos. Ele se lembra de você, e lhe é fiel. Adeus.

Desapareceu.

Também me deixara um cajado.

Alcancei o começo da trilha e me encaminhei pela subida sob os raios do sol já alto no céu. O suor escorria farto por meu corpo. Quando já tinha deixado para trás o litoral, dei uma olhada em volta para contemplar a minha pátria. Dali podia ver onde desembarcara: o porto secreto fechado entre dois altos promontórios; à minha frente estava Same, bonita, íngreme e verdejante de bosques. E ao lado ficava a gruta das náiades onde eu costumava sacrificar aos deuses. Quantas lembranças voltavam à minha mente! No fim do canal via a pequena Ásteris, uma ilhota pouco maior que um penhasco perdido no mar. Continuei a subir apoiando-me no cajado. Já quase em cima do monte, olhei novamente para trás e me pareceu enxergar uma minúscula vela branca no horizonte. Seria o navio que me trouxera para casa? Não, não podia ser ele. Naquela hora do dia já devia estar muito mais longe, invisível.

Se Esquéria ficasse a apenas uma noite de navegação, eu e o meu pai já teríamos desembarcado nela muitas vezes, Alcínoo seria nosso vizinho e hóspede, e nós dele. Era, portanto, uma coisa impossível, assim como muitos outros acontecimentos que vivenciara na minha viagem para além da cortina de névoa. O meu timoneiro teria passado por ela enquanto eu dormia, na calada da noite? De qualquer maneira, sabia-se lá que velocidade podia alcançar aquele navio milagroso que encontrava o caminho sem precisar do leme! Talvez, numa noite, eu tivesse percorrido uma distância que um barco comum percorreria num tempo dez ou vinte vezes maior.

Agora tinha diante de mim o planalto, coberto de carvalhos como então. E podia ver quanto as árvores haviam crescido na minha ausência. Se eu tivesse alguma dúvida quanto à ilha ser de fato Ítaca, aquela vista a dissipava. Lá estava o penhasco do corvo, que tantas vezes eu escalara ainda criança! Quem me mandava subir era Damastes, o mestre de armas, para fortalecer os braços e calejar as mãos. Só me faltava, agora, encontrar a casa de Eumeu. Iria reconhecer-me? Não, tinha certeza disto: do jeito como estava, nem mesmo a minha mãe me reconheceria, e tampouco a velha *babá*. Segui andando pela senda que serpeava pela encosta e pude avistar os estábulos e os chiqueiros de Eumeu.

Enquanto me aproximava, lembrei o dia em que me mostrara como o porco cobria a fêmea e as coisas da vida que isto me ensinara. Pelos deuses do Olimpo, eu ainda era uma criança, e o meu pai um herói na plenitude do seu vigor. Quanto tempo se passara, quanto tempo eu ficara distante, nos confins do mundo! E o meu mundo mudara, talvez eu nem conseguisse reconhecê-lo.

Já estava perto e a ponto de entrar no cercado. Era sólido, bem construído, com um muro de pedra encimado por moitas espinhentas para manter longe as raposas. De repente ouvi um latir furioso, e dois cães vieram correndo ao meu encontro. Segurei o cajado com ambas as mãos apoiando-me num tronco de carvalho, mas não precisei lutar com eles. O criador de porcos aparecera e, gritando e lançando pedras, dispersou-os e me chamou:

– Teve sorte, velho, se eu não estivesse aqui iam comê-lo vivo. Venha, venha para dentro, poderá comer alguma coisa. De onde vem? Nunca o vi por aqui.

Eumeu... o meu coração palpitava, eu reconhecia o velho criado, não tinha mudado muito, só os cabelos um pouco mais ralos, faltava-lhe um dente, mas ainda tinha aquelas mãos enormes, os ombros largos, os olhos grandes e escuros sob as espessas sobrancelhas. Inventei mais uma história, estava acostumado.

– Venho do continente, tomei lugar num barco pesqueiro. Ouvi dizer que há muitos príncipes no palácio e que se banqueteiam todos os dias. Achei que podia arrumar algumas esmolas.

– Desejo-lhe boa sorte, aquele pessoal não está lá para dar, mas para roubar. Não passa dia sem que comam um porco inteiro e tomam todo o vinho que podem engolir. E à noite, quando vão embora, a própria casa do meu amo parece um chiqueiro. Quase nunca vou lá, mando os meus ajudantes, pois não posso ver aquela desgraça, é uma vergonha.

Entrei no recinto enquanto ele continuava a resmungar e injuriar. A esta altura os cães já haviam voltado e, ao ver que eu conversava com o patrão, ficaram me cheirando um pouco e depois foram embora.

– E como é que o seu amo permite uma coisa dessas? E por que não os escorraça da sua casa?

– Porque não está. Dizem que morreu.

– Morreu? Você mesmo o viu morrer? Como foi?

Julguei perceber um tremor na sua voz.

– Não, infelizmente. Quem me dera poder estar lá para fechar os seus olhos, tributar-lhe as honras devidas e levantar um monumento sobre o seu túmulo. Partiu muitos anos atrás para a guerra e nunca voltou. A esta altura, ou está no fundo do mar e foi comido pelos peixes, ou tombou em alguma terra desconhecida, morto por uma tribo selvagem. Partiu com um exército, e nenhum deles voltou. Maldita guerra, maldita guerra que levou o meu patrão!

– Gostava dele?

– Se gostava? Teria dado a vida por ele. E ele também gostava de mim, tratava-me como a alguém da família, e, uma vez que eu tivesse completado o meu serviço e treinado um novo tratador de porcos, iria dar-me uma bonita mulher como esposa, alta e formosa, e uma casa onde morar e criar os meus filhos... – suspirou – mas fico contente com que você tenha aparecido, velho, assim terei alguma companhia. Agora vamos pegar uns dois leitõezinhos e vamos assá-los na brasa, tostar uns pães, tomar um ou dois copos de bom vinho e afugentar a tristeza.

Tinha os olhos embaçados, o meu bom Eumeu...

– Não espere carne de primeira, a melhor vai para os príncipes. Nós ficamos com as sobras, dois porquinhos magros, daqueles que mamaram nas tetas de trás, com pouco leite, mas uma vez assados com as especiarias eles também são gostosos.

– Para mim é até demais, meu bom amigo, já me considero sortudo quando consigo arrumar um pedaço de pão dormido.

Jogou mais lenha no fogo.

– Começa a fazer frio, à noite – disse –, e precisamos das brasas para cozinhar os leitões. – Tratava-me como a um velho amigo, e acabávamos de nos conhecer, ou pelo menos era o que ele achava.

Ajudei-o a colocar os recém-nascidos junto das porcas, fechando os machos e os castrados em outro chiqueiro, enquanto ele começava a assar dois porquinhos magros e murchos; mas o cheiro da carne logo aguçou a nossa fome. De alguma forma, em suma, eu ganhara um jantar.

Sentamo-nos então perto do fogo e esperamos que a carne e os pães ficassem prontos. O vinho já estava na rústica mesa, e Eumeu serviu dois copos, depois tirou os espetos da brasa e cortou para nós porções generosas. Comi com vontade porque desde que acordara sob a oliveira não tinha comido coisa alguma, e o mesmo fez o meu amigo porqueiro. Quando acabamos, pegou os ossos e as sobras e levou tudo para fora, para que os cães também aproveitassem. A noite ainda era uma criança: enchemos de novo os copos e retomamos a conversa.

– Quem era, afinal, o seu patrão? – perguntei. – E que maldita guerra era a que mencionou?

– Todos o sabem por aqui – respondeu Eumeu –, é a guerra que Agamêmnon de Micenas e Menelau de Esparta desencadearam contra Troia por causa de Helena. O meu patrão acabava de se casar, tinha um filho pequeno e não queria partir, mas foi forçado. Chamava-se Odisseu.

– Por que diz "chamava-se"? Não poderia ainda estar vivo?

Eumeu aproximou-se encostando o seu banquinho e fitou-me diretamente nos olhos.

– Escute o que eu digo, velho. O meu patrão morreu. Entendeu? Morreu! E se não morreu é como se estivesse morto. Já se passaram vinte anos. São muitos, demasiados. Nem pense em ir ver a rainha no palácio para contar lorotas: que o viu, que ouviu dizer que ainda está vivo. É o que todos os vagabundos e os mendigos de passagem costumam fazer esperando ganhar algo para comer ou para vestir. Todos sabem que a rainha se recusa a casar porque ainda espera que Odisseu esteja vivo, de forma que estes pilantras se aproveitam e contam o que ela quer ouvir. Desconfio que em troca de algumas roupas e de uma capa melhor que esse trapo que está usando você estaria disposto a fazer o mesmo. – Os seus olhos ficaram novamente embaçados enquanto falava, e com a voz cansada repetia: – O meu patrão está morto... morto.

Fiquei em silêncio diante daquelas lágrimas.

– Eu lhe queria bem, mais que aos meus próprios pais, que não vejo desde que uns mercadores fenícios me levaram da minha terra e da minha casa para vender-me no mercado de escravos.

Eu já não podia continuar calado. A sua desesperada fidelidade merecia um consolo.

– Agora é a sua vez de prestar atenção ao que vou dizer – disse eu sem evitar o seu olhar. – Odisseu vai voltar. E muito em breve, sei disto. Voltará durante esta lua. No fim do mês ou no começo do próximo. – Ele olhou para mim ainda mais desconfiado. – Tudo bem, vamos fazer uma aposta: vai me dar uma túnica e uma capa nova se eu estiver dizendo a verdade. Para mostrar que sou sincero, não precisa dar agora, só depois de o seu patrão voltar.

Eumeu meneou a cabeça. Já estava escuro, e a única luz na casa era a da lareira. Joguei mais um pedaço de madeira no fogo.

– Comigo não funciona, velho. Nada de brincadeiras! Pode esquecer a túnica e a capa, nunca vai conseguir ganhar. Precisará encontrar outro jeito: vi que sabe tratar os porcos, talvez possa tornar-se um bom assistente... E além do mais tenho outras preocupações na cabeça. O seu filho, Telêmaco, um rapaz maravilhoso, bom e generoso como o pai, partiu em busca dele. A esta altura deve estar em Pilos, junto do rei Nestor.

– O rei Nestor é conhecido como soberano justo e bondoso, tenho certeza de que o jovem será tratado muito bem.

– Não é ele que me preocupa, mas os príncipes que ocupam a casa. Querem que Penélope escolha um deles como marido. Tencionam armar uma cilada quando ele voltar, para matá-lo e assim acabar com o último herdeiro da família que reina em Ítaca e nas ilhas vizinhas. A mãe está desesperada. Mas vamos esquecer estas coisas tristes, pois não há nada que possamos fazer, e esperar que Zeus o proteja. Não dá para viver continuamente na ansiedade e na dor. Mas fale-me de você. De onde vem? E como foi que se reduziu a essas condições tão lastimáveis?

Serviu-me mais um copo de vinho. Lá fora o vento do norte soprava com força, fazendo vibrar as corrediças como velas na tempestade. Estava a fim de ouvir uma bonita história o meu velho criado fiel, uma longa história cheia de aventuras, e eu o contentei. Não foi difícil, bastava costurar partes das que eu já tinha vivido: o regresso da guerra, um retorno difícil, um só mês com a esposa e o filho, depois a incapacidade de ficar parado num lugar que era a minha pátria, mas que eu já não reconhecia. Uma aventura no Egito, uma derrota, uma longa ausência, sete anos! E então uma fuga, um naufrágio, noites e dias agarrado ao mastro do navio, a chegada a Tesprócia, onde o rei me disse ter visto Odisseu com os despojos tirados de Troia e ter-lhe oferecido um navio para voltar a Ítaca. E, finalmente, ali estava eu, tranquilo, pobre mendigo, sentado diante do fogo com o vinho que acalenta o coração, a descansar das fugas, dos naufrágios, das impiedosas perseguições. Lá fora, no céu, as estrelas seguiam o seu curso, com uma foice de lua baixa no horizonte que espalhava a sua pálida claridade sobre o penhasco do corvo.

Eumeu ficara comovido ao ouvir as minhas desventuras fictícias, tão parecidas com as verdadeiras. Tinha bom coração. Disse:

– Sofreu muito você também. Sem dúvida, mais do que eu. Mas por que diz que Odisseu em breve estará de volta? Eu sei o que houve com ele, não é difícil imaginar. Os boatos chegaram até aqui. Coube a ele encontrar a maneira de acabar a guerra, mas não morreu em combate. Tomara que tivesse sido assim! Teria morrido como herói, os aqueus teriam erguido um túmulo enorme como aconteceu com os demais heróis que tombaram naquelas terras, longe da pátria, e a sua gloria também iluminaria o filho. Mas, ao contrário, pereceu devido ao ódio dos deuses, os espíritos da tempestade o agarraram e o levaram consigo, para uma morte sombria, sem glória.

"Quanto a mim, aqui estou, vivendo entre os porcos. Quase nunca vou ao palácio, e se há algum hóspede a rainha não me convida, não quer que a deixe de sobreaviso quanto às tramoias dos andarilhos e dos mendigos, prefere ser enganada, prefere imaginar, ainda que por uns poucos momentos, que o esposo ainda está vivo. Mas, quando me convida, vou até lá com imenso prazer, para falar com ela, vê-la, linda daquele jeito, nobre, altiva. E, portanto, meu bom velho, você tampouco venha contar lorotas, não tente enganar-me. Não é por isso que o recebo sob o meu teto, que esquento os seus ossos com o fogo e com o vinho, que o alimento com o meu pão. Faço isto porque sinto pena, porque no pobre coitado, no infeliz que busca abrigo, pode esconder-se um deus que nos põe à prova."

O vento ficou mais forte, e a chuva começou a rumorejar como cachoeira nas tábuas do telhado. Perguntei se tinha uma capa para me oferecer, pois com os poucos trapos que vestia iria ficar com frio.

– Tenho, sim – respondeu –, mas amanhã precisa devolvê-la. Não tenho outra. – Então jogou em cima dos ombros umas peles de carneiro, pôs uma espada na cintura e segurou uma lança.

– Em noites como esta os ladrões se aproveitam da escuridão, achando que nós estamos dormindo tranquilos, no quentinho, mas estão enganados.

Vou dormir perto do chiqueiro, com os cães. Há um cantinho bastante abrigado. Nós nos vemos de manhã.

Vi-o sair envolto nas peles. O vento fez bater várias vezes a porta antes de eu fechá-la com o ferrolho. No silêncio da cabana, só ficou o tamborilar da chuva e o crepitar do fogo, que ia se apagando.

Então, no meio da noite, a flauta pastoril espalhou a sua melodia solitária. A minha deusa deixava-me ouvir a sua voz.

16

No dia seguinte, ao alvorecer, Eumeu entrou na cabana e ouvi-o esfregar as mãos e bater com força os pés no chão para esquentar-se.

– Os cumes das montanhas no interior estão brancos de neve – disse –, e é por isto que esta noite estava tão fria.

Então soprou as brasas, acrescentou um feixe de gravetos secos e a chama se reavivou. Jogou então no fogo um belo pedaço de oliveira, que dura bastante e não se consome logo como as madeiras mais macias. Levantei-me e me aproximei dele.

– Acho que, se pudesse vê-lo, o seu patrão ficaria contente com você. Cuida da propriedade e toma conta dos porcos como se fossem seus.

– Faço isto porque quero salvar alguma coisa para a rainha e Telêmaco – respondeu. E acrescentou, suspirando: – Sabe-se lá onde está agora o meu rapaz? É terrível não poder avisar alguém do perigo. Mas como poderia fazê-lo? Mandar um barco em busca dele? E onde? Estará navegando ao longo da costa ou entre as ilhas? E, mesmo que eu conseguisse sair do porto com um navio, todos saberiam logo. Um guardador de porcos que se torna marujo dá muito na vista, não acha?

O som de um pífaro ecoou ao longe. Agucei o ouvido.

– Também o ouviu?

– Ouviu o quê?

– Uma flauta.

– Não, não ouvi nada. Deve ter imaginado.

Mas nada disso, eu estava ouvindo muito bem. Uma só nota, no começo, depois outras, mais baixas e profundas, então outras agudas, e novamente a primeira, tensa, contínua e solitária: parecia um sinal. Mas não estava preocupado. A minha deusa estava por perto e queria deixar-me ciente disto. Nada de mau iria acontecer com o meu filho.

– Como é? – perguntei.

– Quem?

– O príncipe Telêmaco, qual é a sua aparência e seu caráter?

Eumeu fitou-me nos olhos como se estivesse tentando entender que raios de pensamentos passavam pela minha cabeça e pelo meu coração.

– É um esplêndido rapaz, deveria ver. É um pouco mais alto do que o pai, bem plantado, de cintura estreita e ombros largos, olhos escuros e profundos como os da mãe, e irritadiço como ela se você não o pegar do jeito certo. Estou acostumado com o garoto, e só de olhar para ele sei logo se está ou não a fim de conversa. Quando não está num bom dia, levo-o até Filésio, para ver um bezerro recém-nascido, se houver um. Ou então vamos caçar asas-brancas no bosque, ou plantar uma oliveira. Gosta de ver-me enquanto faço este tipo de trabalho. Tem bom coração, é generoso. Quer-me bem como se eu fosse, sei lá... um tio. Quer dizer, dá para ver que se importa comigo. Vez por outra me manda um presente, ou o traz pessoalmente. Quando vem jantar comigo, uma ou duas vezes por mês, nunca chega de mãos vazias. Envia primeiro uma ânfora de vinho especial de Same ou de Corinto, ou um queijo de cabra. Está vendo aquela capa? Foi ele que me deu.

– O pai ficaria orgulhoso, então.

– Pode ter certeza disso, mais que orgulhoso. Aquele filho é um tesouro, e o seu maior desgosto, além do que vê na sua casa, é não ter conhecido o pai. Sente muito a sua falta, ainda mais agora que tem de enfrentar a arrogância desses sujeitos que se instalaram no palácio. Vê a mãe chorar, mas sabe que não tem bastante força para defendê-la.

Dei-lhe as costas para reavivar o fogo, escondendo o rosto, e uma nuvem de faíscas subiu para o furo no centro do teto.

– Nunca se sentiu tão só como agora – prosseguiu –, e a companhia de um tratador de porcos não é certamente o ideal para um príncipe, para um moço da sua idade. O avô, o rei Laertes, já foi há muito tempo morar no sítio, no campo. Melhor assim. Se ficasse, teria corrido sangue na sua casa.

– Não se lembra de nada mesmo, do pai?

– Era criança demais quando o patrão partiu para a guerra.

– E a você ele pergunta alguma coisa?

– Quer saber como eram os seus olhos, pergunta sobre o penteado, se era forte com a lança e a espada, se era tão astucioso como dizem, quais eram as suas comidas preferidas, se gostava de caçar asas-brancas... – Aproximou-se da porta para sair. – Vou pôr os leitõezinhos junto das mães, para mamar. Não confio nos ajudantes. Às vezes não prestam atenção e uns bichinhos acabam esmagados. – Saiu.

Passei uns dias com ele, e toda noite ficávamos até tarde conversando e tomando vinho. Até a lenha na lareira acabar. Contou-me uma longa história que eu conhecia desde menino: como fora raptado, ainda criança, pelos mercadores fenícios, apesar de ser filho de um homem poderoso e respeitado, traído pela babá, que se deixara corromper pelos marujos. E eu fingia ouvir com o maior interesse, dizendo vez por outra: "E aí? E então?" Fazíamo-nos companhia, e eu era para ele uma novidade, comparado com os moços que o ajudavam no trabalho com os porcos.

Então, certo dia, assim que acordei, ainda de madrugada, disse-lhe que não podia ficar mais, pois me tornara como os pretendentes e também estava me aproveitando dos bens do seu patrão.

– Estava pensando em ir ao palácio para oferecer os meus serviços. Sei servir à mesa, cortar a carne e manter cheias as taças de vinho...

– Não diga bobagens, velho, melhor esquecer. Faz ideia de como são os criados que os príncipes trouxeram consigo? Todos moços de boa família, instruídos, bem-vestidos e perfumados. Iriam recebê-lo aos pontapés vendo-o coberto de trapos, cheirando a pocilga. Todos os que ficam por aqui mais de um dia acabam fedendo.

– Só sei que já estou aqui há vários dias, comendo o seu pão e tomando o seu vinho sem ajudar. Não sou lá grande coisa como porqueiro. Já lhe disse: era um homem abastado, com criados e mulheres e uma linda casa. Mas lhe agradeço, nunca esquecerei a sua hospitalidade. Recebeu-me sem nem mesmo saber o meu nome, alimentou-me e abrigou-me do frio. Quanto ao fedor de chiqueiro, procurarei me limpar na nascente perto do penhasco do corvo.

Eumeu estava a ponto de responder quando de repente fez sinal para eu me calar. Os cães, do lado de fora, estavam avisando da chegada de alguém.

– Quem poderá ser? – perguntei.

– Está ouvindo? Não latem como fizeram com você, estão ganindo, fazendo festa. Só há uma pessoa que tratam assim: o filho do patrão, Telêmaco. O rapaz deve ter voltado! Ainda bem, que os deuses sejam louvados! – E saiu correndo. Ouvi os gritos de alegria, os cumprimentos e a voz de um rapaz... bonita, sonora. Era a primeira vez que eu ouvia a voz verdadeira do meu filho!

Logo a seguir entraram, e o meu coração pulou no meu peito. Já ia levantar-me quando o jovem disse:

– Não se incomode, estrangeiro, Eumeu vai trazer outro banquinho.

Não podia acreditar que o meu filho estivesse falando comigo. O meu filho! Sentia-me estremecer como nunca acontecera na minha vida, e quando Eumeu voltou com um feixe de ramos e uma pele de carneiro, perguntou-me:

– Tudo bem com você, amigo?

Arrumei então uma desculpa para ausentar-me. Não suportava que o meu filho me visse naquelas condições e, portanto, saí pela portinhola dos fundos. Fui para trás dos estábulos e depois para o penhasco do corvo. Nascia ali um regato que servia de bebedouro para os rebanhos. Lavei o corpo e a cabeça, com os dedos dei um jeito nos cabelos. Então, quando estava prestes a voltar, vi penduradas no galho de uma oliveira uma longa túnica branca e uma linda capa. De quem poderiam ser? Vesti-as e me encaminhei de volta para a casa de Eumeu. O meu coração batia tão agitado que quase me sufocava, mais que quando, mordendo os lábios, esperava a ordem de ataque contra o exército troiano nos campos de Ílio.

Enquanto voltava, vislumbrei, entre os troncos de oliveira, o jovem pastor que levava ao pasto as suas cabras. Compreendi que a minha deusa me devolvera a aparência e o vigor dignos de um rei para apresentar-me, depois de vinte anos, ao meu filho. Entrei pela porta principal, que pelo menos não me obrigava a dobrar-me, e Eumeu, que segurava uma cesta de pão, ao ver-me ficou petrificado, de olhos fixos em mim sem dizer coisa alguma, não conseguia entender, ou talvez compreendesse até demais. Mas eu só via o meu garoto, olhava para ele para encher os olhos e o coração com a sua imagem, que tantas vezes tentara imaginar nas minhas noites solitárias, em terras distantes, em angustiantes exílios, no mar infinito que parecia intransponível.

– Quem é você, estrangeiro? – perguntou. Ele também parecia muito surpreso com o meu aspecto.

Criei coragem, aproximei-me e tentei responder àquela pergunta que muitas vezes já me havia sido feita e à qual respondera de mil formas diferentes, pois um andarilho sem pátria nem abrigo são todos e é ninguém. Eu, que sempre tivera ao meu dispor tantas conversas, não conseguia encontrar uma palavra sequer para quebrar o silêncio. O rapaz me observava, curioso, perplexo. E finalmente comecei:

– Eu sou...

– É o seu pai – continuou Eumeu. – A emoção denunciou-o, as lágrimas brilham nos seus olhos quando olha para você ou menciona o seu nome, e logo antes de você chegar falou num lugar que um estrangeiro recém--chegado não podia conhecer: a nascente perto do penhasco do corvo. E agora que parece rejuvenescido e tem o aspecto de um rei ou de um deus do céu o reconheço sem precisar de mais nada: é seu pai, Telêmaco, seu pai, que depois de vinte anos voltou.

De repente encontrei as palavras:

– Sim, Telêmaco, meu filho. Sei que neste momento não está pronto para aceitar-me, para reconhecer-me. Para você não passo de um estranho, um desconhecido. Tentei inúmeras vezes imaginar como você era, a cada ano que passava procurava deixá-lo crescer dentro de mim, no meu coração, nos meus olhos. E agora que o vejo é como se nunca me tivesse separado de você. Não queria deixá-lo, meu filho, fiz de tudo para não deixá-lo, e quando do meu navio vi a costa que se afastava e a sua mãe, com você nos braços, que se tornava cada vez menor e distante até desaparecer, o meu coração se partiu. E agora nem posso acreditar que estou aqui, diante de você, que acaba de se livrar de um perigo mortal.

Abri os braços, e ele, depois de um momento de hesitação, abraçou-me apertado. Ficamos imóveis, mudos. Tudo era silêncio em volta, nada mais existia, nem ninguém. Até Eumeu desaparecera. Chorávamos pai e filho, um nos braços do outro.

– Quantas coisas temos para nos contar, filho! – disse eu quando já não tinha lágrimas.

Anuiu sorrindo. Parecia feliz, e era mais bonito do que eu jamais pudera imaginar.

– Conte-me para onde foi e por que partiu sem avisar. Eumeu diz que a sua mãe quase enlouqueceu quando soube.

– Foi Mentes, rei dos tafos. Chegou vinte dias atrás, inesperadamente. Pediu à *governanta* que fosse recebido como convém, e ficamos algum tempo conversando. Os pretendentes à mão da minha mãe faziam uma barulheira e tanto, falavam alto, os criados levavam ao quintal os animais por esquartejar para o banquete... os porcos cuinchavam sob as facas. Eu sentia vergonha por não poder falar em paz com um hóspede na minha casa.

"Mentes..." Nunca ouvira falar. Mas pensei em Mentor. Onde estaria?

– Aconselhou-me a partir em busca de notícias suas. Se tivesse certeza de que tinha morrido... – fitou-me intensamente – ergueria um túmulo à beira-mar e deixaria que a minha mãe se casasse de novo.

– Pode deixar o túmulo para outra ocasião. E então? O que mais disse? E o que estava fazendo em Ítaca o chefe de um povo de piratas?

– Não sei, mas deixou-me entender que tinha quase certeza de que você não demoraria a voltar.

– E você acreditou?

– Não sei... mas o conselho pareceu-me bom. Também pensei que viver na incerteza, sem notícias, é pior do que ter uma notícia ruim. Parti para Pilos, onde encontrei o rei Nestor.

– O que achou dele? Como é que ele está?

– O seu rosto não tem tempo, mas ele também foi marcado pela guerra. Quando confessei as minhas angústias, a minha tristeza e a minha raiva impotente, disse-me: "Pense então em mim, que vi morrer o meu filho Antíloco." Contou-me que havia sido morto por um rei negro chamado Mêmnon.

– É verdade, infelizmente. Quando fui a Pilos para chamar os príncipes à guerra, Nestor confessou que não podia nem pensar em deixar o filho partir e depois ficar esperando, um dia após outro de olhos fixos no mar, a sua volta. Antes disso, preferia também partir. Infelizmente, fazendo isto, teve de assistir à morte de Antíloco, o filho predileto. O destino fica a esperar-nos, meu filho, justamente nos lugares por onde sabe que passaremos.

Telêmaco me perscrutava, parecia procurar em meu rosto os sinais da verdade que jamais conhecera.

– O que mais lhe disse?

– Que você e ele haviam deixado Ílio com o primeiro grupo que acompanhava o *wánax* Menelau, enquanto os demais haviam ficado com Agamêmnon.

– E contou que depois de Tênedos eu voltei atrás com os meus navios?

– Contou. – A cada palavra minha, fortalecia-se nele a certeza de que o homem à sua frente era realmente o seu pai. – Por que voltou? O que o levou a tomar esta decisão?

– É a coisa mais triste e mais amarga da minha vida. Deixe-me aproveitar este momento, este reencontro, meu *garoto*... – chamei-o como meu pai costumava fazer comigo, *e o que experimentei naquele momento, assim como agora, acalenta o meu coração.*

– Depois que você deu meia-volta, com vento contrário e mar encapelado, nunca mais o viu.

– É verdade: quando finalmente retomei a rota para casa, o mesmo vento do norte levou-me longe do cabo Maleia, para um lugar desconhecido...

– Continue, eu lhe peço.

– Não, fale você. Terei tempo de sobra para contar as minhas andanças. O que fez depois?

– O *wánax* Nestor exortou-me a ir para Esparta. Andavam dizendo que Menelau tinha voltado após uma viagem que levara anos e que podia ter notícias suas. Pediu que o filho Pisístrato me acompanhasse num carro puxado por quatro cavalos. Fomos muito rápidos...

– Pisístrato... só engatinhava a primeira vez que fui a Pilos com meu pai. E agora conduz um carro de duas parelhas!

– Isso mesmo. Tornamo-nos amigos, é um rapaz bom e generoso, mas não gostaria de enfrentá-lo num campo de batalha. Em Esparta, o rei recebeu-me como a um filho, abraçou-me, disse que tinha a maior consideração por você, que eram muito amigos. Queria presenteá-lo com uma cidade à beira-mar para passarem juntos os últimos anos.

– Só isso?

– Contou que no Egito tinha consultado o oráculo do Velho do mar, que lhe revelara a visão profética: você estava vivo, mas prisioneiro num lugar completamente cercado pelas águas, sem navio nem companheiros. Não havia, portanto, esperança de que pudesse voltar. Todos ficaram muito tristes, mas a rainha Helena serviu bom vinho que nos devolveu a alegria, e por algum tempo esquecemos a melancolia.

– Menelau disse mais alguma coisa?

– Sim. Acredito que pense em vingança pela morte do irmão. Talvez você não saiba, mas quando voltou o *wánax* Agamêmnon foi morto por Egisto, o amante da rainha Clitemnestra. Menelau está ajudando o filho dele e seu sobrinho, Orestes, a vingá-lo e a reconquistar Micenas. Tudo indica que haverá uma grande guerra.

Ao ouvir aquelas palavras, logo voltou à minha mente o fantasma do grande rei dos aqueus quando apareceu diante de mim no limiar do Ínfero, e o gelo apertou o meu coração.

– A rainha Helena presenteou-me com um peplo muito fino, todo rendado, para a minha noiva, quando eu tiver uma. Foi extremamente amável comigo, mas dá para ver que vive atormentada pelo remorso devido à guerra que provocou ao fugir com Páris de Troia. Ao final o rei me encheu de presentes, e voltamos a Pilos, onde o meu navio me aguardava. Pedi a Pisístrato que me desculpasse com o *wánax* Nestor, seu pai, se eu não me detinha. Sabia que, se fosse ao palácio, não me deixaria mais partir. Todos me queriam muito bem, talvez estivessem pensando em você, que não voltara, quando me cobriam de presentes e de gentilezas. Então aconteceu uma coisa estranha: enquanto os companheiros estavam soltando as amarras, aproximou-se do navio um desconhecido, um fugitivo. Matara um homem, e os parentes o perseguiam em busca de vingança, mas ele era um adivinho capaz de prever o futuro. Chamava-se Teoclímeno e pedia que lhe desse uma passagem. Deixei-o subir a bordo e agora está no porto, com os outros.

– Foi imprudente, *garoto*, os parentes do morto podem ser muito violentos com quem lhe ofereceu abrigo. – Ambos sorrimos: eu tinha voltado depois de vinte anos e já começava a repreendê-lo.

– Era um homem perseguido e talvez tivesse matado para defender-se, ou porque fora forçado. Pelo aspecto, parecia uma pessoa nobre, de olhar intenso e profundo, e fiquei fascinado. Durante a viagem falamos de um montão de coisas, menos da única que me interessava: você. Onde estava o meu pai, iria voltar? E quando? Ou simplesmente desaparecera e nunca voltaria? Talvez receasse que o adivinho me dissesse uma verdade que eu não queria ouvir, e ele também tivesse percebido.

Ficamos algum tempo em silêncio. Lá fora se ouviam os grunhidos dos porcos, as risadas dos ajudantes e as invectivas de Eumeu, que os repreendia.

– Fale-me da sua mãe – disse eu.

Telêmaco baixou os olhos e virou a cabeça para o outro lado: eu lhe fizera uma pergunta dura para o coração e a mente.

Respondeu:

– Sempre lhe foi fiel. Nos primeiros tempos, quando o rei Laertes, meu avô, ainda estava conosco, conseguíamos de alguma forma aguentar a sua ausência. Procurávamos nos acostumar, sabíamos que estava na guerra e que a guerra não tinha acabado. Tentávamos nos consolar. Fêmio contava histórias, a minha mãe passava muito tempo comigo. O avô me levava para passear nos bosques no monte Nérito, e quando chegávamos ao topo nos sentávamos juntos, e ele me cobria com a sua capa para proteger-me do vento. Esperávamos até o sol se pôr, até o céu ficar rosa e vermelho e o mar cor do vinho, e depois retomávamos o caminho de casa, guiados pela luz que se acendia atrás da janela da grande sala. Muitas vezes eu queria perguntar:

"Quando é que papai vai voltar?" Mas percebia que era uma pergunta proibida, uma pergunta que provocava dor a todos, ao avô, à mãe e até à *babá*. Eu aprendera a ficar calado.

"Certa vez, do cume do monte, vi um navio aproximar-se da ilha, a vela inchada de vento. Não consegui me conter e, esticando o braço, gritei: 'É o navio do *papai*, o navio do *papai*!' Ele olhou para mim com olhos embaçados, cor do mar. Respondeu: 'Não é o navio do *papai*, menino. Quando chegar, virá da direção oposta e não será um só, serão muitos.' Nunca mais fiz aquilo. Toda vez que via uma vela ao longe, mordia os lábios e ficava calado."

Seguiram-se mais uns momentos de silêncio antes de ele voltar a falar:

– Então chegou a notícia de que a guerra havia acabado, e a nossa espera se tornou cada vez mais penosa e sofrida, um punhal perenemente fincado no coração. A todo viajante que passasse pelo palácio, a cada mercador que chegasse do mar, a minha mãe perguntava se tinha notícias. Certa vez vi um grupo de navios aproximar-se e lançar âncora no porto grande. O guerreiro que desembarcou tinha braços musculosos e peito poderoso, e uma longa capa vermelha nos ombros. Pensei que fosse você, aliás tive certeza, e saí correndo para o ancoradouro. Mas percebi que ninguém do nosso povo o reconhecia e compreendi que devia ser outra pessoa. Ele, porém, me reconheceu: "Você deve ser Telêmaco", disse.

"Respondi: 'Como conhece o meu nome, se nunca nos vimos?'

"'Conhecia o seu pai, o rei Odisseu, era amigo dele. Você é parecido, e por isto o reconheci.'

"'Acha que o meu pai irá voltar?', perguntei.

"'Sem dúvida', respondeu, 'e lhe trará lindos presentes.'"

Telêmaco não conseguia continuar, e eu também tinha o coração pesado.

– Lembra-se dele? – perguntei-lhe.

– Tinha olhos tristes, expressão sombria e cabelos de chama. Andava como se carregasse um pesado fardo nos ombros.

– Diomedes – murmurei comigo mesmo –, Diomedes de Argos.

– O que foi que disse?

– Nada, meu *garoto*, nada. Só velhas lembranças.

17

Continuamos conversando até tarde. Telêmaco tinha muitas coisas para me contar, e eu a ele, mas não relatei todas as vicissitudes que tinha narrado aos feaces e ao seu rei. Isso me forçaria a voltar ao passado. Desde que desembarcara na minha ilha, não conseguia esquecer a profecia que Nausícaa mencionara, o perigo que ameaçava a cidade e o povo se levassem de volta à pátria um homem vindo do mar. E continuava a esperar que o deus azul não cumprisse o vaticínio. Era um direito dele, e aquele povo era a sua descendência. Mas quem pode penetrar na mente dos deuses? No passado, cada vez que sobrevivia a um perigo ou concluía uma das minhas aventuras, depois de algum tempo conseguia relegar a dor das perdas para um canto escondido do coração e encontrava força para seguir adiante. Agora achava que já não seria possível.

Telêmaco retomara a conversa onde a havia interrompido:

– A partir de então, cada dia que passava a esperança que as pessoas tinham de voltar a vê-lo se tornava mais fraca. Mas eu nunca o tinha visto, e para mim era diferente. Para o avô e para a mãe era muito penoso. A avó Anticleia se entregou a uma espécie de sombrio desespero. Já não saía dos seus aposentos e, quando eu ia visitá-la, muitas vezes não abria a porta. Se estivesse aberta, eu entrava e a via sentada diante da janela, com aqueles seus olhos úmidos e claros que não se cansavam de perscrutar o mar. – A voz de Telêmaco tremia. – Dizia-lhe: "*Vó*, quer conversar um pouco comigo? Amanhã vou sair de barco para Same. Posso lhe trazer um presente se encontrar alguma coisa do seu agrado?" Assim que apareciam os primeiros frutos da estação, sempre lhe levava uns figos, amoras e morangos silvestres. Mas ela só olhava, sem dizer nada, ou então sorria, como as crianças pequenas que riem ou choram sem uma razão específica.

Eu baixava a cabeça, para também não chorar. Quanto sofrimento tinha deixado atrás de mim, quantas esperanças desiludidas, quantas lágrimas...

Telêmaco mantinha os olhos fixos nas chamas que crepitavam na lareira.

– Quando morreu, o vovô mandou celebrar para ela exéquias solenes, vestiu-a com suas roupas mais belas. Chegaram carpideiras do continente para chorar a rainha-mãe que partia, e os tocadores de flauta entoaram seus lamentos. As criadas cortaram os cabelos e os jogaram na fogueira, e a mãe também entregou às chamas um precioso colar de âmbar, parte do seu dote de casamento. O rei Autólico, o pai, apareceu de repente, quase surgindo do nada, de cabeleira cândida presa com uma tira de couro. Passou no meio de todos vestindo uma capa negra que lhe chegava aos pés, com um cinturão prateado a tiracolo. O silêncio tomou conta da sala, calaram-se as flautas, e até o trovão que então rumorejava ao longe emudeceu. Jogou no fogo alguma coisa sem valor, talvez uma boneca ou algo parecido. Depois voltou ao porto, embarcou e dirigiu o seu navio para o ocidente. Nunca mais se soube dele.

"Passaram-se os anos, e tomou força a notícia de que você tinha morrido. Muitos dos guerreiros que haviam destruído Ílio tinham voltado, aos milhares, mas nenhum de Ítaca ou Same ou Dulíquio, e tampouco de Zaquintos. Certifiquei-me disto viajando pelas ilhas. Talvez, eu pensava, o herói Odisseu, meu pai, tenha parado em alguma cidade para saqueá-la, para apossar-se com seus homens de riquezas e lindas mulheres, mas então os moradores do lugar devem ter acudido aos bandos, cheios de raiva, e talvez os tenham matado a todos, ou os tenham aprisionado, e agora padeçam na escravidão sem nunca mais voltar a ver a pátria. O que mais poderia pensar? E não fui o único filho a chorar o pai perdido. Muitos outros jovens desta ilha e de outros cantos pensaram a mesma coisa. A única que nunca se rendeu foi a rainha Penélope, minha mãe. Recusou-se a mandar erguer um túmulo para você à beira-mar e a celebrar ritos funerários. Dizia que você lhe tinha prometido voltar e que sempre cumpria as suas promessas. A partir daí, a sua fama de mulher inflexível, curadora da sua casa e do seu tálamo, espalhou-se por terra e por mar, assim como a determinação com que acreditava no seu regresso. Por isso mesmo, ao longo dos anos, muitos andarilhos e aventureiros se aproveitaram dela. Espalhavam o boato de que tinham visto o rei de Ítaca, diziam saber que você estava vivo, e desta forma ganhavam hospitalidade, farta comida e um confortável abrigo sob os arcos do pátio do palácio. Contavam o que ela queria ouvir. E, embora as suas esperanças fossem constantemente decepcionadas, ela não perdia o ânimo, não queria perder oportunidade alguma de manter vivo o seu sonho. Sofreu muito."

– Mas agora a situação mudou bastante, pelo que me contaram.

– Mudou mesmo, para pior. Dois anos atrás chegaram príncipes de Ítaca, de todas as ilhas em volta e até do continente. Traziam uma grande quantidade de presentes de núpcias. Queriam que ela declarasse publicamente que era viúva e escolhesse um deles como marido. O rei Laertes, seu pai, deixou então o palácio. Não podendo exterminá-los nem suportá-los, retirou-se para o seu pequeno sítio no campo, onde vive como simples camponês. Cultiva um olival e um vinhedo, no inverno dorme dentro de casa, perto da lareira, no verão ao ar livre, em qualquer lugar, até em cima de um amontoado de folhas secas, eu o pude ver com os meus olhos. Qualquer coisa é para ele mais suportável que a vergonha que invadiu a sua casa.

Ouvia e observava o meu garoto, e o coração ladrava raivoso no meu peito diante daquilo que ele contava.

– Eumeu me disse que tinham preparado uma cilada no mar, atrás da ilha de Ásteris, para afundar o meu navio e deixar-me morrer e aos meus companheiros. Como está vendo, estou muito bem, assim como os meus amigos.

A cada momento que passava, a voz e a imagem de meu filho entravam em meus olhos e penetravam em meu coração, de forma que sentia amá-lo como se nunca me tivesse afastado dele.

– Conte mais da sua mãe: como conseguiu manter na linha os pretendentes?

– É a digna esposa do grande Odisseu de múltiplos pensamentos, é assim que costumam chamá-lo os cantores de rua, sabia? Uma vez que seus pedidos se tornavam cada vez mais insistentes, imaginou um estratagema: disse que só faria a sua escolha após terminar o sudário do herói Laertes, e ninguém se atreveu a opor-se ao seu pedido. A minha mãe, portanto, tecia o pano durante o dia e o desfazia à noite...

Sorri ao saber daquela astúcia, que trazia à minha memória a jovem de olhos profundos e penetrantes pela qual me apaixonara tantos anos antes em Esparta.

– ... Mas uma das criadas, que era a amante de Antínoo, o chefe deles, descobriu o engano e contou tudo aos pretendentes, que de noite invadiram os aposentos das mulheres violando brutalmente a sua intimidade...

O sangue ferveu em minhas veias.

– Terão de pagar por isto, irei massacrá-los um por um.

Mas Telêmaco ainda não acabara.

– Depois disto, já não havia escapatória. Tentei recorrer à assembleia, mas eles estão em todo lugar e armados. Ninguém se atreve a rebelar-se, e eu, sozinho, não tinha força... Perdoe-me – disse, e baixou a cabeça.

– Não há coisa alguma de que se envergonhar: fez o que pôde.

– Alguns deles procuraram o avô Icário, em Esparta, oferecendo presentes de núpcias cada vez mais ricos para que ele a convencesse a reconhecer a sua condição de viúva e a casar. Se você não estivesse de volta, não creio que ela pudesse resistir por muito mais tempo.

– É verdade. Já não teria como adiar. Mas por que você voltou de forma tão inesperada? Disse que o rei Nestor e o rei Menelau estavam dispostos a oferecer a sua hospitalidade pelo tempo que você desejasse.

– Ouvi uma voz que me chamava de volta a Ítaca, e o adivinho Teoclímeno assegurou que você já estava na ilha. O coração pulava de alegria no meu peito. Você acredita?

– Acredito, meu *garoto*, e eu também não vejo a hora de encontrar o rei Laertes, meu pai, para compensá-lo após tantas amarguras. Mas primeiro... primeiro os pretendentes terão de pagar. E você irá me ajudar.

– Você e eu, sozinhos? *Pai*, eles são cinquenta, às vezes mais, na plenitude do vigor físico, armados. Muitas das criadas da mãe são suas concubinas. Conhecem todos os segredos do palácio. A *babá* as odeia porque não a respeitam.

– Eu destruí Ílio, acha que uns cinquenta rapazolas podem me amedrontar?

Chegou Eumeu. Tinha os cabelos desgrenhados pelo vento e trazia duas cestas cheias de pães, queijos e espetos de carnes para botar na brasa.

– Eumeu – perguntei –, você estaria disposto a lutar?

– Agora mesmo, *wánax* – respondeu, apoiando na mesa os punhos enormes.

– E com quem mais podemos contar?

– Filésio, o boiadeiro, é forte como um touro e com um machado na mão se torna uma fúria. Estaria disposto a jogar-se no fogo por você.

– Mais alguém?

– Pode ser, mas é melhor não arriscar. A não ser que queira avisar seu pai Laertes. Acho que, apesar de já não ser tão forte como no passado, ficaria feliz em vestir de novo uma armadura.

– Não, é melhor que não saiba. Será informado da minha volta na hora certa. Agora escutem, o meu plano está bem claro na minha mente. Você, Telêmaco, partirá amanhã bem cedo, andando o mais rápido que puder. A sua mãe deve estar ficando louca de angústia e preocupação. Mostre que está vivo e que ninguém lhe fez mal. Eumeu, você e eu sairemos mais tarde. Iremos ao palácio, e eu ficarei por lá, pedindo aos príncipes alguma coisa de comer. Você voltará para cá após mostrar seus respeitos à rainha. Quero vê-los, conhecê-los um por um, reparar nos seus hábitos, nos seus jeitos, nos seus movimentos.

"Se eles me insultarem e humilharem, não se mexam, não piem, não tentem intervir. Eu saberei como portar-me."

– E quanto à minha mãe? – perguntou Telêmaco.

– A sua mãe nada deve saber até chegar a hora. *Não confie em ninguém, nem mesmo na sua esposa, diga uma coisa e pense em outra...* Sei que não é uma decisão fácil, mas é necessária. Ninguém, na casa, deve saber que voltei. Contará que lançou âncora no porto secreto e que passou a noite na cabana de Eumeu. Ela não fará perguntas, se limitará a ficar feliz em vê-lo.

Telêmaco fitou-me por alguns instantes com olhar perdido, mas logo recuperou o domínio do seu coração. Fez sinal com a cabeça para dizer que faria o que eu pedia.

– Amo sua mãe, *filho*, amo-a mais que a vida e pensei nela todos os dias e todas as noites destes longos anos. Mas não podemos contar-lhe coisa alguma, por enquanto. Acredite, poderia trair a si mesma e a mim. Bastaria um olhar, um gesto... Não podemos cometer erro algum, ou estaremos perdidos.

As minhas palavras acalmaram-no. Eumeu entregou-nos carne assada e pão, serviu o vinho, primeiro a mim e depois a Telêmaco, enchendo por último o próprio copo. Estávamos os três tão tensos como a corda de um arco antes de soltar a flecha, mas no coração eu me sentia mais forte do que nunca, pois sabia que tinha atravessado a cortina de névoa quando os feaces me traziam para casa. A sua nave sem leme, que sabia encontrar sozinha a rota no mar sem caminhos e sem confins, navegara veloz nas ondas percorrendo numa só noite distâncias infinitas. E agora eu estava de novo num mundo que conhecia, governado por poderes humanos e divinos. Aqui não havia forças misteriosas, presenças subterrâneas e monstruosas. Talvez verdadeiras, talvez não, mas capazes de matar, de aniquilar e assolar. Este era o mundo em que contavam as espadas e as lanças, os dardos pontudos, impiedosos.

Jantamos, de qualquer maneira, de alma leve, relembrando o passado, longo o meu e o de Eumeu, curto o de Telêmaco. Olhando para ele, parecia-me tão jovem e inexperiente! Talvez a simples presença da mãe, ao seu lado, o tivesse mantido assim.

– Quem o treinou no combate? – perguntei.

– O rei Laertes meu avô, seu pai.

– Meu pai... será possível?

– Foi um grande mestre.

– Já enfrentou algum combate?

– Não. Esta será a primeira vez.

Um arrepio gelado correu sob a minha pele. E se as coisas não dessem certo? Onde estava a flauta que cantara durante a noite? A minha deusa se ausentara da minha vida por muito tempo, poderia desaparecer de novo agora?

– E não está com medo?

– Um pouco. Somos somente quatro.

– Cinco – respondi.

– Cinco? Esqueci alguém?

– A minha deusa: Atena estará conosco. Trouxe-me de volta de uma terra remota, inalcançável. Nunca conseguiria regressar de outra forma. Ela vale centenas, milhares de guerreiros. Talvez não se mexa, mas nos dará a força de que precisamos.

No fim, acabamos nos deitando junto da lareira, bem pertinho uns dos outros, trocando vez por outra alguma palavra no escuro.

– Mentor... sabe quem é?

– Sei, *pai*, é claro. É o conselheiro que foi amigo seu enquanto você ficou em Ítaca, antes de partir para a guerra que tanto nos fez sofrer.

– E agora já não está por aqui? Há quanto tempo não o vê?

– É estranho, mas não lembro. O seu assento na assembleia continua lá. Às vezes ele está, às vezes não.

Um longo silêncio. Agora eu podia reparar na respiração do meu filho, leve e tranquila. A respiração que propicia o sono. Queria dizer-lhe muitas outras coisas, fazer-lhe perguntas, mas achei melhor que aproveitasse o descanso.

Perguntei a mim mesmo se era justo induzi-lo ao primeiro combate, a derramar sangue, mas já não era possível voltar atrás. Lembrava o que eu experimentara a primeira vez que matara um homem nos campos de Ílio, perpassá-lo de um lado ao outro com a lança, sentir as suas entranhas dilaceradas pelo meu bronze. Nunca tinha feito isto antes e era como se estivesse perfurando a mim mesmo. Uma sensação de atônita incredulidade. E então dor e medo, como se tivesse superado o limite além do qual há o país do horror e da perdição. Mas eu estava no comando de muitos homens e de doze navios, todos tinham de ver quanto eu valia, principalmente aqueles que haviam levado a cabo grandes façanhas, como Diomedes, que lutara diante de Tebas das sete portas.

Acabei ficando sozinho na escuridão, revirando no peito mil pensamentos acerca de como, no dia seguinte, iria apresentar-me no palácio, de como o coração aguentaria a visão da minha esposa. E de como iria surpreender os arrogantes pretendentes, matá-los a todos sem que na cidade se ouvissem os gritos da chacina.

Saí então, olhando para o céu e ouvindo os barulhos noturnos do bosque: o piar baixinho de pássaros de volta aos seus ninhos e às suas crias, o fru-fru da ramagem e, finalmente, um canto. Quase inaudível, parecendo chegar de muito longe nas asas do vento. Eram fragmentos de palavras, de sons, e eu não conseguia dar-lhes um sentido. A voz de um menino... ou de uma mulher? De uma mulher, talvez. E quando o vento ficava mais forte parecia-me quase entender, ou seria o contrário? Então, quando por alguns instantes soprou com firmeza de uma só direção, levemente diferente, sem agitar a folhagem, ouvi e entendi:

– ... amarga saudade... voltar.

Os meus olhos encheram-se de lágrimas. Era ela? Ela, que ainda se lembrava e esperava? Seria possível? Ou era eu que queria acreditar nisto de todo o coração? Quando fora a última vez? Quando, pela última vez, eu ouvira aquela música? Poderia evocar aquelas imagens? Voltar no tempo? Sofrer de novo aquela separação com pungente e profundo sofrimento, reviver a paixão com a mesma intensidade? O vento abrandou e deixou um céu pontilhado por miríades de estrelas, reluzentes como olhos de ninfas no escuro, como pirilampos no bosque numa noite de primavera. Nem mesmo eu podia entender direito o que se passava em meu coração, definir o que sentia sob aquele céu estrelado, com o meu filho, que ainda balbuciava quando o deixara e agora dormia e pensava e sonhava. Era demais até para quem tinha sofrido, visto e vivido tantas coisas como eu, que precisava ficar deitado numa cabana redonda, ao lado do meu garoto adormecido, e ali aguardar o amanhecer.

Foi o que fiz, passei diante de Eumeu, que dormia em seu canto na gruta, atravessei o quintal e entrei. As brasas estavam quase completamente cobertas por cinzas, e era suave jazer na pele de carneiro, sob o cobertor de lã toscamente tecido. O sono finalmente acariciou também as minhas pálpebras, e a voz do vento recomeçou a cantar baixinho. Ninava-me como a voz da *babá* quando eu era criança.

Fui acordado pela luz da alvorada e do sol que despontava das montanhas de Tesprócia. Do lado de fora, podia ouvir as vozes de Telêmaco e de meu bom Eumeu:

– Tome cuidado, meu menino: eles devem estar furibundos por você ainda estar vivo. Vão tentar matá-lo de novo. Entre no palácio em plena luz do dia, quando os pretendentes já se encontrarem lá e as criadas e os serviçais estiverem atarefados no preparo do almoço. Suba logo para os aposentos de sua mãe. Ela ouvirá os seus passos, que bem conhece, e o coração dela irá rejubilar-se de felicidade. Deixe-os entender que sabe, mas sem dizer abertamente. E mostre-se despreocupado. Isto irá deixá-los surpresos. Quero que eles também comecem a ficar com medo.

– Farei isso, Eumeu. O meu pai ainda dormia quando me levantei. Devia estar exausto. Deixe-o descansar.

– Como está se sentindo?

– Não sei. Ainda não consigo acreditar. Parece-me um sonho como os que costumava ter quando era criança. Sonhava que ele voltava e eu corria ao seu encontro.

– Preparei um saco com pão, carne assada, queijo e um pequeno odre de vinho. Os cães irão acompanhá-lo até o sopé da colina. Tome cuidado. O dia do nosso resgate está chegando.

Ouvi a cachorrada latindo festiva. Aproximei-me da porta encostada e olhei para fora. Eumeu entregava-lhe uma lança e punha-lhe a tiracolo um cinturão com uma espada. Abanando o rabo e ganindo, os cães acompanharam-no para fora do quintal e depois morro abaixo, até Eumeu chamá-los de volta com um assobio.

Saí à luz de um dia límpido e luminoso.

O sol, já alto no céu, esquentava o ar, e o meu guardador de porcos me fez sentar à sombra de um bordo frondoso e trouxe uma taça de leite recém-ordenhado, pão quentinho e mel das suas abelhas.

– Quase parece que voltei a ser criança! – exclamei. – Nem dá para contar a alegria que experimento ao redescobrir os sabores da minha infância.

Tirei a túnica branca e vesti os meus trapos de mendigo, joguei nos ombros a corda gasta e besuntada que segurava o alforje e peguei o cajado, presente de uma deusa. Eumeu apanhou a cesta com os presentes para a rainha e nos encaminhamos.

Passar pelas minhas terras e pelos meus campos ao lado do homem que cuidara deles por tantos anos sem nunca perder a esperança da minha volta dava-me uma emoção intensa, como quando saía com o meu pai e o acompanhava medindo os meus pequenos passos com os dele, amplos e poderosos. Falamos de semeaduras e colheitas, de carneiros e cabritos e da gente do meu povo. Eumeu me contava de quem estava vivo e de quem tinha partido, levado pela Moira da morte. Como estavam longe, a esta altura, a sombria paisagem, os recifes escuros de algas e as ondas lívidas de Cimério, onde fica a entrada do Ínfero! Guardava no coração todas aquelas imagens, mas o que tinha diante de mim era tão lindo que parecia a paisagem com que sempre sonhara nos momentos mais duros e difíceis: as luzes, as cores, os perfumes, os rostos e os sons da minha ilha.

Ao chegarmos ao bívio, Eumeu apontou para a esquerda.

– Por ali se chega ao sítio do seu pai. Tem certeza de que não quer dar-lhe um abraço? Não vai demorar.

Bem que eu gostaria, de todo o coração, mas era melhor evitar. Tudo quanto precisava fazer estava claro na minha mente, e seguimos em frente.

– Quando terminarmos o trabalho – respondi. – Só então.

Continuamos, portanto, a caminho do palácio, que já ia aparecendo ao longe, no topo da colina, à medida que saíamos do bosque e entrávamos nos pastos e nos campos cultivados. A minha casa!

Parei para olhar, quase receando que desaparecesse como miragem de uma hora para outra, e não percebi que estávamos atrapalhando, na estreita trilha, a passagem de um rebanho de cabras. Eumeu fez sinal de ficar, com ele, à beira do caminho.

– É Melântio, o pastor de cabras, ele mesmo um bode rabugento. Não responda, se puder.

O meu sábio guardador de porcos estava certo. Melântio passou perto, cuspiu no chão e começou a esbravejar:

– Veja só o que tenho de aguentar: um maltrapilho fedorento levando consigo outro miserável da mesma espécie. Já não temos bastantes por aqui, Eumeu? Precisa trazê-los de fora?

Jogou uma pedra que me acertou no ombro. Doeu, e já fazia muito tempo que estava acostumado a reagir. A mão correu ao cinto onde guardava, escondido, o punhal. Eumeu olhou para mim, preocupado, e sacudiu a cabeça para dizer que era melhor eu não revidar. A primeira coisa que veio à minha mente foi pular em cima do sujeito e arrebentar a sua cabeça com uma pedra, mas isto teria chamado a atenção de muita gente. Melhor controlar a raiva e esperar o dia da vingança. O dia do acerto de contas. Com ele também.

– É amigo deles – disse Eumeu. – Faz tudo o que lhe pedem, inclusive espionar.

– Quer dizer que será mais um a receber o que bem merece. Quando a hora chegar. Não perde por esperar. – E então seguimos adiante. O caminho começava a subir. Chegamos ao pequeno chafariz, e parei para tomar um pouco de água fresca. A esta altura o palácio já estava muito perto e se ouvia a gritaria vinda de dentro e os guinchos de um porco sendo abatido. O sangue ferveu em minhas veias. Parei bem na entrada do pátio, respirei fundo e olhei para Eumeu, que acenou com a cabeça: estava na hora de entrar.

– Vai sozinho, *wánax*?

– Conheço bem esta casa – respondi.

– Eu sei. Só fiquei imaginando se precisava de ajuda.

– Não. Já conto com Telêmaco para isto.

– Então vou para a entrada dos fundos, onde há as cozinhas, a fim de entregar os presentes à rainha. Arrumei até uns figos pretos de que tanto gosta.

Afastou-se, e eu entrei no pátio de capuz na cabeça, apoiando-me no cajado. Uma onda de lembranças tomou conta de mim. Vi a mim mesmo, menino, correndo por aquele recinto, Eumeu e Filésio só um pouco mais velhos, e Mentor... Mentor, que alguns anos depois eu veria aparecer e desaparecer enigmaticamente, de indefinido semblante pincelado de mistério.

Ouvi as repreensões da *babá* Euricleia, voltei a ver o herói Laertes, meu pai, partindo para as suas aventuras no mar, coberto de bronze e reluzente como um astro, e a rainha minha mãe, sentada no meio da sala, cercada pelas criadas, fiando a lã macia tingida de púrpura, de azul. Um mundo perdido que nunca mais voltaria.

Mas, quando ia entrar na sala cheia de vozes estranhas e arrogantes, ouvi um som flébil, porém inconfundível, que jamais poderia esquecer. O ganir baixinho de um cão. Virei o rosto e o meu coração encheu-se de pranto. Jazia no esterco de burros e mulos, meio pelado, cheio de carrapatos, de olhos opacos, quase apagados. Argo! O meu Argo, o meu companheiro de caçadas e despreocupadas corridas pelos bosques e entre os prateados olivais. Arrastava-se penosamente na minha direção. Só ele na minha casa, o primeiro a me reconhecer, depois de vinte anos. Ficara aquele tempo todo esperando por mim, rechaçando a morte que o perseguia, para ver-me mais uma vez e morrer aos meus pés.

Escondi as lágrimas no gasto capuz e entrei.

18

Ao entrar na sala, pensei que àquela altura Telêmaco já devia ter chegado e falado com a mãe. Na certa Penélope devia estar nos seus aposentos, no andar superior, com as demais mulheres e a governanta, minha velha babá. Estar tão perto fazia palpitar o meu coração, quase me deixava sem fôlego. Não podia deixar de pensar nas imensas distâncias que me haviam mantido longe dela por tão longo tempo e nas terríveis peripécias que me tinham empurrado aos confins do mundo até tirar de mim qualquer esperança de voltar para casa.

E lá estava eu, agora, passando pela porta de sólido freixo. Sem ninguém ver, beijei o umbral de oloroso cipreste. Era bonita e sólida a minha casa, crescida em tamanho com os reis que tinham reinado sobre Ítaca, expandindo o reino para as ilhas vizinhas. Não havia luxo nem ostentação de riqueza, mas sim de força, de moderação e dignidade, as virtudes que eu tinha aprendido com o meu pai. Via-se no fundo da grande sala uma maciça porta de carvalho trancada com ferrolho. A sala dos argonautas! Ali havíamos recebido o *wánax* Menelau, senhor de Esparta, quando viera anunciar o rapto de Helena. E lá, pintada nas paredes, estava a glória do meu pai e dos demais heróis argonautas, seus companheiros de aventuras. Fizera bem Penélope ao torná-la inacessível, ou então Telêmaco, se a decisão dependera dele.

Mas tive vontade de fechar os olhos quando, já lá dentro, pude finalmente olhar em volta. Dúzias de homens de idade variada, luxuosamente trajados, estavam sentados em tronos esculpidos na madeira, em almofadas de lã colorida e peles de carneiro. Tinham diante de si mesas postas, com fartura de bandejas e taças de bronze, prata e algumas até de ouro, enquanto na lareira no meio da sala o fogo assava cortes de carne de boi e de porco enfiados nos espetos. A balbúrdia era total. Os hóspedes falavam em voz alta, riam. Bebiam. Deviam ter chegado armados, mas agora as suas armas estavam todas apoiadas à parede, ao lado da entrada. Mais um sinal da autoridade de Penélope, e talvez de Telêmaco também. Ali estavam os pretendentes à mão da rainha de Ítaca, minha esposa, os que queriam tomar o meu lugar ao lado dela no tálamo nupcial!

Num canto, sentado num banquinho, reconheci Fêmio, apesar de bastante envelhecido. Seus cabelos se haviam tornado ralos e brancos nas têmporas, a barba grisalha, e vestia roupas modestas. Naquele momento estava com a cabeça levemente inclinada para diante, parecia dormitar. A cítara que tinha entre os joelhos era a mesma que usava quando eu partira para Ílio.

Não reparou na minha presença, no momento, mas quem me viu foi Telêmaco, que vinha descendo dos aposentos das mulheres. Acenou para mim, e eu respondi. Sentei-me então no limiar da porta principal enquanto os serviçais tiravam os espetos do fogo e passavam diante dos príncipes de Ítaca e das ilhas para que pudessem esticar a mão e pegar os pedaços que mais lhes agradavam. O copeiro vinha logo a seguir com uma ânfora para encher as taças de vinho. Eram predadores, e eram muitos. E estavam ali, todos os dias, invadindo a minha casa e devorando os meus rebanhos.

Vi Telêmaco vir ao meu encontro e chamar Eumeu:

– Dê um pedaço de pão ao forasteiro e diga-lhe que tem a minha permissão para pedir esmola nesta casa.

Eumeu obedeceu e trouxe um pedaço de pão.

– Ouviu? – disse em voz alta para que todos pudessem escutar. – Telêmaco, filho do glorioso Odisseu e chefe desta casa, permitiu-lhe pedir aos príncipes alguma coisa para acompanhar o pão hospitaleiro que ele mesmo lhe oferece. Não fique envergonhado. Quando a pessoa é forçada a mendigar, precisa esquecer o orgulho.

– Agradeça, por mim, ao seu generoso amo, bom homem, e que os deuses o protejam.

– Mas quem é esse mendigo, de onde saiu? – perguntou alguém. Todos eles comiam com vontade a minha carne e tomavam avidamente o meu melhor vinho, mas eu tinha de baixar a cabeça na minha própria casa e reprimir a ira no coração.

– Eu vou lhe dizer quem é – disse Melântio. – Quem o trouxe aqui foi o porqueiro Eumeu, o que acaba de dar-lhe o pedaço de pão. Encontrei os dois vindo para cá.

– Viram só?! – exclamou outro, o mais vigoroso de todos. – Já não bastam os mendigos e os esfarrapados que temos por aqui, agora até o porqueiro traz outros!

Não respondi, mas Eumeu aproximou-se e dirigiu-lhe a palavra sem medo:

– Isto o deixa surpreso, nobre Antínoo? Acha estranho que eu convide um pedinte? Os ricos, os artistas e os cantores, todos os querem por perto, mas os pobres, aqueles que a vida e a má sorte levaram à miséria, a eles ninguém os quer. E ainda assim são os mais necessitados. Isto o incomoda? E além do mais as minhas ações não precisam da sua permissão, eu só tenho de prestar contas à rainha e ao príncipe Telêmaco. A você eu não devo nada.

Antínoo... era então ele o chefe do grupo, e até pretendia mandar na minha casa. Reparei em que Telêmaco queria acabar com a disputa, evitar uma briga entre o sujeito e Eumeu. Dava para entender o meu rapaz. Estava sozinho, contando apenas com seus dois tratadores de bichos. A isto se reduzira o filho de Odisseu famoso no mundo por suas façanhas. O meu coração estava cheio de amargura, mas eu não podia deixar transparecer os meus sentimentos. De forma que me aproximei do chefe dos pretendentes, aquele que, mais que qualquer outro, aparentava ter os meios e a força para vencer a relutância da minha Penélope.

– Parece-me realmente o melhor entre todos, o de aspecto mais nobre e bonito. Então, eu lhe peço, sirva de exemplo para os demais: ofereça-me o melhor pedaço, a porção digna do rei que você parece ser, para que pelo menos uma vez eu também possa aproveitá-la, e contarei a todos que é generoso e magnânimo. Olhe para mim, sou apenas um pobretão, mas posso ensinar-lhe algo precioso. Num passado não muito distante eu era como você, morava num palácio, tinha criados e mulheres, mas isso não me bastava, queria mais, e acabei perdendo tudo, até a mim mesmo. Fui vendido ao senhor de Chipre. Fugi de lá e andei sem meta de uma terra a outra, de vilarejo em vilarejo, até chegar aqui, a esmolar de você uma refeição de homem e não de bicho. Percebe isto, grande príncipe? Você é como eu era e, algum dia, poderá tornar-se no que sou agora. Ou até menos... Cuidando de mim estará cuidando de si mesmo. Dá-se conta disto?

Fitava-o diretamente nos olhos, e naquele momento ele sentia que eu era o mais forte. Apesar de mendigo, de maltrapilho, eu era o caçador e ele a presa. Podia cheirar o seu medo, podia senti-lo serpear sob a sua pele.

Reagiu com raiva, não aguentava a força do meu olhar:

– Saia da minha frente, seu vadio! Muitos comem e bebem por aqui, peça a eles. A mim você só dá nojo!

Como uma nuvem negra e ameaçadora que tudo envolve, o silêncio tomou conta da sala.

– Então é isso. Esta é a sua raça, daqueles que nem uma simples migalha dão de si, nem mesmo um grão de sal, e até se recusa a dar-me um pedaço de pão que não ganhou nem é seu. Enquanto tem diante de si fartura de tudo! – Dei as costas para continuar a esmolar.

– Já é demais! – berrou. Agarrou um banquinho e arremessou-o com força nas minhas costas. Acertou-me logo abaixo da nuca. Uma dor lancinante. Mas não me mexi, não saí do lugar. Aquele jovem fanfarrão tinha de entender que não havia golpeado um pobre velho trêmulo, mas sim um rochedo. Depois de o banquinho rolar no chão, eu me virei para fitá-lo novamente nos olhos.

– Você é um covarde, nobre príncipe: quando um sujeito recebe um castigo porque estava tentando roubar gado ou coisas preciosas da casa de alguém, sabe que merecia e se conforma, mas você me golpeou só porque eu estava com fome. Se entre todos os deuses houver um que protege o pobre e o infeliz, você terá de pagar pelo que fez.

Nada mais falei e fui sentar-me na entrada.

Olhei para Telêmaco. Estava abalado com o que vira: o pai golpeado e humilhado na própria casa, no dia da sua volta. Mas nenhuma palavra saiu da sua boca. Limitou-se a sacudir a cabeça em sinal de desaprovação. Ele também aguardava o dia da prestação de contas.

Fiquei então sentado no limiar, observando tudo, até a Eumeu e os seus movimentos. Vez por outra virava a cabeça para ver o corpo inerte do meu pobre Argo. Tinha parado de sofrer! Como teria gostado de tirar do estrume aqueles pobres restos para enterrá-los no bosque, sob um carvalho... Mas não podia deixar que me vissem, despertaria suspeitas. Comi, portanto, o pão do meu filho, o que Eumeu trouxera na sua cesta. Melântio, o pastor de cabras que me acertara com uma pedra enquanto andava pela trilha, passou ao meu lado para ir cuidar dos seus animais, e tive mais uma vez de reprimir a minha ira para não pular em cima dele e arrebentá-lo... No devido tempo... no devido tempo.

Observava os príncipes, arrogantes, barulhentos, descarados e sem o menor respeito. Eram muitos, e certamente vigorosos. Olhava para as suas armas apoiadas na parede ao lado da entrada: espadas, lanças, reluzentes escudos, mas tinha quase certeza de que para eles eram mais adornos e símbolos de poder do que verdadeiros instrumentos de morte. Não acreditava que já as tivessem usado em combate. Matar um homem, trespassá-lo de lado a lado é algo que torna a pessoa diferente. A ferocidade do ato permanece para sempre no olhar e no coração. O meu Telêmaco tampouco tinha, até então, matado um homem, não sabia o que significava. Eu não podia esquecer que ele também teria de participar da luta sangrenta que muito em breve aconteceria dentro do palácio, e sentia medo e preocupação. Para quem não tem experiência de combate, é fácil morrer.

Observava Fêmio, o cantor. Comia num canto, não falava com os príncipes, não procurava a companhia deles. Que cantos lhe pediam, quando chegava a hora? Talvez os tristes regressos dos reis da guerra de Troia? Ainda se lembrava de mim? Recordava-se das histórias que me contava, eu menino, no meu quarto ou fora dele, à sombra de uma árvore no pomar? Tinha amigos entre aqueles jovens prepotentes? Aceitara baixar a cabeça e sujeitar-se? Ainda se lembrava de como o meu pai o tratava? Ia visitá-lo, de vez em quando? Atrevia-se a insurgir, vez por outra, para defender a honra da rainha? Provavelmente não. Os cantores têm quase sempre outras qualidades, mas raramente coragem.

Já não via Eumeu. Onde se metera?

E tampouco tinha visto a minha velha *babá*. E Penélope? Será que alguma vez descia dos seus aposentos para aparecer na sala? Saber que estava tão perto e não poder vê-la enchia-me de uma indizível ansiedade, mas ao mesmo tempo eu sentiria vergonha ao mostrar-me a ela naquelas condições. Nunca fizera a mim mesmo tantas perguntas ao mesmo tempo. Receava misturar os meus sonhos de vinte anos de separação a uma realidade que já não conhecia.

Eumeu reapareceu, tão de repente quanto tinha sumido, atravessou a sala e se aproximou de mim. Os príncipes haviam perdido qualquer interesse por nós.

Sentou-se ao meu lado.

– Estive com a rainha.

– Como está ela?

– Desde que Telêmaco voltou, muito melhor. Já fazia um bom tempo que não a via desse jeito. Até comeu um dos figos que lhe trouxe.

– Pelo menos nisto, não mudou. Já gostava de figos naquela época.

– Contei-lhe que temos um hóspede...

– E ela? – perguntei assustado.

– Quis saber de onde você vinha, se trazia notícias que podiam interessá-la. Respondi que sim: o hóspede traz notícias de Odisseu, seu marido. Diz que desembarcou em Tesprócia com muitos tesouros.

– E ela? O que foi que ela disse? – perguntei logo, afoito. Sentia-me como se estivesse pedindo o primeiro encontro à minha namorada.

– Respondeu: "Diga ao hóspede que desejo vê-lo." E prometeu que, se disser a verdade acerca do que sabe, lhe dará de presente uma capa e uma túnica novas para que possa circular entre as pessoas sem ficar com vergonha. Contei-lhe que você anda meio maltrapilho. O que devo dizer a ela?

Eu estava confuso, repentinamente à mercê de dúvidas e receios. Respondi:

– Depois do pôr do sol, assim que começar a escurecer.

– Pode ficar muito tarde. Ela não vai certamente recebê-lo nos aposentos das mulheres, e precisará então esperar até os pretendentes irem embora e a casa ficar vazia.

– Não tenho outros afazeres. Posso aguardar.

– Está bem. Levarei a mensagem à rainha, e quando a sala ficar silenciosa e deserta ela descerá, ficará sentada perto da lareira, e você poderá se aproximar e falar com ela. Não esqueça, sofreu muito, não a faça sofrer mais, eu lhe peço.

Anuí.

– Muito bem. Agora preciso voltar aos meus animais para evitar qualquer problema. Os ajudantes não são lá muito confiáveis se você não ficar de olho neles. Antes, porém, avisarei Telêmaco. Procurarei estar de volta amanhã bem cedinho. Já vi que sabe controlar as suas palavras e as suas ações, *wánax*, e isto me deixa mais tranquilo.

– Não use essa palavra: se alguém ouvir, para nós será o fim.

– Desculpe – disse, e com um leve movimento da cabeça despediu-se.

Vi-o chegar perto de Telêmaco, que havia aparecido do outro lado da sala: encostou a boca em seu ouvido e ciciou alguma coisa. Saiu então pela porta dos fundos, e eu encolhi-me de novo na entrada. Os pretendentes continuavam a banquetearem-se na maior algazarra, sem se importarem com coisa alguma, mas eu era o rei de Ítaca e já dera o meu veredicto. Riam, mas muito em breve iriam chorar implorando, gritavam e logo mais as suas vozes se calariam para sempre. Virei-me para o pátio e vi a figura de um homem alto e magro que avançava segurando um longo cajado como se fosse uma lança. Acompanhava-o uma sombra negra que pairava no ar. Uma voz ressoou no meu coração: Teoclímeno!

Era o fugitivo a que Telêmaco oferecera abrigo, o homem provido do dom, assim como Calcante. As coisas ocultas eram para ele claras, o futuro era presente, mas eu não queria saber mais do que já sabia. Dirigi novamente o olhar para a sala e para o que nela acontecia.

Estava tão perdido em meus pensamentos que mal ouvi uma voz que berrava alguma coisa. Um pé que empurrava as minhas costas forçou-me a virar. Estava diante de um homem gordo, de olhos claros e líquidos. Toda vez que se mexia a banha da barriga tremia e balançava. Os braços eram rosados e roliços como pernis de porco, os cabelos sebosos e amarelados.

– Quem é você? O que pensa que está fazendo aqui, seu mendigo nojento? – grasnou. – Fique sabendo que só eu posso pedir esmola e ficar com as sobras! Saia logo, antes que eu perca a paciência.

Nem sei por que lembro tão bem este episódio, talvez porque, *entre as tantas coisa que aconteceram nas minhas inúmeras vicissitudes, ela seja a mais humilhante de todas, a que mais me envergonha. Eu, rei de Ítaca e das ilhas vizinhas, destruidor da maior cidade do mundo, eu, que enfrentara os maiores campeões do mundo sob as muralhas de Ílio no comando do meu exército, aceitei lutar com um bufão, com um piolho que vivia como parasito.*

Era algo que eu precisava fazer. Achei que antes de deixar para trás o abismo do meu aviltamento tinha de chegar ao fundo do poço, de mostrar a todos a minha miséria. Só isto convenceria os abusados pretendentes de que o meu semblante jamais poderia esconder o filho de Laertes, aquele que, após destruir Ílio sagrada, depois de tantos anos estava de volta. Precisavam sentir-se seguros, armados e numerosos a ponto de ninguém poder ameaçá-los.

Procurei primeiramente suplicar ao meu adversário, tentei evitar a briga dizendo que éramos os dois companheiros de desventura, que haveria comida suficiente tanto para ele quanto para mim. Mas o meu aspecto miserável devia tê-lo tornado atrevido, seguro da vitória. Os pretendentes se haviam dado conta de que estava me provocando e já saboreavam um espetáculo que tornaria mais animado o seu banquete. Um depois do outro saíam para o pátio a fim de incentivar a disputa. Prometiam um prêmio ao vencedor: um chouriço de gordura e sangue de porco que já espocava e pingava na brasa. Não percebiam que, desta forma, jogavam lama sobre si mesmos e as suas famílias.

Eu podia ver até que ponto se havia corrompido uma estirpe gloriosa em apenas três gerações: a dos argonautas, que tinham viajado até os confins do mar e das montanhas inacessíveis, os extremos limites para os mortais; a nossa, que destruíra e saqueara a mais poderosa cidade do mundo; e finalmente a deles, que haviam conquistado a despensa e as cozinhas de uma casa indefesa onde comiam e bebiam, aproveitando-se de um trono vazio, de uma mulher sozinha e de um garoto. E também vi nisto as consequências da guerra: filhos mimados e desprovidos de humildade, crescidos sem pai. Mas pensava que, afinal, o meu rapaz também crescera sem pai, e mesmo assim era sábio e corajoso, devotado a uma lembrança sem rosto nem voz, e que, portanto, eles não mereciam nenhuma piedade. Tinham tramado com a intenção de matá-lo. Cada um deles queria deitar-se no meu tálamo, o que eu havia engastado entre os braços de uma oliveira, ao lado da minha impecável esposa. Gozar do amor com ela. Tinham de morrer.

Agora queriam diversão, desejavam assistir à rinha entre dois pobres coitados, mas eu desprovi-os desta satisfação. Despi os meus trapos e, de peito nu, fiquei diante do adversário flácido e gordo. Massacrei-o, com um soco rachei o seu maxilar fazendo-o cuspir os dentes, com outro quebrei o seu nariz. Jorrava sangue como um suíno degolado. Segurei-o pelo pé e o levei para fora do pátio, encostei-o à mureta externa e deixei em suas mãos uma vareta para manter longe os cães sem dono e os porcos. Vesti novamente os meus farrapos e voltei à entrada e me sentei no limiar. As risadas deles tiveram curta duração. Regressaram à sala. Eu tinha estragado a sua diversão.

Enquanto isso, eu aguardava o pôr do sol, esperava que, fartos de bebida e comida, os pretendentes fossem embora. Vi várias vezes Telêmaco bater boca com eles. O meu garoto sabia que eu tudo via e ouvia, e queria mostrar ao pai o seu valor. O eco das minhas façanhas havia chegado até ele.

As bravatas e os gritos dos meus violentos hóspedes, acirrados pelo vinho, ainda continuaram por um bom tempo. O jantar juntou-se ao almoço. Já ninguém estava interessado em mim, a esta altura, mas eu não perdia coisa alguma. Prestava atenção aos olhares, às carícias lascivas dispensadas às criadas. A uma em particular, que Antínoo chamava despudoradamente de Melanto, querendo certamente referir-se com aquele nome à flor preta que ela escondia entre as coxas, objeto do seu fogoso desejo.

Distinguia as que respondiam com risadas, beijos e outros afagos íntimos das que, desgostosas, fugiam deles em nome da lealdade à rainha e ao seu senhor.

Dirigi-me, com humildade, a uma delas:

– Minha jovem, seria para mim um privilégio poder contemplar a rainha. A sua fama alcançou todas as terras, e se no futuro eu estiver em alguma outra casa no continente gostaria de poder contar os louvores a respeito da sua beleza, sabedoria e... fidelidade. Nunca desce para esta sala? Não fala com estes príncipes arrogantes?

Virou-se para mim, curiosa, havia dúvida em seu olhar. Talvez me tivesse visto massacrar o mendigo que me insultava e levá-lo em seguida, quase desmaiado, para fora. Não conseguia entender. Mas de repente, apontando para a escada que descia dos aposentos das mulheres, disse:

– Veja então: eis a rainha de Ítaca!

O coração deu um pulo em meu peito, senti-me sufocar. A minha esposa estava descendo, altiva, vestindo um traje da cor do trigo maduro que lhe apertava a cintura e o flórido seio. Parecia que o tempo não tinha passado para ela. Mas quando entrou na sala e ficou mais perto reparei que a luz que sempre tinha nos olhos, e que no passado iluminava a minha vida, estava agora embaçada por um véu de tristeza. Olhei para os meus trapos sujos e rasgados, o alforje besuntado, os pés poeirentos, a pele das mãos ressecada e rachada, e senti profunda vergonha. As lágrimas riscaram as minhas faces. Depois de tanto tempo, teria gostado de aparecer diante da minha esposa com uma aparência muito diferente, mas agora eu tinha de aguentar. Se esta havia sido a escolha da minha deusa, que assim fosse. Eu tinha, pelo menos, o sol atrás de mim e, de dentro da casa, devia parecer somente uma silhueta escura, um montão de malcheirosos farrapos.

A sua chegada calou na mesma hora a algazarra, como se uma divindade tivesse de repente aparecido na sala. No súbito silêncio, todos os olhares fixaram-se nela. Então a minha rainha falou com a sua voz sonora, harmoniosa. Ainda era a voz de uma jovem e tocou o meu coração, fê-lo estremecer.

– Orgulhosos pretendentes, arrogantes príncipes! Já faz muito tempo que invadiram esta casa. Aproveitam-se de uma mulher sozinha e de um rapaz que não tem força para expulsá-los, mas sabem muito bem que se o glorioso Odisseu rei desta ilha porventura aparecesse de repente naquele limiar... – Um arrepio correu pelas minhas costas. Sem querer, a rainha apontava para mim, e eu via o seu olhar de fogo – ... A sua arrogância se transformaria sem dúvida alguma em temor e desespero. E isto significa que estão violando todas as leis e as tradições. Não se contentam em devorar as riquezas de um homem ausente que não pode defender-se, também insultam o hóspede desta casa que Telêmaco trouxe ao palácio. Nada passou despercebido do que fizeram, das ofensas e dos maus-tratos. Vocês não tinham este direito.

"Deveriam envergonhar-se do seu comportamento: desde quando se tornou costume devorar os bens da esposa que se quer conquistar em lugar de oferecer-lhe presentes?"

Ainda procurava ganhar tempo, não desejava ceder. E queria criar-lhes dificuldades deixando-os envergonhados. Antínoo não reagiu e, aliás, viu na reprimenda da rainha uma brecha na constante recusa dela a casar-se de novo. Cada um deles mandou um arauto buscar presentes na própria casa. Mas, quando voltaram, ela já havia desaparecido em seus aposentos.

As criadas começaram a preparar o jantar. Pude ver as mãos de Antínoo subir sob a veste de Melanto, pelas coxas, em busca da sua flor negra. A cadela! Voltei a aproximar-me da lareira, para acrescentar lenha e assar a carne: uma maneira de merecer hospitalidade, mas também de ouvir o que os pretendentes diziam. Melanto dirigiu-me a palavra com grosseria:

– Suma daqui, seu vagabundo fedorento. Os príncipes não precisam de você, nós já estamos aqui, assim como os seus próprios criados. Encolha-se no seu canto e não fique perto, você cheira a porco!

Eurímaco não perdeu a oportunidade para intervir:

– Não está vendo? Deve estar se julgando o máximo: depois de massacrar aquele pobre coitado no pátio, agora se considera um grande atleta, e talvez até um daqueles heróis que vencem batalhas. Tire isso da cabeça, velho! Você não é de nada, e acha uma moleza ficar aqui perto do fogo, enchendo a barriga com as sobras! Se tivesse realmente vontade de trabalhar, iria ceifar erva no campo, ou pelo menos cuidar dos rebanhos, o que já não requer muito esforço. Era só o que faltava, mais este carrapato, e depois Telêmaco se queixa dizendo que há gente demais comendo nesta casa! Deveria começar enxotando esse parasita!

E então, depois dele, muitos outros começaram a insultar-me e empurrar-me de um lado para outro.

De nada haviam adiantado, infelizmente, as palavras de Penélope. Eu continuava sofrendo ofensas e maus-tratos. Mordia os lábios para não retrucar, dizia a mim mesmo:

– Aguente, coração, aguente mais um pouco, a hora ainda não chegou, não vai demorar...

E foi deste jeito que passei o restante do jantar. De vez em quando o meu olhar cruzava com o de Fêmio, o cantor, e entre nós corriam momentos de tumultuosa dúvida. Então ele voltava a baixar a cabeça perdido em seus pensamentos e ficava imóvel, dobrado sobre si mesmo, à espera de algum pedido para cantar. Mas ninguém pedia: estavam todos ocupados demais comendo e rindo de mim. Eu também via Telêmaco, que sofria em silêncio, que não queria deixar-me sozinho. Tive de fazer um sinal para ele sair da sala, era melhor assim.

Finalmente, Antínoo propôs o último brinde antes de irem dormir, e todos concordaram. Como se fosse o dono da casa, mandou servir a todos mais uma taça de vinho tinto: libaram aos deuses e então saíram. Vestiram as armas que tinham deixado perto da entrada e encaminharam-se para a cidade. O último a sair foi Fêmio. Continuava a ser hóspede fixo no palácio, como no passado, e o seu quarto ficava no pátio externo. Eu estava sentado num banquinho perto do umbral, e ele, para sair, passou diante de mim. Segurava a cítara em uma das mãos e uma lamparina na outra. Parou um instante ao meu lado e levantou a lamparina para ver melhor. Coisa bastante estranha, pois afinal tivera a chance de olhar para mim durante o dia inteiro. Disse:

– Eu tudo vejo, tudo ouço e nada esqueço.

– Claro – respondi, disfarçando a voz para não ser reconhecido –, você é um poeta.

Afastou-se e acompanhei o seu lume, que atravessava o pátio. Ainda ouvi por um bom tempo as vozes dos príncipes ecoar ao longe, nos campos. Quando se apagaram por completo, voltei a entrar.

A minha casa estava mergulhada no silêncio.

19

As lanternas presas às colunas e às pilastras estavam acesas, e um reflexo opaco avermelhava as armas penduradas nas paredes. Ainda estavam todas lá: lanças, escudos, elmos, caneleiras, no mesmo lugar onde eu as deixara ao partir, mas estavam ofuscadas pela fumaça e pela poeira de muitos anos. Toquei de leve as espadas de madeira que Damastes empunhava quando me ensinava a lutar... Cada objeto, cada ranhura no muro, cada viga do teto evocava um pedaço da minha vida passada e jamais esquecida. Agora, naquele silêncio e naquela solidão, tudo parecia reanimar-se, chamar de volta de lugares remotos do meu coração instantes, noites e dias, meses e anos de um passado que para mim havia sido feliz. Até então não me dera conta disto, atordoado pela algazarra, pelas risadas, pelos golpes e pelos insultos. Agora as lembranças me submergiam como um mar agitado.

De repente vi Telêmaco aparecer no fundo da sala deserta. Umas criadas entraram por outra porta trazendo baldes e esponjas: esfregavam, limpavam, tiravam as sobras. Melanto estava com elas, mas só ficou olhando, sem mexer um dedo, confiando nos seus privilégios. Logo reparou em mim e me insultou:

– Ainda aqui, mendigo? O que está fazendo no palácio a esta hora? Suma, vá embora!

Fitei-a cheio de raiva.

– Não me trataria desse jeito, sua descarada, se o seu senhor estivesse aqui. Mas cuidado! As coisas podem mudar, e muito mais cedo do que você possa imaginar.

Por um momento pareceu ficar abalada, não esperava as minhas palavras. Olhou para mim como se um pensamento perturbador estivesse se insinuando na sua mente. Como podia ainda existir alguém, depois de vinte anos, falando do rei certamente morto em terras distantes? Seria possível que aquele mendigo realmente soubesse de alguma coisa?

Foi embora um tanto apressada, e as demais criadas também saíram da sala. Talvez soubessem que a rainha iria em breve descer dos seus aposentos para conversar com o hóspede itinerante ao qual o filho permitira pedir esmola entre as mesas dos príncipes. Telêmaco aproximou-se.

– Pai, a rainha minha mãe já vai descer. A *babá* mandou colocar perto da lareira o assento que ela costuma usar quando recebe o povo. O assento bonito, o marchetado de prata e marfim, e outro menor para você.

– Ouça – respondi –, para mim este é o momento mais difícil. Você, no entanto, faça o que estou pedindo: esta noite mande tirar das paredes todas as armas e guarde-as, trancadas, na sala de treinamento. Não deve sobrar coisa alguma.

– Mas não acha que isto poderá despertar as suspeitas dos príncipes? Já faz muito tempo que se acostumaram a vê-las onde estão.

– Dirá que as entregou ao mestre de armas para que as controle e as limpe. Estão todas enegrecidas devido à fumaça da lareira. Você tem uma armadura?

– Sim, pai, claro que sim, está na sala de armas. O rei Laertes, seu pai, me deu de presente quando completei vinte anos. Farei o que está mandando.

– Será o seu primeiro sangue, *garoto*, não é verdade?

Baixou a cabeça.

– Isso mesmo.

– Vai se acostumar, assim como aconteceu comigo: uma triste necessidade. É o que distingue um rei de um assassino: nós só matamos quando já não há outro jeito... A sua mãe está descendo. Preciso ir.

Penélope acomodara-se no seu assento e apoiara os pés num banquinho igualmente marchetado. Só de vê-la senti um nó apertando a garganta, e cada passo que me aproximava dela aumentava os batimentos do meu coração. Iria aguentar? Conseguiria segurar as lágrimas, ou a expressão do meu rosto iria me denunciar?

Já estava perto, mas parei no limiar da sombra, onde a reverberação das chamas da lareira cedia o lugar à escuridão da noite. A sua voz ressoou no silêncio, voz de jovem na flor da idade. Se eu fechasse os olhos, iria vê-la a colher flores num jardim de oliveiras da longínqua Esparta. Teria gostado de dizer: "Cante, cante para mim, meu amor, como quando éramos jovens!" E, longe disto, tinha de permanecer impassível, precisava esconder os meus sentimentos e desejos.

– Aproxime-se, hóspede estrangeiro, aqui é bem-vindo. – Agora falava como rainha, acostumada a ser obedecida.

– Eu lhe agradeço, *wánaxa*, mas as minhas condições não permitem que me apresente ao seu olhar. Estou sujo e esfarrapado. – Eu tinha aprendido a modular a voz para torná-la irreconhecível, ou talvez a minha deusa a tivesse mudado, assim como transformara a minha aparência.

– Não julgo um homem pelos trajes – respondeu –, e sei muito bem que todo mortal está exposto aos revezes da sorte. Aproxime-se, pois quero falar com você.

– Eu lhe peço, rainha, estou com vergonha do meu aspecto e não me sentiria à vontade diante da sua luminosa beleza.

Penélope suspirou e baixou a cabeça.

– Já faz muito tempo que o meu rosto não resplandece, hóspede estrangeiro, derramou demasiadas lágrimas...

Mas eu via uma beleza inalterada, com um véu de melancolia que a tornava ainda mais intensa e pungente. Observava-a enquanto o fogo acariciava as suas faces e se refletia em seus olhos negros, negros, negros...

Tinha vontade de dizer que, desde a minha partida de Ítaca, pensara intensamente nela toda vez que via a lua surgir do mar, pois tinha certeza de que, no mesmo instante, ela faria o mesmo e as nossas almas se tocariam. Mas precisava ocultar os meus pensamentos e o meu rosto.

– Sei por que chorou, rainha. A sua fama é conhecida em todo o mundo. Sofre porque o seu marido, o glorioso filho de Laertes, não regressou da guerra, mas eu posso dizer-lhe que o seu penar chegou ao fim. Odisseu voltará muito em breve. E talvez já esteja aqui.

Penélope perscrutou-me na escuridão:

– Do que está falando, hóspede estrangeiro? Você nem o conhece, o meu Odisseu. Será então você um dos muitos que querem ganhar hospitalidade contando mentiras?

– Não, não é isso. Estou dizendo a verdade. Já vi Odisseu, e se voltasse a vê-lo o reconheceria.

– Você viu, está dizendo, e o que o levaria a reconhecê-lo, se o encontrasse? – O seu olhar me procurava no escuro.

– Conheço-o porque o vi pela primeira vez em Creta, a caminho da guerra. O vento desviara-o da rota enquanto procurava dobrar o cabo Maleia.

– E como era? – insistiu. O vento a sibilar rouco lá fora. O ganir de um cão no pátio, patas raspando a porta: Argo? Onde está você, Argo? Um arrepio correu sob a minha capa esfarrapada. As chamas da lareira tremelicaram.

– Já se passaram muitos anos, não é fácil lembrar: um homem bem plantado, eu diria, com olhos irrequietos que se iluminavam quando sorria. – Penélope empalideceu. Um leve suor apareceu em suas faces. – Pois é, usava uma capa vermelha presa com uma fivela de ouro, muito bonita. Representava um cão de caça que segurava um pequeno veado entre as patas, com o bicho que esperneava tentando fugir. Uma verdadeira joia digna de um rei.

Penélope mudou de expressão. Dava para ver que aquelas palavras a tinham deixado surpresa, profundamente abalada.

– Eu mesma teci aquela capa – disse –, e a fivela também era um presente meu. – Eu lembrava aquele momento, recordava-me dele como se o estivesse revivendo naquele mesmo instante. E sentia no coração a mesma profunda aflição da separação: o pequeno Telêmaco, que balbuciava, que só Argo entendia. O navio que estava a ponto de afastar-se do embarcadouro e de tudo aquilo que eu amava... um barco que nunca mais voltaria.

– Mas como pode lembrar tão bem um detalhe tão pequeno? Quem é você?

Aproximara-se e, por um momento, achei que eu ia desmoronar: percebia o seu perfume, via as lágrimas brilhando em seus olhos. Sentia o ar vibrando na palpitação do seu coração. Reconhecera-me?

– Sou Éton de Creta – disse –, o irmão do *wánax* Idomeneu, senhor de Cnossos e do Labirinto. O destino adverso reduziu-me ao que sou...

Pareceu conformar-se, mas as lágrimas riscavam as suas faces. As suas mãos de marfim apertavam os braços do assento. Ficou por alguns instantes cabisbaixa, e eu mal conseguia conter o pranto. Desejava-a mais do que nunca na vida, queria apertá-la, abraçá-la, mas precisava resistir, reprimir no coração a maré de comoção. A hora não chegara. Ainda não, ainda não...

Penélope enxugou as lágrimas e virou-se de novo para mim.

– Mandarei lavar os seus pés e aprontar uma cama no pórtico do pátio... Euricleia!

Aquele nome, aquele nome, onda de lembranças, *babá*... quanto tempo... quantas lágrimas, quanta saudade...

Novamente a voz da minha rainha:

– Euricleia, lave os pés do hóspede e mande preparar uma cama na colunata do pátio para que possa descansar. Já foi um príncipe, em Creta, irmão do poderoso Idomeneu. Talvez o senhor desta casa esteja reduzido às suas mesmas condições... um mendigo coberto de trapos, forçado a humilhar-se e a aceitar por fome toda forma de escárnio e zombaria. O que fizer por ele, talvez alguém o faça pelo seu senhor.

Levantou-se, dirigiu-me um último olhar pesaroso e voltou a subir, altiva, as escadas que levavam aos seus aposentos. Mordi os lábios para não chorar.

Euricleia... dobrada sobre si mesma e de cabeleira branca, mas sempre ela, na suavidade do olhar, na voz ríspida que escondia a ternura do seu coração. *Babá*...

Encheu uma bacia com água quente e a colocou no chão, diante de mim. Resmungava:

– Mais um pilantra contando lorotas à minha menina triste. Aproveitadores, reles malandros, pústulas...

Eu continuava calado, sem dizer coisa alguma. Quanto mais as suas palavras eram duras, mais as suas mãos eram suaves. Derretiam o cansaço dos meus pés atormentados, dos músculos contraídos, a água quente e fumegante fazia-me de novo lembrar a minha infância. Continuava a resmungar a *babá*, e eu via a sua cabeça branca balançar de um lado para outro acompanhando as suas rezingas, e uma grande ternura tomava conta da minha alma. Achava que o seu temperamento rabugento não lhe permitia usar comigo palavras gentis, mas também acreditava que os gestos carinhosos que me dedicava se devessem à sua esperança de alguém poder tratar o seu senhor distante e abandonado com o mesmo carinho. Agora estava lavando as minhas pernas, jogava fora o líquido sujo, acrescentava mais água quente e limpa, e então, de repente, a sua mão parou no joelho, na cicatriz deixada pelas presas pontudas e cortante de um javali, muitos anos antes. Deixou cair o meu pé na bacia, a água respingou e correu da bacia revirada.

– Minha criança! Minha criança, é você, você voltou! – começou dizendo com voz trêmula, enquanto grandes lágrimas riscavam suas faces enrugadas. Tapei a sua boca com a mão. Ela quase não podia respirar. Olhei em volta para certificar-me de que ninguém assistira à cena.

– Nem mais uma palavra, *babá*, se não quiser que a sufoque.

Ficou atônita diante daquela ameaça que ela nunca podia esperar. Mas, quando a vi tão aflita, logo acrescentei baixinho palavras menos duras:

– *Bá*, quero-lhe bem e a considero uma mãe, estou feliz por revê-la, mas estou aqui para vingar-me dos pretendentes arrogantes e não posso revelar-me: nem mesmo a Penélope, a esposa tão desejada, disse quem eu era, e você nem pode imaginar quanto isto me custou...

Euricleia recomeçou a lavar os meus pés e as pernas para não levantar suspeitas. Sabia que não poucas das criadas estavam do lado dos pretendentes.

– ... São muitos, e bem armados: se apenas desconfiassem da minha real identidade, não hesitariam em matar-me, e talvez matassem Telêmaco também. Sabe disto, não sabe?

– Sei, minha criança, meu senhor, meu rei. Nem uma só palavra sairá da minha boca, nem mesmo se alguém me torturar. Quer que lhe traga algo de comer? Há de sobra.

– Não, *babá*, não estou com vontade de comer, mas tomarei com prazer um gole de vinho, se puder trazer.

Euricleia encheu logo um copo de barro, embora preferisse sem dúvida alguma servi-lo numa taça de prata.

– E agora deixe que apronte a sua cama, finalmente dentro da sua casa, após tanto tempo.

– Não, *bá*, prefiro que não faça isso: é mais uma coisa que poderia despertar suspeitas. "Por que a rainha trata com todo esse cuidado um mero mendigo? Não bastava um leito de palha no pátio?" Não, dê-me apenas um cobertor, será suficiente.

– Como quiser, meu filho. Descanse, se puder. – Por um momento levantou os olhos para mim, brilhosos de lágrimas. – Nem pode imaginar como gostaria de abraçá-lo, minha criança. Não houve um só dia, neste tempo todo, em que não pensei em você. Nunca duvidei que fosse voltar.

Enxugou as lágrimas com as mangas da túnica e foi embora com sua bacia. Dali a pouco voltou com uma pele de boi e outra de ovelha, espessa e macia.

Saí e estiquei as duas peles uma em cima da outra num canto bem protegido do pórtico que cercava o pátio. O vento ocidental dava arrepios, e o céu estava limpo e cheio de estrelas. Palpitavam na grande abóbada escura, e, por um momento, tive a impressão de estar de novo no meu barco, à procura das constelações que me guiavam; o solo pareceu-me vibrar e ondear como o meu casco sobre o mar que nunca dorme. Passara tempo demais à mercê das correntezas e dos caprichos das vagas. Pensei na longínqua Nausícaa, em seus olhos, que talvez procurassem as estrelas, as mesmas que eu via. Pensei no navio sem leme que me levara de volta à pátria: ainda estaria bem abrigado no porto ou teria sido transformado em obstáculo à navegação pela ira de Posídon?

A lua apareceu detrás do Nérito e iluminou o pátio com sua tênue claridade. Vi o cadáver de Argo: havia sido jogado na estrumeira. Aproximei-me, certifiquei-me de que ninguém estava vendo; prendi ao cinto uma enxada e segurei o corpo do pobre bicho nos braços. Saí do pátio e percorri um trecho do caminho que levava à cidade, até avistar um grande carvalho cuja sombra, pelo que me lembrava desde criança, sempre fora um bom abrigo para os rebanhos nos dias mais quentes do verão. Cavei uma cova bastante grande para conter o meu companheiro e o deitei nela com um último afago. Cobri a cova com pedras e a disfarcei com folhas e grama seca.

– Não pude oferecer-lhe a honra de uma fogueira, meu bom amigo – murmurei no coração –, pois não queria que me descobrissem, mas pelo menos lhe dei uma digna sepultura. Por isso, quando a minha hora chegar, espero encontrá-lo no limiar do mundo nebuloso. Adeus.

Voltei à minha casa e lavei braços e peito na fonte, e depois me deitei na pele de boi e no velo de ovelha sob o pórtico, esperando poder dormir. Mas os olhos da noite veem muitas coisas que deveriam ficar ocultas: uns dois ou três pretendentes, um depois do outro, entraram nos quartos das criadas em busca do prazer do amor com elas. Pude vê-las quando apareceram para abrir a porta. Cadelas!

Mesmo assim, tentei dormir. "Aguente, coração", dizia a mim mesmo, "já teve de suportar coisas bem piores!" Mas o coração uivava em meu peito como um lobo raivoso ao ver aquela ofensa. Mais tarde eles saíram. Os cães não latiram nem na chegada nem na saída deles: estavam acostumados. Finalmente, na calada da noite, tudo mergulhou na calma noturna, mas o silêncio teve curta duração. Ao longo do pórtico, erguia-se o muro que eu tinha acrescentado vinte anos antes para construir o tálamo nupcial. Da janela chegou até mim, baixinho mas inconfundível, o pranto de Penélope, que apertou o meu coração. Imaginei-a deitada, soluçando na cama que eu construíra para que fosse, para ela, o lugar do descanso, dos sonhos e do encantamento, e que ao contrário se tornara o leito da aflição.

Era algo que eu não podia suportar, e revirava-me no meu canto sem encontrar paz. E não era somente este pensamento que me atormentava. Sabia que, afinal de contas, estava sozinho contra dúzias de adversários jovens e na plenitude do vigor. E, ainda que conseguisse matá-los a todos, como poderia livrar-me da fúria dos parentes e dos amigos? Pensava com muito pesar que já levara à morte todos os jovens que haviam partido comigo para Troia. Tinham-me sido confiados por seus pais, e eu não trouxera de volta nenhum deles. Agora, se porventura eu fosse bem-sucedido, estava prestes a exterminar mais uma geração.

Um arrepio.

O vento ou uma presença misteriosa? A voz da minha deusa ecoou no meu coração: como podia duvidar da vitória se tinha ao meu lado uma divindade? Nem mesmo um exército inteiro deveria amedrontar-me. *Na verdade, até hoje me pergunto se eu tinha de fato o direito de levar a cabo aquela matança, se aquele sangue não acabaria caindo sobre mim. Mas acho que não tinha outra escolha, a minha deusa me incitava a fazê-lo, mas também o meu direito de rei, de marido, de pai. Tinha matado e massacrado inúmeros homens nos campos de Ílio, iria fazer tudo de novo. Tinha expugnado a maior cidade do mundo. Agora, da mesma forma, depois de entrar disfarçado, iria expugnar a minha casa.*

Afinal fui vencido pelo cansaço, e o sono tornou pesadas as minhas pálpebras. Descansei até ser acordado pela aurora e pelo calor do sol. Assim que abri os olhos, reparei em que alguém, no meio da noite, havia jogado uma capa em cima de mim. Dobrei então a pele de ovelha na qual tinha dormido, entrei e deixei tudo em cima de um banquinho ao lado da porta.

Mais um dia começava, com seus sons e seus afazeres, e, para mim, aproximava-se a hora da vingança. As mulheres encarregadas das moendas revezavam-se com as do turno da noite. Uma delas, no entanto, ainda não tinha completado a sua cota de trigo e precisava continuar, não podia ser substituída: uma regra que eu mesmo estabelecera antes de partir para a guerra. Queria evitar que quem trabalhasse menos gozasse do mesmo descanso de que desfrutavam os que haviam trabalhado com mais afinco e dedicação. Mas, depois de tantos anos de sofrimento, desgraça e dor, fiquei pensando que aquela mulher talvez não tivesse alcançado a sua cota só porque era fraca e magricela. "Sofrer", considerei, "torna-nos sábios."

Um trovão ecoou no céu sem nuvens, e justamente aquela mulher grácil e fraca, pingando suor, rezou:

– Zeus, que troveja neste céu limpo e sereno, este seu estrondo enviado a alguém que não conheço é sem dúvida um sinal. Faça com que este seja o último dia para os pretendentes que se banqueteiam sem parar e me forçam a moer tanto trigo para fazer o pão. Estou caindo aos pedaços de cansaço, pobre de mim! Que este pão seja o último que comem!

Interpretei aquelas palavras como um sinal, um presságio de sucesso para a minha vingança. Até Zeus, que é o protetor dos reis, estava do meu lado.

Vi Telêmaco chegar. Usava a couraça e estava armado, e olhei para ele com orgulho: não me cansava de contemplar o meu rapaz. E ouvi-o enquanto conversava com Euricleia:

– *Babá*, cuidou direitinho do hóspede?

– Claro. A sua mãe mandou que lhe aprontasse uma cama, mas ele recusou, quis dormir no pátio, fora do palácio...

Perdemos o hábito de dormir numa cama depois de passar dez anos numa guerra, sitiando uma cidade, ou à mercê da fúria tempestuosa do mar.

– Eu bem que insisti, pode acreditar, mas não houve jeito. É um homem bem estranho, esse seu hóspede: ofereci-lhe comida, mas ele só aceitou um gole de vinho; dei-lhe uma pele de boi e um velo espesso e macio, mas ele se deitou em cima e ficou dormindo sem se cobrir. Esperei que adormecesse e, então, joguei sobre ele uma capa, para protegê-lo.

Fingia muito bem a velha Euricleia, e Telêmaco também, digno filho do seu pai. E o meu coração sorria, pensando que nenhum dos dois sabia que o outro sabia. Telêmaco passou por mim e me cumprimentou com um aceno da cabeça. Tomou o caminho da cidade segurando a lança, acompanhado por dois cães. Bonitos animais. Teriam eles nas veias o sangue do meu Argo?

Não demorou para o palácio inteiro fervilhar de atividade. E reparei em que tudo o que acontecia tinha que ver com os costumeiros hóspedes: os pretendentes da minha esposa. As criadas iam buscar água na fonte externa, que jorrava à direita e bastante perto da entrada principal. Outros serventes, com panos e vassouras, limpavam e esfregavam o chão enquanto jovens passavam esponjas nas mesas ou lavavam os pratos.

E lá vinha a comida! Eumeu trazia três porcos, e Melântio duas cabras. Chegou logo aos berros, insultando:

– Ainda aqui, seu velho fedorento? Saia da minha frente, infeliz, ou prefere levar uma surra? É bom se cuidar, pois as minhas mãos são pesadas!

As minhas mãos também se mexiam nervosas, com vontade de bater, mas Eumeu fez sinal para eu não me importar, e estava certo: era muito cedo para eu entrar numa briga, naquele momento. Mas não tinha acabado: também chegou Filésio com uma vaca e umas cabras. Ainda tinha no pescoço a plaqueta que lhe permitira vir de barco de Same com os animais. Reconheci-o apesar de ele ter mudado bastante. Não passava de um garoto, quando partira, e agora era um homem forte, de ombros largos: tinha braços de lutador, um pescoço taurino e duas coxas que pareciam toras. "Justamente do que precisamos", pensei, "um homem que, sozinho, vale por três." Viu--me, mas não me reconheceu.

– Papai – disse com palavra carinhosa –, como vão as coisas? Não muito bem, ao que parece.

Eumeu procurou cortar a conversa:

– Deixe pra lá, Filésio, este nosso amigo passou por maus momentos, tão maus que você nem pode imaginar. – Mas o rapaz fitou-me e prosseguiu destemido: havia algo em mim que o impedia de esquecer o assunto.

– Sabe de uma coisa? Assim que o vi, fiquei comovido, pois você não tem o aspecto de um pobre coitado. Tem o olhar altivo e as costas retas dos homens que não se dobram diante de ninguém. Dá vontade de chorar vê-lo reduzido a essas condições: logo reparei em você, sabia?

Aproximei-me e fitei-o diretamente nos olhos. Sabia-se lá se em algum canto escondido do seu coração, na sua mente, havia permanecido a lembrança dos olhos e do olhar do seu senhor desaparecido, do seu senhor que não voltara...

– ... Isso mesmo – prosseguiu –, senti um arrepio quando o vi. Pensei: "Talvez o meu patrão esteja agora nas mesmas condições deste coitado que vai esmolando um pedaço de pão e tem de aguentar insultos e humilhações: admitindo que esteja vivo, que não tenha virado comida de vermes." Sempre penso nele, que me nomeou chefe das suas manadas, e agora tenho de abater os seus animais para estes usurpadores arrogantes.

Justamente como eu supusera: sem dar-se conta, ele me havia reconhecido e ficara comovido. A sua fidelidade merecia um prêmio, assim como a de Euricleia, de Eumeu e até de Argo. Olhei em volta para certificar-me de que ninguém pudesse ouvir e respondi:

– Você é um homem honesto e fiel, e então escute com atenção o que vou dizer: o seu senhor vai voltar enquanto você ainda circula por aqui, nesta casa, e se quiser poderá com seus próprios olhos vê-lo matar os pretendentes, eu juro por Zeus e pela memória do seu senhor que você tanto preza.

Filésio iluminou-se e flexionou os músculos rosnando:

– Queira Zeus que seja verdade o que me diz, hóspede, pois então irá ver do que estes são capazes. – E mostrou os enormes punhos, duros como pedra. Eumeu concordou com as minhas palavras, mas nada disse, esperava que eu mesmo me revelasse.

Ouvimos a corriqueira algazarra a que já estávamos acostumados: os pretendentes chegavam, como todos os dias, e eram muitos. Quase parecia que outros se haviam juntado ao grupo.

– Conte-os – murmurei baixinho para Eumeu, e Filésio fitou-me de novo, surpreso. Ainda não tinha entendido, mas estava excitado, de olhos atentos, ansioso por entrar na luta. Muita raiva reprimida, muitas humilhações engolidas em silêncio tornavam-no impaciente. Percebia iminente, bem próxima a hora do acerto de contas. Apoiei as mãos nos ombros deles.

– Mais um pouco de paciência, homens. Ele já vai chegar.

O grito de uma águia ressoou acima das nossas cabeças e levantamos os olhos para o céu: a majestosa ave de rapina volteava em amplos círculos sobre a minha casa, e, cada vez que passava diante do sol, a sua sombra negra se deslocava pelo portal e atravessava o recinto do pátio como um ameaçador presságio de chacina.

20

Eumeu e Filésio dirigiram-se aos fundos do palácio, para o matadouro e as cozinhas, enquanto Melântio manteve-se longe: talvez tivesse entendido que, para ele, o vento estava mudando. Eu fiquei embaixo do pórtico observando quem se mexia e como, quem entrava e saía, ouvindo gritos e cantos até Telêmaco voltar da cidade com seus cães e de lança na mão. Parecia-me diferente, e também ter mudado muito naquele curto prazo. Tive a impressão de que estava crescendo diante dos meus olhos e se tornando um homem na plenitude da sua força e da sua determinação.

Dirigiu-me a palavra e disse:

– Hóspede, não o cumprimentei de manhã porque estava pensando nas obrigações que me aguardavam na cidade e na assembleia, e disso não me orgulho. Espero que ninguém o tenha importunado e que tenha aproveitado a noite para um bom sono e um merecido repouso.

– Ninguém me maltratou, príncipe, e agora estou descansado. Alguém jogou nos meus ombros uma capa, quando já estava dormindo, e fui acordado pelos raios do sol. Dobrei as peles e as guardei num assento perto da entrada.

– Muito bem. Agora pode, então, entrar para o banquete. Sei que não gosta dos príncipes e que eles não gostam de você. Mandei pôr uma mesa num canto, afastada, mas ordenei que lhe fosse entregue uma taça do serviço real. – Piscou de forma quase imperceptível e acrescentou: – É a que o meu pai, o rei Odisseu, costumava usar quando se sentava à mesa do palácio ao lado da minha mãe, a rainha. É toda de ouro trabalhado, uma peça de um habilidoso artesão do continente.

Falou de forma que fosse ouvido dentro e fora da sala. Respondi no mesmo tom:

– Não sou digno de um objeto tão precioso, príncipe, e já não estou acostumado. Eu lhe peço, uma humilde vasilha de louça será mais apropriada à minha condição.

– Não, quero que todos reparem no respeito com que se tratam os hóspedes nesta casa e que fiquem envergonhados.

Anuí aceitando a sua decisão e o segui passando pelo umbral. Num canto da sala havia um assento e uma mesa de madeira escura, ambos marcados pelo tempo. Por isto mesmo, a taça de ouro sobressaía de forma realmente gritante. Também notei que a mesa havia sido colocada de forma que a luz do sol se refletisse na taça tornando-a ainda mais reluzente.

E todos repararam.

Notou isto, particularmente, um príncipe vindo do continente: não tinha outros méritos se não aquele de ser riquíssimo, e diziam que enviara a Icário, o meu sogro, presentes de grande valor, ainda mais notáveis do que os que tinha trazido para a rainha. Reparou, com desgosto, em que Telêmaco pedira que eu fosse o primeiro a ser servido, com um prato cheio de carnes de todos os tipos, de carneiro, de porco e de boi. Com molho de sal e alecrim para dar mais sabor. Eumeu encheu a minha taça de vinho e Filésio acenou com a cabeça quase a dizer: "Agora está realmente parecendo um rei!"

Mas o príncipe gordo e rico não gostou, e reagiu de forma desconsiderada:

– Amigos! Vejam só como Telêmaco honrou o hóspede servindo-lhe fartas porções. Não podemos ficar atrás, vocês não acham? Pois é, eu também quero dar-lhe a minha parte! – Dito isso, pegou uma pata de boi que estava dentro de uma cesta e a arremessou contra mim. Evitei-a por um triz dobrando-me de lado; a pata espatifou-se na parede e caiu ao chão. De relance, enquanto me curvava, o meu olhar cruzou com o de Fêmio e tive certeza de que me havia reconhecido. Mordi os lábios para não reagir, mas Telêmaco o fez por mim plantando-se diante do príncipe tão gordo quanto arrogante.

– Agradeça ao seu deus – disse – por não ter acertado, uma vez que o homem foi mais ligeiro que você, pois do contrário teria espetado a minha lança no seu corpo tal como se faz com os porcos, e em lugar de um casamento você teria agora um lindo funeral! – Também sabia brincar o meu rapaz e ferir com contundente sarcasmo. O coração sorria amargo no meu peito, não esquecia a afronta sofrida e continuava amontoando tudo no fundo da alma para ainda conter a ira reprimida. Precisaria de toda aquela fúria, de toda aquela cólera ardente para pegar fogo naquela sala como um incêndio incontrolável quando chegasse a hora.

Um dos príncipes, no entanto, pediu silêncio porque tinha uma proposta para todos.

– Telêmaco está certo – começou dizendo –, precisamos parar de faltar com o respeito aos seus hóspedes, esta casa é dele, mas também é verdade que não podemos continuar deste jeito. Odisseu, como já há muito sabemos, nunca voltará. Já se passaram vinte anos. Para que insistir nesta espera inútil? Escute o que estou lhe dizendo, Telêmaco, e conforme-se. Uma vez que o seu pai não vai voltar, aceite os presentes de um de nós: bastarão para compensar o que perdeu devido à nossa longa permanência nesta casa. Você ficará aqui, aproveitando o palácio e suas posses, enquanto a sua mãe seguirá com outra pessoa a fim de cuidar da sua nova casa. Não lhe parece a melhor solução?

Aquelas palavras me deixaram pasmo: não estava a fim do trono, então? Se fosse escolhido, iria se casar com Penélope somente por amor? Ou quem sabe estivesse pensando, junto com os demais, em algum pacto perverso para matar Telêmaco depois das bodas?

Telêmaco respondeu:

– Eu admito: tal como a apresenta, parece a solução mais sensata, e bem que eu estaria disposto a aceitá-la, mas esquece uma coisa: a minha mãe não quer seguir nenhum de vocês, e eu não posso, nem quero, forçá-la. Estou sendo claro? Eu não expulsarei a minha mãe desta casa!

Nunca esquecerei o que aconteceu depois que o meu rapaz acabou de falar. Eu esperava que pensassem no assunto, que tivessem um repentino surto de dignidade, uma manifestação de respeito, mas nada disso.

Caíram na gargalhada.

Risadas irreprimíveis, compulsivas, insanas. Não conseguiam parar, e para mim aquele riso soava ora como ladrado de cães, ora como estrídulo clamor de pássaros assustados. Riam enquanto comiam carnes sangrentas.

A fronteira entre o riso e o pranto é muito lábil, e eu já tivera a prova disto inúmeras vezes na vida: em Ílio, depois da batalha, ao abrigo das nossas tendas, já vira muitas vezes no rosto dos meus amigos, gloriosos heróis entorpecidos pelo vinho, o riso transformar-se em pranto e o pranto em riso indiferentemente.

Aqueles desprezíveis insensatos tinham os olhos cheios de lágrimas e continuavam a rir, até sem querer.

Justamente naquela hora, como uma súbita aparição, apareceu o hóspede fugitivo do meu filho: Teoclímeno, o vidente assassino que embarcara no seu navio em Pilos para evitar a ira dos parentes do morto. O seu rosto estava pálido, os olhos arregalados eram abismos de treva.

– Infelizes! – gritou. – Já não têm salvação. As suas cabeças estão envoltas pela noite, a sala ecoa de lamentações, borrifos sangrentos por todas as partes, nas paredes, e sangue fumegante no chão. Vejo sombras amontoar-se na sala e no pátio, às dúzias, sombras de mortos que correm estridulando como morcegos para as portas do Além. O sol apagou-se no céu, a noite mais escura desce sobre esta casa. Fujam, fujam agora que ainda têm tempo!

Vi Penélope levantar-se e ir embora, e novamente os pretendentes rir boçalmente e insultar:

– Esse sujeito é louco, diz que lá fora está escuro! Mas que raio de hóspedes você tem, Telêmaco? Aquele – apontava para mim – é um mendigo que só sabe pedir comida, um parasita nojento, e este outro é um pobre demente.

Enquanto isso, continuavam a comer carne ainda meio crua e a engolir vinho sem parar. Eu olhava para eles às escondidas. Observava os movimentos e os olhares de cada um, descobria seus pontos fracos para que ninguém escapasse ao seu destino. Esticavam o almoço porque ainda havia muita carne para comer e muito vinho para beber. Mas o jantar... pois é, o jantar ficaria por minha conta, e então não teriam mais de que rir.

Encontrei mais uma vez o olhar pasmo de Fêmio, o cantor; pela sua expressão, tive certeza de que lera nos meus olhos e se dera conta do que estava acontecendo. Lágrimas desciam pelas suas faces híspidas. Quantas histórias me contara quando, eu ainda criança, tentava ajudar-me a adormecer no palácio escuro e silencioso! Agora, mudo, implorava piedade.

Vi a minha esposa subir as escadas para voltar aos aposentos das mulheres, acompanhada pelos olhares ávidos dos pretendentes. Aquilo me ofendia. Eumeu e Filésio passaram perto de mim, e então vi mais uma vez Penélope descer as escadas, nobre e altiva. Segurava uma chave de bronze que eu bem conhecia. A chave do depósito subterrâneo. Em que estava pensando? Reconhecera-me, na noite anterior, ou só tinha sido impressão minha? E, se me reconhecera, por que não me contara?

– Porque você também mentiu para ela. – Ressoou no meu coração uma voz que eu conhecia muito bem.

Enquanto os olhos de todos estavam fixos na figura da rainha, esgueirei-me para o pátio e acenei para que Eumeu e Filésio se aproximassem.

– O seu senhor voltou – disse eu. – Está aqui, diante de vocês.

– *Wánax!* – exclamou Filésio, e caiu de joelhos abraçando as minhas pernas.

– Isso mesmo, é o nosso senhor, e voltou – disse Eumeu. – Mas cale-se, para não ser ouvido.

– Ouçam – disse-lhes eu –, ajudem-me a vingar-me e a reconquistar a minha casa, e juro que não se arrependerão: poderão morar perto de mim e receberão terras e animais, e uma esposa, linda, a que escolherem entre as criadas.

– Estamos com você, *wánax* – responderam –, prontos para lutar até o fim.

– As minhas armas, Eumeu.

– Aqui estão – respondeu –, trouxe-as comigo. – E as entregou, ajudando-me a vesti-las para em seguida encobri-las com a túnica e a capa esfarrapada. O arrepio frio do metal correu pelos meus braços e pelos meus ombros. Já fazia muitos anos que não sentia o contato do bronze na pele.

– E Telêmaco?

– A sua armadura também está pronta, escondida na sala dos argonautas. Ele sabe disto e está com a chave presa ao cinto. Quando ele sumir, quer dizer que foi vesti-la.

– A rainha também estava com uma chave. Pareceu-me ser a do subterrâneo.

– Ela mesma, *wánax* – respondeu de novo Eumeu.

– O que tenciona procurar lá embaixo? – perguntei. Eu estava preocupado: estaria ela a ponto de tomar alguma atitude imprudente? E se fosse arruinar tudo? Mas a calma logo voltou a tomar conta do meu coração. A deusa ajudava-me em quase todos os meus movimentos, em quase todos os pensamentos.

– Agora, você e eu vamos voltar, Eumeu. Eu primeiro, e depois você. Quanto a você, Filésio, fique na porta dos fundos, tranque-a e escore-a. Ninguém deverá sair por lá. Está armado?

Filésio entreabriu a capa e, com um amplo sorriso, mostrou um machado de combate de dois gumes.

– Com este posso abater um touro – disse. – Ninguém vai passar pela porta dos fundos.

– Muito bem, então eu já vou. Quando a chacina começar, Eumeu e Telêmaco já estarão ao meu lado. Você, depois de escorar a porta, volte para cá, também precisarei da sua ajuda.

Ninguém reparou em mim enquanto eu entrava, pois todos estavam mais uma vez olhando para outro lugar.

Penélope.

Estava naquele mesmo instante atravessando a sala, acompanhada por duas criadas que seguravam um saco de couro com a boca amarrada por uma tira. Foi sentar-se ao lado do meu trono, há vinte anos vazio, e as jovens deitaram o saco aos seus pés, abriram-no e tiraram dele um enorme arco de corno com a corda solta, enrolada na empunhadura.

O meu arco!

O que me permitiu sobreviver nesta minha última, duríssima viagem.

O que Autólico, o pai da minha mãe, me dera de presente para que o guardasse no palácio. Estava escuro e brilhoso, em perfeitas condições. Teria sido o rei Laertes, meu pai, quem cuidara dele de forma tão primorosa? Ou algum dos serviçais, a mando dele? E por que Penélope o trouxera para a sala? O meu coração voltou a palpitar rápido.

Teoclímeno, o adivinho, desaparecera.

Eumeu estava perto da lareira.

Antínoo, o chefe daqueles jovens, o mais atrevido e arrogante de todos, estava enchendo a sua taça.

Um estranho silêncio descera na sala. Todos falavam, mas em voz baixa, como se receassem ser ouvidos. A rainha levantou-se.

– Príncipes! – disse. Ninguém, desde que reaparecera, tirara os olhos dela. – Príncipes, decidi aceitar os seus pedidos!

O que estava acontecendo? Virei-me para Eumeu com expressão interrogativa, mas ele meneou levemente a cabeça. Tampouco sabia. O meu olhar procurou Telêmaco: "O que está havendo?"

Ele estava tão surpreso quanto eu: não sabia de coisa alguma, mas aproximou-se do trono.

A voz de Penélope ressoou de novo:

– Estou aqui para propor-lhes uma competição: quem, entre vocês, conseguir esticar a corda deste arco e prendê-la ao corno superior, e em seguida soltar a seta através das argolas de doze machados alinhados e acertar o alvo, pois bem, seguirei este homem para fora desta casa e me tornarei a sua esposa.

Não podia acreditar em meus ouvidos: quais eram as intenções de Penélope? Eu lhe dissera que Odisseu estava a ponto de voltar, que estava perto, que talvez já estivesse na ilha, e ela se concedia como troféu de uma competição com o arco? Declarava-se pronta a seguir um daqueles usurpadores arrogantes? Alguém que talvez fosse matar o seu filho, o nosso filho? O coração gritava em meu peito. A imagem dela deitada ao lado de outro homem bastava, por si só, para dilacerar a minha alma. Era para aguentar uma coisa dessas que eu voltara?

Outras quatro criadas entraram na sala, duas de cada vez, trazendo uma cesta com seis machados de dois gumes, cada um encimado pela argola usada para pendurá-lo na parede, e seis tocos de madeira furados para segurá-los.

Penélope mandou Eumeu alinhá-los no chão, bem retos em cima dos suportes de madeira maciça. Olhei para ele, atônito, mas o porqueiro meneou de novo a cabeça: não tinha escolha, não podia desobedecer a uma ordem da rainha. Uma voz voltou a ecoar no meu coração: a voz de Mentor. Havia quanto tempo não a ouvia!

– Você é um homem sábio, de mente profunda e complexa: reflita.

E logo tudo se tornou claro: a resposta estava no arco. Quem poderia estendê-lo sem conhecer os seus segredos?

Eumeu continuava a cumprir a ordem da rainha: alinhava os machados sobre seus suportes, um depois do outro, em linha reta.

Penélope fez um sinal para as criadas, e elas trouxeram um véu leve e luminoso que apoiaram em sua cabeça encobrindo-lhe o rosto.

O coração pareceu partir-se em meu peito. O mesmo véu que usara para cobrir o rosto diante do pai, Icário, muitos anos antes, para fazê-lo entender que era a minha noiva e esposa, e que continuaria a sê-lo para sempre. E aquele véu era agora para quem ganhasse a competição. Eu já não estava tão certo de que nenhum dos pretendentes conseguisse levar a cabo a façanha, e este pensamento me matava.

– Onde está você? – perguntava aflito.

A voz de Mentor voltou a responder:

– Aqui, ao seu lado. Por que duvida? Por que acha que está só?

– Porque é assim que me sinto – respondeu o meu coração. – Porque um deles poderia vencer, porque eu poderia ser forçado a participar do certame e não sei se as minhas forças bastariam. Já se passou muito tempo, tempo demais. Terríveis provas, gritos e sangue, feridas, sofrimentos indizíveis, intermináveis procelas.

Não havia mais como evitar, no entanto: a hora chegara, e disse ao meu coração:

– Ânimo, coração: esta é a última prova, a mais dura e terrível, mas só você pode conseguir, ninguém mais. Ninguém, como você, viu cem vezes

Damastes, o poderoso armeiro, apoiar o joelho no único lugar onde o arco podia ser encurvado e enganchar a argola da corda no corno superior.

Os príncipes aproximaram-se, e Antínoo tomou a palavra:

– Amigos, os machados foram alinhados, e a rainha nos propôs uma prova. Vamos aceitar o desafio e vejamos quem será premiado pela sorte! Eu serei o primeiro, e depois todos os demais, um após outro, da esquerda para a direita, como quando se serve o vinho.

Eu não podia deter os meus pensamentos. Onde cometera um erro? Se Penélope me reconhecera, não podia ignorar que eu tinha um plano e que aquela competição talvez o comprometesse. Queria punir-me? Demonstrar o seu desgosto por eu não ter-me revelado? E, se não me tinha reconhecido, por que escolhera justamente aquela hora para conceder-se como prêmio aos pretendentes?

A voz de Mentor ecoou de novo no meu coração:

– Há uma terceira explicação.

– Pois é. Ela me fez uma pergunta. Respondi com uma mentira. Para ela, esta é a única maneira de forçar-me a dizer a verdade.

A voz de Telêmaco pegou-me de surpresa. Assim como a mãe, ele também queria tomar a iniciativa.

– Pretendentes! – disse. – Esta é a minha casa, a rainha é a minha mãe. E o arco também é meu. Tenho o direito de participar e de ser o primeiro a tentar: se conseguir pôr o arco em tensão e soltar a flecha através das doze argolas, então a minha mãe já não terá de ser forçada a acompanhar nenhum de vocês. Ficará aqui comigo enquanto quiser. – Já era um homem. Tinha o direito de impor a sua vontade.

Ninguém lhe fez objeção, e Eumeu entregou ao príncipe o grande arco. Telêmaco apoiou no chão o corno inferior, pressionou o arco com o joelho esquerdo, segurou a argola terminal da corda com a mão esquerda e o corno superior com a direita, tentando dobrá-lo para enganchar o anel. O seu corpo esticou-se no enorme esforço, o suor correu farto da sua fronte, os olhos ficaram injetados de sangue, e, por um momento, vi o corno superior vergar-se. O meu coração encheu-se de orgulho. Teria gostado de gritar: "Vamos lá, *garoto*! Estique-o e solte a flecha", mas sabia que era impossível. O corno superior recomeçou a subir vencendo a pressão do seu jovem braço. Afinal, Telêmaco teve de render-se. No rosto de Antínoo, desenhou-se uma careta sarcástica.

– Tente você, então! – disse o meu rapaz. – Vamos ver como se sai.

Antínoo não se fez de rogado: agarrou com a esquerda o corno superior, com a direita a corda do lado da argola que servia para enganchá-lo. Ficou vermelho com o esforço, as veias do pescoço se incharam. O anel começou a se aproximar da ponta do corno superior. Tinha quase chegado lá, mas eu observava o seu joelho. O arco venceria e ele seria derrotado. O impasse durou alguns momentos, e então ele começou a ceder. Não conseguiu impedir que o corno superior se afastasse novamente da argola. Antínoo jogou o arco no chão com raiva e não se atreveu a olhar para Penélope. Encoberta pelo véu, a rainha parecia uma deusa misteriosa e impassível.

Foi então a vez de Eurímaco, logo depois de Antínoo o mais ilustre e corajoso dos pretendentes, até capaz, às vezes, de pensar e compreender. Mas foi uma tentativa sem nenhum futuro: sabia que não iria conseguir. Também percebia que a competição seria uma aviltante demonstração de impotência diante da magnífica rainha que por longos anos ele tinha covardemente molestado.

Eu percebia, agora, a imensa força e a sutileza do pensamento de Penélope; percebia que o seu plano era mil vezes mais eficaz e devastador que o meu. Propor aos pretendentes aquela prova, vê-los suar inutilmente ofegantes e ficar olhando para eles em silêncio era como dizer: "Querem ver-me na sua casa e na sua cama? Mostrem-me então de que são capazes. Eu estava acostumada com um homem desta força, deste vigor e desta esperteza. Tencionem a corda, jovens leões! Soltem a flecha e acertem o alvo. É só isso o que conseguem fazer?"

A terceira tentativa coube a Leodes. Entre todos, era o que parecia mais humano. Não era insolente, não ofendia: tratava a rainha com respeito e sempre olhava para ela cheio de adoração. Talvez a amasse. Talvez fosse um jovem gentil, mas nem por isto evitaria a Moira da morte. Só precisou de um instante para entender que aquele arco enorme, sombrio e ameaçador, era de algum modo invencível e quase mágico. Dentro dele havia a alma de um predador indomável. Soltou-o quase de imediato e ouvi-o dizer:

– Se não é possível conquistar o que foi a aspiração e o desejo de toda uma vida, melhor morrer...

Eu até que teria gostado de sentir dó, mas àquela altura já não havia lugar para este sentimento no meu coração. O tempo da compaixão tinha acabado.

Antínoo também pareceu ouvir o comentário. Disse:

– É óbvio que sua mãe não o gerou para ser um grande arqueiro. Mas onde você fracassou alguém ainda poderá ser bem-sucedido.

Dirigiu-se então aos companheiros:

– Como pude ser tão bobo, meus amigos? Esqueci que hoje se festeja a Apolo arqueiro. Nem pensar, portanto, em competir com ele! É evidente que não podemos tentar uma coisa dessas. Vamos deixar para amanhã, e o deus certamente nos dará forças para conseguirmos.

Virei-me em busca de Telêmaco, mas não o vi. Procurei então o olhar de Eumeu, e ele assentiu com um lento sinal da cabeça. O meu garoto, naquele momento, estava na sala dos argonautas.

Dirigi-me então aos príncipes com palavras humildemente insinuantes.

– Nobres senhores – disse –, ao ver esse arco, lembrei que eu mesmo possuía um parecido nos longínquos dias da minha prosperidade, e acometeu-me o desejo de apertá-lo entre as mãos. Tenho certeza de que amanhã o deus atirador dará a vitória a um de vocês, mas enquanto isso eu lhes peço: deixem-me tentar. Gostaria de ver se ainda sobrou alguma coisa, no meu corpo, da força dos meus anos juvenis.

Antes mesmo de terminar estas palavras, senti sobre mim o olhar da esposa altiva, e ele me queimou como ferro em brasa.

– Você deve estar louco, velho – respondeu Antínoo –, como se atreve até a fazer uma pergunta como essa? Tire isso da cabeça, se não quiser que o faça arrepender-se amargamente.

Então, Penélope disse:

– O hospede não tenciona certamente desafiá-los, e tampouco quer levar alguma vantagem se conseguir vergar o arco. Não vejo motivo para não deixá-lo tentar.

– Mas eu vejo – replicou Eurímaco –, e vou lhe dizer a razão, rainha: o que diria o povo se soubesse que um mendigo teve sucesso onde os mais nobres jovens do reino fracassaram? E você, seu vagabundo, tome cuidado. Se ousar tocar aquele arco, não sairá vivo desta casa.

– Chega de ameaças! – respondeu Penélope. – O hóspede não tenciona certamente casar-se comigo, ainda que conseguisse superar a prova. Não há, portanto, motivo para recusar-lhe a tentativa. Assim sendo, entregue-lhe o arco, Eumeu: até amanhã, quem manda nesta casa sou eu.

Depois se levantou, atravessou a sala e subiu majestosa e ligeira para os seus aposentos. Concedia-me espaço e tempo suficiente para redimir-me aos seus olhos e resgatar a sua solidão e a sua humilhação.

Eumeu obedeceu e entregou-me o arco. Untei-o com um pedaço de gordura e aproximei-o várias vezes das chamas para esquentá-lo e torná-lo mais flexível. Todos observavam curiosos, prestando atenção a cada um dos meus movimentos. Começavam a desconfiar que eu não fosse o que aparentava. A hora chegara: segurei o corno superior com a esquerda e a corda com a direita e, levantando a perna, apoiei o joelho logo abaixo da empunhadura, onde as resistências se encontravam. Empurrei com força. O arco dobrou-se gemendo, o corno superior obedeceu à minha mão e desceu até engatar-se na argola. Vi as mãos de Fêmio correr pelas cordas da sua cítara e fiz o mesmo com o arco. Com o toque, a corda vibrou, ressoando grave no meio e depois num tom mais alto e agudo na ponta.

No profundo silêncio que se seguiu, armei a flecha e apontei.

Soltei a seta.

Com um assobio ela atravessou os doze anéis e acertou o alvo.

Todos se entreolharam atônitos, mas o pasmo foi de curta duração. Compreenderam quando já era tarde demais. Um sol vermelho-escuro encheu a sala de reflexos sangrentos. Quando me virei, esplêndido em sua armadura de bronze ofuscante, Telêmaco estava de pé ao meu lado.

21

Despi então os meus trapos e eu também me mostrei coberto de bronze. Já não era um velho nem um mendigo. Era o rei de Ítaca, a fera que crescera dentro de mim nos campos de Ílio despertara.

Naquele momento, Antínoo estava levando aos lábios a sua taça de vinho. Segurei a aljava e derramei o conteúdo no chão. Às dúzias os amargos dardos ricochetearam no piso. Soltei mais uma seta e o acertei na base do pescoço. Desmoronou no chão sangrando da boca e do nariz. Esperneou, derrubou a mesa espalhando a comida que se manchou do seu sangue.

Os outros emudeceram, incrédulos. Chegaram a pensar que eu tivesse errado.

– O que fez, seu infeliz? Matou o mais forte e jovem herói de Ítaca. Mas a sua carreira como arqueiro acabou. Você já está morto, estrangeiro. Vamos cortá-lo em pedaços, será jogado aos abutres e aos cães.

– Não! – respondi. – Vocês estão enganados, esta prova maldita já acabou, a brincadeira agora vai ser outra: vamos atirar em alvos vivos!

Ainda não me haviam reconhecido. Eram jovens demais quando eu partira.

– Sou o seu rei! – gritei. – Acharam que eu nunca voltaria da guerra. E devoraram o meu patrimônio, tentaram matar o meu filho, foram para a cama com as minhas escravas e assediaram a minha esposa. Cães! Estão mortos, todos mortos! Só pararei quando não sobrar nenhum de vocês.

Tentaram correr às paredes a fim de pegar as armas que sempre estiveram penduradas nelas, mas só encontraram sombras de armas. Entregaram-se ao mais puro terror.

Eurímaco, o mais esperto deles, aproximou-se, podia vê-lo na trajetória da minha seta. Onde iria feri-lo? No pescoço, no peito, no fígado?

– Pare! Espere! Se você for realmente Odisseu, escute primeiro as minhas palavras. Não pensávamos que fosse voltar, depois de vinte anos. Ninguém podia imaginar. – Mantinha as mãos abertas diante de si, para proteger-se, queria dar-me tempo para pensar melhor. – Foi ofendido e humilhado, mas não sabíamos que era você. Parecia outro. Nunca teríamos feito uma coisa dessas, acredite...

Era habilidoso o espertalhão. Sabia falar.

– Quem fez tudo e nos convenceu foi Antínoo. Vamos ressarci-lo, devolveremos tudo o que gastamos e muito mais. Os nossos pais são ricos e poderosos, conhece alguns deles, não conhece?

Estava cada vez mais perto.

– Antínoo está morto. Perdoe a estes seus súditos, que só querem honrá-lo, grande rei!

Mas a flecha já partira. Mesmo que eu quisesse, não poderia chamá-la de volta. Trespassou-o de lado a lado. Caiu no chão gritando. Um homem trespassado por uma seta pode sofrer horas a fio. Filésio acabou com o seu sofrimento.

Talvez eu tivesse parado àquela altura, pois matara os dois mais insolentes, mas vi os demais querendo reagir ou pelo menos tentar. Procuravam nos sobrepujar graças ao número, recorrendo aos punhais, usando as mesas como escudo. Um deles, que procurava afastar-me da entrada, foi trespassado por Telêmaco com um golpe de lança. Se conseguissem tirar-me dali, poderiam alcançar a cidade e buscar a ajuda dos pais, dos irmãos e dos parentes. Ninguém podia se safar. Eumeu e Filésio estavam acostumados com a matança, o sangue esguichava para todos os lados. Pareciam estar inteiramente à vontade.

– Perdoe ao seu povo, grande rei!

De quem era a voz, agora? De Mentor? De Atena? Ou quem sabe fosse a minha? Somente a minha? Via-os tombar, agonizar na poça do próprio sangue. Pareciam-me mais pálidos, ainda mais jovens do que realmente eram.

Aquela imagem me faz sofrer. Até hoje ouço os gritos, quando adormeço. Mas era, sem dúvida, o que a deusa queria, pois do contrário como poderíamos só nós quatro vencer os trinta ou cinquenta... quantos eram?

Telêmaco correu para a sala de armas e voltou com lanças e escudos para o boiadeiro e o porqueiro, e para mim também. Apertamo-nos um ao lado do outro e contra-atacamos. A luta continuou feroz. *Nem sei dizer por quanto tempo.* De repente, no entanto, como num passe de mágica, alguns deles apareceram armados, com armas pesadas.

– De onde tiraram? – perguntei. – Se todos conseguirem se armar, estaremos acabados.

Telêmaco deu uma palmada na coxa.

– Perdoe-me, pai, talvez na pressa tenha deixado aberta a porta da sala de armas e alguém entrou.

– Eumeu, Filésio – gritei –, corram para lá e, seja quem for o responsável, prendam-no imediatamente! – Saíram correndo para a sala de armas enquanto eu e Telêmaco continuávamos a repelir os ataques contra a porta principal. Pensei em Penélope. Onde estaria, naquele momento? Podia ouvir os gritos aflitos do massacre?

Àquela altura eu já não tinha flechas, mas Eumeu e Filésio voltaram com mais armas, abrindo do lado de dentro a porta de um corredor havia muito tempo esquecido.

– Foi Melântio – disse Filésio, ofegante devido ao peso e à corrida –, agora está balançando, amarrado como um cabrito, preso às vigas do teto. Caberá a você decidir como puni-lo, quando acabarmos com isto.

Voltamos furiosamente à rinha, eu golpeava às cegas, sem parar. Eles tinham esperado salvar-se graças à força do desespero, mas desconheciam o que queria dizer lutar com o furor de um guerreiro num combate de verdade: nunca fizeram isso. Agora sabiam que não tinham salvação. Era somente uma questão de tempo. Ainda que mais numerosos, haviam perdido a coesão: pareciam bichos enlouquecidos num matadouro. Um deles tentou pular para uma janelinha que dava para o pátio externo, mas Eumeu pregou-o na parede com uma machadada. Caiu no chão com um baque surdo.

Mais gritos. Berros aflitos. Talvez esperassem ser ouvidos por alguém do lado de fora, alguém que fosse à cidade pedir ajuda.

Lamentos.

Eurímaco... seria possível que ainda estivesse vivo? Filésio não tinha acabado com o seu sofrimento?

Vez por outra eu via sombras, fantasmas. Mentor... era ele? Até ali, até a minha casa Atena tinha trazido o seu semblante? O que sobrara do meu conselheiro? Desapareceu enquanto uma andorinha passava entre nós (*era ele, ela, a andorinha?*) com voo nervoso, frenético, mostrando ora o ventre branco, ora o dorso preto. Foi empoleirar-se na viga mestra que sustentava o teto, soltando gritos estrídulos. Vi-a ofegante, de bico escancarado.

Tentaram novamente agrupar-se, atrás dos que tinham escudos, procurando reanimar-se uns aos outros.

– Vamos lá, só precisamos escorraçá-los da entrada e, então, poderemos sair e pedir ajuda! Se ficarmos aqui, não haverá salvação. Ânimo! Vamos!

Mas viam os companheiros tombar cada vez mais numerosos, caindo sob as machadadas, trespassados pelas lanças e pelas espadas. O piso fumegava de sangue, eu já vira tudo aquilo nos meus pesadelos. A sombra de Agamêmnon que eu evocara do Além descrevera assim os companheiros massacrados no palácio após a sua volta. Estaria eu, agora, vingando-os também?

Telêmaco desabafava sem piedade em cima dos pretendentes todas as humilhações sofridas, as ofensas, os insultos, o escárnio. Os meus olhos encontraram Fêmio, o cantor. As suas mãos corriam pelas cordas como que movidas por uma força autônoma. Cada dedo era uma criatura animada por energia própria, enquanto o seu olhar estava perdido nas névoas do terror. De repente fiquei diante de Leodes, o apaixonado, o menos detestável dos pretendentes. Ouvira-o invocar a morte por não ter conseguido realizar o sonho da sua vida, a conquista de Penélope, mas agora que a Moira o ameaçava, com as trevas que estavam a ponto de descer sobre ele, tentava fugir. Deixou cair no chão as armas e jogou-se aos meus pés. Pedia que poupasse a sua vida, dizia que nunca faltara ao respeito com a rainha, que exortara inúmeras vezes os companheiros a fazer o mesmo, mas não o deixei terminar: de um só golpe de espada decepei a sua cabeça. Não me deixara comover pelas suas lamentações.

Seguimos em frente até todos jazerem exânimes. Eu reconquistara a minha casa, vingando a minha honra e a da minha família e dando um terrível exemplo para ser lembrado no futuro.

Sobrava Fêmio: ele também? Alegrara os banquetes dos príncipes arrogantes. Não se rebelara. E agora estava trêmulo, apoiado numa das pilastras que sustentavam o teto em volta da boca da lareira. Ouviu os meus passos e se mostrou abertamente. Jogou-se aos meus pés, abraçou os meus joelhos.

– Tenha piedade, meu rei! – disse. E debulhou-se em lágrimas.

Como estavam longe os dias da infância, quando a água fresca das fontes bastava para lavar as mãos inocentes, e as histórias que Fêmio contava me faziam sonhar! Estremecia, agora, o cantor, e chorava. Um longo suspiro afugentou da minha boca o derradeiro furor, extirpou do meu peito a última exalação venenosa. Ofereci a mão e ajudei-o a levantar-se. Fitamo-nos diretamente na luz vermelha do pôr do sol, e nos olhos de ambos brilhou uma lágrima. Nos dele eu via os dias e as noites do passado, as lindas imagens da ilha, minha e da minha família, as festas e os convívios. Não sei o que ele via nos meus, mas uma voz ecoou no meu coração: "Ninguém pode levantar a mão contra o poeta. Ele é sagrado porque o seu canto alivia as angústias dos mortais." Uma treva, irreal naquela hora do dia, desceu sobre a casa, sobre o pátio, cobriu a ilha inteira como Teoclímeno, o vate assassino, preanunciara. Fêmio afastou-se, de cabeça baixa e ombros curvos, arrastando os pés no chão sangrento. A casa já estava escura.

Chamei Euricleia, que desceu, de lanterna na mão, dos aposentos das mulheres. Viu a chacina, os corpos espalhados no piso e começou a gritar de felicidade e a dançar balançando a lamparina, como tomada de louco delírio.

– Pare! – disse eu. – Não fica bem dançar sobre os mortos. Estes jovens não merecem escárnio: já pagaram com a vida pelo que fizeram. Mostre respeito.

Euricleia se deteve e baixou a cabeça, humilhada.

– Preciso de você, *babá*. Chame as criadas e ordene que levem os cadáveres para fora. Mande-as enfileirá-los um ao lado do outro sob o pórtico do pátio.

Euricleia chamou as criadas, que até então se haviam mantido trancadas em seus quartos. Ao verem os jovens massacrados, não conseguiram conter as lágrimas. Soluçando, levaram os corpos para fora e, quando repararam no sol negro que se punha no horizonte, naquela treva irreal, choraram ainda mais, pois tinham a impressão de levá-los para o Ínfero.

Eu também me debrucei, e o meu coração tremeu ao ver aquela escuridão vesperal, ao olhar para aquela noite tão diferente do anoitecer. Era como se um véu negro estivesse escondendo o sol. Amortecia a sua luz, mas não a apagava por completo. A lua se tornara visível, assim como as estrelas mais reluzentes. Agora já ninguém ria da visão negra de Teoclímeno. Mas ainda havia coisas por fazer:

– *Bá*, ordene que lavem o piso com escovas e depois com esponjas, até ele ficar perfeitamente limpo. Terão de fazer o mesmo com as mesas e a louça caída no chão. Quando elas terminarem, escolha as que se juntaram aos príncipes e traíram a rainha, afaste-as das demais e perfile-as lá fora, no pátio.

As serviçais estremeceram ao ouvir aquelas palavras, já imaginando o que iria acontecer dali a pouco.

Assim que levaram a cabo o trabalho, Euricleia mandou-as formar uma fileira enquanto a luz voltava a iluminar a ilha. Uma luz densa e turva, lívida e sangrenta. Choravam descontroladas as moças e tremiam aterrorizadas quando o dedo de Euricleia apontava uma delas e a sua voz rouca dizia: "Você, você..." Sabiam que aquela breve palavra era uma sentença de morte.

O sol vermelho do anoitecer livrara-se da sombra, mas já era curto o seu caminho até mergulhar na superfície do Oceano. Virei-me então para Eumeu e Filésio e os mandei esticar um resistente cabo de navio entre uma coluna do pórtico e outra do portal do pátio, tenso e bem acima do nível do chão, no qual pendurar laços com nó corredio. Eles serviriam para enforcar cada uma das jovens infiéis e traidoras, de mãos atadas atrás das costas. O cabo que Eumeu e Filésio esticaram era bastante alto para impedir que as criadas apoiassem os pés no chão. Quando foram entregues ao seu destino, penduradas no sólido cabo esticado de um lado para outro do pátio, tentaram instintivamente alcançar o solo com a ponta dos pés, mas o chão estava longe demais para servir-lhes de apoio. Não demorou para elas pararem de se mexer, balançando inertes ao léu do vento. Toda a energia tinha abandonado os seus corpos, suas sombras já desciam ao Ínfero para se juntar às dos pretendentes que as haviam antecedido. Eu tinha quase a impressão de ouvir os seus gemidos.

– Agora é a vez de Melântio! – exclamou Eumeu. – Vamos pegá-lo. – Afastou-se em companhia de Filésio, para voltar logo a seguir com o pastor de cabras de mãos e pés amarrados. A cada puxão ele gritava de dor. Ambos os ossos dos braços se haviam deslocado da articulação por ele ter ficado muito tempo pendurado na viga do teto. O seu rosto era uma máscara de sofrimento, mas o pior ainda estava por vir. Os meus homens conheciam muito bem qual era a pena para quem trai o seu rei sabendo perfeitamente o que está fazendo. Cortaram-lhe o nariz, as orelhas, o membro genital e jogaram tudo para os cães. Depois, empurraram-no para a estrumeira para que ali morresse sangrando.

Chamei mais uma vez Euricleia, mandei trazer fogo e enxofre com que purificar a sala e o pátio e dispersar o acre odor dos cadáveres e do sangue coagulado. A minha casa não devia guardar resquício algum da profanação sofrida.

A velha governanta chamou as criadas e os serviçais que se haviam trancado em seus quartos durante a chacina, para que me reconhecessem e prestassem homenagem. Fiquei comovido com as palavras e os gestos deles. Cercaram-me beijando-me as mãos e a cabeça, ajoelharam-se aos meus pés abraçando-me, muitos deles choravam de emoção ao rever-me, ou talvez de alegria por ainda estarem vivos.

Quase não conseguia acreditar: eu tinha restaurado a ordem legítima na minha casa e reconquistado o trono. Mas no fundo do coração sentia uma profunda amargura, pois nunca, até então, levantara as armas contra a minha própria gente, o meu próprio sangue. A vingança tão desejada se transformava em veneno. Eu provocara muitas mortes e também lutos demais. Não tinha trazido de volta às suas famílias nenhum dos companheiros que levara à guerra comigo, só trouxera a mais negra agonia aos pais e mães que durante anos haviam ficado esperando por eles todos os dias, de olhos fixos no horizonte, e agora os forçava a aceitar ainda mais mortes. Mas mesmo assim havia uma razão que a tudo tornava legítimo, uma finalidade pela qual até a minha deusa lutara ao meu lado, andorinha ofegante aninhada na viga mestra do teto: a justiça, que é a mais alta tarefa de um rei. Era o que eu tinha feito. Agora podia finalmente pensar nos meus sentimentos.

Em Penélope.

Estava ficando escuro, àquela altura. Fêmio, o cantor, atravessou a sala como um fantasma, passou ao meu lado sem olhar para mim, como se estivesse vendo diante de si imagens que só ele podia enxergar. Superou o limiar, e a sua silhueta escura sobressaiu no céu vermelho que se apagava num último tênue clarão. Detive-o por mais alguns momentos.

– Pode ficar mais um pouco?

Na sala e no pátio alguém acendeu as lanternas.

– Se assim quiser, *wánax*.

– Sim, quero. Já houve um tempo em que fomos amigos... no passado.

– É verdade, num passado longínquo.

– Então espere, preste-me este último serviço. Depois poderá ir para onde achar melhor.

Fêmio deu meia-volta e entrou novamente na sala. Sentou-se num banquinho perto da parede e ficou esperando, de cítara na mão. Então baixou a cabeça e derramou cálidas lágrimas, e eu também senti um nó na garganta: teria gostado de chorar como ele, para dar vazão à amargura que me oprimia, mas dentro do peito o meu coração era de pedra.

Olhei para Telêmaco, que chegava do pátio com as armas, a roupa e o rosto manchados de sangue: o meu rapaz, que até poucos dias antes era simples e ingênuo, tinha ferido e matado muitos homens com a espada, o machado e a lança: superara a fronteira da qual ninguém volta. Pensei que eu também devia ter a mesma aparência, ou até pior. Entreolhamo-nos em silêncio: um o espelho do outro.

Ouvi o barulho de passos descendo as escadas, e o meu coração estremeceu. Virei-me e vi Penélope, a minha esposa. Estava com Euricleia, que, apontando para mim, gritou:

– É ele, minha criança, é o seu marido, pelo qual havia muito tempo esperava. Era o mendigo que pedia esmola na sala. Não queria ser reconhecido. – Mas a minha rainha permanecia imóvel, fitava-me como se tivesse diante de si um estranho. Sentou-se perto da lareira e continuou a olhar para mim, quase indiferente. Euricleia insistia, confusa e transtornada diante daquele silêncio: – Eu o reconheci devido à cicatriz no joelho, enquanto lavava os seus pés.

– Espere, *babá*, a rainha não pode reconhecer-me nestas condições. Mande preparar um banho e trazer roupas limpas, as mais lindas que sobraram na arca.

Como se estivesse esperando por aquele momento o dia todo, ou o ano todo, mandou imediatamente preparar o meu banho e ordenou às criadas que me lavassem. Então me fez vestir as mais lindas vestes, as de cerimônia que eu costumava usar no conselho quando reinava em Ítaca.

– Como você está bonito, minha criança – dizia admirando-me com olhos cheios de lágrimas –, muito bonito mesmo.

Juntei-me então à minha esposa, sentei-me diante dela e contemplei-a em silêncio: lindíssima, nobre e altiva, avermelhada no reflexo do fogo. O tempo parecia não ter passado para a minha rainha.

Havia tensão entre nós dois, como um relâmpago que não conseguia explodir. Nenhum de nós poderia imaginar que o nosso encontro, depois de vinte anos de sonhos, desejos e prantos, seria silêncio mortal, mudos olhares perdidos.

– Mas não está vendo que é o seu marido? – continuava a insistir Euricleia. – É assim que lhe dá as boas-vindas? Depois que o invocou por tantos dias e tantas noites? – No fundo da sala, Telêmaco observava, atônito, os pais finalmente juntos a se desafiarem um ao outro numa absurda escaramuça de olhares e de palavras não ditas.

Penélope meneou a cabeça, e em seus olhos brilhou uma lágrima de fogo.

– Não é ele, *babá*. Acha que não reconheceria o meu marido? O som da sua voz? Os seus olhos, que mudam de cor quando sorri?

Ela estava certa, eu nunca sorrira desde que pusera os pés na minha casa, nem procurara por ela. Era por isso que me estava torturando: por não a ter compreendido, por não ter acreditado nela, por ela não ter sido a primeira em que eu confiara. "O meu nome é Éton de Creta", eu dissera quando ela, com olhos trêmulos de lágrimas, procurara o meu rosto escondido no canto escuro da sala. Por isso propusera a competição com o arco sem nada me dizer. Queria mostrar que àquela altura se acostumara a tomar decisões sozinha, que não precisava de mim. Eu é que deveria adaptar-me às suas decisões, e se não conseguisse, pior para mim: ficaria claro que já não era digno dela. Lembrei as inúmeras vezes em que, com a lua a surgir do mar, pensara nela, a desejara tão intensamente até sentir dor. Agora estava na sua frente, e ela me tratava como a um estrangeiro, um estranho vindo de longe a esmolar um toco de pão.

O silêncio entre os dois era mais fragoroso que um duelo entre guerreiros cobertos de bronze. Partia o meu coração. Eu não podia aguentar mais. Estava a ponto de sair para o pátio, onde Eumeu e Filésio iam colocando os corpos dos pretendentes num carro. Mas quem quebrou o silêncio foi ela:

– Euricleia, uma vez que o hóspede afirma ser Odisseu, então vá lá em cima e traga a cama na qual o meu esposo costumava dormir. Para que possa descansar direito.

Virei-me para ela e pude ler em seus olhos negros uma leve centelha de ironia. Estava me dando a possibilidade, a única, de reconquistá-la.

– Mas o que está dizendo, rainha? Ninguém pode tirar a minha cama de lá. Eu mesmo a encaixei entre os galhos de uma oliveira secular, preparei o seu ninho entre as folhas prateadas, minha esposa, meu único amor.

Levantou-se, então, eu proferira o segredo que só ela e eu conhecíamos, o segredo do tálamo onde ela me entregara pela primeira vez o seu corpo virgem, onde tínhamos concebido Telêmaco, nosso único filho, a cama perfumada de antiga madeira, de flores do campo e alfazema. Jogou-se entre os meus braços chorando, apertou-me convulsamente, com força, e eu senti as batidas do seu coração ardente, o seu seio espremido contra o meu peito. Sussurrei palavras confusas, doidas, mergulhava o rosto em seus cabelos, ondas de mar noturno. Ficamos chorando, ambos, como garotos que descobrem pela primeira vez o pungente langor dos sonhos de amor.

Por um momento encontrei o olhar perdido de Fêmio, e então ele baixou a cabeça à espera de eu lhe pedir aquilo que me levara a detê-lo na sala. Fui até ele derretendo-me entre os braços de Penélope.

– Mande acender todas as tochas e as lanternas, toque e cante, e vocês, jovens criadas, também cantem e dancem, para que alguém passando na estrada possa pensar que estamos celebrando um matrimônio, que a rainha finalmente consentiu casar-se com um dos pretendentes. Ninguém deve saber o que aconteceu.

Obedeceram, e eu fiquei olhando por algum tempo aquela dança macabra que queria ser de alegria, mas que só expressava mera e fria loucura. Dançavam as criadas, enquanto as suas companheiras ainda balançavam enforcadas, e cantava o poeta, cantava chorando, vencido pela dor e pela aflição. Nunca devia ter passado pela sua cabeça que a casa em que havíamos morado serenamente se tornaria um lugar de massacre. Quando voltei à lareira, vi que Penélope já não estava lá: subira aos seus aposentos, acompanhada pelas criadas que iluminavam seus passos com as lanternas. Agora a despiam, lavavam o seu corpo e o molhavam de perfume, a deitavam na cama como se fosse a sua primeira noite de núpcias.

Finalmente, eu também subi a escada recortada na parede, antecedido por duas criadas que seguravam archotes.

Entrei.

22

O nosso tálamo recebeu-nos, acolhedor, com suas colchas purpúreas, com seus panos tecidos por mãos experientes, do mais fino linho e cheirando a oliveira. Reconhecia cada golpe de machadinha e de plaina, cada polimento com pedra-pomes. A minha rainha o preservara como um santuário, sem nunca perder a esperança na minha volta.

Como seria, depois de tantos anos, o amor de Penélope? Como reagiriam a sua boca, o seu ventre e os seus seios? E os olhos negros, negros, negros? Além de qualquer devaneio que eu pudesse ter imaginado nas longas noites do exílio. A intimidade tão desejada abrasava os nossos olhares e a nossa respiração. Eu respirava na sua boca, e ela na minha. A luz da lanterna tingia a sua pele de reflexos acobreados. Estava com quase 35 anos, a sua beleza ainda era estonteante.

Este é, de fato, o privilégio de uma rainha: não precisa queimar a pele sob o sol impiedoso, nem estragar as mãos arrancando ervas daninhas nos campos de trigo e de cevada. Comida e água pura sempre abundam na sua mesa de marfim, na sua taça de prata. Banhos e óleos perfumados mantêm a sua pele macia. Eu a contemplava, e ela a mim, ambos incrédulos de estarmos novamente juntos, um nos braços do outro.

Quando a apertei a mim, o som das danças e o canto de Fêmio se calaram, o silêncio tomou conta da casa envolta pela noite. Talvez Telêmaco e Euricleia tivessem mandado parar a tétrica encenação. Não era necessária: quem poderia passar por lá àquela hora? Eumeu e Filésio trabalhariam a noite inteira, e, no dia seguinte, nenhum resquício sobraria do que acontecera, nenhuma mancha, nem o cheiro denso e adocicado da morte.

O frenesi da chacina e do sangue não se havia apagado em mim; mas o ímpeto tomara outro caminho. O fogo queimava agora com energia diferente, mas igualmente intensa, como um rio que tomou outro curso. Só mesmo o esgotamento nos deteve, quando o céu começou a clarear. Adormecemos, esquecidos de tudo; o tepor da cama e o do corpo nu de Penélope aqueceram-me, encheram-me de vida depois que a fria sombra da morte gelara o meu coração. O tempo dilatou-se ao infinito, a maré das lembranças atropelou-me, por um momento tudo pareceu igual, inalterado. Como se eu nunca tivesse partido, como se o nosso amor retomasse o seu curso natural apagando o abismo dos anos.

Percebia sobre nós o véu de Atena que nos protegia: não tinha ciúmes de Penélope, a minha deusa, talvez gostasse dela assim como de mim. Mas iria acalmar-se a ira de Posídon? Ainda tramava desgraças para mim o deus azul das profundezas marinhas?

E quando seria eu forçado a partir de novo? Dali a um dia, um mês, um ano? Onde encontraria coragem para contá-lo a Penélope? Ou seria melhor ignorar a profecia, como se nunca a tivesse ouvido? Como podia ter certeza de ter evocado do reino de Hades o fantasma de Tirésias e de tê-lo ouvido dizer aquelas palavras? Teria sido um sonho? Tinha sonhado aquilo tudo? Naquela cama, perto da esposa tão desejada, a esposa que eu receava encontrar grisalha, cansada, apagada, marcada pelas rugas, tudo parecia possível e impossível. A sua respiração, regular no sono, era uma música que eu nunca olvidara. Bastava aquela respiração, e um pensamento meu, para que tudo pudesse ser esquecido, para tudo sumir como se jamais tivesse acontecido. Um entre muitos sonhos que me haviam visitado, adormecido, durante aqueles anos. Mas do pátio chegava o rangido das rodas de um carro. Pernas e braços balançando para fora das bordas, membros de jovens corpos massacrados.

Por mim, pelo meu filho, pelo boiadeiro e pelo porqueiro. Tudo era horrivelmente real, não havia margem para ilusões. Implorei à deusa que me concedesse mais algumas horas de serenidade, depois eu estaria novamente pronto para enfrentar mil aventuras, combates, duelos com mortais e deuses, monstros, pesadelos e sonhos.

Após o amor, entregara-me a um entorpecimento que não era sono nem vigília. Às vezes abria os olhos e encontrava os de Penélope, fixos e profundos.

– Ouvi-o chorar – disse.

Não soube o que responder.

– Eu entendo. Não era assim que imaginara a sua volta. Talvez pensasse que o seu povo o receberia festivo, que os nobres o acompanhariam ao palácio, onde eu esperaria por você usando as minhas roupas mais bonitas, as de cerimônia, e as joias mais preciosas. Sinto que não tenha acontecido, e sinto que não tenha confiado em mim.

– Cometi um erro e lhe peço perdão, meu amor. Mas na verdade o meu pranto não se devia ao que fiz, à amargura que lhe proporcionei...

– Já esqueci. Fiz amor com você como uma jovem, dormi entre os seus braços, senti o seu calor após todos esses anos. Você nem pode imaginar o que senti... Por que chorou?

– Porque terei de partir de novo.

Por um momento, pareceu ficar petrificada.

Eu não podia parar. Havia começado a falar. Tinha de ir até o fim.

– O que vou lhe dizer parece incrível, eu sei, mas atravessei com o meu navio a cortina de neblina que separa o nosso mundo daquele onde tudo é possível. Alcancei os extremos confins da terra, naveguei as ondas do rio Oceano, aventurei-me entre os recifes pontudos até as torres rochosas que vigiam o mundo dos mortos. Ofereci sacrifícios às divindades do Ínfero e evoquei as sombras do reino de Hades, que chegaram a mim aos milhares.

"O vate tebano Tirésias disse após tomar o sangue da vítima: uma imagem terrível que ninguém gostaria de ver. Predisse que eu voltaria tarde e mal, num navio estrangeiro e sem companheiros, que encontraria a casa cheia de pretendentes que insidiavam a minha esposa e que mataria a todos. Depois disso, deveria partir de novo e entrar no continente na direção contrária à do mar, levando um remo comigo. Iria tão longe que encontraria povos que desconhecem o mar, não temperam a comida com sal, nunca viram um navio nem um remo. Algum dia encontraria um homem que perguntaria se aquele remo era uma pá para ventilar o trigo.

"'Será o sinal', ainda disse Tirésias, 'não haverá como errar. Finque o remo no chão, imole a Posídon soberano um carneiro, um touro e um porco--do-mato. Só então poderá voltar e reinar entre pessoas felizes e aproveitar, cansado, uma serena velhice, quando morrerá de morte suave, vinda do mar.'"

As lágrimas da minha esposa brilhavam como pérolas nas suas faces. A escuridão se prolongava além de qualquer limite que eu conhecesse. Talvez os espíritos da treva quisessem conceder mais tempo à minha noite de amor e de dor.

– E ele nada disse a meu respeito?

– Você sempre está no meu coração. Mas terei de cumprir o vaticínio. Desafiei um deus, e isto me custou muito caro. É a única coisa que eu posso fazer: encerrar a impossível contenda entre um mortal e um deus invencível. De uma vez por todas.

"A primeira parte da profecia realizou-se, não haveria motivo para a segunda parte também não se realizar. Quando Tirésias mencionou os três animais por sacrificar, lembrei-me da mensagem que a minha mãe me mandara entregar ao avô Autólico na ocasião da minha primeira caçada em terra firme, e me lembrei da resposta que ele me deu: deveria dizer-lhe o nome de três animais, mas tinha de tomar cuidado, pois aqueles bichos poderiam marcar o meu destino.

"Sem hesitar, eu disse: 'Um touro, um carneiro e um porco-do-mato.' A mesma coisa. Não podia livrar-me do meu destino. Já estava escrito. Sei que, para você, esta nova separação será motivo de sofrimento, mas não tenho escolha: só encerrando este interminável embate, poderei ter a esperança de viver serenamente a última parte da minha vida com a minha família, na minha ilha."

Penélope abraçou-me mais uma vez com força, aninhou-se entre os meus braços, e eu acariciei o seu rosto e o seu corpo, procurei os seus olhos no escuro, talvez achando que o seu amor pudesse afastar as sombras inquietas dos pretendentes mortos.

– Os deuses são enganosos, brincam impiedosamente com as nossas vidas. Você lhes proporcionaria diversão: o pequeno homem armado de um remo que luta contra o touro e contra o grande carneiro de chifres curvos, para então enfrentar o javali de desmedidas presas, em lugares longínquos, solitários. E eles sentados calmamente lá em cima, vendo tudo do céu.

– Não creio. Ninguém mente no reino da morte.

Desprendeu-se do abraço e começou a chorar baixinho. As lágrimas também vieram aos meus olhos. Apesar de tão aflitos, contudo, ainda fizemos amor, mais, mais, unidos num abraço invencível, chorando, cada um respirando a dor do outro. No calor e no sabor amargo do pranto, daquela intimidade total de alma e corpo subia ao céu um desafio mais atrevido e poderoso que qualquer outro que eu pudesse ter enfrentado com a espada e a lança: aquelas duas criaturas mortais que se amavam desesperadamente viviam, no limite extremo dos seus sentimentos e das suas penas, um momento que nunca seria igualado e que nem mesmo no passado haviam vivido com tamanha paixão. Um sentimento cuja infinita grandeza nenhum deus, nenhum demônio poderia jamais imaginar.

* * *

A luz espalhou-se sobre os nossos rostos e corpos, e talvez a minha deusa tenha despertado no meu coração o pensamento do que podia acontecer assim que se soubesse da chacina dos pretendentes. Fiquei então de pé de um salto, lavei-me e enxuguei-me, vesti uma túnica tirada da minha arca, a qual Penélope mantivera intacta, e desci à sala de armas para vestir a armadura, pegar escudo e lança e prender a espada na cintura.

Telêmaco, Eumeu, Filésio e mais alguns dos seus mais fiéis companheiros já estavam à minha espera armados da cabeça aos pés. Quem tomou a palavra foi Telêmaco, ainda excitado após o seu primeiro embate sangrento:

– *Pai*, talvez seja melhor irmos logo ao sítio do avô Laertes, para juntarmos forças para o caso de os parentes dos mortos decidirem nos atacar. O palácio e a minha mãe estarão seguros. É a nós que eles querem. Quando virem os corpos dos filhos e irmãos, só terão duas escolhas: conformar-se com o destino ou procurar vingar-se. De qualquer forma, no entanto, cada um receberá o corpo do parente. – O meu rapaz já tinha pensado em tudo, portava-se com a sabedoria e a prudência de um rei.

Partimos encobrindo o corpo com capas que chegavam aos pés, para esconder as armaduras: alguém poderia ficar desconfiado. Penélope, da janela do nosso quarto de dormir, via-nos enquanto nos afastávamos: parecia a imagem de uma deusa.

– Alguém viu Fêmio? – perguntei.

– Está nos alojamentos da criadagem – respondeu Telêmaco. – Ainda não sabe se você irá poupá-lo e conceder-lhe a graça da vida.

– Disse-lhe que, depois de realizar o meu último desejo, podia ir para onde quisesse.

– E para onde? Não tem para onde ir.

– Então ficará conosco.

– Tudo bem, mas acho melhor que você mesmo lhe diga isso, quando voltarmos.

Anuí.

À medida que nos aproximávamos da bifurcação, o meu coração batia mais forte no peito, eu lembrava as palavras que a sombra da minha mãe pronunciara: "Lá onde a tarde o surpreende, um leito de folhas secas o acolhe, e geme, aflito por ti." Altivo e orgulhoso, o meu pai não aguentara ficar sofrendo humilhações na casa em que reinara sobre Ítaca.

– Lá está o rei Laertes, seu pai, o argonauta – disse Telêmaco.

Senti um aperto no coração ao vê-lo. Era ele, mas como tinha mudado! Vestia roupas gastas, remendadas, usava na cabeça um chapéu de pele de cabra e tinha as mãos enfaixadas por luvas de ovelha para proteger-se dos espinhos. A isto se reduzira o rei de Ítaca, o herói que conquistara com Jasão o velo de ouro, o homem ao qual eu devia os dias mais lindos da minha infância, as lembranças mais felizes da minha juventude e as esperanças de um rapaz de coração ardoroso.

Ao ouvir os nossos passos, apoiou a enxada a uma pereira e veio ao nosso encontro. Reconheceu Telêmaco:

– Quem é este homem, meu *garoto*? E o que os traz aqui de manhã tão cedo?

Eu teria preferido adiar a hora do reconhecimento; uma história fantástica, uma das muitas que eu já tinha contado, passou pela minha mente. Mas poderia eu mentir ao meu pai, ao meu rei?

Joguei-me aos seus pés, beijei as suas mãos.

– Sou eu, *pai*, sou o seu filho, Odisseu, de volta após tantos anos. – Tirei a capa dos ombros e fiquei em pé diante dele, vestindo a minha reluzente armadura.

– Está me reconhecendo?

Abraçou-me, apertou-me ao peito com força.

– Meu filho, meu filho... – soluçava –, quanto tempo, quanto tempo... Não queria que você me visse nestas condições.

– Não fale assim, *pai*, nem pense nisso. Nem dá para contar a alegria com que o revejo, o abraço. Deixe-me ver as minhas árvores, as que me deu de presente e que plantamos juntos, lembra? Ainda estão vivas? Cresceram? Dão bons frutos?

– Sim, claro, venha. – Segurou a minha mão. – Está vendo aquela pereira? Estava capinando em volta para livrá-las das ervas daninhas. Talvez, sem dar-me conta, ainda esperasse a sua volta e quisesse que encontrasse tudo em ordem, mas não assim, não queria que me visse assim...

– Acabou, *pai*, acabou tudo. Os que o humilharam, os que o empobreceram forçando-o a viver como um mendigo, estão todos mortos. Exterminei-os com a ajuda do meu garoto e dos poucos que se mantiveram fiéis.

– Matou-os? E como o conseguiram só vocês? Por que não me avisaram? Eu iria correndo, vestindo a minha armadura, e, apesar dos anos que pesam em minhas costas, garanto que despacharia vários para as entranhas do Ínfero.

– Não queria que, com a sua idade, ainda tivesse de entrar numa luta. Não foi preciso. Agora mandarei Eumeu à cidade, para avisar os parentes. Poderão buscar os filhos e dar-lhes uma digna sepultura. Depois irei ao porto para informar as tripulações dos navios, para que levem ao continente e às outras ilhas os que não são de Ítaca. Pode ir, Eumeu.

O criador de porcos partiu, mas o meu pai quis de todas as formas que ficássemos a fim de almoçarmos juntos.

Era incrível: àquela altura já estava a par do que acontecera no palácio, eu lhe contara tudo nos mínimos detalhes, mas agora queria almoçar, mandara a criada aprontar a mesa e convidara o vizinho de casa e amigo Dólio com seus sete filhos. Os seus magníficos olhos azuis brilhavam de felicidade. Eu disse:

– Está bem, *pai*, vamos ficar. A alegria de estarmos juntos é grande demais. Não poderia deixá-lo. Mas diga-me: onde está enterrada mamãe?

Uma sombra desceu sobre os seus olhos, como nuvem de tempestade no mar.

– Já sabe que morreu, então... Venha comigo. Deixei uma tumba vazia no cemitério real, muito bonita. As suas cinzas repousam não muito longe daqui, e, quando a minha hora chegar, quero que me sepulte ao lado dela. – Atravessamos o olival e chegamos a um gramado bem cuidado, recém-aparado, com purpúreas flores de cardo e botões de rosas-silvestres tão vermelhos quanto cornalinas. Havia um pequeno cipo à sombra de uma azinheira e, no chão diante dele, uma pedra toscamente esculpida, cortada da montanha. Olhei para o meu pai e depois para a pedra, e no meu coração ressoaram as palavras que o espírito da minha mãe, a imagem vazia que encontrara às portas do Ínfero, me dissera: "Não, não fui trespassada por um dardo de Ártemis caçadora, nem fui consumida por uma doença. Foi a saudade de você, meu esplêndido filho, que tirou a minha vida."

Juntei uns botões vermelhos, umas flores do cardo purpúreo e coloquei-os na tumba. Um espinho de cardo me espetou, um pingo de sangue gotejou na pedra.

– Por que não esperou por mim, mãe, por quê?

Não houve resposta no meu coração. Os olhos do meu pai estavam úmidos.

– Sinto falta – disse –, continuo a sentir muito a falta dela.

Já estávamos voltando quando vimos Eumeu chegar, ofegante.

– Rápido, *wánax*, rápido, estão vindo!

– Quem? – perguntei.

– Os parentes dos mortos, os pais, os irmãos. Estão armados e vêm para cá a fim de vingar-se. As cenas que vi foram aflitivas. Cada um se jogava em cima do corpo exânime do próprio filho ou irmão, soluçando. O pai de Antínoo berrava como uma águia ferida. Queria que todos se armassem e viessem matar a nós todos. Dizia que você perdeu os navios e o exército, nenhum dos jovens que partiram para a guerra voltou, e agora exterminou os que restavam. Receiam que fujam para Pilos, para junto do rei Nestor. – Mal conseguia falar, arfava.

– Fique calmo – respondi –, vamos regressar. Ficaremos em formação diante da entrada. Quantos são? – perguntei a Eumeu.

– Muitos. Mas quase metade retrocedeu levando os corpos dos filhos para as cerimônias fúnebres. Não foram poucos os que reconheceram a ofensa cometida contra a sua casa e contra a honra da sua esposa. Ouvi um deles dizer: "Não é culpa dele se perdeu o exército. As guerras ceifam muitas vítimas, e o mar está cheio de perigos. Acredito que teria certamente preferido trazer à pátria todos os companheiros. E, além do mais, acho que os deuses o ajudaram. Como poderiam só quatro levar a melhor contra tantos jovens na plenitude do seu vigor?"

Apressamo-nos para a casa do meu pai. Dólio e seus sete filhos homens também se armaram. Formávamos um grupo de mais ou menos uma dúzia de pessoas. Arrependi-me por não ter trazido o arco: poderia ter abatido vários quando ainda estavam longe. Mas quando ficaram a uns cinquenta passos de distância uma coisa admirável aconteceu. Algo desceu como um raio do céu: o que seria? Uma ave de rapina? E então, entre a nossa tão exígua formação e a outra, bem mais numerosa, surgiu Mentor! Pareceu hesitar por um momento, para em seguida vir para o nosso lado. Senti um arrepio gelado correr sob a minha pele!

Os nossos adversários começaram a lançar seus dardos, e nós nos protegemos com os escudos. Só meu pai, o herói Laertes, arremessou a sua lança, a que tinha consigo quando navegava em busca do velo de ouro. A pesada haste subiu reta e veloz, depois virou para baixo a ponta inexorável e fincou-se na face de Eupites atravessando a inútil proteção do elmo. Era o pai de Antínoo. Ruiu ao chão. Suas armas ecoaram graves ao bater no chão, que ficou logo manchado de sangue. Os nossos adversários detiveram-se, atônitos. Como podia o braço de um velho marcado pela idade e pela dor arremessar a arma com tamanho mortífero vigor? Mentor estava agora muito perto, o seu olhar fulgente me levou a entender na mesma hora o que eu devia fazer.

Encaminhei-me para os parentes dos que havíamos massacrado no palácio, ladeado por meu pai e com Telêmaco logo atrás. Os demais nos acompanharam formando duas fileiras. Ao chegar diante deles, paramos. Entre nós só havia o corpo exânime de Eupites. O filete vermelho que saía do seu corpo parecia marcar o confim entre os dois grupos, filhos da mesma terra.

Lágrimas escorriam dos meus olhos quando eu disse: “Paz.” Finquei a lança no chão, e os outros, à minha esquerda e à minha direita, fizeram o mesmo.

Os nossos adversários também depuseram as armas.

Mandei os garotos de Dólio pegar o corpo de Eupites, lavá-lo, cobri-lo com um sudário e colocá-lo num carro à sombra de um carvalho. Gritei: “Mentor!”, mas não obtive resposta. Um falcão, acima de mim, voava para o sol, formando amplos círculos no céu de bronze ofuscante.

Partilhamos, em silêncio, a refeição da conciliação.

Quando levantei os olhos, vi no fim da estrada Fêmio, o cantor, que avançava lentamente na nossa direção. Agora estava ventando, e a sua figura, envolta num turbilhão de poeira, parecia flutuar acima do solo como um fantasma.

23

Quando o banquete fúnebre terminou, os pais e os irmãos dos pretendentes mortos encaminharam-se pela trilha para as suas casas. Eumeu e Filésio foram com eles a fim de entregar os corpos que ainda não haviam sido reivindicados e de cuidar para que os que vinham das ilhas fossem embarcados e levados às suas famílias.

Uma profunda melancolia tomou conta do meu coração, pois a vingança é afinal uma comida envenenada que deixa amargor na boca. A ira se apaga, a fúria se esvai. Só fica na alma um grande frio, uma sensação de vazio e de incurável tristeza. O que mais me angustiava eram os dias que me aguardavam: com quem falaria? Como governaria a minha terra, administraria a justiça? Como poderia aproveitar a companhia do meu filho, sabendo que muitos dos meus nobres tinham perdido os deles? Como iria encontrar alegria no amor da minha esposa sabendo que tantas outras mulheres de Ítaca estavam aflitas, de luto? Como andaria pelos caminhos da ilha sabendo que atrás de cada árvore ou moita poderia esconder-se uma insídia?

Via Fêmio aproximar-se e percebia que os dias que inspiravam os cantores haviam acabado: o que me aguardava eram somente uma lenta maceração da alma e longas noites de olhos arregalados.

Fêmio sentou-se embaixo de um carvalho e ficou olhando para os muares que estavam sendo atrelados a um carro para levar o corpo exânime de Eupites à sua última morada. Meu pai o matara, e eu lhe matara o filho. Cheguei perto dele e disse:

– O meu coração está triste, Fêmio, mas eu não tinha escolha. Você mesmo viu o que aconteceu. Acha que podia perdoar-lhes?

– Foi o que Eurímaco pediu: "Perdoe à sua gente!" Já esqueceu? Não faz muito tempo. Por que ignorou o pedido? Não é papel do rei ser magnânimo? Já tinha matado Antínoo. De quanto mais sangue precisava para apagar a sua sede de vingança? Ofereceram-lhe devolver tudo o que tinham gastado e desperdiçado na sua casa, e mais ainda, para aplacar a sua ira. É sempre aconselhável olhar para o futuro quando se decide escolher o caminho da vingança e do sangue. Pense bem: se tivesse perdoado, não se sentiria melhor agora? Não andaria pelas estradas da sua ilha de coração leve, cercado pela admiração e pela gratidão dos seus súditos? Não seria afinal melhor a vida de todos? A sua, a deles e até a minha? E, ao contrário, veja só o que o aguarda: tristeza, aflição, frieza e vazio. – Baixou a cabeça e deixou as lágrimas correr pelas faces hirsutas. – Esqueceu os dias da nossa juventude, meu rei? Esqueceu aqueles dias felizes? Nada de fúria, nada de sangue nem de dor infinita. Esperança, em lugar disso, sonhos, cantos e alegria devido ao sol, ao mar. Às nuvens e aos gramados floridos, aos entardeceres no mar purpúreo, às velas que voltavam, ao pasmo e à maravilha pela aventura da vida que esperava por nós. Era para isso que deveria ter voltado, apesar da inclemência das provas que teve de enfrentar nesses anos.

Voltou a calar-se. Apoiou o queixo no peito, a brisa do mar desgrenhava os seus ralos cabelos e secava as lágrimas no seu rosto. Eu também senti uma insuportável vontade de chorar.

– Quer uma resposta, Fêmio? Quisessem os deuses que houvesse uma! Mas não há. Quer saber por que não perdoei? Por que não me contentei com uma só vítima? Porque por dez longos anos não fiz outra coisa que matar, massacrar, esquartejar... Acha que poderia esconder-me? Fugir? Eximir-me?

"Se pudesse ter alcançado a minha terra depois de deixar para trás Troia destruída, nada disto teria acontecido. Estaria agora reinando como Nestor, amado pelo povo, entre filhos e netos. Não foi culpa minha. Nem pode imaginar quanto esperei, quanto chorei, procurei, supliquei! Mas forças bem maiores que as minhas, desmedidas, pavorosas, empurraram-me para longe, cada vez mais longe, para os extremos confins da terra e do mar, para além dos limites que os deuses concedem aos mortais. O desejo de voltar nunca me abandonou, mas a minha vida em alto-mar não foi outra da que tivera em terra. Lutei contra monstros, contra selvagens comedores de carne humana, vi os meus companheiros morrer um depois do outro, de morte atroz. Matados, espetados como peixes, esmigalhados pelos dentes de monstros sanguinários..."

Pela primeira vez, Fêmio, de queixo trêmulo, fitou-me com seus olhos claros.

– Tive de endurecer o coração – continuei –, fui forçado a cultivar o ódio e a vingança para vencer, para sobreviver. Deveria então deixar-me levar, ser tragado pelo abismo? Quando finalmente beijei a minha ilha, reconheci os seus perfumes e as suas nuvens, achei que podia recuperar o passado, que tudo podia começar de novo.

As lágrimas azuis de Fêmio acompanhavam as minhas palavras, caíam no solo de terra seca.

– Fui aos estábulos de Eumeu, onde, em seguida, encontrei Telêmaco, que escapara da cilada dos pretendentes. Choramos longamente, abraçados um ao outro, e naquele abraço tive a impressão de recuperar os anos perdidos, de poder voltar a amar, pensar no futuro, na casa, na esposa, no meu pai, o herói Laertes, que tanto sonhara com o meu regresso. Mas me disseram que a casa havia sido invadida, que pretendentes arrogantes insidiavam a minha esposa, que tramavam matar o meu filho. Tive de esconder-me, de disfarçar-me de mendigo, de sofrer ultrajes e humilhações. Você mesmo viu, e me reconheceu sob os trapos e a esqualidez da aparência. E assim mesmo tinha pressagiado Tirésias, o vate tebano que eu evocara do reino das Sombras: "E a todos matará, às escondidas com o engano, ou sem disfarce, com o bronze impiedoso." E até a minha deusa me exortava à ação.

O cantor continuava a ouvir, em silêncio. Prossegui:

– Mesmo assim, nem a profecia do tebano nem a deusa de olhos azuis me forçariam à chacina se eu não quisesse. O que me empurrou foi o fato de sentir-me cercado de inimigos, a dor das pancadas. O antigo furor que dormia no fundo do coração despertou de repente e ardeu como fogaréu até queimar a minha alma. Nada poderia então deter-me: nenhuma misericórdia. A noite mais negra descera sobre a minha casa, o glorioso palácio de Laertes tornara-se a própria boca do reino de Hades, até o sol se obscurecera. Podia evitar? Responda: eu podia evitar?

Só então me dei conta de que meu pai estava me ouvindo. Chegou perto e me disse:

– Não precisa se arrepender de coisa alguma, meu filho. Nada é mais torpe que se aproveitar da casa e da honra de um homem ausente que não pode se defender. Você só fez justiça e portou-se como soberano. Pronunciou a sentença e a executou. Agora, ninguém se atreverá a seguir o exemplo daqueles celerados.

Fêmio ficou de pé. Disse:

– Venha, rei, vamos voltar para casa.

Nos dias seguintes sofri penas tão grandes quanto as que padecera nos anos de guerra e nos das longas andanças para além da cortina de neblina. Não conseguia entrar de novo na minha casa, falar com o meu filho e a minha esposa. Comia muito pouco, amiúde sozinho. As únicas pessoas com que tinha vontade de falar eram Fêmio e o meu pai. A Fêmio contei por dias e noites a fio a história dos vinte anos que passara longe de casa. Reviver aqueles fatos me fazia sentir melhor. As imagens ressurgiam vívidas, quase reais, ouvia novamente os sons, as vozes, via as cores de inúmeros céus longínquos e diferentes, a luz de estrelas desconhecidas. Fêmio escutava atento, sem jamais dizer coisa alguma, não interrompia o conto e tampouco pedia explicações depois que eu acabava de falar. Ao meu pai, perguntava como eu poderia continuar vivendo na ilha, reinando sobre o meu povo tão duramente ferido.

– Tinha direito de fazer o que fez. Você é o rei desta terra e das ilhas vizinhas: o que mais podia fazer? Se lhes tivesse perdoado, muitos outros, até no continente, seguiriam o exemplo deles. Você não sabe o que aconteceu: quando voltou, Agamêmnon foi assassinado no seu próprio palácio, junto com todos os seus companheiros, pela mulher Clitemnestra e pelo amante Egisto. Diomedes teve de sair de Argos para não desencadear mais uma guerra. A sua mulher Egialeia tramava matá-lo. O mesmo diga-se de Idomeneu...

– Eu sei – respondi. – Durante a minha última parada na Acarnânia, fui informado de tudo.

O meu pai baixou a cabeça.

– O nosso mundo corre o risco de ser destruído. A guerra ceifou os jovens mais válidos, que agora poderiam governar e manter unido o país. Os reis mais fortes e valorosos morreram ou desapareceram: Agamêmnon, Diomedes, Idomeneu, Aquiles, Ájax de Locros e Ájax de Salamina... – Estremeci ao ouvir este nome. Voltei a ver o fantasma zangado dar-me as costas e desaparecer na neblina do Ínfero. – Nestor ainda reina em paz, mas chora a perda de Antíloco, o filho predileto. Nos primeiros tempos, depois que soube da volta dele, fui visitá-lo várias vezes. Estava inconsolável. Então, quando achei que você não regressaria, nunca mais fui lá. Não queria, eu também, chorar com ele por um filho perdido. Pelo menos, ele tinha outros, mas eu só tinha você. E quando sua mãe se foi fiquei sozinho, só eu nesta casa. Passei anos vivendo aqui, como um bicho do mato.

– Eu sei, *pai*. É como você disse, na guerra não há vencedores. Todos perdem.

Costumávamos passear no bosque, pelas trilhas nas montanhas, e certa vez paramos no penhasco que dominava o palácio, no lusco-fusco do anoitecer. O lugar onde, ainda menino, eu jogava pedras para adivinhar o meu futuro.

– Está lembrado, *pai*? Naquela tarde você estava voltando de uma caçada e me encontrou sentado aqui. Parou para falar comigo, você, o herói argonauta, o rei de Ítaca, com um menino.

– Com o meu filho...

– Que paz, que alegria! Nem pode imaginar o que foi, para mim, ouvir as suas palavras, o relato das suas aventuras...

– Agora os papéis se inverteram. Você conta a sua história, e eu escuto.

– Você é o melhor genitor que um filho poderia desejar, *pai*.

– E você, o filho que todo pai gostaria de ter. Infelizmente, passamos pouco tempo juntos... muito pouco. Mas, se gosta da companhia do seu pai, venha quando quiser. Não tenho lá muitas coisas para fazer.

E, assim, ia amiúde visitar o meu pai. Isto me acalmava, e Penélope me estimulava a fazê-lo. Às vezes levava comigo Telêmaco. Gostava de ver três gerações de reis de Ítaca conversando, contando histórias, passeando juntos. Indo caçar nos bosques ou pescar perto da praia.

O que realmente me atormentava era a noite: no escuro, tudo assume contornos de pesadelo e o coração se angustia. Não conseguia apaziguar a minha alma, via as sombras dos pretendentes juntar-se no pátio, soltar gritos agudos como morcegos e despencar de cabeça para as profundezas do Além. Era assim que eu via o poço no meio do pátio, era assim que ele me parecia: o poço das almas. Só muito tarde ia para a cama, na calada da noite, quando Penélope já dormia. Ou pelo menos eu o presumia. Mas assim que me deitava ao lado dela, com o maior cuidado, o mais silenciosamente possível, ela suspirava, virava-se para mim e dizia: "Pare de se atormentar, Odisseu, não se inflija mais sofrimento. Já padeceu bastante." Afagava-me, abraçava-me com carinho.

– Sei que terá de partir de novo. O que mais poderia fazer? Derramou muito sangue, soltou a sua ira. Mas era justo que assim fosse. O seu arco ficou à sua espera durante todos esses anos, o seu avô Autólico ordenara que não o levasse para a guerra, que nunca deixasse esta casa.

Às vezes segurava a minha cabeça entre os braços e murmurava no meu ouvido, baixinho. Uma voz tão suave. Ela também procurava acostumar-se com a ideia de eu partir de novo.

– Aonde irá? – sussurrava no escuro.

– Para algum lugar distante do mar, disse o profeta tebano. E, portanto, para o oriente. Até um homem me fazer uma pergunta. Será o sinal, a esta altura saberei que a viagem chegou ao fim.

– E quando tenciona partir?

– Não sei. Preciso me acostumar com a ideia. E os deuses me farão entender. Já fui torturado por mil aflições, mantido longe da minha casa; padeci como jamais poderia imaginar, e agora mais uma viagem me oprime, ameaçadora: a última. Caberá a eles dar o sinal. Atena sempre me protegeu, sempre inspirou o meu coração.

– Ainda fala com você?

– Não. Depois da chacina dos pretendentes, nunca mais a ouvi nem vi. Se ainda estiver por perto, estará tão bem disfarçada que se terá tornado para mim impossível perceber a sua presença. Queria assistir ao combate, queria ver como eu lutaria, golpearia, trespassaria e mataria. Talvez agora esteja pensando em outras coisas.

– Não fale assim. Afinal foi ela que o trouxe de volta para mim.

– Para eu partir de novo.

– Mas eu pude vê-lo, abraçá-lo, fizemos amor, estamos dormindo juntos na cama como quando éramos recém-casados. Você nem pode imaginar quanto isto vale para mim. Não queria morrer sem revê-lo. Parecia-me uma injustiça, uma injúria do destino e dos deuses.

– Para mim também foi o momento mais maravilhoso desde que parti da ilha muitos anos atrás. Quando a vi descer as escadas, atravessar a sala, linda e altiva, não podia acreditar nos meus olhos, e sentia vergonha no coração porque tinha de parecer velho e enrugado, coberto de trapos. Queria ser, para você, esplêndido como um deus.

– Sempre foi maravilhoso, para mim. É impossível apagar a luz dos seus olhos... Selará a paz com o seu povo?

– Já selei.

– Não, aquele foi só um pacto para evitar outro banho de sangue. Ninguém gostaria de reinar numa ilha deserta.

– Achei que você também queria ser vingada: a sua honra, as suas angústias, os seus medos.

– É verdade, mas agora tem de reconciliar-se com a sua gente. Um rei precisa ser como um pai para o seu povo. Você mesmo disse. Infligiu-lhe um castigo terrível. Agora tem de mostrar compaixão e expiar o sangue derramado para que não grite da terra clamando por mais sangue.

Calei-me. Apertei-a contra mim e procurei o sono entre os seus braços.

Levantei-me cedo, juntei os cães, prendi a espada na cintura e me afastei do palácio. Queria procurar Eumeu. "O que fazer?", pensava. "Oh, se pelo menos Mentor estivesse aqui!"

O vento veio soprando do mar para o oriente e agitou as árvores do bosque. Os cães cheiraram o ar enquanto o sopro desgrenhava os pelos que lhes cobriam os olhos e o focinho.

– É você? – perguntei olhando em volta. – Preciso da sua ajuda. Está me ouvindo?

Vi os galhos agitar-se à minha frente, os cães latiram para um ponto bem preciso. A minha mão correu à espada. Logo apareceu um garoto de uns 13, 14 anos, que saiu da mata e se jogou aos meus pés.

– Estou aqui, *wánax* – disse trêmulo como um caniço dobrado pela ventania. – Não me faça mal.

– Qual é o seu nome? – perguntei.

O rapazola estava aterrorizado, mantinha os olhos fixos na minha mão e depois no chão.

– De que tem medo? – perguntei.

Ele meneou a cabeça como a dizer que não conseguia articular as palavras. O seu queixo tremia e estava a ponto de chorar.

– Diga o seu nome.

– Sou Eutímedes, o filho mais moço de Eupites. Não me machuque, eu suplico! – Procurou abraçar-me os joelhos, beijar-me a mão.

– O irmão de Antínoo... Oh, deuses poderosos. O que está fazendo aqui?

– Procurava um esconderijo. Na cidade dizem que ninguém pode resistir à sua força, que a sua ira é tremenda e que ninguém se salvará. Matou o meu pai e o meu irmão. Eu suplico, poupe a minha vida.

Levantei-o para fitá-lo nos olhos.

– Você não fez nada, Eutímedes: não precisa ter medo. Quem matou o seu pai não fui eu. Foi o rei Laertes, que o acertou com a lança para deter o ataque que ele estava liderando contra nós.

Eutímedes não pôde conter as lágrimas.

– Mas é como se eu mesmo o tivesse matado – continuei. – Exterminei os pretendentes que ultrajavam a rainha minha esposa, que queriam matar o meu filho e dilapidavam a casa de um homem ausente, que não podia defender-se nem defender a sua família. Forçaram o rei Laertes, meu pai, a ir morar no campo, a viver como um selvagem. Mas você não tem culpa. Não lhe farei mal. Eu juro.

Estas palavras pareceram alentar o garoto.

– Queria falar comigo? – perguntei.

Sacudiu a cabeça fitando-me diretamente nos olhos. Não, não queria. O olhar dele queimava no meu coração.

– Queria vingar os seus, não é verdade?

Não respondeu.

– Eu sei, é nisto que estava pensando. E estou disposto a entregar-lhe a minha espada para que possa levar a cabo a sua vingança, aqui mesmo e agora. Mas, antes, procure imaginar o seguinte: você teve de partir para uma guerra que não queria, teve de abandonar a esposa e um filho ainda pequeno. Teve de enfrentar infinitos padecimentos, feridas, medo, fome, horror. Viu morrer um após outro os seus mais queridos amigos. Então, finalmente, retomou o caminho de volta. Perdeu-se, acabou num mundo longínquo e desconhecido, lutou contra monstros horrendos, sanguinários, teve de chamar do Além as sombras dos mortos para saber quando poderia regressar...

Os olhos do rapaz se arregalavam de maravilha. Nunca ouvira uma história como aquela.

– Então, depois de muitos anos, voltou finalmente a ver a sua terra e a sua casa. Mas como a encontrou? Invadida por jovens arrogantes, violentos, que devoraram seus bens e insidiavam a sua esposa, que haviam tentado matar o seu filho. Como é que você se sentiria? O que faria? Diga você mesmo, e lhe darei a espada para que possa matar-me e vingar os seus. Diga – repeti.

Não sei qual fosse a expressão do meu rosto enquanto dizia estas palavras, mas o garoto olhou para mim pasmo. Baixou então a cabeça e ficou mudo.

Desembainhei a espada e a ofereci do lado da empunhadura.

– Se achar que o seu pai e o seu irmão estavam certos e que eu mereço morrer, eis a sua oportunidade. Aproveite. Acredito que nunca mais terá outra.

Ele fugiu chorando, e eu prossegui a minha caminhada rumo à cabana de Eumeu. Encontrei-o ocupado a fazer queijo de cabra. Correu ao meu encontro, beijou a minha mão.

– *Wánax!* Por que não pediu que me avisassem? Teria preparado um bom almoço. Assim, de supetão, não poderei certamente oferecer-lhe uma comida digna de você.

Mexia-se estabanadamente à procura de um assento, atarefava-se em volta da lareira para assar um pedaço de carne.

– Não se preocupe – respondi –, não estou com fome. Vim cumprir as promessas. A partir de hoje você faz parte da minha família. Esta casa é sua, assim como o rebanho e o gado que cria. Pode escolher uma esposa entre as criadas, a de que mais gostar, e espero que ela lhe dê filhos robustos. Um dia, poderá contar-lhes que o destruidor de Ílio ficou lhe devendo o reino. Amanhã visitarei Filésio e premiarei a sua fidelidade com os mesmos presentes que agora lhe estou dando.

Eumeu ajoelhou-se diante de mim, comovido, e beijou várias vezes a minha mão dizendo:

– Obrigado, *wánax*, obrigado. Eu lhe serei fiel até a morte fechar os meus olhos, e continuarei a trabalhar para você enquanto viver.

– Viver... não será fácil viver neste lugar: desejei tão ardorosamente voltar e agora me sinto um estrangeiro na minha própria pátria. Trouxe comigo chacina e pranto: quem poderá, ainda, querer falar comigo?

– Está errado – respondeu Eumeu. – Muitos, aqui em Ítaca, acham que você agiu com justiça, que os pretendentes tiveram o fim que bem mereciam. Não deve pensar assim. Voltou à sua casa e à sua família, procure encontrar a paz. O tempo tudo apaga. Os que choraram esquecerão, ninguém pode sofrer para sempre.

– E você? O que sente quando vai à cidade? Sente-se ameaçado? Sente-se odiado por ter-me ajudado?

– Não, ninguém se atreve. Todos, até os seus inimigos, percebem que sem a ajuda dos deuses nós quatro jamais teríamos podido levar a melhor sobre cinquenta adversários, apesar de só parcialmente armados. E todos sabem que foi selada a paz.

– Paz... já não sei o significado desta palavra.

– E por que não fala com o seu povo, então? Por que não convoca a assembleia? Por que não se oferece à vista e aos sentimentos da sua gente? Tanto aos bons quanto aos maus? Quando isto acontecer, você saberá certamente o que fazer. Deixará para trás as angústias e esquecerá a guerra e o seu longo peregrinar.

– Ainda não – respondi. – Ainda não: farei isso quando chegar a hora de partir.

– Vai partir de novo?

– Está escrito. É a profecia do vate tebano, o grande Tirésias, que evoquei do reino dos mortos.

– Deixe, então, que eu vá com você. Estou pronto para ir a qualquer lugar.

– Não, desta vez irei só. Pelo menos, não terei de prantear companheiros perdidos, não terei de presenciar as lágrimas e as aflições dos pais.

Eumeu compreendeu a razão da minha visita: para saldar a minha dívida de gratidão. Não importa o que o futuro nos reservasse, queria que me lembrasse como homem de palavra, como alguém que sempre cumpre aquilo que promete.

Continuamos a conversar por um bom tempo, aguardando o pôr do sol e o voo das gaivotas, lembrando dias longínquos, felicidades esquecidas. Eu restabelecera a ordem e a justiça em Ítaca, reconquistara a minha casa e a minha família, mas havia nuvens baixas e negras no horizonte sombrio.

Afinal me afastei do fiel amigo, descendo pela encosta, em busca da fumaça da minha chaminé e dos sons da minha casa.

24

Cheguei ao escurecer, e as criadas vieram ao meu encontro para lavar as minhas mãos e os meus pés. A *babá* trouxe-me um pedaço de carne assada para eu averiguar se estava no ponto. Telêmaco estava no gramado, perto do chafariz, plantando um freixo (*já era época de plantar?*). Disseram-me que a rainha me esperava na sala de jantar.

Eu já tinha realmente viajado para longe? Havia deixado a minha ilha? Naquele momento tinha a impressão de nunca ter saído para o mar. O céu não mudara, as nuvens tinham as mesmas formas delgadas, o chefe da matilha se parecia com Argo (*era ele?*), a mais perfeita ordem reinava na casa. Senti-me tranquilo, aproveitei aquele momento de paz, a suspensão do tempo, que parecia não ter transcorrido, dava-me a sensação agridoce de um interminável pôr do sol, de um lânguido crepúsculo que flutuava entre a tarde e a noite.

Penélope estava sentada no seu assento. Tinha os olhos marcados com bistre egípcio, os lábios vermelhos; usava um conjunto de brincos e colar de âmbar. Vestia uma túnica branca, com desenhos quadriculados de reflexos amarelos, aberta em forma de retângulo no seio e nas costas. Trouxe à minha mente a veste com as marrecas que usava quando a conhecera, e o coração encheu-se de ternura dentro do meu peito.

Desde o primeiro momento que pisei na ilha, eu sabia que a realidade seria bem diferente dos sonhos, o corpo dela, como Calipso me dissera, seria diferente daquele com que devaneava na imaginação, mas a luz do entardecer a envolvia em seu halo vermelho dourado, acendia o seu olhar. Levantou-se e veio ao meu encontro, beijou-me e abraçou-me espremendo o ventre contra o meu. Fiquei com vontade de subir com ela ao tálamo suspenso entre os galhos da oliveira.

Euricleia tirou a minha túnica de trabalho, passou no meu corpo a esponja e me enxugou; ajudou-me a vestir outra túnica, limpa e longa até os pés, de púrpura com bainhas de cândido linho entremeado de fios de ouro. Queria que me sentisse como um rei, feliz em sua casa, cercado de carinho e veneração, predileto dos deuses. E quase conseguia. Eu já não estava acostumado aos privilégios.

Ouvi os cães latir festivos lá fora: Telêmaco?

– Convidei o rei Laertes, seu pai – disse Penélope. – Achei que você iria gostar.

– Fez muito bem, meu amor. É ele chegando?

Anuiu.

– Acredito que sim. Com Telêmaco os cães são mais barulhentos: ele costuma trazer-lhes comida.

Os cães, o meu pai, o meu filho, o sol que se punha, a minha veste vermelha e a minha esposa, a *babá* no comando das criadas. Cada coisa, cada pessoa tinha a sua cor, o seu lugar mágico, a sua luz. O coração estava curando as feridas?

– Que alguém vá receber o rei – ordenou Penélope, e as criadas lhe obedeceram.

Ouvi a voz de Filésio, lá fora, a deter os bois. Depois a voz paterna.

– *Pai!*

– Não podia recusar um convite do rei e da rainha – disse entrando.

As criadas se aproximaram com uma bacia de prata e duas toalhas de linho: assisti à lavagem dos pés e das mãos do meu pai. O copeiro trouxe uma taça de ouro e serviu-lhe o melhor vinho.

– Tinha-me esquecido de como o vinho desta casa é bom – disse com uma piscadela –, devo admitir que continua ótimo. E também me tinha esquecido do que significa ser tratado como um rei.

– Por que não se muda para cá? – perguntou Telêmaco, entrando. – Agora ninguém vai faltar-lhe mais ao respeito. Mandaremos alguém cuidar da sua chácara, e você poderá ir para lá quando quiser. No dorso de uma mula ou de carro.

– Vou pensar no assunto – respondeu o meu pai. – Os velhos têm seus hábitos. E os meus se arraigaram.

Pensei naquilo que o espírito da minha mãe me contara dele quando aparecera diante de mim na entrada do Ínfero. Podia reconhecer no corpo e no rosto dele os sinais de uma vida dura e solitária. Sobrara muito pouco do homem de que me lembrava, mas este era um motivo para amá-lo ainda mais. O que tornara a sua aparência tão gasta e macilenta havia sido a minha ausência.

Sentamo-nos todos à mesa, e, depois que o vinho acalentou os nossos corações e afugentou os pensamentos tristes, pareceu-nos estar de volta aos bons tempos, quando o rei Laertes convidava os nobres da ilha e Mentor nos entretinha até tarde contando as suas histórias.

Penélope recolheu-se subindo as escadas que levavam aos aposentos das mulheres, e eu fiquei conversando com o meu pai e o meu filho. Corria entre nós uma força poderosa: o sangue dos reis de Ítaca. Senti que já era hora de desatar com eles o nó que me apertava a garganta.

– Fiquei pensando bastante, nestes últimos dias – disse eu –, conversei com Fêmio. É um homem sábio e diz o que pensa.

– E o que pensa? – perguntou meu pai.

– Que eu deveria dirigir-me ao povo. Nunca me mostrei desde que voltei. Diz que deveria ter perdoado aos outros, após matar Antínoo. Estaria me sentindo melhor agora, todos se sentiriam melhor na ilha e no reino, e ao contrário, de uma ou outra forma, o luto invadiu quase todas as casas. Há quem chore porque nunca mais verá os filhos que partiram comigo para a guerra. E há quem chore porque matei muitos outros ao voltar da guerra.

Por algum tempo ficaram calados o meu filho e o meu pai. Então o rei Laertes tomou a palavra:

– Fêmio é um cantor. Você é um rei. Você é quem fez cair Ílio após dez anos de sítio. Todos sabem que na guerra e no mar se pode morrer, não é culpa sua. Quanto ao mais, já sabe o que penso. Está sentido por ter matado os que humilharam o seu pai, tentaram matar o seu filho e queriam deitar-se na cama ao lado da sua esposa?

Tive vontade de mostrar o meu desgosto ao ouvir aquelas palavras, mas me controlei.

– Lembro que quando você voltava todo o povo festejava. Corriam ao porto, e você descia do navio, subia ao palácio entre duas alas de gente que aplaudia. Eu tenho de evitar o meu povo, e quando encontro alguém leio o terror nos seus olhos.

Telêmaco mantinha-se calado. Talvez a presença de um pai com que ainda não se acostumara e de um avô que desde sempre ele considerara a autoridade máxima na ilha o induzisse muito mais a ouvir que a falar. Mas então decidiu se expressar:

– Em que está pensando, então? O que decidiu fazer?

– Convocar o povo a uma assembleia, pedir uma verdadeira reconciliação depois de confirmar o meu direito, e então oferecer um sinal de reparação que apague de vez todo ressentimento. – Pensei no olhar de Eutímedes, o irmãozinho de Antínoo.

– E qual seria este sinal?

– Serão informados no devido tempo. Enquanto isso, quero que saibam que precisarei de vocês, de você, pai, e de você, meu filho. O povo precisa ver a dinastia arcésia na plenitude da sua força e autoridade. Entraremos na assembleia vestindo a mais esplêndida armadura: você, pai, ficará à minha direita; você, filho, à minha esquerda. Falarei de pé, e, depois, cada um de vocês poderá dirigir-se ao povo se assim desejar. Dissolveremos a assembleia ao entardecer, e, à noite, quando já estiver escuro, convocarei os nobres.

– Mas o que poderá propor mais forte que o trato jurado diante da minha casa?

– É outra coisa que só saberá depois, *pai*. E então?

– Como quiser – respondeu o herói Laertes, meu pai.

– Como quiser – respondeu o meu filho Telêmaco, parecido com um deus.

– Esta noite, pela primeira vez desde que regressei à pátria, dormirei em paz: graças a vocês. Os seus quartos estão à sua espera. Pela primeira vez, desde que parti para a guerra, nós três estaremos dormindo sob o mesmo teto.

Então nos despedimos, e eu subi ao tálamo, onde Penélope esperava, acordada. Os grandes olhos negros, abertos na escuridão, brilhavam de leve na luz da lua.

Só deixei passar mais dois dias antes de convocar a assembleia, e então enviei o arauto. Tinha pensado em cada palavra que tencionava dizer, mas acabei achando que não seria capaz de repeti-las diante das famílias dos companheiros, das suas viúvas e dos órfãos, e também dos pais dos pretendentes que eu tinha massacrado. Compareceriam? Acatariam a chamada do arauto?

O meu pai permaneceu conosco, e esperei que ficasse para sempre. Na manhã da assembleia saímos de casa logo depois do nascer do sol: as nossas armaduras, escolhidas entre as mais bonitas e polidas com cinza pelos serviçais, brilhavam como ouro. O meu pai mandara lavar e pentear os cabelos, que pareciam de prata, vestira a couraça e as caneleiras, prendera a espada na cintura. Segurava o elmo sob o braço esquerdo, a lança na mão direita e usava nos ombros a capa azul com que o vira descer do navio que voltava da Cólquida.

Telêmaco trajava a primeira armadura que usara na vida, presente do meu pai, a mesma que o protegia no dia da chacina. Quanto a mim, vestia a que trouxera de Troia, com, nos ombros, a capa de púrpura presa com a fivela de ouro que Penélope me dera de presente no dia da minha partida. A capa que lhe descrevera quando falara com ela perto da lareira, apresentando-me como Éton de Creta, irmão de Idomeneu. Encontramo-nos no pátio, e os nossos corações estremeceram, as lágrimas subiram aos nossos olhos.

Os arautos esperavam por nós, com mais doze guerreiros, os guardas pessoais de Telêmaco. Pusemo-nos a caminho e a notícia de que o rei, com o pai e o filho, se dirigia à cidade teve tempo para se espalhar pela ilha inteira, de forma que logo centenas de pessoas se amontoavam à beira da estrada.

Lembro aquele acontecimento como um dos mais duros e difíceis da minha vida. As pessoas não falavam, todas se limitavam a acompanhar em silêncio a nossa passagem, e eu tampouco olhava para elas. Mantinha os olhos fixos num ponto imaginário, à minha frente, para não encontrar o olhar delas. Às vezes ouvia gritos hostis vindos da multidão em volta, mas foi só nós três desembainharmos as espadas para toda e qualquer voz se calar num pesado silêncio. É muito raro encontrar alguém que goste de ser o primeiro a morrer.

Quando finalmente cheguei ao local da assembleia, encontramo-lo apinhado. Os guerreiros escoltaram-nos até o lugar de onde o rei costumava falar: uma pedra calcária cinzenta, rudemente esculpida, com a altura de um côvado e a largura de quatro.

Fiquei no meio, com o meu pai e o meu filho de ambos os lados, para que todos vissem os três soberanos de Ítaca: o presente, o passado e o futuro.

Fomos recebidos por vago murmúrio e uma espécie de aflição que pesou em meu coração. Fiz então sinal ao arauto para que avisasse que eu queria tomar a palavra. Ele pediu silêncio e todos emudeceram.

– Itacenses! – gritei. – Escutem! Eu sou Odisseu, filho de Laertes, de volta à terra dos pais após tantos anos de sofrimento e peregrinações. Sou o conquistador de Ílio e o rei desta ilha e das ilhas próximas. Convoquei-os para dizer-lhes que não é deste jeito que teria gostado de regressar a Ítaca. Não assim: sozinho, depois de tantos anos e desprovido de tudo! Sabem muito bem que não queria esta guerra; e tampouco a queria o rei Laertes, meu pai. Fizemos o possível para evitá-la: fui a Troia com o *wánax* Menelau de Esparta para pedir a Príamo a devolução de Helena. Em vão.

"Começou então uma guerra que durou dez anos. Durante aquele tempo todo tomei conta dos filhos que vocês me confiaram. Muitos deles eram, para mim, como irmãos. Sempre fiquei na primeira linha, em batalha, e não na retaguarda. Sempre socorri os feridos, os que enfrentavam dificuldades, muitas vezes arriscando a minha vida. Tive de abandonar a esposa que acabava de trazer à minha casa o filho que ainda gaguejava, o príncipe Telêmaco, que agora resplandece diante de vocês com suas armas.

"Se o destino assim tivesse querido, teria trazido de volta a maioria dos que me acompanharam, além de vultosos despojos e da glória. Juntos, teríamos pranteados os mortos e levantado um grande túmulo à beira do mar para lembrá-los.

"Mas não foi assim.

"Lutamos com coragem, sem nunca esquecer a nossa terra e as nossas famílias, mas as tempestades, os deuses adversos, monstros sanguinários, povos ferozes e selvagens dispersaram a minha frota, mataram os companheiros, afundaram os navios. Só eu sobrevivi.

"O que deveria fazer? Perder as esperanças e assentar-me em terras longínquas, entre povos desconhecidos? Desistir de voltar a ver a minha ilha, a minha esposa, os meus pais, o meu filho, o meu povo? Nunca!

"O meu coração chorava ao pensar que teria de trazer-lhes a notícia da perda de todos os seus filhos. Quando as ondas me jogaram às praias de um povo nobre e justo, que prometeu ajudar-me a voltar, continuei a esperar que alguns dos meus estivessem salvos. Que tivessem escapado ao destino de morte e que os encontraria aqui.

"Mas não foi assim.

"Infelizmente, eu era o único sobrevivente."

Ao dizer isso, as lágrimas anuviaram meus olhos e experimentei uma estranha vertigem. Como se ainda estivesse à mercê das ondas e não conseguisse equilibrar-me nos bancos do meu navio. O meu povo também ficou comovido. Vi muitos olhos ficar úmidos de pranto e me virei várias vezes para o meu pai e Telêmaco como se naquele momento pudessem ajudar-me. Era como se um grande pedregulho oprimisse o meu coração.

Mas continuei a falar. Ainda tinha de enfrentar o assunto mais excruciante:

– E quando finalmente reencontrei a minha terra, não foi como quando o rei Laertes, meu pai, regressava. Estão lembrados? Quando ele chegava, uma multidão festiva ia recebê-lo e o acompanhava até o palácio, às vezes carregando-o nos ombros no caso de ele estar ferido ou cansado depois de duros combates ou de longas viagens. Era como se o sol voltasse após um rígido inverno. E era este o regresso que eu imaginava nos meus sonhos.

"Mas não foi assim.

"Ninguém esperava por mim, somente tristes presságios. Eu sabia do destino que coubera ao *wánax* Agamêmnon, assassinado na sua casa; do que coubera a Diomedes, flamejante herói, forçado a fugir da pátria porque a esposa tramava contra ele; a Idomeneu e a outros mais. Tudo mudara após tantos anos. Tudo era diferente. Não reconheci a minha terra! Tive de esconder-me, disfarçar-me. Uma divindade benevolente tornou-me irreconhecível. Então, vestindo farrapos, como um maltrapilho, um mendigo, entrei na minha casa. A rainha minha mãe tinha morrido, o meu pai havia sido forçado a morar no campo, contando apenas com os serviços de uma velha criada da Trinácria; no inverno dormia junto das cinzas da lareira, no verão num cúmulo de folhas secas, ele, o herói argonauta, como um selvagem. Ninguém, entre os muito que beneficiara, levantou um dedo para defendê-lo.

"Encontrei a casa invadida por homens arrogantes que a devoravam, se portavam como se fossem os donos, insultavam, maltratavam, atormentavam os que não podiam defender-se, entravam na cama das criadas, aproveitavam-se dos seus corpos e as violentavam quando não se deixavam possuir. E ainda tramavam a morte do meu filho, o príncipe Telêmaco, que eu voltava a ver depois de vinte anos e que logo perderia se suas maquinações fossem bem-sucedidas.

"Queriam forçar a minha esposa, a rainha Penélope, a se casar com um deles, almejavam deitar-se ao seu lado, na cama de um homem ausente que não se podia defender: a maior entre todas as torpezas! Bateram em mim, feriram-me arremessando um banquinho nas minhas costas, uma pata de boi esquartejado. Não me haviam reconhecido? Não é desculpa! Deveriam! Ainda tinham tempo!

"Um deus acendeu a minha cólera. Do contrário, como poderíamos apenas quatro de nós vencer cinquenta deles? Algum de vocês teria feito outra coisa? Se alguém pensar assim, que diga logo!"

Nenhuma palavra se ouviu no ar imóvel. Por um momento achei que vislumbrava Mentor sentado no seu assento de pedra no meio da praça. Mas a imagem perdeu-se logo, como neblina. "Onde está você?!", gritei no coração.

– Pois bem, vocês também teriam feito o mesmo. Fiz o que era justo, mas isto não significa que a coisa me torne feliz. E posso dizer o mesmo de Telêmaco, que lutou ao meu lado.

"No dia seguinte também tivemos de enfrentar a ira dos parentes dos mortos. O meu pai deu um golpe fatal em Eupites, o pai de Antínoo, mas um sinal dos deuses nos induziu a fazer a paz. Uma paz sem alegria. Não há alegria quando se veem os corpos exânimes dos filhos da nossa mesma terra ser entregues aos pais aflitos.

"Eu esquecerei as humilhações e os crimes tramados contra a minha família. Vocês, se puderem, esqueçam esta tragédia e este luto. Nada disto teria acontecido se não fosse por vontade divina, se não estivesse escrito no destino de cada um de nós.

"Quanto àqueles, entre seus filhos ou irmãos ou maridos, que me acompanharam à guerra e que não voltaram, o que os ceifou e levou ao mundo das sombras foram os contínuos combates, as rinhas ferozes e os choques cruéis. Os outros foram tragados pelo deus dos abismos, o senhor de cabeleira azul, e pelo Sol, que tudo vê, porque, impelidos pela fome, acabaram devorando as suas reses. Pedi que se mantivessem longe, implorei que não matassem o gado, mas inutilmente. E a todos pranteei, a cada um deles, não há uma só noite em que não veja no sonho os seus rostos, que não ouça suas palavras ecoar no meu coração.

"Sei que me consideram responsável, e com razão, porque eu era o rei e o chefe deles, e por isso mesmo quero que saibam que a minha aventura não acabou. Um oráculo me força a partir de novo e a só voltar depois de oferecer um sacrifício num lugar remoto e desconhecido. Isto trará de volta a paz e a serenidade entre nós. Não me odeiem, deixem-me partir para cumprir o meu e o seu destino."

Muitos olharam para mim, pasmos, e um murmúrio correu entre os presentes.

– Aqueles entre vocês que aceitarem o trato, venham um depois do outro até esta pedra e prestem homenagem ao rei de hoje, ao rei de ontem e ao rei de amanhã.

Por longos e intermináveis momentos ninguém se mexeu e na assembleia pairou um pesado silêncio. Então um deles se levantou e veio a mim. Reconheci-o: era Teoclímeno, o adivinho que predissera a chacina anunciando o destino que aguardava os pretendentes. Todos já o conheciam. Beijou a minha mão, curvou-se diante do meu pai, Laertes, e do meu filho, Telêmaco. Disse: "Adeus, *wánax*", e afastou-se. Ninguém voltou a vê-lo.

Aquele gesto lembrou a todos que os deuses haviam enviado um sinal que não fora ouvido. Um depois do outro os presentes desfilaram diante da pedra e baixaram a cabeça em sinal de homenagem. A maioria deles beijou a minha mão. A comoção tomou conta de mim diante da dor que via nos olhos do meu povo, mas naquele momento eu era o rei e devia mostrar que tinha agido no direito meu e da minha família. Com aqueles que reconheceram a minha autoridade, troquei um abraço.

Depois que todos passaram e se encaminharam de volta às suas casas e lavouras, eu também deixei a assembleia com o meu pai e o meu filho, escoltados pelos guardas de Telêmaco. Por um instante, no topo da arquibancada, vi uma mulher trajada de preto. Quando se mexeu, reconheci a rainha, a minha Penélope. Não devia ter perdido uma só palavra do meu discurso. Já ia ao encontro dela quando uma imagem me deteve. Não podia acreditar que não tivesse visto antes o que agora estava diante dos meus olhos. Um rapaz sozinho, de pé, no meio do anfiteatro, olhava fixamente para mim.

Eutímedes, o irmão mais moço de Antínoo.

Só ele não me prestara homenagem, não beijara a minha mão nem baixara a cabeça. Não havia ódio em seu olhar, nem a inocente ferocidade que às vezes brilha nos olhos de um adolescente. O seu coração já devia ter superado o limite extremo do sofrimento. Respondi ao seu olhar com uma expressão melancólica e encaminhei-me ao palácio. A partir daquele dia nunca mais olhei para trás. Passeava no mercado e andava pelas trilhas nos campos ou nas montanhas sem nenhuma preocupação. Às vezes ia caçar com Telêmaco ou podar as oliveiras no sítio do meu pai. Com o passar dos dias e das noites a minha vida se parecia cada vez mais com a que vivera antes de ir para a guerra. O meu pai demorava-se cada vez mais conosco, no palácio. Jantávamos todos juntos, e Penélope também ficava na nossa companhia até tarde, falávamos das colheitas e das semeaduras, das mudanças que planejávamos fazer nos cultivos e nos estábulos. E quando fazia amor com a minha esposa experimentava uma espécie de energia nova correndo sob a pele. Comecei a pensar que o fado se esquecera de mim.

Passaram-se, dessa forma, meses, ou talvez anos. Um, dois, que poderia dizer? Certa noite, com Penélope sentada conosco à mesa, o meu pai disse a ela:

– Ouvi falar do seu ardil para ganhar tempo com os pretendentes. Realmente engenhoso, digno do seu marido. Que fim levou aquele sudário que estava tecendo para mim?

– Mas que pensamentos são esses, meu bom *pai*? – respondeu ela. – Estamos tendo momentos tranquilos, diria até serenos, da nossa vida e estamos aqui, todos juntos, a aproveitar a sua companhia. Parei de trabalhar nele, já não é preciso, você parece mais forte que nunca.

– Acabaria ele para mim? Gostaria que retratasse o navio *Argo* singrando o mar.

Os olhos de Penélope ficaram úmidos.

– Já sabe como é, não o acabava para não ter de aceitar um novo casamento, e ainda mais porque, encurtando-o, tinha a impressão de alongar a sua vida. Mas, se é isso o que quer, farei o que me pede, ainda que a contragosto, e rezarei para que os deuses ainda lhe concedam muitos anos de vida nesta nossa casa, amado e respeitado como bem merece.

O rei Laertes, meu pai, levantou-se e afagou-a.

– Faça por mim, minha filha. – Desejou-nos boa-noite e foi para o quarto.

A partir daquele dia, Penélope voltou a tecer a sua tela.

25

Mais tempo se passou, e, estranhamente, eu já não desejava deixar Ítaca. Voltavam à minha mente as palavras do meu pai quando eu ainda era adolescente: depois de levar a cabo uma longa viagem, eu me sentiria pouco à vontade, Ítaca para mim pareceria pequena demais, quase uma prisão. Mas não era nada disso. Talvez, por tê-la desejado tanto durante todos os anos que passara na guerra e, depois, no mar, agora queria aproveitar a minha pátria. Passear pelos bosques, caminhar à beira-mar, olhar para as suas enseadas era quase como admirar e acariciar o corpo de Penélope.

Certa vez, Telêmaco juntou-se a mim no porto secreto, talvez me tivesse avistado de cima do morro, do penhasco do corvo, e houvesse ficado com vontade de passar algum tempo comigo.

– *Pai* – disse –, por que não vamos ao continente juntos? Que tal visitarmos Nestor em Pilos e depois Menelau em Esparta? Ficariam contentes por vê-lo, banqueteando, brincando, até chorando: seria bom para você e para eles também. Já enviei um mensageiro para avisá-los da sua volta e dizer que, depois de fazer justiça em sua casa, fez as pazes com o seu povo. Mas dei-me conta de que já sabiam de muitas coisas, e reparei em que contavam com uma visita sua. Passaram tantos anos juntos na guerra, lutaram lado a lado e, em várias ocasiões, arriscaram a vida para salvar a do outro. Não acha que seria uma boa ideia? Exatamente como quando o seu pai o levou consigo.

– É verdade – respondi –, talvez fosse bom que fossêmos, para reafirmar os vínculos de amizade, contar as vicissitudes pelas quais passamos... Vou pensar no assunto e marcarei o dia da partida, mas por enquanto acho melhor esperar mais um pouco, não quero deixar a sua mãe sozinha. Já ficou só até demais. Prefiro ficar com ela até as feridas sararem por completo. Vai demorar algum tempo.

Telêmaco baixou a cabeça, pensativo.

– E o meu avô Autólico? – perguntei. – O que houve com ele? Não o encontrei entre as sombras que evoquei do reino dos mortos.

– Faleceu quando eu ainda era pequeno. Ou talvez tenha desaparecido: ninguém sabe ao certo.

– Mas eu vi o espírito da minha mãe vir ao meu encontro no Ínfero. Falei com ela e ela comigo. Disse-me a verdade. Por que, então, não vi o avô?

– Talvez não quisesse ser visto. Sempre me disseram que era um velho intratável e rabugento. Talvez não tenha melhorado nem um pouco morrendo. – Sorriu e eu também, mas naquela noite, quando me deitei ao lado da minha esposa, tive sonhos diferentes, pensei que o meu avô ainda pudesse estar vivo, pelo menos de uma particular e misteriosa forma de vida. Algum dia talvez eu voltasse ao continente em busca da sua fortaleza no Parnaso, sombria e pedregosa como ele mesmo.

Às vezes pensava no que tinha visto e aguentado, os meus sonhos estavam cheios de tempestades, de combates, de imagens de mundos estranhos e distantes. Acordava molhado de suor ou gritando. Penélope me abraçava e dizia baixinho: "Já passou, esqueça. Agora fique tranquilo. Durma." Então podia passar várias noites seguidas sem sonhos, e os dias seguintes pareciam-me todos iguais e vazios. As imagens tendiam a perder os contornos, a esmaecer, e eu quase sentia a falta delas. Vez por outra, alguns marujos que chegavam ao porto grande podiam perguntar se era verdade que o *wánax* Odisseu havia voltado, que exterminara os pretendentes da rainha e tinha agora domínio absoluto sobre a ilha. Alguns até pediam para encontrar-se comigo, mas eu raramente aparecia.

Voltava amiúde ao lugar onde os feaces me haviam deixado, ainda adormecido, e onde logo a seguir tinha encontrado a minha deusa. Esperava de todo o coração encontrar o jovem pastor que falara comigo: a minha deusa disfarçada, como sempre acontece quando um deus quer mostrar-se a um mortal. Talvez ela nunca voltasse a me aparecer, e eu sentia muito a sua falta. Sem a sensação da sua presença, sentia-me só.

Então, certo dia, aconteceu uma coisa...

À noitinha, logo após o pôr do sol, eu passeava à beira do mar não muito longe do porto secreto. Era noite de lua cheia, e o céu estava limpo e frio. Das casas aninhadas na encosta da montanha chegavam os latidos dos cães e os balidos das ovelhas. Do mar, o barulho da ressaca. Os seixos da praia, na claridade do luar, brilhavam como pedras preciosas.

A certa altura vi alguma coisa aproximar-se lentamente, trazida pelo movimento das vagas. Entrei no mar e avancei até ficar com a água à altura dos joelhos. Peguei o objeto: um remo, grande e pesado, de freixo. Não o de um barco de pesca, mas o de um navio!

O meu coração deu um pulo dentro do peito, eu quase não conseguia respirar. A qual naufrágio sobrevivera aquele remo que agora chegava ao litoral da minha ilha, aos meus pés? Deixei correr a mão ao longo da haste e mais adiante até a empunhadura, e percebi que havia algo entalhado. A luz da lua cheia era suficiente para deixar-me reconhecer a marca: a figura de uma borboleta. O remo de Polites! Lágrimas encheram os meus olhos. Havia quanto tempo aquele remo errava pelos mares? Que deus o empurrara até mim, numa noite de plenilúnio, às margens do porto secreto, na minha ilha? Aquele remo era a última relíquia do meu navio afundado, vinha procurando-me fazia muitos anos e agora me encontrara, para trazer-me um mudo, inconfundível recado.

> Partirá de novo com um remo no ombro
> E irá ao continente para encontrar
> Homens que não conhecem o mar...
> Nem os navios de faces pintadas de zarcão
> Nem os remos que dão asas aos barcos...

Chegara a hora de eu retomar a minha viagem. A última, a que me levaria a um lugar desolado nos confins do mundo para imolar um sacrifício a Posídon, para reconhecer a sua vitória e a minha derrota: só assim poderia finalmente encontrar a paz.

Apoiei o remo no ombro e encaminhei-me de volta ao palácio. Chegara a hora de partir de novo, de anunciar a Penélope que iria deixá-la, de suportar o seu pranto inconsolável, de dizer que voltaria logo para então reinarmos sobre um povo feliz.

Ela sabia que tinha de acontecer; inúmeras decepções haviam temperado o seu caráter, e ela demonstrou grande força de ânimo.

– Sentirei a sua falta – disse com quieta tristeza.

– E eu a sua. Acho que isto faz parte das minhas penas, as que tenho de sofrer para aplacar a ira de um deus injusto. A partir do momento em que acabarmos de fazer mais uma vez amor, pode contar os dias. Poucos. Não me verá partir, nem eu verei a sua figura perder-se a distância. Não aguentaria.

O segundo a ser informado foi o meu pai.

– Quando? – perguntou.

– Muito em breve. Quanto mais cedo, melhor. É inútil esperar: não sei quão longa será esta viagem, em que encontrarei o homem que será para mim o sinal da minha chegada ao fim do percurso. Mas será sem dúvida dura e penosa. Não será fácil encerrar a contenda com o deus que sacode a terra.

– Sabe o que eu acho?

– Não, *pai*, não sei, mas o seu olhar me diz que não é nada bom.

– Nem bom nem ruim. Só uma sensação, ou talvez uma visão.

– Então diga.

– Volta à minha memória o sonho que você teve no santuário do rei Lobo, na Arcádia. E sinto que tem a ver com esta sua última aventura.

– Eu o guardarei no coração, então.

– Se eu estiver certo, isto quer dizer que não voltarei a vê-lo.

– Por que fala assim?

– É um pressentimento.

Baixei os olhos sem acrescentar coisa alguma.

– Acho bom, portanto, nos despedirmos agora.

Tinha os olhos embaçados, o herói Laertes, meu pai. Os seus maravilhosos olhos azuis. Abraçamo-nos bem apertadamente, chorando.

– Adeus, *pai* – disse eu. – Foi maravilhoso ser gerado por um pai como você. O melhor que eu poderia desejar. Por si só, isto já bastava para fazer com que nascer valesse a pena.

– Adeus, *filho*. Fique sabendo que o seu regresso foi a maior alegria da minha vida. Não poderia morrer sem voltar a vê-lo. Só me queixo de você não ter vindo logo me ver, de não me ter dado a possibilidade de lutar ao seu lado e, talvez, até de morrer como vivi: como rei e guerreiro. Mas posso entender, você é o mais famoso dos mortais, o conquistador de Troia e, como então, já devia ter um plano. A minha presença poderia prejudicá-lo. Já não sou o mesmo de antigamente.

– Não diga isso, *pai*. Não é verdade!

– Agora você parte para a sua última viagem. Escolha você mesmo o dia e a hora. É melhor eu não saber nem ver: não creio que o meu velho coração aguente. Siga o seu destino e a vontade dos deuses: não há outro caminho. O meu último pensamento será por você. O meu espírito estará sempre ao seu lado.

Afastei-me de coração pesado, mas era assim que tinha de ser.

Andei entre as oliveiras prateadas, pela trilha que tantas vezes havíamos percorrido juntos.

De repente ouvi um grito atrás de mim: a velha criada da Trinácria que cuidava dele! O meu coração gelou e acudi o mais rápido possível. Vi-o de longe: inerte, no chão. A velha serviçal soluçava desesperada, curva em cima dele. Soltava altos e aflitos lamentos, segundo o hábito da sua gente.

A voz do meu pai ecoou no meu peito: "É melhor eu não saber nem ver: não creio que o meu velho coração aguente."

A pira do rei de Ítaca foi erguida no lugar mais alto da terra setentrional. Queria que de todos os cantos do reino insular pudesse ser vista a fogueira que levava o espírito glorioso do herói argonauta para o céu. Uma enorme pilha de troncos de pinheiro e de oliveira: os primeiros por baixo, os segundos em cima.

Quando entrara no tálamo para dar-lhe a notícia, a minha esposa respondera: "Pedira-me para terminar o seu sudário: sabia que ia morrer em breve, e também sabia o que lhe tiraria a vida", desprendeu o pano do tear, uma linda tela. Via-se nela o navio *Argo* e distinguia-se a figura do meu pai, ao lado de Jasão e de Héracles, vestindo a capa azul que lhe cobria os ombros.

– Terminei o trabalho esta noite – disse, e chorou escondendo o rosto entre as mãos.

O corpo, coberto pela tela estupenda, foi carregado nos ombros por seis guerreiros até o topo da montanha. No começo, no séquito só havia eu, Penélope, Telêmaco, Euricleia, Eumeu e Filésio com suas famílias, a criadagem e as damas de companhia, e o meu coração estava triste. Bem diferente deveria ser o cortejo fúnebre de um rei e herói argonauta como ele. Mas então, à medida que avançávamos para o local da pira, outros se juntavam, homens e mulheres, nobres e guerreiros, e também camponeses, pescadores, pastores. O cortejo ficava cada vez mais numeroso e se desdobrava ao longo da trilha como uma serpente, e toda vez que alguém mais se juntava ao séquito eu agradecia aos deuses. Também havia muitos dos aristocratas que tinham perdido os filhos devido à minha vingança, mas naquele momento só lembravam os dias da juventude, quando seguiam o seu rei em suas incursões pelo mar.

Ao chegar ao topo, o cortejo parou e o corpo do meu pai, envolto no luxuoso sudário tecido por Penélope, foi colocado na pira. Telêmaco e eu deitamos no seu peito a espada e ateamos fogo. A fogueira queimou durante a noite inteira, o vento levou ao céu imensas labaredas e, com elas, o espírito glorioso do rei Laertes, meu pai. A reverberação da pira foi vista de todos os cantos do reino.

Quando a alvorada aclarou o céu, Telêmaco e eu pegamos a espada do rei, dobramo-la cerimoniosamente com alicates de ferreiro e a jogamos no mar. Guardamos as cinzas em seu navio. Esperamos até o vento soprar do oriente para o norte, levantamos a vela, prendemos o leme com cordas e ficamos olhando até ele desaparecer além do horizonte. Só estas podiam ser as exéquias de um herói argonauta.

Conversei com Telêmaco um dia inteiro. Jurei que voltaria, que lhe ensinaria a arte do governo e as leis da honra para que se tornasse um rei melhor que o pai e o avô. Eu me tornaria então seu conselheiro e guardaria para mim e Penélope só uma pequena ala do palácio, a que incluía o tálamo real.

– Algum dia, quando nós já não estivermos aqui, será seu. Levará para lá a sua esposa e lhe contará como foi construído e se tornou o penhor de amor e de eterna devoção dos seus pais.

– Eu mesmo quero escoltá-lo até o porto secreto, *pai* – disse Telêmaco –, quero carregar o seu escudo e dar-lhe o último abraço na hora da despedida. Conceda-me este privilégio, eu lhe peço. Esperei por você a vida inteira, nem pode imaginar quantas vezes pedi que a minha mãe me falasse de você. Queria imaginá-lo, queria saber da sua aparência, como era a luz dos seus olhos, a rapidez do seu pensamento, a força do seu braço. Reconheci-o, quando voltou, e abracei-o chorando, combati ao seu lado coberto de bronze enquanto exterminava os pretendentes arrogantes e despudorados. Ateei fogo, com você, à pira do rei Laertes, seu pai e meu avô, vi o navio dele desaparecer no horizonte. Deixe-me ser o último a vê-lo antes da sua última viagem, para que a imagem fique gravada na minha mente e no meu coração.

– Não posso. Esta não é uma viagem como qualquer outra, e preciso ser forte. Vendo você, o meu coração poderia vacilar. Fique no palácio. Na minha ausência, será o rei de Ítaca, caberá a você administrar a justiça, cuidar da casa, proteger a sua mãe e levar oferendas e fazer sacrifícios a Atena para que favoreça a minha volta. Não precisará carregar o meu escudo. Levarei o arco com que fiz justiça na minha casa, um punhal e carregarei um remo nos ombros como profetizou a sombra de Tirésias tebano que evoquei do Ínfero. Este aqui. – E mostrei o remo.

– O que é? – perguntou.

– É um remo do meu navio, o de Polites. Reconheci-o pela borboleta entalhada na empunhadura. Chegou até aqui, trazido pelas ondas, para lamber os meus pés na praia. Um prodígio, sem dúvida. Um sinal dos deuses. O sentido é claro: está na hora de eu partir.

Telêmaco baixou a cabeça sem nada dizer.

– E agora venha, vamos voltar para casa.

Amamo-nos longamente, naquela noite, Penélope e eu, com pungente paixão, e depois ficamos bem juntos, de mãos dadas, como duas crianças que têm medo do escuro.

– A partir de hoje contarei os dias e as noites – disse ela baixinho.

Respondi:

– Seja o que for o que aconteça, sei que nos amaremos para sempre, além da vida e da morte. Não somos como os outros, meu amor, ninguém amou tanto, se rejubilou, esperou e sofreu tanto. Ainda que eu nascesse mil vezes, mil vezes gostaria de unir o meu destino ao seu.

Percebi que ela estava chorando. Apertei-a num longo abraço, num comovido silêncio.

No terceiro dia levantei-me antes do alvorecer, sem fazer nenhum barulho. Podia ouvir, no escuro, a respiração de Penélope adormecida. A minha deusa certamente derramara em seus olhos um sono profundo. Desci as escadas, vesti-me, peguei o arco e o pus a tiracolo, prendi a aljava na cintura, fui até o pórtico e tirei o remo da parede encaminhando-me para a saída. Euricleia surgiu diante de mim. Nem tentou tocar-me. Só ficou olhando com as lágrimas escorrendo pelas faces, murmurando: "Minha criança, minha criança..." Os meus olhos também ficaram úmidos, acenei de leve com a cabeça. Quantas lembranças, quantas vozes, quantos sonhos eu deixava para trás com ela. "*Bá*", dizia a mim mesmo, no coração, "será que voltarei a vê-la?"

Passei diante da tumba de Argo e imaginei que ele pudesse ver-me do além. Acariciei o túmulo num carinhoso afago. Deixei-o para trás e também, depois de Euricleia, dos serviçais e das criadas, de Penélope. Estaria realmente dormindo? Ou choraria agora na sua cama vazia? Telêmaco também devia estar descansando: *os jovens têm o sono pesado*.

Peguei a trilha que levava ao porto secreto, onde, desde o dia anterior, deixara um barco pronto para alcançar terra firme. A senda margeava o sítio de Eumeu: reparei que tinha feito umas melhorias, uns reparos aqui e acolá, plantara umas árvores. O dono daquela terra, agora, era ele, e dava para ver. Os cães não latiram, reconheceram-me. Um estranho sentimento enchia o meu coração: vertia lágrimas dos olhos, mas estava ao mesmo tempo tomado por uma estranha excitação. O próprio barulho dos meus passos, a ideia de mais uma aventura nos confins do mundo traziam-me de volta à realidade à qual me acostumara, proporcionavam-me uma pequena alegria escondida que eu nem podia confessar a mim mesmo, algo que quase me dava vergonha.

Clareava, uma luz cinzenta tomava o lugar da escuridão; os cães começaram a latir nas chácaras, os pássaros modulavam seu canto à espera de cumprimentar o sol. Encaminhei-me para o penhasco do corvo e comecei a descer pelo despenhadeiro que levava ao porto secreto. Apoiava-me no remo para não escorregar.

De repente pareceu-me ouvir o farfalhar de ramagens ao lado da trilha. Algum animal? Retomei o caminho e voltei a ouvir o mesmo barulho, como se alguém me seguisse escondido na mata. Mas onde? Atrás de mim ou na minha frente? Seria possível que Telêmaco ainda quisesse encontrar-me no porto? Vislumbrei um navio fundeado.

– É você, Telêmaco?

Não tive resposta, só o ruído de galhos quebrados. Então um jovem pulou para fora da mata segurando alguma coisa. Um cajado... Não era Telêmaco, eu já vira antes aqueles olhos frios: Eutímedes, o irmão mais moço de Antínoo! Acertou-me com um golpe e saiu correndo. Ruí ao chão, rolei encosta abaixo levando comigo um pequeno desmoronamento de pedras e seixos. A escuridão fechou-se sobre mim. Quanto tempo se passou? Quantos dias, quantas noites? Estava vivo? Estava morto?

Ouvi a voz de Telêmaco chamar-me muitas vezes, e então um pranto desconsolado.

A certa altura percebi que alguém me carregava nos ombros e me deitava em cima de tábuas de madeira. Estavam colocando-me numa pira? Eu tentava pedir socorro, mas os meus eram gritos de silêncio.

Não. Ouvia o bater das ondas contra os flancos do navio, eu estava deitado no convés da proa... mas por que não podia mexer-me? Por que ouvia tantas lamúrias chorosas à minha volta? Invoquei a deusa das profundezas do meu abismo: "Abra os meus olhos, filha de Zeus, virgem tritônia, permita que eu veja!" Ainda surdo silêncio foi a única resposta.

Finalmente, o navio chocou-se contra alguma coisa, a costa? Qual? Fui novamente carregado nos ombros, ao longo de uma íngreme subida. Sentia na pele os raios do sol que se punha, percebia o perfume dos pinheiros, das giestas e, mais acima, dos abetos. Aquela mistura de cheiros me fazia lembrar alguma coisa. Mas o quê? A minha primeira visita em terra firme.

A marcha continuou, o meu corpo oscilava inerte de um lado para outro. Então tudo parou. Ouvi a voz do meu filho:

– Desçam comigo aos subterrâneos, encontraremos uma arquitrave com as cabeças de carneiro, de touro e de javali. Ali descansará o meu pai, coberto por esta tela que a rainha minha mãe teceu: aparecem nela os fatos marcantes do seu último destino. Meu pai não morreu, nunca morrerá.

Ouvi-o dizer:

– Voltarei, *pai*, aqui está na fortaleza do seu avô Autólico.

Mas era verdade? O que estava acontecendo comigo? Essas palavras de Telêmaco ressoavam dentro do meu coração, mas era realmente o meu filho? Ou ele ainda estava dormindo na sua cama? E eu? Onde estava? Pareceu-me ouvir passos que subiam as escadas, um ruído de dobradiças e portas que se fechavam. E então o frio da pedra. E a escuridão.

26

Quanto durou aquela noite impenetrável, aquele silêncio abismal? Era então esta a última punição, a armadilha letal para a qual o deus hostil me atraíra? Jazer imóvel pela eternidade, vivo e consciente, sem nunca poder adormecer o coração, logo eu, que tinha singrado todos os mares, lutado contra heróis, monstros e vendavais, contra os raios, os ventos e o mar tempestuoso? Passar os anos e os milênios a contar os batimentos do meu coração? E mesmo assim, lá no fundo, restava um fio de esperança, uma tênue chama que não queria se apagar. Eu estava no continente: aqui o implacável deus azul já não era tão poderoso, não era, pelo menos, mais poderoso que a minha deusa. Ela ouviria o sangue palpitar em minhas veias, iria me encontrar. Devolveria a mim a luz e a força. Ou quem sabe enviaria alguém?

Esperei intensamente, de noite o meu espírito navegava em todas as direções em busca de um porto seguro, expandia-se como fina névoa num espaço infinito. Até o uivo de um lobo penetrar no meu túmulo. Rasgou o silêncio. Calou-se. Rosnou. Voltou a calar-se.

Rangido de dobradiças.

Um passo descendo as escadas de pedra.

– Quem é você? – bradou o meu coração, mas nenhum som se ouviu.

O passo se deteve.

– Calcante – respondeu uma voz. E a seguir o passo continuou a descer, parou ao meu lado. – Havia um pacto entre nós.

Alguma coisa desfez-se no meu peito, o nó que amordaçava a voz soltou a presa.

– Como me encontrou? – Tremores e soluços sacudiram-me como se de repente estivesse livre de pesadas correntes.

– Errava por estas montanhas e, de repente, ouvi a batida de um coração vibrar sob os meus pés, através das entranhas do monte.

– Foi obra da minha deusa. Só ela poderia tê-lo enviado para cá.

Abri os olhos e vi um raio de luz vindo de uma fresta lá em cima, iluminando os degraus cortados na nua pedra. A luz feriu-me como uma espada.

– Chegou a hora de cada um revelar ao outro quando chegará para ele o momento derradeiro. Ambos temos o dom.

– É por isso que posso abrir os olhos e falar?

– Sim... e não. Recebeu um golpe. Algo aconteceu dentro de você. Acharam que estava morto. Imóvel e frio, só você podia ouvir as batidas do seu coração, ninguém mais.

– Receei que fosse colocado na pira ainda vivo...

– A deusa inspirou outras coisas a Telêmaco, e outras ainda a mim.

O seu rosto estava na sombra, a luz atrás dele. Mas a voz baixa e profunda era a mesma que pronunciara profecias ao glorioso átrida na assembleia dos aqueus.

– Levante-se – disse.

Tentei ficar de pé, mas o corpo não obedecia. Já fazia tempo demais que os músculos não estendiam os membros, o mais leve movimento provocava agudas fisgadas.

– Há quanto tempo estou neste lugar?

– Só o coração que conhece as próprias batidas poderia dizer. Meses, talvez. E enquanto isso alguma coisa aconteceu dentro de você.

– O meu avô Autólico está sepultado aqui?

– Alguma coisa aconteceu com ele também.

Já estava quase anoitecendo quando consegui apoiar os pés no chão e aguentar a dor. Calcante arrastou-me como a um fardo, um corpo sem vida, sustentando-me e ajudando-me a subir as escadas. Quando saímos da cripta, já estava escuro. Respirei!

A lua molhava de prata líquida o topo do Parnaso. Um longo uivo entre os abetos. Estremeci.

– Lembra-lhe alguma coisa?

– Estou morrendo de sede – respondi –, sim, agora lembra. Há muito tempo, eu ainda era um garoto, o herói Laertes, meu pai, costumava levar-me aos vales da Arcádia, na direção de uma montanha.

Calcante encheu uma taça com a água límpida de uma nascente.

– Ouvi os uivos que vinham do monte, da planície. Sonhei... Pode ver o que sonhei? Ainda estou com sede.

Deu-me mais água. Então, fitou-me nos olhos.

– Sim, Odisseu, coração ardente! Estou vendo o seu sonho: o homem no carro puxado pelos lobos é você!

– E o que significa?

– Não sei. Só você poderia entender, mas não creio que consiga antes de a coisa realmente acontecer.

Clarões dardejaram na floresta, o trovão estrondou ao longe rumorejando entre as montanhas, as nuvens ocultaram a lua.

– Vamos entrar nesta casa – disse eu –, ajude-me. O tempo está mudando.

Entendi onde estava. Um caminho que se abria no bosque, num lugar escondido. Calcante removera as pedras que ocultavam a entrada e descera até o túmulo. Com a ajuda dele alcancei a casa de Autólico. O remo do meu navio, com a borboleta entalhada no cabo, estava apoiado na parede. A porta aberta revelava o interior silencioso. Umas poucas brasas na lareira espalhavam alguma luminosidade. Calcante jogou mais lenha.

– Quem acendeu este fogo? – perguntei.

– Eu – respondeu –, alguma coisa me impeliu a vir para cá. Esta noite dormi aqui.

– Sabe o que é esta casa?

– É a fortaleza do seu avô Autólico. Alguém a expugnou de surpresa. Não restou ninguém.

– E ele? Onde é que ele está?

Os trovões estrepitavam cada vez mais perto. De fora, os lampejos dos raios irrompiam até o aposento em que me encontrava e iluminavam o rosto de Calcante, que parecia um fantasma vindo de um longínquo passado.

– Aqui por perto, mas não sei onde. Já faz muito tempo que esta morada está deserta.

Eu estava começando a entender por que não tinha visto Autólico na entrada do reino de Hades. Também sentia que ia superar uma fronteira bem mais violenta e terrível que a cortina de névoa. Contínuos arrepios estremeciam o meu corpo, e eu não sabia se aquela sensação se devia à hora noturna, ao vento frio, ao meu corpo esgotado, que não conseguia esquentar-se nem ficando ao lado do fogo, ou ao medo que tomava conta de mim só de pensar em separar-me mais uma vez da minha terra, da família, das coisas que amava, da minha maneira de ser humano. Era o que sentia no coração, e isto me assustava.

– Escute, pode dizer-me se a profecia de Tirésias se realizará? Se, no fim desta viagem, poderei voltar à minha família e reinar sobre povos felizes até a velhice?

– O profeta falou com você da pavorosa boca do terrível Ínfero. Nunca poderia mentir. Tudo isto acontecerá, mas não sei dizer quando. Não consigo ver.

– Quando partirei?

– O mais cedo possível. Assim que conseguir ficar de pé.

– Então chegou o momento de cada um de nós revelar ao outro o dia e a hora do nosso fim.

– Isso mesmo. Amanhã os nossos caminhos irão se separar. Cumpri a minha missão. Ao alvorecer, nos falaremos pela última vez.

Esforcei-me muito, naquela noite, para não adormecer: receava precipitar-me de novo na impotência e na inércia, nunca mais conseguir levantar-me. Finalmente o sono me venceu e dormi profundamente, revi em sonho infinitas imagens do meu passado, experimentei sentimentos esquecidos e vi o fim de Calcante, o tempo e o lugar. Compreendi que, na manhã seguinte, seria capaz de sussurrar em seu ouvido aquela terrível verdade enquanto ele me revelaria o meu último dia na Terra.

Ouvi-o levantar-se, durante a noite, para juntar mais lenha na fogueira, e ouvi o vento uivar sob o telhado, sibilar entre os batentes desconexos, assoviar pelas frestas das paredes. Só uma vez soou, no silêncio, ao meu lado, a voz do avô, e murmurou "meu *garoto*". Depois a do meu pai ciciou outras palavras que eu não conseguia entender. Não havia nenhum resquício de alegria no meu coração, só infinita melancolia.

Um sol pálido despertou-me, e tive a impressão de ter bastante força para me levantar. Calcante apanhara, nos ninhos embaixo do telhado, uns ovos de pombo e estava cozinhando-os na brasa e na cinza quente da lareira. Um agradável calor espalhara-se pelo aposento em que havíamos passado a noite. Tudo parecia normal, duas pessoas que acordam, que avivam o fogo e preparam o desjejum.

– De onde você vem? – perguntei. E com aquela pergunta tão simples parecia-me poder afugentar a aura sombria que nos dominava.

– De Argos – respondeu sem se virar.

– Como acabou participando da expedição?

– Agamêmnon ouvira falar da minha capacidade de vidente e pediu que Diomedes me convencesse. Não foi difícil: ele era o rei.

– Como descobriu o seu dom?

– Aos seis anos, ainda menino, previ a morte do meu pai.

– Poderia ter sido por acaso.

– Também previ a da minha mãe, e fiquei órfão ainda adolescente.

Virou-se para mim: os seus olhos e a sua voz pareciam não ter expressão.

Comemos em silêncio, depois saímos. Não fechei a porta: queria que o vento, a chuva e a neve invadissem a casa de Autólico tornando-a uma ruína povoada por fantasmas. Dessa forma a lembrança do *wánax* da Acarnânia sobreviveria ao seu desaparecimento.

– Ainda gostaria de fazer-lhe muitas perguntas, mas talvez seja melhor cada um seguir o seu caminho. Libertou-me da minha prisão. Nunca o esquecerei.

– A única maneira de agradecer é fazer o que combinamos vários anos atrás em Ílio. Aproxime-se.

Enquanto falava, chegou-se a mim até encostar o rosto na minha face.

– Quando sentirmos o contato – disse –, cada um de nós falará ao ouvido do outro. – E assim foi. Uma parte de mim falou, uma parte de mim ouviu ao mesmo tempo. Não sei qual das duas foi a sentença mais triste, mais amarga e enigmática. Ambos tínhamos os olhos úmidos de lágrimas quando nos separamos. E mesmo assim ficaram, no coração dos dois, recantos escuros que talvez somente o futuro fosse esclarecer.

Despedimo-nos. Ele se afastou na direção do mar, ajudando os passos com o cajado.

– Adeus – disse eu –, obrigado, vidente.

– Adeus, *wánax* Odisseu, coração ardente – disse ele. – Talvez voltemos a nos ver em outra vida.

– Ou em outra morte – respondi.

Acompanhei a sua figura, que se afastava pela trilha que descia para o mar, e por um momento vi fantasmas que o escoltavam armados de lanças e segurando escudos. Ele não os via, o vidente, talvez percebesse a presença deles. Para onde o levavam? Os mortais que comem pão se levantavam naquela hora em suas cabanas espalhadas pelo bosque, ordenhavam os animais, levavam ao pasto os rebanhos. Somente ele e eu estávamos a caminho de um destino obscuro.

Peguei o remo, com muito esforço o apoiei no ombro procurando o ponto de equilíbrio. Onde estava o meu arco? Onde estavam as minhas setas? Onde estava a minha força?

– Aqui – disse uma voz que ressoou à minha esquerda, enquanto um calafrio que eu bem conhecia corria sob a minha pele. Uma voz de homem: o meu avô, meu pai, Mentor, a minha deusa? Todos estavam presentes naquela voz.

Virei-me e vi o arco e o alfanje apoiados no tronco de um carvalho secular. Havia sido um sonho? Sempre haviam estado ali? Eu estava confuso, angustiado, e o que sentia era algo que nunca experimentara antes. Um abismo de solidão, um frio glacial que apertava o meu coração, uma sensação tão intensa de desnorteio que em certas horas eu poderia pensar em me matar se não tivesse visto com os meus próprios olhos a infinita desolação do mundo das sombras e dos pálidos fantasmas que o habitavam.

Apanhei o arco, escolhi a seta, e logo apareceu diante de mim um cabrito-montês que me fitava imóvel. Abati-o na mesma hora. Passei dois dias comendo carne.

No terceiro dia, pus-me a caminho enfrentando uma longa e estafante subida. O remo de Polites balançava a cada passo, a cada pedra, e raspava o meu ombro até fazê-lo sangrar. Mas a vista do sangue até que me consolava, dizia que eu estava vivo, que um fluxo quente corria dentro de mim, sob a pele, dentro dos meus músculos e do meu coração. Mantive-me sempre nas encostas dos montes, seguindo para o norte sem descer para os vales. Não queria encontrar pessoas, não queria ser reconhecido, embora dificilmente uma coisa dessas pudesse acontecer.

O que queria, afinal? Afastar-me o máximo possível do mar, até a comida das pessoas ficar insossa, até o remo já não ser reconhecido como o objeto que empurra o navio nas ondas, e sim como a pá que separa o cascabulho do trigo. O trigo... grandes, férteis planícies? Mas onde? Eu só as tinha visto na Argólida e em nenhum outro lugar da Acaia. Onde iria então encontrar pessoas que não conhecessem o mar nem os navios? O mar está por todas as partes na nossa terra. Não percebia que estes pensamentos eram inúteis, que não me levariam ao lugar onde estava sendo esperado. Eu só tinha de seguir adiante na direção contrária à do mar, sem parar. Não tinha nenhuma outra possibilidade, outros guias não existiam. Tudo era obscuro e inacreditável, nenhuma coisa humana podia nortear-me. Não havia um destino definido. A única coisa que me sustentava era a confiança em mim mesmo, a certeza de que só eu sabia como sobreviver às adversidades, como manter firme o amor no meu coração, como sentir vivas ao meu lado as pessoas das quais me afastara, como continuar a acreditar que, no fim, acabaria vencendo.

Certo dia, depois de percorrer um longo e interminável caminho e ver o sol baixar no horizonte, vislumbrei um vilarejo ao longe. Já vinha andando havia meses sem encontrar vivalma; só ocasos de langorosa beleza, só calmas e silenciosas auroras sobre terras cada vez mais extensas, com a luz a iluminar cada fio de grama e o vento frio a suscitar no coração felicidades esquecidas.

Decidi ir até lá e me aproximei lentamente. Não sabia se seria recebido por homens que respeitam os deuses e os hóspedes, se uma jovem Nausícaa iria esperar por mim nas margens do rio que corria reluzente entre seixos e areia, mas avancei de qualquer maneira pelos campos rumo às construções feitas de tijolos crus e madeira. Tinha vontade de sentir-me cercado por seres humanos, de confirmar a mim mesmo que estava vivo num mundo real e não numa paisagem de delírio e de devaneio.

Enquanto me aproximava, no entanto, vi à minha direita, ao longe, uma imagem fantástica, o galope desenfreado de criaturas que muitas vezes ouvira meu mestre de armas Damastes mencionar, mas que nunca havia visto com meus próprios olhos: centauros!

Eu tinha então voltado a um cenário de criaturas monstruosas? Superara, sem dar-me conta, o limite invisível proibido aos homens que comem pão? Deitei no chão o meu remo e fiquei imóvel, olhando para eles enquanto saíam da nuvem de poeira que os envolvia nos vermelhos reflexos do sol que se punha: não eram centauros, mas duas criaturas distintas que se mexiam como uma só. Homens montando cavalos!

Ao chegarem ao vilarejo, pularam ao chão agilmente, como que desprovidos de peso, soltando os animais com as rédeas ainda esvoaçando em seus pescoços. Eu também me aproximara, àquela altura, de remo longo e pesado no ombro, de arco a tiracolo e alfanje na cintura. Percebi logo que a atenção dos moradores e dos centauros, recém-desdobrados diante dos meus olhos em criaturas de diferente natureza, se concentrava totalmente em mim. Onde está você agora, Damastes? Era isto o que você via na luz incerta do pôr do sol, nos vales escuros e entre véus de neblina?

Um silêncio pesado dominou todas as coisas. Ninguém proferia som ou palavra, nem sequer as crianças, que se mantinham agarradas às saias das mães. O remo, que eu segurava com firmeza, projetava uma sombra extremamente longa e definida através da estreita esplanada que marcava o centro do vilarejo.

Eu estava completamente cercado, e eles me fitavam, atentos, talvez tentando entender quem ou o que eu era. Então um dos centauros, o que parecia o mais forte, aproximou-se com cuidado. A sombra do remo acabava aos seus pés e, de alguma forma, isto o perturbava. Moveu-se na minha direção devagar, percorrendo a sombra, trilha escura, até ficarmos cara a cara. Perguntou alguma coisa que não compreendi. A sua linguagem soava familiar, mas eu não conseguia entendê-la. Insistiu apontando para o remo, e o meu coração deu um pulo no meu peito. Seria aquele o homem que Tirésias preanunciara? O que me perguntaria o que era o objeto que eu carregava no ombro? Seria aquele o ponto de chegada onde fincar, no meio do vilarejo em que me encontrava, o remo como eterno sinal da última viagem do rei de Ítaca? Onde encontrar as vítimas por imolar entre as manadas e os rebanhos que certamente aquele povo criava? A viagem não teria sido, afinal, tão longa e perigosa, e eu poderia regressar para Penélope e Telêmaco, para sempre. Não conseguia acreditar, e de fato não devia. De súbito o homem deu uma gargalhada: indicava o remo e continuava a rir sem parar, e eu tinha vontade de matá-lo para acabar com aquelas risadas.

Curvou-se até o chão e desenhou com um graveto o contorno de um navio, apontou para ele com o dedo e depois indicou o horizonte à sua esquerda quase a dizer: "Você está procurando o mar e os navios no lugar errado."

Não parei, portanto, naquela aldeia. Segui adiante com o coração cheio de tristeza. Iludira-me pensando que os deuses haviam decidido poupar-me do terrível castigo a que me condenaram. Avançava arrastando atrás de mim o ruído do remo nas pedras do caminho. Vi cabras, vacas e porcos e até um cão sem dono que por algum tempo foi meu companheiro de andança. A cada passo aumentava, em mim, a vontade de chorar, não devido ao receio de uma longa viagem, da solidão ou do perigo, mas antes porque me movia num mundo insignificante, desolado e vazio. Por que os deuses me obrigaram àquela viagem inútil? Por que não podia imolar as vítimas num lugar qualquer da minha ilha, numa enseada qualquer, em qualquer templo?

A noite não demorou a chegar. Procurei um abrigo na cavidade de um tronco solitário, juntei cúmulos de folhas secas e coloquei por cima a minha capa vermelha, a que Penélope tecera para que me sentisse sempre envolvido no calor das suas mãos e dos seus braços. E tentei dormir.

Atrás de mim, o vilarejo dos centauros já tinha desaparecido havia algum tempo entre as ondulações do terreno, e a noite animava-se de chiados, de passos furtivos, de sopros e rosnados escondidos. Não atrapalhariam o meu sono, já estava acostumado com coisas bem mais ameaçadoras. Eram eles, não importa quem ou o que fossem, que deviam ter receio de mim.

Este pensamento, no entanto, não me ajudou a adormecer. Ao contrário. Pensava que em todos aqueles dias e noites de peregrinação, sempre para o norte e depois para o oriente, nada tinha encontrado que valesse a pena lembrar, nada que algum dia pudesse contar ao meu filho ou aos meus súditos ou a Fêmio, o cantor. E que a única vez em que me detivera, estimulado pelo desejo de misturar-me a seres humanos, havia sido escarnecido pelos outros e entristecido pela tola ilusão de ter chegado ao fim das minhas penas.

Já estava pensando que a minha tortura podia ser justamente aquela: o nada, o monótono, imóvel e inútil espetáculo da natureza que se repetia sempre igual. Estaria a ponto de tornar-me imortal? Teriam os deuses reservado para mim aquele desmedido território vazio que se estendia diante dos meus olhos, tal como a Circe e a Calipso haviam destinado as suas ilhas? Era então por este vazio que Héracles, concluídos seus doze trabalhos, se jogara vivo na pira?

Tudo havia sido tirado de mim: os companheiros, os navios, a pátria, o pai, a esposa e o filho logo após voltar a vê-los. A casa. Não era este, afinal, o limiar da imortalidade? Uma imortalidade que eu não pedira, que recusara quando me fora oferecida na ilha dos confins do mundo. Mas eu tinha desafiado o sopro do Ínfero para conhecer o meu futuro e não estava disposto a tornar vã aquela façanha.

Dormia, ou talvez estivesse entregue àquela sonolência em que o sonho e a realidade se confundem, quando ouvi um rosnado. Já o havia escutado antes: um urso. Como poderia defender-me? Não tinha comigo armas pesadas e estava escuro. Não podia subir na árvore, que fora abatida pelo raio quase ao rés do chão. Se tentasse fugir em campo aberto, o animal logo me alcançaria. Só tinha o punhal: com ele ia lutar e, provavelmente, morrer. Invoquei do fundo do coração a minha deusa, pedi ajuda à sombra do meu pai e ao espírito da minha mãe, ao poder obscuro de Autólico, *wánax* de Acarnânia, pois queria que se cumprisse a profecia que me custara tantos padecimentos.

Alguém certamente me ouviu: quando já podia sentir a respiração do urso bem perto do rosto, com suas garras a rachar a madeira do tronco, escutei o latido de um cão, depois de cinco, dez ou talvez até mais, e em seguida a barulheira de uma luta feroz, de morte. Até tudo desaparecer no silêncio. Só um intenso, ferino e selvagem cheiro animal continuou a pairar no ar, para lembrar que não havia sido um sonho. Então adormeci, certo de que nada mais poderia ameaçar-me até o alvorecer.

27

Quando acordei, vi que todo o terreno estava marcado pelos sinais de uma luta selvagem, como se não se tratasse de animais, mas de uma horda de demônios enfurecidos que se haviam enfrentado num combate pavoroso. Levantei-me, pus o arco a tiracolo, prendi a aljava na cintura, ajeitei o remo no ombro e retomei o meu caminho. Decidi que a partir daquele momento contaria os dias, observaria as estrelas, o surgir e o baixar no horizonte do sol e da lua para entender em que direção estava indo.

Com o passar dos dias, a solidão tornou-se cada vez maior e a melancolia mais amarga. Estava disposto a dar qualquer coisa em troca de algumas horas em companhia do meu filho e da minha esposa. Ao mesmo tempo, porém, evitava o contato com qualquer ser humano, embora sabendo que desta forma a profecia nunca se realizaria, que eu nunca encontraria o homem que me faria a pergunta fatal. Mas também calculava que agindo assim acabaria forçando o meu destino a revelar-se de algum jeito inconfundível. O homem apareceria, imaginava eu, de alguma forma totalmente inesperada, no meio de uma planície, em alguma trilha montanhosa ou nas margens de um rio. *É o sinal, não pode errar...*

Eu caçava com o arco, aprontava armadilhas, juntava túberos, nozes e frutas silvestres. Num pequeno vaso de louça, de tampa furada, guardava as brasas do meu último bivaque para acender o fogo ao anoitecer. E muitas vezes, olhando ao redor até o horizonte, não via outra luz que não fosse a minha, único sinal de vida na terra adormecida e escura.

Com o passar do tempo, o meu corpo se transformara: já estavam longe os dias em que, na ilha nos confins do mundo, gozava dos favores de uma deusa, de comida, de vinho e de preciosa roupagem. Assim como estavam longe os dias e as noites em que ficava acordado, contando a minha história no palácio de Alcínoo, divino soberano dos feaces, e aproveitando com fartura tudo o que havia de bom. A pele emagrecida aderia aos músculos, a minha vista ficara mais aguda, eu me tornara mais leve, mais ágil e veloz, mas menos poderoso. Era mais um caçador e um corredor que um guerreiro. Acostumara-me a dormir com um só olho, a descansar sem desistir por completo da consciência. Já haviam sido demasiadas as experiências ruins pelas quais passara devido ao entorpecimento do sono.

Quando ia caçar, era forçado a separar-me do remo, e, apesar de estar quase sempre sozinho, geralmente procurava um esconderijo para a única relíquia que sobrava do meu navio, a única esperança de conseguir um trato leal com os deuses.

Pensava amiúde em Mentor, cujo rastro tinha perdido por completo. A deusa que usara o seu corpo teria então raptado o seu espírito também? Invocava-a inutilmente. Teria feito qualquer coisa para que aparecesse como quando, em Ítaca, no dia da minha volta, assumira a aparência de um jovem pastor e me fizera um afago, a única vez em que eu tinha sido tocado pela sua mão.

Já vinha marchando havia mais de três meses, sempre para o oriente: tinha avistado mais hordas de centauros cavalgando ao longe, cercados por nuvens de poeira, e aldeias de casebres feitos de pele de animais esfolados. Também vira carros de combate de alguma forma parecidos com os nossos. Fiquei imaginando como se podia fazer guerra naquelas plagas desoladas onde nada havia de bonito ou desejável para conquistar. Só raras vezes, impelido pela fome e pela sede, aproximara-me de pequenos grupos acampados na planície, e fora recebido como hóspede, mas essas breves visitas só haviam confirmado as minhas convicções. A comida era a de selvagens que não comem pão, não têm ervas aromáticas, nem oliveiras de onde tirar o reluzente azeite que é conforto para membros cansados, luz nas trevas e alimento para o corpo, não têm queijos nem vinho borbulhante que alegra o coração. Comiam gordura de animais e tomavam leite.

As suas mulheres tinham um cheiro ferino, o mesmo das peles esfoladas que vestiam, cabelos emaranhados e estopentos, ignoravam a arte da roca e do tear e não dispunham de banhos com águas perfumadas de essências raras e preciosas; imaginei que só se deviam lavar quando chovia.

Num vilarejo particularmente pobre, ofereceram-me uma delas como presente de hospitalidade, mas o seu cheiro enjoativo me repelia. Aceitei levá-la comigo para não ofendê-los, mas a entreguei ao povoado seguinte deixando entender que a encontrara no caminho.

Só uma vez fui forçado a lutar pela vida: quando percebi que o remo que levava no ombro de algum modo assustara os habitantes de um extenso vilarejo. Tinham caveiras pregadas numa estaca da praça central e em paus menores diante das cabanas. Eu tentara fugir retrocedendo, mas seus cavaleiros centauros logo me alcançaram levando-me de volta.

O que aconteceu em seguida devia ser alguma cerimônia sacrifical deles. Forçaram-me a enfrentar um guerreiro gigantesco, certamente o seu campeão. Usava a espada como uma clava e não como arma de corte. Não foi difícil, para mim, trespassá-lo logo no seu segundo assalto. A multidão que o incitava ficou muda. Mandaram entrar na arena mais quatro, um depois do outro, e a todos matei com a espada que me haviam entregado: um ótimo bronze fundido e forjado sabe-se lá onde. Um instante antes de fincá-lo no peito do quinto homem percebi por sob a pele um arrepio que me encheu de alegria: Atena estava novamente ao meu lado? Agradeci-lhe com tamanho transporte, que as lágrimas escorreram pelas faces. Incrédulos, totalmente pasmados, deixaram-me partir, e eu me afastei de remo no ombro.

Naquela noite, abrigado numa cova do terreno e envolto na minha capa, deitei-me num cúmulo de folhas e adormeci. Vez por outra, nos momentos em que o sono se tornava mais leve, ainda era sacudido pela emoção do combate. A mão corria à cintura em busca da empunhadura de uma arma, eu rolava sobre mim mesmo como se estivesse evitando um golpe. Então, naquela indecisa sonolência, sentia o sopro gelado do vento do norte, que me fazia estremecer. Não me acordava, mas não me deixava dormir.

Não lembro quando aconteceu, se a alvorada já estava chegando ou se ainda era noite, mas ouvi a voz de Mentor chamar-me: "Acorde." Recobrei-me e fiquei de pé. Ele estava diante de mim e me fitava com a expressão intensa que eu bem conhecia desde criança. Surpreendeu-me ver a sua figura distinta contra o pano de fundo da noite, como se um fogo ou uma lanterna invisível o iluminasse. Não havia lua no céu e tudo era breu, acima e embaixo de mim.

– Mentor! – exclamei. – Como me encontrou nesta desolação? Ou você é a minha deusa que assumiu o seu semblante? Não seria a primeira vez. Hoje, durante o combate, percebi o calafrio que anuncia a sua presença.

Respondeu:

– Não sou a deusa. Sou a mensagem da deusa para você. Veja! – E apontou para o cúmulo de folhas. Eu também olhei e vi a mim mesmo dormindo profundamente. – E agora venha comigo. – Eu estava me movendo dentro de um sonho?

Fui com ele e reparei em que estávamos viajando bem rápido. À nossa frente já dava para vislumbrar uma cadeia de montes muito altos com os picos cobertos de neve e de gelo.

Paramos no topo de uma daquelas majestosas montanhas.

– O monte Hemo. Aqui nascem os ventos gelados que levam neve e frio para a terra inteira.

– O que vai acontecer com o meu remo? Esqueci-o perto da cova onde estava dormindo.

– Ninguém vai tocá-lo – respondeu. – Vai encontrá-lo ali mesmo e precisará dele.

– Quando?

– Muito em breve, talvez. Só posso dizer que algo vai acontecer na próxima primavera. Mas antes terá de enfrentar o inverno, o gelo, os ventos uivantes aos quais ninguém sobreviveu. Superou a cortina de névoa: agora terá de passar pelo muro de gelo. Será trespassado por mil gélidas espadas, o seu coração se partirá de frio. E finalmente superará a última fronteira.

– Quero voltar para junto de Penélope, de Telêmaco... Estou cansado... cansado...

– Voltará a vê-los.

– Quando?

– Quando a hora chegar. Depois de oferecer o sacrifício como predisse o vate tebano que você chamou do reino de Hades. – Enquanto dizia estas palavras, a lua apareceu entre as nuvens rasgadas pelo vento e iluminou na planície nevada três enormes animais que avançavam a galope levantando poeira de neve, poeira de prata: um carneiro albino, gigantesco, de grandes chifres curvos; ao seu lado um porco-do-mato tão pesado como o javali de Cálidon, e do outro um touro de chifres pontudos que bufava soltando das ventas nuvens de vapor ardente... Corriam para o seu encontro fatal?

Os olhos do simulacro de Mentor brilharam na escuridão como os da coruja que vê nas sombras da noite melhor que na luz do dia.

– Calcante acaba de morrer: pode perceber a sua presença no vento? Morreu como você predisse sussurrando em seu ouvido. Você também tem o dom, está lembrado? E não é o único.

– Pela mordida de uma cobra?

– Isso mesmo, justamente como você disse. E ele, o que foi que disse naquela hora?

– É algo que não posso revelar. Seria duro demais para mim e, talvez, para você também.

– E se eu lhe mostrasse Mentor?

– Então, talvez eu contasse.

– Venha, acompanhe-me.

Moveu-se avançando pela encosta, tão levemente que não deixava pegadas na neve que cobria a montanha. Eu tampouco deixava marcas. O meu corpo estava alhures. Estávamos diante de uma caverna.

O espectro que me precedeu espalhou um leve brilho nas paredes da caverna. Atravessamos uma sala enorme, floresta petrificada de pálidos pináculos que se erguiam do solo e pendiam do teto deixando escorrer as suas lágrimas. Alguns tinham formas quase humanas ou de animais fabulosos com bocarras cheias de presas de pedra. Às vezes, juntando-se, transformavam-se em colunas. Nunca tinha visto algo parecido em toda a minha vida. Entramos num estreito túnel que parecia não ter fim. Eu estava assustado e apreensivo, com os batimentos do coração se tornando mais fortes e frequentes, embora o meu coração estivesse longe, num corpo adormecido num cúmulo de folhas ao abrigo de uma vala.

A galeria tinha várias bifurcações, o que me levou a pensar que o Labirinto de Creta, onde estava preso o homem-touro, não devia ser muito diferente. Finalmente a passagem começou a alargar-se, até desembocar num aposento bem maior com uma pedra quadrada no meio. Em cima, rígido e imóvel, jazia Mentor, o meu amigo, o corpo que a minha deusa usara para aparecer para mim ou para o meu filho. O precioso guia pródigo em conselhos e admoestações, o amigo que sempre me ajudara e apoiara com sua sabedoria impagável, generoso a ponto de não recusar o próprio corpo, a sua pessoa, à divindade que me amava, que tantas vezes me salvara.

– No fim – disse o simulacro, baixinho –, a presença da deusa de olhos azuis queimou o seu frágil invólucro e decidiu deixá-lo aqui, como crisálida vazia, nesta majestosa morada, intacto e incorruptível para sempre.

Joguei-me em cima do frio corpo, chorando, acariciei o seu rosto e beijei as suas mãos. Tinha no peito uma pequena flor de pedra, das que se formavam gotejando na caverna, que tomavam forma a partir das lágrimas da montanha.

– Permita-me, amigo, levá-la comigo, para usá-la como amuleto e lembrança sua enquanto eu viver. – Então gritei: – Se este era o preço da minha vida, melhor seria se eu tivesse tido a mesma sorte dos meus companheiros. Mil vezes melhor morrer trespassado por um dardo sob as muralhas de Troia ou afundar no abismo com o meu navio, extinguindo o ódio e a sede de vingança do deus azul!

– Não fale assim – disse o espírito que me guiava. – Não é aconselhável desprezar as dádivas e o amor de uma deusa.

– Não estou desprezando. Sinto muito, aliás, a falta dela. Gostaria que estivesse aqui para renovar a minha esperança e dizer o tempo e o lugar que me permitirão reencontrar as pessoas que amo.

– Quando a hora certa chegar, acredito que isso também acontecerá. Mas havia um trato entre nós. Mostrei-lhe Mentor: agora, diga-me o que Calcante ciciou em seu ouvido.

– Vou dizer, mas eu mesmo não tenho certeza do que ouvi.

– Diga.

Não entendia por que o meu guia queria algo que já deveria conhecer, mas procurei pronunciar as frases de Calcante tal como me lembrava naquele momento:

– "Quando tiver reunido as vítimas no local do ágil remo, então escolha se quer imolá-las e voltar ao mar para reinar e morrer ou retomar a sua viagem. Para sempre." Procurei longamente interpretar estas palavras. Você acha que pode conseguir?

Não tive outra resposta que o uivo do vento que espalhava gelo e neve pelas infinitas extensões.

Acordei devido ao frio que entorpecia os membros e olhei ao redor e para cima de mim. O remo estava deitado de través sobre a cova, com a minha capa esticada sobre ele e presa ao chão, como tenda, por umas pedras. Não me lembrava de ter construído aquele pequeno refúgio, e não podia certamente ter feito isto enquanto dormia. A capa começou a vibrar como uma vela à mercê da força do vento. Olhei para fora: nevava. Seria inútil sair: caminharia na ventania com a nevasca ferindo o meu rosto.

Fiquei no abrigo até o vento amainar e ao entardecer saí. Em nenhum lugar tinha visto tamanha extensão de terra tão plana como o mar na calmaria, em todas as direções até o horizonte, e sempre da mesma cor branca imaculada. Lembrando as palavras do meu pai na Arcádia, afundei as mãos nela e a senti macia como lã de ovelha, mas gélida e pungente. Puxei os dedos de volta irritados e vermelhos. Percebi que não demoraria quase nada para eles se tornarem insensíveis.

Pensei no que tinha visto e ouvido durante a noite. Havia sido realmente um sonho? Tudo fora tão claro e límpido, muito mais que qualquer sonho que já tivera na vida.

O sol aparecera e a temperatura do ar ficara levemente mais quente. Mesmo depois da tempestade, o vento continuava firme e constante e percebi alguma coisa que, agitada pela sua força, se movia e balouçava em meu peito. Levei a mão ao coração e apalpei um objeto duro pendurado numa tira de pano: a pequena rosa de pedra apoiada no peito de Mentor! O que queria dizer-me a minha deusa? Que o sonho era realidade, a única realidade certa? Queria dizer que eu tinha de esquecer de uma vez por todas o mundo pelo qual recusara a imortalidade? Ao pasmo seguiu-se a aflição. Eu errava num labirinto sem saída e já não acreditava encontrar uma Ariadne que me doasse o fio indicador do caminho de volta.

Calcante tinha morrido. E eu, o que vinha a ser eu? Mesmo sentindo fome, frio, calor e dor, não saberia dizer o que era. Talvez me encontrasse diante da segunda barreira, a de gelo e neve após a outra, de neblina. Aprontei umas armadilhas em volta do meu precário abrigo, com a esperança de conseguir alguma comida.

No dia seguinte sacudi a neve do tecido da capa, acendi uma fogueira, juntei os pássaros capturados com os laços e me alimentei. Carreguei o remo no ombro e retomei o meu caminho. Não havia nenhum sinal de seres humanos à minha volta: começava naquele momento a parte mais dura, dolorosa e difícil da minha viagem. O frio e a solidão tornaram-se tão intensos e pungentes que ficaram insuportáveis. Dentro de mim, só encontrava uns meros farrapos do meu mundo anterior. Sentia-me vazio, mas ainda assim continuava a procurar um sentido naquilo que experimentava e tinha de enfrentar, uma explicação aceitável e compreensível para a minha mente.

Devia, em resumo, seguir adiante sem pensar em outra coisa que me afastar do mar. E naquele não lugar um homem me perguntaria o que era o objeto que carregava nas costas: um ventilabro, talvez? Uma pá para jogar as sementes no ar e limpar o trigo?

A minha deusa enviaria o touro, o carneiro e o javali. Eu os sacrificaria ao deus azul, conseguindo assim a serenidade e acabando finalmente com o meu sofrimento.

A extensão infinita me assustava, ficava imaginando como e onde arranjaria comida, como ia defender-me do tremendo frio.

Fiquei dias e dias andando, ofegante, apertando o queixo, praguejando, invocando, amaldiçoando e chorando... mas cada passo que eu contendia com o espaço sem limites, com o vento feroz, aumentava a coragem dentro do meu coração, destilava em mim uma energia nunca experimentada antes e apagava lentamente o medo.

E, quando, de repente, o silêncio total tomava conta de mim e da extensão branca, a falta de qualquer som, eco e sopro me inspirava uma estranha embriaguez não muito diferente da que sentia na ilha dos confins do mundo. Tinha a impressão de esticar-me como água ou ar ou poeira ou fumaça até encobrir todo o espaço que podia alcançar com os olhos. Foi naqueles silêncios que me deixavam sem fôlego que aprendi a falar comigo mesmo para não enlouquecer.

No fim, cabia sempre à voz do vento quebrar o silêncio, com um violento sopro ou com um som tão leve que mal dava para ouvir, tão suave e escarnecedor como o assobio de um melro.

Após mais dois meses de marcha estafante, o vento aprendeu a falar e até a cantar.

Com a voz da minha Penélope distante...

EPÍLOGO

Levei mais algum tempo para sobreviver ao restante do gélido inverno e lembrar, dia a dia, quase cada momento da minha existência. Voltei a viver cada instante de forma tão viva e intensa que quase não consigo acreditar que tenha sido possível. É como se a minha mente tivesse espalhado e difundido a minha experiência naquele vazio total porque nada existia fora dos confins do meu corpo, nada que ocupasse o espaço ilimitado que me cercava.

Tinha navegado sozinho, sem companheiros, com um só remo a lembrar que no passado eu singrara os mares, lutara contra monstros e criaturas do Impossível. Aqui nada acontecera capaz de despertar em mim as forças com que, no passado, levara a cabo os meus feitos, e o único combate que enfrentara havia sido insignificante e sem glória.

Sentia-me outra pessoa, àquela altura, em outro lugar e outro mundo, e isto era motivo de medo e sofrimento. Percebia que as minhas raízes eram arrancadas do seu terreno original por uma força inelutável, e cada rasgão, cada ferida não destilava linfa transparente, mas sangue. O que eu tinha vivido parecia agora experiência a mim alheia, algo que talvez se tivesse evaporado após a minha passagem. Criaturas instáveis, divindades desconhecidas confinadas em terras distantes e inalcançáveis; lugares de mágica beleza, ilhas bem-aventuradas, divinos soberanos, tempestades de clarões, ventos e montanhas de água furibunda: tudo parecia desaparecer naqueles pores do sol que nunca acabavam, naquelas luzes irreais que se acendiam no céu noturno, trêmulas e flutuantes. Eu era o único animal racional capaz de viver naquele cândido deserto.

E então, na manhã de hoje, após abrir os olhos e espreguiçar os membros contraídos e entorpecidos, descobri-me mergulhado na neblina, perdido num fluido leitoso que mal deixa vislumbrar um globo mais parecido com a pálida lua que com o sol, que dá luz aos mortais. Nem sequer consigo ver o aspecto do terreno que me cerca, nem lembrar como me parecera antes de adormecer. Mas então o sol se ergueu do horizonte, a neblina foi paulatinamente se dissolvendo até revelar um longo vale reluzente em que gotejam pérolas de puríssima luz: será o muro de gelo mencionado por Calcante?

O que tenho à minha frente será de fato o último obstáculo. Sairei, mais uma vez, vencedor? Conseguirei superar também esta barreira? De repente, sem saber como, tenho certeza disto.

O muro está agora diante de mim, lampejo ofuscante que fere a vista e me força a proteger os olhos com um pano em que só deixei aberta uma fenda. Prendi com tiras de couro o remo à cintura e agora o arrasto atrás de mim. A subida torna-se cada vez mais árdua e íngreme. O gelo cortante dilacera as minhas mãos, o meu rastro é marcado por manchas escarlate que pincelam a brancura imaculada. Como e quando encontrarei as vítimas por imolar ao deus dos abismos? E quando encontrarei o homem que fará a pergunta capaz de livrar-me da minha maldição? Vez por outra olho para trás, a minha respiração é ofegante, a minha súplica à deusa é voz de dor e de esperança, procuro alcançar o horizonte que há muito tempo já superei, e então dirijo o olhar mais uma vez à frente, para os picos gelados.

Lentamente, apertando o queixo, subo cada vez mais, e enquanto me aproximo do topo, confiando que do outro lado terei uma revelação, tento imaginar o que verei.

Só faltam alguns passos para o cume: a respiração está cada vez mais difícil e ofegante. Voltam à minha memória os picos nevados da Arcádia quando, ainda menino, acompanhava o herói Laertes, meu pai, ao santuário do rei Lobo.

Cheguei! Arrasto o remo até mim e o finco na neve alta, projetando uma longa sombra, enquanto a planície que se descortina diante de mim, riscada por caudalosos riachos, se incendeia nos raios de sol. Grito com toda a voz, com toda a força, grito aos homens e aos deuses, ao vento e aos cumes que vejo ao longe. Grito para que alguém me ouça e apareça. Não aguento mais a minha solidão.

Mas a minha voz perde-se no silêncio.

Pego de novo o remo que traz uma borboleta entalhada no cabo, na medida certa para o meu companheiro perdido, tragado pelas ondas de um mar distante. E começo a descer o paredão de gelo. Voltando cada vez mais para baixo, rumo à planície. O vento volta a soprar impetuoso.

De repente, um estrondo. A neve diante de mim parece derreter-se e uma coluna de água prorrompe do solo, alta, cada vez mais alta. Dentro da coluna transparente, vislumbra-se uma figura envolta num remoinho, uma fragorosa risada ecoa sobre toda a terra, cabelos azuis esverdeados como voragem sem fundo, um rosto imperscrutável, um corpo líquido, mutável...

– Acreditava realmente ter chegado?

Era voz de trovão que se perde num longo gorgolejo e rugidos distantes de monstros marinhos.

– Pensava, de fato, que tivesse chegado ao fim da sua longa andança? Onde está o homem que olha para o seu remo e pede uma resposta? Onde estão as vítimas por imolar à divindade? Corra, corra, Odisseu glorioso, versátil e arguto filho de Laertes, corra enquanto tem ar no peito e sangue no corpo, corra, se puder!

A terra logo engole a visão, e já não sei se vi ou apenas sonhei, se nada mais me resta que aflito desespero. O vento fica ainda mais veemente, cortante, e um calafrio arrepia a pele sob os panos gastos. É o frio que penetra até os ossos ou é o sinal, tão longamente desejado, que anuncia a presença da minha deusa?

– Atena! – grito no coração. – Atena! – A extensão branca, infinita, cerca-me, por todos os lados o horizonte está deserto: até o paredão de gelo desapareceu. O céu está vazio, a luz imóvel. Talvez seja manhã, ou talvez tarde. Não faz diferença. Mas eis um ponto negro, muito longe...

Já vi esta imagem. Mas onde? E quando?

Avança rápido na minha direção, torna-se cada vez maior! E eu tenho certeza de que já o vi. Ou terá sido um sonho?

Não sei quanto tempo passou, ele está agora ao meu lado. Ele, o rei Lobo, veloz sobre um carro sem rodas que parece voar na neve, puxado por lobos...

O meu sonho no santuário na Arcádia: foi isto o que eu sonhei!

– Ó minha deusa, que toca com um arrepio, eu suplico, revele-me o sentido: caberá a ele formular a pergunta? Um herói que corre veloz num carro puxado por lobos? – De repente ele para, e uma voz no coração me diz: – Aproxime-se! – Agora desceu, está de pé, parado ao lado do carro, fita-me, e o coração pula irrequieto em meu peito.

Os seus cabelos estão entremeados de fios de prata, como os meus, a sua barba é como a que me emoldura o rosto, uma pequena rosa de pedra, presa com uma fita de pano, balança em seu peito... só as roupas são diferentes, assim como a larga pulseira, e os calçados que lhe protegem os pés. O mistério descortina-se diante dos meus olhos como nuvem negra rasgada pelo vento depois de um temporal! A capa em seus ombros está presa com uma fivela de ouro: um cão que segura um veado entre as presas. Minha Penélope! A vontade de chorar toma conta de mim, as lágrimas saem dos meus olhos, mas as vejo correr nas faces dele...

– Aproxime-se! – diz a voz ao meu coração, e eu me aproximo, tanto que sou ele, tornamo-nos uma coisa só. Já não existo, já não há homem na extensão nevada.

Lá vêm outros carros puxados por lobos, param ao lado do meu, do dele. Vozes gritam: "Comandante!" E são as vozes de Antifo, Sínon, Polites, Elpenor, Euríloco, Euríbates!

Então é isto o que encontrei além do muro de gelo: outro tempo, outro lugar, outro onde, outro porquê, e outra aventura com outros companheiros que eu conheço sem, contudo, ser por eles reconhecido. Faz diferença? Prendo o meu remo ao carro enquanto os outros riem.

– Para que o remo, comandante? Não há barcos por estas bandas!

– E faz diferença? – respondo. – Em frente! – E incito os meus lobos a galopar, gritando outras palavras numa língua diferente e ainda assim parecida. A minha, de qualquer maneira.

Faz diferença? Eu sou o que sou: pequeno rei de um pequeno reino perdido, filho de uma pequena ilha, de um amargo destino. Eu, que enfrentei sem medo monstros e heróis invencíveis, eu, que tive receio e fugi, eu, que gritei o nome dos companheiros caídos e não hesitei em lançá-los ao perigo mortal devido à minha curiosidade, ao meu desejo invencível de ir cada vez mais longe, até o último horizonte. Eu, que chorei, que ri, que me rejubilei e sofri, que amei e odiei. Eu, que acredito na minha deusa, na minha esposa, na minha terra, e que delas fujo. Eu, que sou o que sou, e continuarei a sê-lo até o dia em que, não sei onde nem quando, encontre um homem que me pergunte se o objeto que carrego nas costas é um ventilabro para separar o trigo do folhelho, quando possa finalmente reabraçar para sempre a minha Penélope, o meu filho coberto de bronze ofuscante e reinar sobre povos felizes. Eu, que sou todos e qualquer um.

Eu que sou Ninguém.

NOTA DO AUTOR

A segunda parte deste romance narra o retorno de Odisseu à pátria, e depois a última viagem profetizada pelo vidente Tirésias evocado do Além. É um dos muitos *nòstoi*, os poemas do ciclo que trata dos "regressos" dos heróis da guerra de Troia, o único que chegou até nós. Dos demais só restaram mínimos fragmentos citados por vários autores. O próprio Homero, no canto XI da *Odisseia*, a evocação dos mortos, insere o retorno de Agamêmnon e o seu assassinato por parte da esposa Clitemnestra e do seu amante Egisto. Sempre na *Odisseia*, no IV livro, temos uma versão da volta de Menelau. Na *Eneida* de Virgílio também se menciona, indiretamente, o regresso de Diomedes, que é forçado a sair de Argos para estabelecer-se na Apúlia, no Sul da Itália.

Na *Odisseia*, não são poucos os estudiosos que identificaram um protagonista diferente do da *Ilíada*: já não um guerreiro e um combatente, mas um nômade, um aventureiro que vive uma quantidade de peripécias enfrentando ciclopes, gigantes antropófagos, sereias, voragens mortíferas, ilhas misteriosas, e que sempre vence devido antes à astúcia que à força. Em resumo, uma espécie de compêndio de aventuras marinhas mais ou menos estereotipadas, do tipo que desde sempre circulam no ambiente dos navegadores.

No século passado, chegou-se a pensar que o itinerário narrado na *Odisseia* fosse de algum modo baseado nas rotas dos fenícios, mas a hipótese foi descartada quando se descobriram pistas da presença micênica praticamente em todo o Mediterrâneo. Atualmente sabemos que aquele itinerário foi perdido para sempre. As localizações tradicionais no Tirreno, por exemplo, devem-se aos primeiros colonizadores eubeus que se assentaram às margens daquele mar.

Na verdade, depois de alcançar Ítaca e o seu palácio invadido pelos pretendentes, o herói errante volta a ser o guerreiro exterminador que já fora sob as muralhas de Troia. Ninguém escapa, até as criadas infiéis sofrem a pena da força. E o rei, depois da chacina dos pretendentes, assume novamente seus plenos poderes e, com burocrática precisão, manda devolver os corpos às famílias e preparar os navios para os mortos que vinham de outras ilhas. Odisseu também se porta como monarca quando, diante dos parentes dos chacinados que querem vingar-se e exterminar toda a dinastia, propõe a paz para deter na origem o que hoje chamaríamos de guerra civil.

A coisa mais importante, contudo, é o fato de o ciclo dos regressos nos apresentar a situação dramática dos reinos micênicos que participaram da guerra de Troia. O equilíbrio interno daquela galáxia de pequenos soberanos baseava-se fundamentalmente em duas coisas. De um lado, uma contínua, requintada diplomacia feita de visitas recíprocas, de vínculos de hospitalidade, de trocas de presentes e alianças matrimoniais, e, do outro, a participação dos reis numa "façanha", qualquer que ela fosse. Uma caçada para abater uma fera particularmente grande e agressiva, como um javali ou um touro selvagem, ou uma expedição além-mar para conquistar um tesouro (o velo de ouro da Cólquida) ou o saque de territórios e assentamentos estrangeiros. A última dessas façanhas comuns foi provavelmente a guerra de Troia, e só aceitando esta hipótese podemos explicar o grandioso *corpus* épico que dela se gerou, único em toda a tradição literária da Antiguidade.

Aceitando esta hipótese, no entanto, outra também se torna plausível. Há séculos tentamos estabelecer com clareza o que provocou o colapso da civilização micênica, e por muito tempo se concordou em atribuí-lo à invasão dórica acontecida por volta do ano 1100 a.C., já aceita por Tucídides sob a denominação de "O retorno dos heráclidas". Acontece, porém, que desses misteriosos invasores a arqueologia moderna não encontrou pista alguma. A explicação mais plausível é que tenha sido justamente a guerra de Troia que provocou a implosão do sistema dos reinos micênicos. A longa ausência dos reis e dos aristocratas e a matança da fina flor da juventude capaz de combater geraram desordens, usurpações, lutas intestinas. Alguns soberanos encontraram a morte ao voltar, ou mudanças tão radicais que os forçaram a partir de novo ou a reagir (como no caso de Odisseu) com impiedosa determinação sufocando as desordens no sangue. Todos esses acontecimentos e sinais de decadência estão presentes na tradição épica, e não é por acaso que os arqueólogos não costumam falar de "destruição" dos palácios micênicos, mas de "desmoronamento". Aceita-se implicitamente, dessa forma, a ideia de uma civilização que se apaga e que, por já não ter capacidade de mantê-los, abandona aos terremotos e à ruína os seus palácios e centros urbanos.

Os vencedores, no fim, também acabarão derrotados, e os *nòstoi* nos apresentam o triste cenário de um mundo moribundo. A poesia de Homero se sobressai no canto coletivo de muitos aedos palacianos ou de rua, na imensa quantidade de indistintas imaginações, como uma catedral erguida sobre o trabalho de milhares de cantores e o gênio de um só demiurgo.

Já foi dito que há dois astros no firmamento de Homero: Aquiles e Odisseu. Mas só um sobrevive para sempre: Odisseu, de mente complexa, herói andarilho que se mede em luta desigual com deuses, gigantes e elementos da natureza.

Homero, mais uma vez no canto XI, imagina uma segunda *Odisseia*, já não de mar mas de terra, lama e poeira, até um lugar misterioso e longínquo onde o herói teria de imolar ao deus azul senhor dos abismos marinhos três animais, encerrando para sempre o seu temerário desafio e admitindo de uma vez por todas a sua inferioridade de homem diante de um deus.

Desse misterioso e elusivo poema, verdadeiro enigma da literatura universal, no entanto, jamais se encontrou pista alguma.

VMM

Impressão e Acabamento:
LIS GRÁFICA E EDITORA LTDA.